늑대
인간의
신부

이영수 장편소설

늑대 인간의 신부

네오 픽션

차 례

"죽자, 죽어버리자."

떨어지는 폭포를 바라보며 연서는 중얼거렸다.

청색 어둠이 사방에 내려앉아 있었다. 주변은 고요하다 못해 적막했다.

은빛 달만이 동그랗게 연서를 내려다보고 있었다. 아무도 없었다. 완전히 그녀 혼자였다. 주위에는 둥근 달빛과 거친 물소리만 가득했다. 며칠 동안 내린 장대비 덕분에 공기는 깨끗했다. 싱그러운 풀과 꽃향기, 물 냄새가 뒤섞여 사방에 퍼져 있었지만 그녀는 아무것도 느끼지 못했다.

그녀가 서 있는 곳은 지리산 어느 폭포였다. 연서는 이곳에 딱 한 번 온 적이 있었다. 그녀가 이곳을 죽을 장소로 택한 이유는 다른 적당한 곳을 찾지 못했기 때문이다. 지리산에서 가장 높은 폭포라고 하는 이곳은 사람들이 종종 자살을 하기 위해 찾아온다고 했다. 숨이 멎을 정도로 아찔한 높이를 가진 이곳에서의 죽음은 실패가 없다고 했다.

폭포는 여전히 아름다웠다. 물줄기를 토해놓는 기암괴석은 보는 이의 시선을 빼앗았다. 주변에는 수많은 꽃과 나무들이 폭포의 절경을 더해주었다. 폭포의 물빛은 어둠처럼 짙은 청색이었다. 그것은 물이 아주 깊다는 뜻이었다. 그 짙은 물빛이 사람의 숨결을 어렵지 않게 빼앗아갈 것이다.

열여덟 살에 이곳에 처음 왔을 때 연서는 이곳에서 죽으려는 사람들의 마음이 이해되지 않았다. 인간의 죽음으로 이곳의 아름다움을 더럽힌다는 것이 죄악이라고 생각됐다. 하지만 지금은 생각이 달랐다. 그녀는 죽더라도 아름다운 곳에서 죽고 싶었다. 그래서 자신의 죄가 조금이라도 희석되기를 빌었다. 이곳의 아름다움에 묻혀 죽음이 그리 슬픈 일이 되지 않기를 원했다.

연서는 한참을 폭포 위에 서서 멍하니 달을 바라보았다. 아무 생각도 나지 않았다. 죽음이 그리 처절하게 슬프지도 아프지도 않았다. 드라마를 보면 죽음을 앞둔 사람들이 자신의 삶이 안타까워 아파하고, 절규하고, 눈물을 흘리곤 했다. 그런데 연서는 그렇지 않았다. 죽음을 늘 준비하고 있어서 그런 것일까, 아니면 원래 이런 상황이 오면 별로 슬프지 않은 것일까? 그녀는 담담했다.

'여기서 한 발자국만 더 걸어가면 이제 나는 죽는다.'

지겨운 주사들. 무서운 기계 소리, 이제 아프지 않을 거라고 말하는 의사와 간호사들의 뻔한 거짓말, 맨손으로 잡으면 손가락 피부가 벗겨질 정도로 독한 항암 치료제, 같이 웃고 떠들던 사람들의 죽음, 그 모든 것을 보지 않아도 된다. 내일이면 몸이 좋아질지도 모른다는 헛된 희망을 가지지 않아도 된다. 무엇보다도 엄마의 눈물, 그것을 보지 않아도 되는 것이다. 엄마가 미안하다고 말하는 것을 듣지 않아도 된다. 그런 생각들이 연서를 조금 흥분시켰다.

연서는 한참을 폭포 아래만 내려다보고 서 있었다. 한겨울 찬바람을 맞는 얼음 조각처럼. 얼굴의 반을 가리도록 쓰고 있는 마스크의 작은 움직임만이 그녀가 아직 살아 있음을 말해줄 뿐이었다.

어느새 달은 하늘 한가운데 떠 있었다. 사방은 고요했다. 그것이 연서는 마음에 들었다. 연서가 본 죽음은 항

9

상 시끄러움을 동반했다. 가족들의 울음이, 의사의 안타까움이 늘 섞여 있었다.

하지만 지금 연서의 죽음은 그렇지 않을 것이다.

연서는 모자를 천천히 벗었다. 청춘답지 않은 민머리가 달빛에 드러났다. 순간 연서는 머리카락 한 올 없는 자신의 머리를 다시 한 번 느꼈으나, 더 이상 그 사실이 슬프지 않았다.

연서는 검은 하늘에 뜬 달을 한참 동안 바라보았다. 어쩐지 외롭지 않다는 생각이 들었다. 자신의 죽음을 봐주는 이가 있다는 사실이 고마웠다. 잠시 구름에 가렸던 달이 얼굴을 내밀었다.

'지금이다! 이제 가자.'

연서는 조금의 망설임도 없이 자신의 몸을 폭포 아래도 던져버렸다. 은색 달은 공중에 떨어지는 연서의 작은 몸뚱이를 거짓 없이 비추었다.

그때였다.

폭포 옆 풀숲에서 무언가가 튀어나오더니 허공에 떠 있는 연서의 목을 낚아챘다. 그 속도가 무척 빨라서 무엇인지 가늠하기조차 어려웠다. 그저 검은 형체로만 보였다. 그 검은 형체는 이내 폭포 옆에 있는 커다란 나무 밑으로 날아갔다.

늑대였다.

늑대가 폭포에 몸을 던진 연서를 낚아챈 것이었다. 그 어떤 늑대도 감히 흉내 내지 못할 움직임이었다. 늑대는 크기가 묘했다. '집채만 하다'라는 표현이 맞을 정도로 컸다. 그 큰 늑대의 이마에는 피보다 붉은 초승달 하나가 그려져 있었다.

달이 구름 사이로 들어갔다. 사방은 다시 어두워졌다.

늑대는 물고 있던 연서를 나무 밑에 내려놓았다. 늑대에게 목을 물린 연서는 죽은 듯이 쓰러져 있었다. 목에서는 피가 흘렀지만 그 외에 다친 곳은 없었다. 연서는 거대한 늑대에게 물린 상처가 고통스러웠던지 가끔 작은 신음 소리를 토해냈다. 늑대는 그런 연서에게서 조금 떨어져 앉아 하늘만 바라보고 있었다. 뭔가 기다리는 듯했다.

달이 다시 얼굴을 내밀었다.

달은 쓰러진 연서와 늑대가 있는 곳을 비추었다. 쓰러진 연서 옆에 사람이 서 있었다.

이시랑李特狼이었다.

그는 대한민국 최고의 배우이자 아시아의 스타였다. 하지만 아무도 그가 늑대라는 사실을 믿지 못할 것이다.

달을 보자 그 청초하게 아름다운 얼굴이 환해졌다. 시

랑은 이내 바닥에 쓰러진 연서에게 다가갔다.

"동수야, 네가 무슨 아픔 때문에 자살하려고 했는지 모른다. 그건 형으로서 미안하다. 하지만 이제부터 너에게 다른 삶을 주마. 부모도 없고, 삼류 딴따라 인생이 힘들다고 하는 너에게 다른 세상을 주마. 그건 너에게도 좋을 것이다."

쓰러진 연서를 보며 시랑은 굳어진 얼굴로 말했다.

연서가 커다란 마스크를 쓰고 있어서 시랑은 그녀의 얼굴을 알아보지 못했다. 그래서 그는 연서를 이 시간에 이곳에서 만나기로 한 자신의 후배 동수라고 여기고 있었다. 그도 그럴 것이 이런 시간에, 약속된 사람이 아니면 누가 지리산에 있을 것인가.

그는 처음부터 의심 따위는 하지 않았다. 동수가 쓰는 향수와 같은 향이 연서에게서도 강하게 났기 때문이다. 연서에게서 나는 희미한 병원 냄새도 그의 의심을 깊게 하지는 못했다. 그의 후배인 동수가 요즘 병원에서 살다시피 한다는 말을 들었기 때문이다. 같은 방을 쓰는 친구가 맹장염으로 입원을 해 동수가 간호하고 있다고 했다.

시랑은 점퍼에 달린 커다란 주머니에서 작은 병을 꺼냈다. 은으로 된 병 안에는 이름 모를 액체가 찰랑거렸다. 그것은 유난히 차가워서 손가락이 시릴 정도였다.

긴장하지 말아야지 하고 몇 번이나 되뇌었는지 모른다. 그러나 어쩔 수 없는 일이었다. 그 순간이 자신의 인생에서 가장 중요한 순간이 될 수도 있었기 때문이다. 그 의식은 일족으로서 당연한 일이었지만, 시랑으로서는 자신의 힘과 정기를 타인에게 나눠줘야 하는 일이었다.

그러나 모두들 이렇게 한다. 자신의 일족도, 인간도, 그리고 동물과 식물들도, 자신의 정기를 이용해 후계자를 만드는 일, 그 일을 한다. 그것이 삶을 살아가는 목표인 듯 생명이 있는 모두가 그렇게 하는 것이다.

하지만 지금 시랑이 하려는 일은 일반적인 것과는 다른 방법이었다. 인간들은 사랑을 하고, 동물들은 교미를 해서 후계자를 만든다. 그러나 시랑은 자신의 후계자를 만들기 위해 의식을 치르는 것을 선택했다.

동수는 1년 전 시랑이 속한 소속사로 찾아온 연예인 지망생이었다.

올해 열일곱 살로 시랑보다 열두 살이 어린 동수는 시랑의 후계자로는 조금 나이가 많았지만 주변인들 중에서 가장 적당했다. 부모도 없고, 특별한 연고지가 없는 것도 시랑의 마음에 들었다. 무엇보다 동수가 재능이 뛰어나고 열정도 있지만 그것을 뒷받침해줄 사람이 없다는 것이 좋았다.

동수는 록 가수로 성공하고 싶었다. 그는 그것을 갈망했다. 동수가 후계자가 되면 시랑은 그를 대한민국 최고의 록 가수로 만들 계획이었다. 그는 벌써 동수의 재능을 꽃피워줄 프로듀서를 물색하고 있었다.

시랑은 바닥에 누워 있는 연서를 내려다보았다. 그녀는 여전히 정신을 못 차리고 있었다. 짙은 어둠과 커다란 마스크 때문에 연서의 얼굴은 잘 보이지 않았다. 그녀는 약한 신음 소리를 내고 있었다. 목에 난 상처가 아픈 것이 분명했다. 늑대의 이빨에는 독이 있다. 그대로 두면 독 때문에 발작을 일으킬지도 모르는 일이었다.

시랑은 조금 서두르는 몸짓으로 자신의 송곳니를 잡았다. 그리고 눈을 감고 그것을 거칠게 빼버렸다. 생니를 빼는 것인데 시랑은 신음 소리조차 내지 않았다. 이빨이 빠진 곳에서 피가 나오기도 전에 불쑥 하얀 이가 튀어나왔다. 가지런히 고른 치아 사이로 멍텅구리처럼 비어 있던 곳이 금방 새로운 이로 채워졌다.

달빛에 비친 송곳니가 반짝거렸다. 사람의 것보다 조금 더 날카롭고 컸지만 크게 다르지 않아 보였다. 시랑은 누워 있는 연서의 마스크를 위로 올렸다. 입과 코를 가렸던 마스크는 이제 눈과 코를 막고 있었다. 연서의 얼굴은 아까보다 더 가려지게 되었다. 시랑의 온 신경은 연서의 입에만 몰려 있었다.

　시랑은 조금의 망설임도 없이 연서의 입을 벌렸다. 그리고 왼손으로 연서의 왼쪽 송곳니를 빼버렸다. 연서는 고통에 약간 몸을 틀었다. 진득한 검은 피가 이가 빠진 곳에서 왈칵 왈칵 쏟아져 나왔다. 보통 사람의 상처에서 나오는 피보다 훨씬 많은 양이었지만 시랑은 그다지 상관하지 않는 듯했다.

　시랑은 곧바로 자신의 송곳니를 연서의 이가 빠진 곳에 쑥 집어넣었다. 그러자 시랑의 송곳니가 그 안에 정확히 들어갔다. 시랑의 송곳니는 마치 원래 그 자리에 있었던 것처럼 다른 치아와 고르게 서 있었다. 피도 더 이상 나오지 않았다.

　아귀가 맞듯이 잘 들어간 송곳니를 보고 시랑은 숨을 내뱉었다. 별문제 없을 것이라 생각했지만 그래도 긴장이 되는 것은 어쩔 수 없었다. 시랑은 이제 오른손에 놓인 은병의 뚜껑을 열었다.

　시랑은 연서의 입에 은병의 액체를 넣었다. 그다지 어려운 일은 아니었다.

　송곳니를 박는 것만큼 은병의 액체를 먹이는 것 역시 중요하다. 액체는 그의 일족에게 가장 중요한 보물이었다. 시랑 역시 그 액체를 보름달이 뜨는 날마다 마셨다.

은병은 곧 바닥을 드러냈고, 시랑은 그제야 마음이 놓였다. 여유로워진 시랑은 연서의 마스크를 천천히 벗겼다.

"동수야, 넌 이제 나의 완전한 후계자가 되었다. 나에게 받은 송곳니로 나의 힘을 가질 것이다. 그리고 지금 마시는 것은⋯⋯."

가만히 말을 하던 시랑은 뭔가 이상하다는 것을 느꼈다. 송곳니가 아귀가 맞듯이 꽉 알맞게 들어간 것도, 목에 물린 상처가 아물어가는 것도 이상한 것이 아니었다. 그런 것은 시랑이 예상한 일었고 당연한 수순이었다.

문제는 시랑이 연서의 마스크를 벗기자 발생했다. 얼굴의 반 이상을 가렸던 마스크가 벗겨지자 연서의 얼굴이 그대로 드러났던 것이다. 연서의 얼굴이 어둠속에 어렴풋이 보이자 시랑은 가슴이 두근거리기 시작했다.

'동수의 얼굴이 이렇게 갸름했던가⋯⋯. 설마! 아니, 말도 안 돼! 이자는 동수처럼 민머리를 하고 있지 않은가. 더욱이 이 향기! 길거리에 흔하게 뿌려진 이 향기도 동수와 같다. 동시에 병원 냄새도 풍기고 있잖아! 그런데, 그런데 얼굴이 꼭⋯⋯!'

달빛에 드러난 연서의 모습에 시랑은 혼란스러웠다.

순간 시랑은 자신의 눈을 의심했다. 하지만 눈이 갑자

기 잘못될 리도 없었다. 또한 그 정도의 어둠에 사물을 분간하지 못한다는 것은 말이 되지 않았다. 인간이라면 몰라도 시랑은 그리 약한 존재가 아니었다. 그가 그때까지 연서의 얼굴을 제대로 알아보지 못한 것은 얼굴의 반 이상을 가린 마스크 때문이었다.

시랑 자신이 쓰러진 자를 무조건 동수라고 생각한 것도 문제였다. 때문에 그는 자신이 물고 온 사람을 한 번도 제대로 보지 않았다.

시랑은 한동안 정신을 차릴 수 없었다. 뭐가 뭔지 알수가 없었다. 은병에 담긴 액체를 먹인 것은 넘어갈 수있었지만, 문제는 송곳니였다. 이미 준 송곳니를 되돌릴수는 없는 일이었다. 만약 그가 연서에게서 송곳니를 되찾고 싶다면 반드시 그녀를 죽여야 했다. 뭔가 일이 틀어져도 단단히 틀어진 것이었다.

시랑은 제대로 모든 것을 확인하기로 했다.

'그의 얼굴이 꼭⋯⋯.'

시랑은 다시 한 번 머릿속에 떠오르는 생각을 애써 부정했다.

지금 자신이 계획한 일이 틀어졌다고 해도 상관이 없다. 후배인 동수를 후계자로 삼지 못해도 좋았다. 하지만 자신이 물어버린 연서의 얼굴을 확인하자마자 불길

한 생각이 떠올랐다. 그것이 그를 불안하게 했다. 지금 머릿속 생각대로만 되지 않으면 어떤 자가 후계자가 되어도 개의치 않기로 했다. 일족이 아무리 반대하더라도 후계자를 보호하겠다고 마음먹었다.

시랑은 여전히 정신을 못 차리고 있는 연서를 업었다.

어두운 나무 밑 그늘이 아니라 좀더 밝은 곳에서 얼굴을 보기로 했다. 마치 나는 것처럼, 무술 영화에서나 볼 법한 점프력으로 폭포에서 조금 떨어진 유채꽃밭으로 날아갔다. 노란 꽃들 사이로 시랑은 연서를 내려놓았다.

시랑은 다시 하늘을 바라보았다. 침착하게 구름이 가린 달을 기다렸다. 평소 담배를 피우지 않는 그였기에 라이터 하나 없었다. 또한 의식에 방해가 될까 봐 휴대폰조차 가져오지 않았다. 시랑은 올라오는 짜증에 이를 아드득 깨물었다.

이내 노란 유채꽃들이 바람에 흔들렸고, 달이 구름을 벗어났다. 달빛은 유채꽃밭 끝부터 어둠을 걷어내기 시작했다. 그리고 이내 연서의 얼굴도 조금씩 비추기 시작했다.

밝은 달빛에 연서의 얼굴이 선명하게 드러났다. 하얀 얼굴, 오똑한 코, 날렵한 턱선, 그리고 붉은 입술. 그가 생각한 것이 맞았다.

하지만 그는 그것을 인정할 수가 없었다. 그는 조금 거친 몸짓으로 연서의 윗옷을 벗겨냈다. 그의 힘에 의해 연서의 블라우스는 후두둑 찢겨져버렸고 이내 볼록한 가슴이 드러났다.

그것을 보자 시랑은 얼굴을 크게 찡그렸다. 입술을 꽉 깨물었다. 겨우 입안에서 나오는 욕을 참았다.

그가 그토록 거부하던 현실이 그에게 다가왔다. 그는 여자를 물어버린 것이었다.

*

이미 달은 지고 없었다.

점차 오는 새벽이 산자락 굽이굽이 퍼져가고 있었다. 그 새벽의 청아함이 깊고 깊은 지리산 속 작은 마을에도 퍼져가고 있었다.

마을은 조선 시대 양반 마을처럼 모두 한옥으로 되어 있었다. 모두 아홉 채 가옥으로 이루어진 아담한 마을이었다. 하지만 이곳을 아는 사람은 거의 없었다. 지리산 속의 깊은 곳에 자리하고 있었으며, 산행 길과는 멀리 떨어진 곳에 있었기 때문이다.

이곳은 사유지이기 때문에 입구에서부터 일하는 사람

이 나그네의 발길을 막았다. 물론 가끔 길을 잘못 들어선 나그네들이 이곳으로 들어올 때도 있었다. 그러면 산속에 마을이 있는 것을 보고 놀라서 돌아가곤 했다.

마을 입구에는 가장 크고 정갈한 한옥이 자리하고 있었다.

그 가옥의 대문에는 '적시가赤豺家'라는 현판이 걸려 있었다. '붉은 늑대가 사는 집'. 이 마을의 중심이 바로 적시가였다. 적시가를 중심으로 한옥 아홉 채가 모여 살고 있었다. 다른 한옥들은 적시가보다 크지 못했다.

적시가의 외관은 조선 시대 양반집을 많이 닮았지만 그 속은 그렇지 않았다.

먼저 적시가 현판이 달린 대문 양쪽에는 행랑채가 길게 늘어져 있었다. 행랑채에는 적시가의 주인 부자父子를 위해 일하는 사람들이 머물렀다. 적시가의 주인은 번거로운 것을 싫어해서 부리는 사람이 그다지 많지 않았다. 하지만 워낙 집 자체가 크고 넓은지라 집을 관리하고 살림하는 사람만 대략 열 명 정도 됐다.

그들은 적시가에 살면서 적시가 주인을 위해 대대로 일해왔다. 옛날로 치면 세습 종이라고 할 수 있을까. 주인의 수족이 되어 일하는 자, 그들을 '보필하는 자'라고 불렀다. 그들은 적시가 주인 바로 옆에서 주인을 보필하며 집안의 모든 일을 처리해왔다.

모두 그런 것은 아니지만, 보필하는 자 대부분은 자손에게 자신의 일을 물려줬다. 그러나 보필하는 자들이 어릴 때부터 적시가에 살면서 일하는 것은 아니었다. 스무 살 이후, 스스로 적시가에 살면서 주인들을 도와주고 싶다고 하면 그때부터 적시가에 들어와 살았다. 그리고 그들은 적시가 주인의 수족이 되어 주인의 모든 일을 도왔다.

적시가를 제외한 나머지 여덟 집에는 대한민국을 대표하는 정계와 재계 그리고 문화계의 거물들이 살았다. 각 가옥에는 그들을 모시는 보필하는 자들이 따로 있었다.

각각의 주인들은 한 달에 한 번씩 적시가에 모였다. 적시가에서 한 달에 한 번 치르는 '행사' 날이 되면 적시가의 보필하는 자들은 더욱 바빠졌다.

적시가 본당은 조선 시대의 것과는 많이 달랐다. 디귿자 모양의 기본 구조는 한옥과 같았지만 다른 많은 부분은 현대식 고급 아파트와 다를 것이 없었다. 커다란 텔레비전과 고급 소파가 거실에 자리하고 있었고, 부엌에는 고급 식탁이 있었다. 보필하는 자들이 자주 손질하는 듯 모든 것이 아늑하고 정갈해 보였다. 군데군데 고급스러운 장식들이 놓여 있어서 주인의 깔끔하고 교양 있는

21

취향을 알 수 있게 해주었다.

이 본당의 주인은 적시가의 현 주인이었다. 그는 일 때문에 자주 서울에 있거나 그보다 더 자주 외국에 나가 있었다. 하지만 그는 한 달에 한 번은 반드시 적시가에 머물렀다. 그는 별다른 일이 없으면 이곳에서 시간을 자주 보냈다. 적시가의 주인은 서울에서 지내는 것을 싫어해 일처리를 이곳에서 하곤 했다. 젊을 때에는 적시가를 나가는 것을 좋아하고 또 즐거워했으나 노년의 그는 달랐다. 적시가 특유의 따뜻하고 아늑한 분위기를 사랑했고 자랑스러워했다. 아마 스스로 일으킨 회사를 한국 최고의 기업으로 만들며 겪은 풍파가 그를 그렇게 만들었으리라.

본당 뒤에는 별당이 있었다. 적시가의 다음 주인이 그곳에서 머물렀다.

이시랑, 그가 적시가의 다음 주인이자 별당의 주인이었다.

별당이라고 하지만 조선 시대 별당보다 훨씬 규모가 컸다.

니은 자로 된 별당은 연못 위에 살짝 걸터앉은 모양새를 하고 있었는데, 시랑의 방에 앉아 창을 열면 연못의 맑은 물과 그곳에 노니는 잉어를 함께 볼 수 있었다. 뿐

만 아니라 연못 주변에는 꽃과 나무들이 즐비하게 늘어
서 있어 계절마다 아름다운 꽃들이 피고 지는 것을 볼
수 있었다.

마침 때가 봄날이라 연못 주위에는 수선화나 제비꽃,
해당화, 앵초, 이르게 핀 수국들이 각 색깔별로 곱게 피
어 있었다. 키가 작은 꽃 위로는 국수나무, 풀또기, 산수
유나무 등에 꽃이 피어 있어 그 계절의 색을 더하고 있
었다. 또한 그보다 더 위로는 벚꽃나무, 목련의 하얀 꽃
들이 피어 있었다.

바야흐로 꽃샘추위도 이제 다 물러가고 꽃의 향연이
다가온 것이었다. 꽃은 계절을 그대로 담고 있었고, 아
무도 없는 밤에 그 향기를 더욱 진하게 했다.

추운 겨울이 지나고 다가온 이 봄날, 사랑의 즐거움이
자 취미는 연못을 보는 일이었다. 달이 유난히 밝은 밤,
술 한잔 기울이며 열어놓은 창문 사이로 떨어지는 꽃잎
을 보고 있노라면 모든 것을 잊을 수 있었다. 은은한 달
빛 사이로 꽃잎은 바람에 흩날렸고 그 향기는 술보다 향
기로웠다.

그 향기는 봄에만 있는 것이 아니었다. 여름에는 여름
에 맞는 꽃이 싱그럽게 피었고, 가을에는 떨어지는 낙엽
이 쓸쓸함을 더해주었다.

별당의 아름다움은 시랑이 직접 가꾸었다. 보필하는 자들이 주로 꽃을 심거나 돌보았지만, 시랑 역시 많은 시간을 그들과 함께했다. 꽃을 사랑하고 즐길 줄 아는 그로서는 당연한 일이었다.

별당 역시 그 구조는 현대식으로 되어 있었다. 아파트처럼 현대인이 생활하기에 불편함이 없었다. 그러나 별당은 크기와는 달리 그 구조가 굉장히 단순했다. 가운데 거실이 있고, 왼쪽에 시랑의 방이 있었다. 별당의 가장 큰 부분이 시랑의 방이었다. 시랑의 방은 침실과 화장실 그리고 옷 방으로 나눌 수 있었다.

시랑의 방은 남자의 방이라고 하기에는 굉장히 깔끔했다. 보필하는 자들이 자주 청소하기는 했지만 시랑 본인이 원래 깔끔한 것을 좋아했다. 그래서인지 인테리어도 굉장히 단순했다. 시랑의 지위를 생각하면 단출하다고 할 정도였다. 한쪽 벽면을 가득 채운 책장과 침대 그리고 작은 탁자가 전부였다. 그런데 책장 반대편은 그저 하얀 벽면으로 되어 있었다. 그곳에는 흔한 그림 하나 걸려 있지 않았다.

시랑의 방 맞은편에 있는 별당 서재의 책장에는 책과 음악 시디, 영화 시디들이 꽂혀 있었다. 그것들은 시랑이 고등학교 때 읽고 들은 것들이었다. 그중에는 외국에서 직접 구한 클래식 음반과 원서들도 있었다. 서재 한편에는 편히 책을 읽을 수 있도록 아주 큰 책상과 의자가 놓여 있었다. 그리고 책상 위에는 최신형 컴퓨터가 있었다. 서재의 전체적인 분위기는 상당히 실용적이라는 느낌을 주었다. 남에게 보여주기 위해 만들어진 곳이 아니었다.

서재 한쪽 벽면에는 붉은 검 하나가 장식되어 있었는데, 그다지 비싼 검 같지는 않았다. 그 긴 장검이 벽면 하나를 다 차지하고 있었다.

서재 책장 밑도 조금 이상했다. 아무것도 없이 평평해야 할 바닥에 꽤 큰 문이 있었다. 나무로 된 그 문은 손으로 밀 수 있도록 되어 있었다. 문을 밀고 들어가면 마치 동굴처럼 흙길이 나 있었는데, 땅을 파놓은 것이 분명한 그 길은 굉장히 어둡고 습했다. 길게 난 길을 따라가보면 커다란 광장이 나왔다. 그곳은 비밀이 많은 적시가에서 가장 중요한 장소였다.

지하 광장 위에는 별당 연못이 있었다. 적시가의 작은 주인 시랑은 일부러 지하 광장 위에 연못을 만들었다.

광장에는 아주 큰 원탁형 탁자가 있었는데, 의자는 아홉 개였다. 먼지 하나 없이 깔끔한 것이 최근까지 사용했음이 분명했다.

광장 바로 위쪽에는 큰 제단이 있었다. 그리고 그곳에는 작은 우물이 있었다. 그들은 그 우물에 무엇인가를 넣어 특별한 것을 만들었다. 그리고 그것을 모두들 같은 날짜, 같은 시간에 나누어 먹었다.

광장 끝에는 굉장히 큰 철문이 있었는데, 그곳은 마치 창고 같았다. 모두들 그곳을 '고통받는 곳'이라고 불렀다. 그곳에 들어가는 사람은 늘 지옥 같은 고통을 겪기 때문이었다. 고통받는 곳은 무척이나 어두웠다. 마치 감옥처럼 그곳의 문은 철문으로 되어 있었다. 철문은 그 어떤 빛도 허용하지 않았다.

가구 하나 없는 그 방에는 시랑에게 물린 자가 있었다.

절벽에 몸을 던진 이, 연서였다. 연서는 몸을 바로하지 못하고 바닥에 쓰러져 있었다. 시랑에게 물려 적시가까지 오게 된 연서는 차디찬 바닥에 숨을 토해놓고 있었다. 어둠은 연서가 왜 고통의 숨을 토해놓는지 알려주지 않았다.

어느 정도 시간이 지났을까? 갑자기 철문에서 거센 쇳소리가 들렸다. 적시가의 사람 중 누군가가 철문에 달린 작은 창을 열었다. 그는 철문의 작은 창을 통해 방 안에 있는 연서를 살펴보았다. 관찰하던 사람은 곧 사라졌고, 그가 열어놓은 작은 창을 통해 빛이 들어오기 시작했다.

작은 빛 덕분에 방 안이 조금씩 밝아졌다.

빛이 들어오자 연서는 조금씩 몸을 일으켰다. 그제야 자신이 이름 모를 방에 갇혀 있다는 사실을 깨달았다. 하지만 자신이 왜 그곳에 있는지는 알지 못했다. 연서는 아주 느릿하게 벽을 더듬기 시작했다. 마치 기어가는 것 같은 움직임이 최선이었다. 그때까지 느껴보지 못한 엄청난 고통이 그녀의 온몸을 휘감고 있었다.

연서는 어렵사리 벽면에 있는 전등 스위치를 발견했다. 그 스위치를 누르자 팟 하는 소리와 함께 형광등이 켜졌다. 빛이 들어오자 연서는 겨우 정신이 돌아오는 것 같았다. 동시에 찢어질 것 같은 고통도 함께 찾아왔다. 그녀는 이곳이 어디인지, 오늘 자신에게 무슨 일이 일어났는지 정리하려고 애썼다.

연서는 자살하려고 했다. 이유는 백혈병 때문이었다.

열일곱 살에 발병한 백혈병은 연서의 육체만 잠식한 것이 아니었다. 길고 질긴 병은 연서의 집안을 송두리째 쥐고 흔들었다. 때문에 선대부터 부유했던 가산은 모두 연서의 치료비로 써야 했다. 그 모든 것을 연서도 알고 있었다. 그러나 그녀가 그것을 아는 척한 적은 한 번도 없었다. 그녀가 뻔뻔해서가 아니라, 감히 그 사실을 입 밖으로 꺼낼 수 없었기 때문이다.

그러나 어제 연서의 아버지가 술에 잔뜩 취해 병원에 찾아왔다. 전에는 한 번도 없던 일이었다. 아버지는 병든 자식에게 흐트러진 모습을 한 번도 보인 적이 없었다. 아픈 자식에게 그런 모습을 보이기가 미안했던 것이다. 그런 아버지가 술에 잔뜩 취해 병원에 찾아와서는 자신의 치료비를 위해서 할아버지가 묻힌 선산을 팔았다고 했다. 아버지는 울었다. 아버지의 울음에 엄마는 미안하다고 했다. 그리고 엄마도 울었다.

　그렇게 부모님의 눈물을 보면서 연시는 결심했다. 죽어버리자고.

　물론 그녀는 자신의 삶이 슬퍼서, 화가 나서, 분노가 치밀어서 죽음을 결심한 것이 아니었다.

　그녀는 살아 있는 것이 미안해서, 무의미해서 죽음의 길로 가고자 한 것이었다. 연서는 자신이 왜 사는지 알지 못했다. 병원 침대에 누워 있으면 왜 자신이 이 시간을 버티고 있는 걸까? 하는 생각이 들었다. 그녀는 아팠고, 앞으로 아파야 할 시간이 기다리고 있었다.

　'이렇게 아프기만 한 내 인생은 무슨 존재 가치가 있는 걸까?'

　그것이 늘 의문이었다.

　그녀는 여전히 아팠고, 나을 희망은 보이지 않았다. 하루, 한 시간이 무의미했다. 그저 흘러갈 뿐이었다. 자신의 삶은 부모님까지 아프게 하는 것이었다.

'나 자신뿐만 아니라 남까지 힘들게 하는 이 무의미한 삶을 끝내자.'

그것이 그녀의 마지막 결심이었다.

병원 탈출은 생각보다 쉬웠다. 왜 좀더 빨리 병원을 나올 생각을 하지 못했을까 하고 후회가 될 정도였다. 매일 옆을 지키고 있는 엄마에게는 숨이 넘어가는 척 연극을 했다. 그러자 엄마는 즉시 의사를 부르러 갔다. 엄마가 사라지자 연서는 엄마의 지갑을 훔쳐 병원을 나왔다. 그리고 병원 앞에 있던 택시를 탔다. 가장 먼저 옷을 사 입었다. 항암 치료 때문에 없어진 머리를 숨기기 위해 모자도 샀다. 향수도 사서 뿌렸다. 그렇게 병원의 흔적을 지웠다.

하지만 얼굴의 반을 가린 마스크는 벗지 않았다. 백혈병 환자에게 마스크는 필수였다. 감염 때문이었다. 하지만 그보다 연서는 병색이 완연한 자신의 얼굴을 세상에 드러내기 싫었다.

그렇게 지리산에 와서 죽음을 선택했지만 결국 그녀는 죽음의 강을 건너지 못했다. 자신은 절대로 알 수 없는 적시가 지하 동굴에 몸을 웅크리고 있었다.

"으윽."

연서는 치솟는 고통에 숨을 삼켰다. 정신이 나갈 정도
의 고통이었다. 그러나 그녀는 결코 비명을 지르거나 울
지 않았다. 연서는 하얗게 질린 얼굴로 벽에 기대섰다.
병자인 그녀에게 고통은 익숙한 것이었다.

그런데 연서의 모습이 이상했다. 숨을 들이쉬고 내쉴
때마다 모습이 달라졌다. 표정이나 몸짓이 아니라……
몸이 변하고 있었다.

확실히 그녀는 변하고 있었다. 숨을 들이쉴 때에는 사
람의 모습이었지만, 숨을 내쉴 때에는 다른 모습이었다.
귀가 기이하게 길어지고 민머리에 갈색 털이 길게 자라
났다. 온몸이 털로 뒤덮이고 손톱과 발톱이 길어지고 입
이 귀까지 찢어져 날카로운 이빨이 가득했다.

분명 그것은 늑대의 모습이었다.

하지만 연서는 자신의 모습이 어떤지 신경 쓸 겨를이
없었다.

불이 켜지자 고통이 더욱 심해지는 듯했다. 그녀는 불
이 켜지자마자 토하기 시작했다. 위장에 남아 있는 음식
물을 모두 게워내려는 듯 보였다.

그러나 그녀는 아무것도 토해내지 못했다. 병원을 나
와서 먹은 게 없었기 때문이다. 그녀는 끈적끈적한 위액

만 토해내서 자기 얼굴을 침과 위액으로 범벅이 되게 할 뿐이었다. 위장이 뒤집어질 것 같은 역겨움이 가라앉자 이번에는 참을 수 없는 오한으로 몸이 떨렸다. 손끝에서 발끝까지 차가움이 뼛속 속속히 찾아들더니 나중에는 가슴속에서 뜨거운 불이 느껴지기 시작했다.

그 고통이 무척이나 강해서 연서는 어찌할 바를 몰랐다. 다음에는 허리에서 크나큰 통증이 느껴졌다. 항암 치료를 받을 때 허리에 꽂던 주삿바늘이 3천 개가 되어 동시에 허리에 꽂히는 듯했다. 그 바늘들이 갑자기 길어져서는 허리의 신경을 뚫고, 종례에는 창자까지 뚫어버리다 못해 그것을 찢어버리는 듯했다.

아픈 것에 이미 익숙한 연서였지만 그 고통에는 비명이 터져 나올 것 같았다. 하지만 연서는 얼른 손으로 입을 막았다. 연서는 결코 울지도 비명을 지르지도 않았다.

다음에는 모든 구멍에서 피가 나오기 시작했다. 입, 눈, 귀, 코, 항문 등 사람의 몸에 있는 아홉 가지 구멍에서 붉은 피가 줄줄 새어 나오기 시작했다. 흡사 독을 마신 것처럼 연서의 얼굴은 푸르뎅뎅해져서는 붉은 피를 쏟아냈다.

아홉 개의 구멍에서 나오는 피들이 연서를 두렵게 했다. 연서는 예전에 항암제를 잘못 먹고 피를 쏟으며 죽는 사람을 본 적이 있다. 우연히 같은 방을 쓰게 된 연서 또래의 여학생이었다. 전에도 그 항암제를 써본 일이 있다고 했다. 그때에는 오히려 병의 경과가 좋다고 했다. 그러나 무엇이 잘못되었는지 그 항암제를 쓰고 여학생은 피를 쏟고 죽어버렸다. 그 항암제와 함께 쓴 다른 항암제가 화학반응을 일으켜 여학생을 죽음에 이르게 한 것 같다는 것이 병원 측 설명이었다.

'같다'는 말은 확실하지 않지만 그럴지도 모른다는 추측의 말이다. 연서는 어쩌면 그 여학생이 자신이 될지도 모르는 추측의 날들을 살았다. 운이 좋으면 살고, 나쁘면 죽어야 했다. 오늘 먹는 항암제가 내일은 독약으로 변할지도 모른다. 그때에도 병원은 "뭔가 잘못된 것 같다"라는 말을 할 것이다. 어차피 확신이 없는 추측으로 만들어진 시간이 연서의 내일이었다.

그런 시간을 지내오는 것이, 또 지내야 하는 것이 무서웠으며 어느 순간부터는 솔직히 지겨웠다. 그런 시간을 끝내기 위해서 오늘 지리산을 찾았던 것인데, 연서는 그동안 투병을 하면서 겪었던 모든 아픔을 한꺼번에, 아니 그보다 더한 것 같은 아픔을 겪고 있었다.

비명을 지르고 싶었다. 크게 소리라도 지르면 아픔이 사라질 것 같았다. 아니, 비명을 질러도 아픔은 사라지지 않는다는 것은 그녀도 잘 알고 있었다. 그저 내가 이렇게 아프다는 것을 누군가가 알아주었으면 좋을 것 같았다. 그래서 내가 혼자 앓고 있다는 것을 누가 알고 들여다봐주었으면 좋겠다고 생각했다.

그러나 연서는 비명을 지르지 않았다.

온몸이 찢어지는 것 같은 고통에 화가 났다. 신경질이 났다. 분노를 풀고 싶었다. 눈앞에 보이는 것은 온통 한쪽 벽면을 채운 거울뿐이었다. 다른 쪽 벽은 하얀 페인트만 발라져 있을 뿐 아무것도 없었다.

순간 연서는 거울을 모두 깨뜨리고 싶다는 충동을 느꼈다. 다른 행동을 함으로써 잠깐 동안이라도 아픔을 잊어볼까 했다. 하지만 연서는 모든 것이 부질없음을 알고 있었다. 그렇게 행동해봤자 아픔은 사라지지 않을 것이었다.

그런 충동이 느껴질 때에는 그저 주먹을 꽉 쥐고 입을 앙다물고 있는 게 현명하다는 것을 연서는 알고 있었다. 그녀는 아픔에 겨워 비명을 지르지도 않았고 충동에 못 이겨 주변의 물건을 부수지도 않았다. 그저 바닥에 엎드려 주먹을 꽉 쥐고 비명이 새어 나오지 않도록 입술을 깨물고 있었다.

그녀는 울지 않았다.

그녀가 아픔에 익숙한 것은 아니었다. 연서는 아픔이라는 것이 넌더리 나게 싫었다. 다만 그뿐, 더 이상 슬프지는 않다. 슬프다는 감정은 이미 '그날'에 버렸다.

그날도 연서는 창밖 풍경만 멍하니 바라보고 있었다. 오월의 푸른 녹음이 햇살에 부셔졌고, 그 아래에서 사람들이 웃으며 걸어가고 있었다. 매일 보는 풍경, 비슷한 장면이었다. 연서는 그런 모습을 볼 때마다 때로는 화가났고, 때로는 슬펐다. 그런데 그날따라 하늘이 유난히 청명했다.

그래서 그랬던 것 같다. 그녀의 입에서 '어서 죽었으면 좋겠다'라는 말이 나온 것은. 병상 옆에서 사과를 깎던 엄마는 그녀의 말에 멈칫했다. 그것을 알면서도 연서는 멈추지 않았다.

"내가 이렇게 아픈 것은 전생에 많은 죄를 지었기 때문이겠지? 아무리 생각하고 또 생각해도 이번 생에는 이렇게 아플 만큼 남에게 잘못한 적이 없는 것 같아. 아마 너무 큰 죄를, 그래서 용서받지 못할 죄를 전생에 지었나 봐. 그래서 얼른 죽었으면 좋겠어. 얼른 죽고 다시 태어나서 살고 싶어. 아프기만 했으니깐, 이렇게 아팠으니깐 내 죄가 다 씻어졌겠지? 다시 태어나면 또 아프지 않겠지?"

그날 연서는 자신이 왜 그렇게 말이 많았는지 알 수 없다. 마치 악마의 마법에 걸린 것처럼 혼자 생각만 했던 말들이 술술 나왔다.

"병원 오기 전 만났던 친구들 얼굴도, 학교생활도 아무것도 기억이 안 나. 다 잊어버렸어. 항암제 탓인 가…… 내 인생에서 가장 많이 본 건 저 파란 하늘밖에 없는 것 같아. 아무리 기억하려고 해도 파란 하늘밖에 모르겠어. 사람은 기억에 살고, 죽으면 기억을 가지고 심판받는다던데, 하늘만 기억하는 나를 하느님은 어떻게 심판할까?"

작게 읊조리는 연서의 말에 엄마는 아무런 말도 없었다.

"미안해."

엄마는 짧게 말했다. 그리고 울었다.

그날이 처음이었다. 연서가 엄마의 우는 모습을 본 것은.

힘겹다 못해 종례에는 보호자가 병이 나는 기나긴 병원 생활에도 엄마는 흔들림이 없었다. 또한 살을 파고드는 주삿바늘에 비명을 지르다 마침내 울면서 살려달라고 애원하는 연서의 말에도 엄마는 미동조차 하지 않았다. 그럴 때면 그저 연서의 손을 잡아주었다.

그런데 그날 엄마가 울었다.

엄마의 눈물을 보고 연서는 슬픔을 버렸다. 그리고 아파도 비명을 지르지 않았다. 그저 그 비명을 삼키고 또 삼켰다.

*

시랑은 멍하니 침대에 앉아 있었다.

벌써 몇 시간째 그대로 침대에 앉아 허공만 바라보았다. 평소 그답지 않은 모습이었다.

그는 꽤나 섬세한 편이었다. 늘 면밀하게 자신의 일을 체크하고 실행에 옮기곤 했다. 또한 자신의 일에 대해서는 신경질적이라 할 정도로 완벽주의자였다. 그런데 실수라고는 모르던 그가 왜 하필 오늘 새벽에 실수를 했는지 알 수 없는 일이었다. 그것도 후계자를 만드는 중요한 날에!

그가 그렇게 넋이 빠진 사람처럼 멍하게 있는 동안 아침과 오후는 지나가버렸다. 별당에 가득하던 햇빛이 어느덧 사라지고 파란 초저녁이 찾아왔다.

그제야 시랑은 천천히 자리에서 일어섰다. 그리고 입고 있던 재킷을 벗어 옷장에 넣었다. 갑자기 그 단순한 행동이 피곤하게 느껴졌다. 시랑은 한숨을 내뱉었다. 따뜻한 차 생각이 간절했다.

시랑은 방마다 붙어 있는 인터폰으로 보필하는 자에게 차를 부탁했다. 이윽고 보필하는 자 중에서 실장급인 진숙이 차를 가지고 들어왔다. 하지만 시랑은 차를 들고 들어온 진숙의 기척을 느끼지 못했다. 차를 가져왔다는 진숙의 말에도 금세 대답하지 못했다. 결국 진숙이 두세 번 부른 다음에야 시랑은 정신을 차리고 고맙다는 대답만 했을 뿐이다. 부탁한 차가 왔음에도 시랑은 여전히 멍하게 허공만 바라보았다. 처음 보는 작은 주인의 모습이 놀라웠지만 진숙은 이해가 됐다.

의식을 치르러 간다던 시랑이 여자를 데려오지 않았던가.

시랑이 멍하게 앉아만 있자 진숙은 다시 차를 건넸다. 그제야 시랑은 찻잔을 들어 올렸다. 하지만 차를 마실 생각은 없어 보였다.

그는 여전히 골똘히 무언가 생각 중이었다. 때로는 얼굴이 붉어졌다가, 주먹을 꽉 쥐었다가, 한숨을 내뱉기도 했다. 그는 아주 괴로운 고민을 하고 있는 것이 분명했다. 약 20년간 시랑을 주인으로 모셔온 진숙은 어렴풋하게나마 그의 마음을 짐작할 수 있었다. 그가 괴로워하는 이유도 잘 알고 있었다. 똑똑하고 현명한 자신의 주인이 왜 그런 실수를 했는지 그녀로서도 알 수 없는 노릇이었다.

"술을 가져다 드릴까요?"

하루 동안 시랑이 아무것도 먹지 않은 것을 진숙은 알고 있었다. 다른 때 같았으면 절대로 그런 제안을 하지 않았을 것이다. 하지만 시랑이 처한 상황에서 필요한 것은 차가 아니라 술이었다.

자신의 취향을 완벽하게 알고 있는 진숙의 제안에 시랑은 고개를 저었다. 그런 기분에 술까지 마시면 안 될 것 같았기 때문에 차를 부탁한 것이었다.

"그자는 예상대로인가? 그런데 이상하군. 아무 소리도 들리지 않아."

부드러운 저음이 듣기 좋은 시랑의 목소리는 평소보다 더 낮고 우울했다. 그의 우울함을 간파한 진숙은 바로 대답하지 않았다. 시랑이 다시 자신을 쳐다보자 그제야 입을 열었다.

"그게 저도 이상해서 살펴봤는데…… 참고 있더군요."

"참고 있다고?"

시랑은 얼굴이 기묘하게 굳어지며 차가운 목소리로 다시 물었다.

"그건 참는다고 참을 수 있는 게 아니다. 잘못 본 게 아닌가?"

"아니요, 그 여자는 분명 참고 있었습니다."

진숙이 허튼소리를 할 리 없었다. 진숙은 지금 연서가 겪고 있는 고통을 알 수는 없었지만, 벌써 그 과정을 몇 번이나 봐왔다.

연서가 겪고 있는 고통을 이미 겪은 사람들이 있었다. 그들은 마치 지옥에 온 것처럼 괴로워했다. 참지 못할 고통에 주변의 모든 물건을 부수고 찢어버렸다. 그래서 특별한 경우를 제외하고는 고통받는 곳은 어떤 가구도 놓아두지 않는다.

그렇게 모든 것을 부수고 나면 갑자기 살려달라고 애원하면서 문을 두드렸다. 하지만 그것도 잠시, 그들은 몰려오는 고통에 상처 입은 짐승처럼 울부짖었다. 모든 사람들이 그렇게 온몸으로 자신이 겪고 있는 고통을 토해놓았다.

시랑은 깊은 생각에 잠긴 듯 눈동자가 가늘어졌다. 잠시 후, 그는 무언가를 결정한 듯 방을 나섰다. 언제나 충실한 진숙이 그의 뒤를 따랐다.

그는 자신의 방을 나와서 곧장 서재로 갔다. 그리고 서재 한쪽을 차지하고 있는 책상 앞에 섰다. 그리고 한손으로 책상을 밀었다. 그 크기와 무게를 생각하면 쉽게 밀릴 것이 아니었다. 그런데 시랑은 무척이나 쉽고 가볍게 책상을 밀었다. 진숙은 그의 엄청난 힘을 알면서도 감탄할 수밖에 없었다.

책상을 밀자 지하 광장으로 통하는 문이 나왔다. 시랑은 문을 열고 안으로 들어갔다. 진숙도 그의 뒤를 따랐다.

어두운 지하 광장에 두 사람의 발소리가 울렸다. 그 소리는 지하 광장의 음습을 더해주었다.

"혹시 그 여자에게 송곳니도 주셨습니까?"

진숙의 질문에 시랑은 아무 대답도 하지 않았다. 그것은 긍정의 뜻이었다. 진숙은 짧게 한숨을 내뱉었다.

두 사람은 이내 고통받는 곳 옆방으로 들어갔다. 그곳에서는 고통받는 곳의 상황을 모두 볼 수 있다. 고통받는 곳의 거울은 경찰서에서 쓰는 유리와 같은 재질로 되어 있었다. 즉, 고통받는 곳에서는 단순한 거울로 보이지만 옆방에서는 고통받는 곳을 볼 수 있었다.

조금 전에 진숙은 고통받는 곳에 불이 켜져 있지 않았기 때문에 유리를 통해서는 확인할 수 없었다. 그래서 일부로 철문에 달린 창으로 연서의 상태를 확인했던 것이다.

시랑은 말없이 유리 앞에 섰다. 유리를 통해 불이 환하게 켜진 고통받는 곳의 모습이 그대로 보였다. 아무것도 없는 하얀 방, 그 한가운데 태아처럼 웅크리고 있는 연서가 있었다. 그녀는 숨을 쉴 때마다 변태變態하고 있었다. 척추는 둥글게 휘어졌으며, 귀와 입은 길게 찢어졌다. 눈과 코 등에서 붉은 피가 흘러나오고 있었다.

그녀의 근본이 모두 바뀌고 있었다. 그것은 분명 고통스러운 것이었다. 생물이 태어나기 위해서는 반드시 필요한 것이 고통이다. 고통 없이 태어난 생물은 바르게 서지 못한다. 곧장 죽거나 사라져버린다. 그녀는 지금 다른 존재로 태어나고 있는 중이다. 그녀는 자신이 태어나는 산통을 스스로 겪고 있는 것이다.

스스로 태어나는 산통을 겪은 이들의 반응을 시랑은 잘 알고 있었다. 적시가의 작은 주인으로서 그들의 고통을 봐왔던 것이다. 그 모습을 볼 때마다 시랑은 소름이 돋았다. 고통에 차서 절규하며, 욕을 하고, 가끔 자해까지 하는 그 모습에는 거짓이 없었다. 그 어떤 전쟁 영화보다 잔인하고 징그러웠다.

그런데 연서는 그렇지 않았다. 욕은 물론이고 그 흔한 비명조차 지르지 않았다. 그녀는 숨을 참고 비명을 삼켰다. 입술을 앙다물고 주먹을 꽉 쥐고 있었다.

시랑은 이해가 되지 않았다. 건장한 성인 남자도 참기

힘든 고통이었다. 인간의 근본을 바꾸는 과정이었다. 뼈마디마디가 갈라지고, 창자가 끊어지고, 온몸의 피가 거꾸로 흐르는 시간이었다. 그런데 그녀는 참고 있었다.

그녀는 분명 고통을 느끼고 있을 것이다. 그녀의 온몸에 번들거리는 식은땀이 그 사실을 말해주었고, 그녀의 잔뜩 찡그린 얼굴이 그 고통을 표현해주고 있었다.

'소리 지르지 않을까? 왜 아프다고 하지 않는 거지?'

처음에는 다른 사람과 같지 않은 그녀가 이상하다고, 표정이 묘하다고 생각했다. 그리고 그 생각 때문에 그녀에게서 시선을 떼지 못했다.

땀으로 둥글고 하얀 이마가, 고통에 못 이겨 가끔 찡그러지는 눈썹과 감은 눈 그리고 앙다문 붉은 입술이 선명하게 그려졌다. 감정으로 투명한 그 얼굴이 시랑의 검은 눈 안에 박혀버렸다. 아무리 고통스러워도 참아내는 그 표정이 그의 시선을 사로잡은 것이었다.

두근두근.

순간 고통으로 일그러진 연서가 다른 곳에서 어떤 표정을 지을지 기묘한 호기심이 회를 치고 돌았다. 그리고 그 감정이 시랑의 온몸을 지배하자 그의 심장이 뛰기 시작했다. 동시에 검은색이던 시랑의 눈동자가 기묘한 형태로 바뀌었다. 사람과 마찬가지로 동그랗던 눈동자의 동공이 초승달 모양으로 변했다. 색깔도 피보다 붉은 색으로 바뀌었다.

붉은 초승달이 그의 눈에 떠올라 빛나고 있었던 것이다.

그러한 그의 눈동자에는 강한 욕망이 그대로 드러났다. 그 어떤 의지나 지성, 지식으로 포장되지 않는 순수하고도 원초적인 힘이 그의 눈에 어렸다. 연서를 보는 그의 눈은 본능과 욕망으로 출렁이고 있었던 것이다.

시랑은 자신이 어떤 상태가 되었는지 곧 깨달았다. 그리고 아직도 자신의 뒤에 진숙이 있음을 기억해냈다. 그는 황급히 숨을 삼키고 가슴을 진정시키려고 노력했다. 이내 그의 눈동자는 원래 검고 둥근 모양으로 돌아왔다.

시랑은 연서의 표정이 그를 사로잡은 적이 없었던 것처럼 뒤로 돌았다. 그리고 신경질적으로 앞머리를 뒤로 넘겼다. 초조할 때마다 그가 곧잘 하는 행동이었다. 그는 손목에 차고 있는 시계로 시간을 확인했다.

"이제 곧 달이 오겠군."

차갑게 말을 내뱉은 시랑은 고개를 돌려버렸다.

*

신과 인간이 함께 어울려 살던 때가 있었다.

그 시절, 동쪽에 살던 한 사내에게 두 명의 나그네가 찾아왔다.

남자와 여자인 그 나그네들은 사내에게 하룻밤 묵어갈 것을 청했다.

사내는 나그네가 해의 신과 달의 신이라는 것을 알아보았다.

하지만 흉년이 들어 신에게 대접할 것이 아무것도 없었다.

신을 그냥 보낼 수 없었던 사내는 외아들을 죽여 음식으로 만들었다.

그리고 그 음식을 신들에게 대접했다.

남자인 해의 신은 만족했지만, 아들을 마음에 두고 있던 여자인 달의 신은 속으로 앙심을 품었다.

감사의 뜻으로 해의 신은 사내에게 신의 호위 짐승이던 늑대의 능력을 주었다.

강한 신체, 뛰어난 지능, 아름다운 외모, 인간들은 결코 가질 수 없는 뛰어난 회복력까지.

그런데 자신이 축복을 내릴 때가 되자, 달의 신은 갑자기 저주를 내렸다.

"완전한 내 힘을 가진 보름달이 뜨면 넌 이성을 잃고 광기에 휩싸일 것이다. 또한 너의 여자는 네 새끼를 낳지 못하리라."

놀란 사내는 울부짖기 시작했다. 그 모습을 보고 달의 신은 음산한 미소를 지었다.

"하지만 힘은 다른 힘으로 채워지고, 더 강한 힘을 불러 올 것이다."

말을 마친 달의 신은 사라졌다.

사내의 울음은 그치지 않았고, 이에 해의 신은 걸고 있 던 해의 옥패를 건네줬다.

"이 옥패를 물에 담가 마시면 달의 힘이 미치지 못할 것이다. 강해진 너의 손톱과 이빨이 너의 새끼를 낳게 해 줄 것이다. 또한 옥패의 힘으로 네 일족은 번성하리라."

해의 신이 한 말에 사내는 그제야 진정했다.

그런 모습을 보고 해의 신은 낮게 경고했다.

"너무 욕심내지 말거라. 네 욕심이 너를 해칠 것이다."

신의 말은 사실이었다.

사내의 일족은 자신의 손톱과 이빨로 아기를 태어나게 하는 방법을 알게 되었다.

그러나 달의 신이 등을 돌렸기 때문에, 일족에는 여자

가 태어나지 않았다.

　그리고 마지막에 해의 신이 했던 예언도 사실이었다.

　일족의 숫자가 늘어가자 후손들은 옥패를 가지고 싸우기 시작했다.

　치열한 전쟁의 연속이었고 많은 후손들이 죽게 되었다.

　결국 단 아홉 명만이 남게 되었다.

　아홉 명 중 한 명이 그 옥패를 돌로 깨트렸다.

　옥패는 아홉 개로 나누어졌고, 그것을 아홉 명의 후손들이 나눠 가졌다.

　옥패는 모두 붉은색, 주황색, 노란색, 초록색, 파란색, 남색, 보라색, 흰색, 검은색으로 되어 있었다.

　그중 붉은 옥패를 가진 자가 말했다.

　"우리는 이제 단 한 명의 후계자만 갖기로 한다."

　그리고 그 후, 그 일족을 아는 사람은 아무도 없었다.

*

　산에서는 어둠이 빨리 찾아온다.

　파란 어둠을 가진 초저녁인가 싶더니 어느새 밤이 되었다. 그리고 시간은 또다시 흘러 산꼭대기에 떠 있던 달은 하늘 중앙으로 옮겨갔다.

바로 그 시각, 연서가 눈을 번쩍 떴다. 눈을 뜨자 보이는 것은 하얀 페인트로 칠해진 벽면이었다.

연서는 어리둥절한 표정이었지만 어젯밤 고통은 보이지 않았다. 마치 단잠을 푹 자고 일어난 사람처럼 보였다. 뭔가 개운한 표정이었고 평소보다 훨씬 생동감과 힘이 넘쳐 보였다.

연서는 놀라서 똑바로 일어나 앉았다. 주변을 살폈으나 낯선 곳이었다. 자신이 어디에 있는지 짐작조차 할 수 없었다. 사방은 하얀 벽뿐이었다. 그리고 한쪽 벽면은 아주 큰 거울로 되어 있었다. 처음 주변을 파악할 때에는 제대로 보지 못했던 거울이었다. 그제야 들여다본 거울에는 자신이 있었다.

그런데 거울을 본 순간, 연서는 자신의 모습을 보고 놀라 굳어버렸다.

자신의 머리가 길어진 것이었다!

연서의 눈동자와 똑같은 갈색의 긴 생머리가 허리춤까지 길게 늘어져 있었다. 머리를 살짝 움직일 때마다 찰랑찰랑 흔들거리고, 반짝반짝 빛나는 아주 고운 머리칼이었다. 연서는 순간 무척 기뻐서 소리를 지를 뻔했다. 머리카락이, 그것도 무척이나 예쁜 머리카락이 자신의 머리에 나 있었던 것이다.

"머리카락 말고는 보이는 게 없나 보지?"

저음이 아주 듣기 좋은 목소리였다. 하지만 그 목소리
에 연서는 자신이 낯선 곳에 있다는 사실을 생각해냈다.
연서는 놀라 뒤를 돌아보았다.

블랙 슈트를 입은 아주 키가 큰 남자가 옷을 들고 서
있었다. 그는 시랑이었다.

대한민국 사람들 모두가 그를 알았고, 연서도 그를 알
고 있었다. 하지만 연서는 놀라고 긴장해서 그가 누군지
깨닫지 못했다.

시랑이 옷을 내밀었다. 하얀 원피스는 진숙이 구해준
것이었다.

그제야 연서는 자신의 몸을 내려다보았다. 입고 있던
옷은 휴지 조각처럼 찢겨 중요 부위만 간신히 가리고 있
었다. 속옷도 괴이한 모양으로 찢겨져 있었다. 사실 왼
쪽 가슴은 거의 다 드러난 상태였다.

옷이 찢어진 것은 그녀가 간밤에 변태를 했기 때문이
다. 당연한 일이지만 연서는 그 사실을 알지 못했다. 때문
에 시랑이 내민 하얀 원피스를 받아들고 허겁지겁 입으
면서도 왜 자신이 그렇게 되었을까 하는 의문에 쌓였다.

자신이 왜 낯선 곳에 있는지, 왜 머리가 길어졌는지 궁
금했던 것이다.

그녀는 지난밤 절벽에서 몸을 던졌다. 그건 분명했다.

결국 연서는 지금 자신 앞에 있는 블랙 슈트의 남자가 천사라는 결론을 내렸다. 자신은 죽은 것이 분명했다. 그래서 없던 머리카락이 생겨난 것이다. 연서는 슬쩍 자신의 머리를 만져보았다. 비단을 만지는 것처럼 아주 부드러웠다. 병이 들어 머리를 밀기 전보다 훨씬 더 좋은 머릿결이었다. 연서는 아주 마음에 들었다. 연서는 죽는 게 이런 거라면 전혀 나쁘지 않다고 생각했다. 몸 상태도 무척이나 좋아서 날아갈 정도였다.

'죽었는데 왜 아프겠어?'

연서는 웃음이 터져 나왔다. 하지만 앞에 서 있는 블랙 슈트의 천사, 즉 시랑 때문에 크게 웃지는 않았다.

하지만 시랑은 연서가 히죽거리는 것도, 뭔가를 굉장히 좋아하는 것도 알고 있었다. 시랑으로서는 그녀가 무엇을 생각하고 있는지 알 수 없었다. 하지만 어쩐지 기분이 나빴다.

그의 감정은 역경의 시간, 그대로였다. 여전히 그는 머릿속이 지끈거릴 정도로 많은 고민을 하고 있었고 묵직한 부담감이 가슴을 짓누르고 있었다.

그런데 연서는 뭐가 좋은지 계속 히죽거리며 머리카락만 만지고 있었다. 순간 시랑은 연서가 바보가 아닌가

하고 의심했다. 어쩌면 문제가 훨씬 더 복잡해질지도 모른다는 생각에 시랑은 한숨을 내뱉었다. 하지만 연서는 시랑의 기색은 눈치채지 못했는지 여전히 해죽거리고 있었다.

"따라와라."

말을 마친 시랑은 곧장 고통받는 곳을 나갔다. 연서는 어리둥절한 표정으로 그를 따라나섰다. 앞을 성큼성큼 걸어가는 천사를 보는 그녀의 마음속에는 두려움이 가득했다.

'아마도 심판을 받으러 가는 거겠지? 아까 그 하얀 방은 심판받기 전에 머무는 대기실 같은 곳인가? 하늘나라는 좀 밝은 곳일 줄 알았는데 되게 어둡고 침침한 곳이네. 지하 동굴 같은 느낌이야. 그런데 나는 천국은 갈 수 있을까? 자살했으니까 천국은 물 건너갔겠지? 지옥에 가는 건가? 그건 말도 안 돼. 아프기만 했던 인생이었고, 부모님한테 짐 되기 싫어서 죽은 건데 진짜 지옥에 보내겠어? 만약 날 지옥에 보내면 염라대왕한테 따져야지! 꼭 따질 거야! 염라대왕이 아무리 무섭게 생기고, 협박해도 따질 거야! 전생에 지은 업 때문에 내가 아픈 거였다면 화낼 거야. 기억도 나지 않는 전생 때문에 현생에 그렇게 아프게 하는 게 어디 있냐고! 기억도 안 나는

50

잘못을 반성하는 사람은 없다고 소리 지를 거야!'

병상에서 제일 아름다운 시절을 보낸 것이 억울했던 연서는 단단히 결심했다.

그런 연서의 속치부는 갑자기 생겨난 것이 아니었다. 병상에 누워 매일 생각하고 다짐했던 것이다. 하지만 그때부터 자살을 결심했던 것은 아니다. 그저 늘 생각하던 것이었다. 때문에 연서는 자살했어도 자신이 크게 잘못한 것이라고는 생각하지 않았다. 그래도 부모를 두고 앞서 가는 것이 가장 큰 죄라는 말이 걸렸다.

'진짜 지옥에 가는 건가? 까짓것 가지 뭐. 이미 상황은 벌어졌어. 지금 와서 후회한다고 뭐가 달라지겠어?'

연서는 처음 병원에 있던 일이 년 동안 항상 전전긍긍했다. '백혈구를 상승시키는 촉진제를 맞고도 백혈구가 상승하지 않으면 어쩌지? 새로 받은 항암제가 나한테 안 맞으면 어떡하지?' 등등, 매일매일이 조마조마한 일상이었다.

그런데 그것도 몇 년이나 계속되다 보니 연서는 어느 순간부터 걱정 자체를 하지 않게 되었다. 겁을 먹고 우울해지면 병이 더 깊어지는 것은 물론이고 하루하루가 지옥 그 자체였다.

때문에 연서는 스스로 훈련하기 시작했다. 내일 일은

걱정 안 하고 오늘을 중요하게 여기는 것으로. 그녀의
생존 투쟁에서 나온 결과였다.

"윽!"

갑자기 시랑이 걸음을 멈추었다. 때문에 뒤따르던 연
서는 그와 부딪치고 말았다. 하지만 시랑은 그녀를 돌아
보지 않았다.

그제야 연서는 자신의 생각에서 벗어났다.

그들이 도착한 곳은 커다란 횃불을 피워놓은 지하 광
장이었다.

커다란 원탁에는 아홉 개의 의자가 있었다. 그 의자에
는 여덟 명의 남자들이 앉아 있었다. 일곱 명은 중년이
었고, 한 명은 20대 후반으로 보였다. 남자들은 시랑과
연서가 나타나자 두 사람을 뚫어져라 쳐다봤다.

"그자인가?"

낮지만 힘 있는 목소리에 시랑과 연서는 옆을 돌아보
았다.

원탁과 떨어진 입구 쪽에 한 남자가 서 있었다. 그는
시랑만큼이나 큰 키에, 풍채 좋은 몸, 반듯하게 올린 흰
머리가 멋스러운 노년의 남자였다.

시랑은 그가 나타나자 간단히 고개를 숙여 예를 표했
다. 동시에 원탁에 앉아 있던 사람들도 자리에서 일어나

인사했다.

　노년의 남자는 원탁의 비어 있는 자리에 가서 앉았다. 그가 앉은 곳은 둥근 원탁에서 가장 상석이었다.

　"그런데 저자는 여자 아닌가?"

　여덟 명 중에 누군가가 소리쳤다. 동시에 모두가 눈을 반짝이며 연서를 바라보았다.

　"그럼, 반려자군요."

　"순수 혈통의 후계자를 가질 수 있겠어요."

　"잘된 일이군요. 방계 혈통보다는 순수 혈통이 좋지요."

　"적시가는 우리 일족에서 가장 중요합니다. 역시 순수 혈통이어야 합니다."

　노년의 남자가 자리에 앉자마자 원탁의 사람들이 저마다 떠들어댔다. 사람들은 모두 흥분돼 보였다. 노년의 남자는 그런 사람들의 반응에도 아무런 대꾸를 하지 않았다.

　"아닙니다."

　갑자기 시랑의 목소리가 그들의 시끄러움을 갈라버렸다.

　모두들 동시에 시랑을 바라보았다. 특히 원탁의 상석에 앉은 남자의 눈썹이 살짝 꿈틀거렸다. 동시에 붉은 초승달이 그의 눈에 선뜻 비쳤다가 금세 사라졌다.

시랑이 화가 나면 하는 버릇과 같았다. 그가 시랑의 버릇과 같은 것은 당연한 일이었다. 그는 시랑의 아버지 천후天后였다.

"이자는 저의 반려자가 아닙니다."

시랑의 말은 마치 전쟁을 선포하는 선언문 같았다. 동시에 사람들은 그대로 멈춰버렸다.

천후는 그 자리에서 벌떡 일어섰다. 붉으락푸르락해진 천후의 얼굴을 보아 아주 화가 많이 난 것이 분명했다. 또다시 천후의 눈동자에 붉은 초승달이 떴다가 사라졌다. 그가 그렇게 화가 난 것은 몇 년 만에 처음이었다.

"이 여자는 늑대의 신부가 아닙니다. 그저 동족입니다."

"말도 안 되는 소리 하지 마라."

천후는 차갑고 낮게 말했다. 일족을 대표하는 자로서, 또한 한국 최고의 기업 '울프'의 회장으로서 그의 카리스마는 매서웠다. 그는 단호한 목소리로 다시 시랑을 일깨웠다.

"여자는 우리 동족이 될 수 없어. 여자가 우리 동족이 되기 위해서는 신부가 되어야 한다. 너도 그걸 잘 알고 있지 않느냐?"

"하지만 이 여자는 동족으로만 둘 것입니다."

"생산하지 않는 동족은 필요 없다."

아버지의 날카로운 말에 시랑은 입을 다물었다. 천후의 시선과 시랑의 시선이 허공에서 맞닿았다. 시랑의 눈은 그대로였으나, 아버지 천후의 눈동자가 붉은 초승달로 변했다. 그 눈으로 두 사람은 서로를 죽일 듯이 노려보았다.

두 사람에게서는 처음 있는 일이었다. 그들은 흔한 말싸움도 하지 않는 사이로 그 누구보다 다정한 부자였다. 아들은 아버지를 존경했고, 아버지는 아들을 아꼈다. 그런데 오늘은 달랐다. 두 사람 모두 이번 일만큼은 양보할 수 없는 것이었다.

"자, 잠깐만요!"

과감하게도 두 사람의 사이에 끼어든 것은 연서였다.

부자의 거친 기싸움에 원탁에 앉아 있는 여덟 명의 남자들도 감히 말릴 생각도 못 하고 있었다.

한 명을 제외한 일곱 명 모두 문화계, 정계, 재계에서 자신의 목소리를 내는 사람들이었다. 그만큼 세월도, 경험도, 뱃심도 두둑한 인물들이었다. 그렇지만 시랑과 천후 사이에서 퍼져 나오는 살기에는 숨죽이고 있을 뿐이었다.

그런데 이제 막 스물두 살 먹은 어린 여자 아이가 두 사람의 싸움을 멈추게 한 것이었다.

"지금 내 얘기 하고 있는 거죠?"

그래도 한 번 본 사람이 편한지라 연서는 시랑에게 따져 물었다. 고개를 빳빳이 들고 자신에게 삿대질하는 연서를 시랑은 무표정하게 검은 눈으로 내려다보았다.

"말해봐요. 지금 도대체 무슨 얘기를 하고 있는 건가요?"

연서로서는 따져 물을 수밖에 없었다.

분명 자기는 죽었고, 천사를 따라가면 심판을 받을 것이라고 생각했다. 왜 심판을 내리는 사람이 여덟 명이나 되는지 알 수 없었지만, 원래 그런 것일지도 모른다고 생각했다. 사람들이 사후의 세계에 대해 많이 떠들어댔지만 진짜 죽은 사람은 말이 없지 않은가. 그런데 후계자니, 반려자니, 늑대의 신부니 전혀 모를 소리만 하고 있었다.

연서는 설명을 요구하는 얼굴을 했다. 그러나 시랑은 차갑게 연서를 내려다보고 있을 뿐이었다.

"네가 뭐라고 했든 저 아이는 늑대의 신부다. 순수 혈통을 낳을."

싸움을 끝내고 싶었는지 천후는 그 사이에 빠르게 결론을 내렸다. 그리고 원탁의 자기 자리에 앉았다. 하긴, 천후가 결론을 내린 것이라고 말할 수는 없다. 그것은 이미 벌어진 사실이었다.

"아닙니다! 이 여자는 늑대의 신부가 아닙니다!"

시랑이 비명을 지르듯이 소리쳤다. 하지만 천후는 듣지 않았다. 그저 핸드폰으로 보필하는 자를 불러 차를 가져오게 할 뿐이었다. 분노로 헐떡이는 시랑은 없는 것처럼 여덟 명과 다른 이야기를 나누었다. 그 모습을 본 시랑은 자신의 아버지가 전혀 물러서지 않을 것임을 알았다.

하지만 시랑은 포기할 수 없었다. 그러기에는 앞으로 다가올 상황이 너무나 끔찍했다.

아들이 쉽게 포기하지 않을 것임을 알고 천후가 다시 물었다.

"저 아이의 입에 너의 송곳니가 박혀 있다. 네가 넣은 것이 아니냐?"

"……"

시랑은 순간 말문이 막혔다.

근래에 했던 전투 중에서 가장 쟁쟁한 전투를 끝낸 천후는 미소를 지어 보이며 말했다.

"저 아이가 입을 연 순간, 너의 냄새와 송곳니를 보았다. 내가 너의 냄새를 모른다고 할 수는 없겠지?"

천후는 어느새 보필하는 자들이 내온 차를 받아 마시

며 아무렇지 않게 말했다. 이미 상황은 정해졌다. 천후가 승리한 것이었다.

물론 시랑은 패배감을 느끼지 않았다. 이 싸움에서 이기고 지는 것은 중요하지 않았다. 아버지가 기를 꺾는 것 또는 자신이 꺾이는 것 따위는 그의 안중에 없었다. 아버지와 싸우기 위해 논쟁을 시작한 것이 아니지 않은가.

그런 하찮은 감정보다 앞으로의 일이 중요했다. 시랑은 무슨 수를 써서라도 사태를 해결해야 했다. 다시 한 번 아버지를 설득할 요량으로 천후에게 다가갔다.

그때였다.

"도대체 지금 저한테 무슨 일이 벌어진 거죠?"

결국 연서가 참지 못하고 소리를 질렀다. 분노를 가득 담은 거친 고함에 시랑은 물론이고 모두들 연서를 쳐다보았다. 연서는 곧장 시랑을 지나쳐 천후에게 다가갔다.

연서는 시랑이 또 자신을 무시할 것이라고 생각했다. 하지만 천후는 그렇지 않을 것이라고 그녀는 믿었다.

자신과 상관없다면 사람들은 남의 비밀을 곧잘 이야기해준다. 그것을 연서는 알고 있었다. 주치의도 엄마도 연서의 병이 백혈병이라는 것을 얘기해주지 않았다. 결국 연서는 자신을 간호하지 않는 다른 간호사에게 자신이 백혈병이라는 사실을 들었다.

연서는 지금 뭐가 뭔지 정확히 알 수는 없었지만 시랑이 자신과 상관이 있다는 것은 이해했다. 그녀도 귀가 있으니 천후와 시랑의 대화를 들었던 것이다. 그러니 답은 천후밖에 없었다.

"숨기지 말고 똑바로 말해주세요. 저한테 도대체 무슨 일이 벌어진 거예요?"

연서는 천후에게 다가가 그를 똑바로 보고 말했다. 그런 그녀의 행동에 모두들 경악했다. 그중에는 시랑도 있었다. 자신의 아버지에게 저렇게 대한 사람은 없었다. 재계에서도 냉혹한 카리스마로 악명을 떨치는 사람이었다. 그런 그의 눈을 똑바로 보는 사람은 아마도 아들 시랑이 유일할 것이다.

그런데 이제 막 스무 살이 넘어 보이는 어린 여자는 천후에게서 두려움을 느끼지 못하는 듯 보였다. 아니 그녀는 그 어떤 것에도 두려움을 느끼지 못하는 듯 보였다.

"저는 분명 자살했습니다. 그런데 여기 있군요. 보아하니 당신들이 사후의 세계를 심판하는 염라대왕 같지는 않고, 도대체 뭡니까?"

연서는 최대한 감정을 참으면서 예의 바르게 물었다.

하지만 천후는 연서의 말에 대답하지 않았다. 단지 묘하게 웃으면서 연서를 바라볼 뿐이었다. 아주 따뜻한 눈길이었는데, 묘하게 슬픔이 섞여 있었다.

연서는 그 눈빛이 싫었다. 의사들이 자신을 볼 때 가끔 그런 눈빛을 하고 있었기 때문이다. 연서는 그 눈빛의 뜻을 알고 있었다. 갑자기 짜증이 났다.

"말하라고! 도대체 나한테 무슨 일이 일어난 거야!"

참지 못한 연서가 막 천후의 멱살을 잡으려고 할 때였다.

"무슨 짓이야!"

그 짧은 찰라, 갑자기 시랑이 연서의 앞에 나타나더니 연서의 팔을 낚아챘다. 본래 시랑은 천후와 조금 떨어진 곳에 있었다. 그런데 마치 순간 이동을 한 것처럼 눈 깜짝할 사이에 연서의 앞에 나타난 것이다.

인간일 수 없는 그 형태에 연서는 소스라치게 놀라 물었다.

"어, 어떻게? 분명 당신 저쪽에 있었잖아?"

"……."

시랑이 아무런 말도 하지 않자 연서는 조금 전보다 더 크게 소리쳤다.

"아, 아무튼 그럼 당신이 똑바로 말해! 나한테 무슨 일이 일어난 건지 숨기지 말라고!"

연서의 눈은 분노로 이글거렸다. 연서는 예사로워 보

이지 않는 사랑이 두려웠지만 자신의 감정을 숨기지 않았다. 자신에게 일어난 일을 자신이 모르는 것은 무척 싫었다. 그런 것은 병원 생활로 족했다. 때문에 자신을 죽일 듯이 노려보는 사랑의 눈을 피하지 않았다.

그러나 연서는 내심으로는 정말로 사랑이 자신을 죽일지도 모른다는 생각이 들었다. 늘 자신을 보호하는 데 익숙한 그녀였기에 본능적으로 알 수 있었다.

사랑은 순간적으로 정말 이 여자를 죽일까 생각했다. 정말로 그녀를 죽이고 싶었다. 그는 작디작은 여자가 자신을 보고 바락바락 대드는 것에 익숙하지 않았다. 또한 보잘것없는 인간 여자가 자신을 헤집어 고민하게 만드는 것도 마음에 들지 않았다.

하지만 그럴 수 없는 일이었다. 그녀가 죽으면 일이 더 복잡해질지도 몰랐다.

"늑대 인간이다."

살기등등한 눈빛으로 서로를 노려보다가, 사랑이 먼저 꺼낸 말이었다. 그 말에도 연서는 '그래서 뭐?'라는 눈빛으로 여전히 그를 노려봤다.

하지만 사랑은 더 이상 친절하게 설명해주기를 거부했다. 그가 한참이 지나도 아무 말이 없자 연서는 결국 항복할 수밖에 없었다. 그녀가 다시 물었다.

"늑대 인간이 뭐?"

"네가 늑대 인간이 되었다는 말이다."

시랑이 차갑게 대꾸했다. 연서는 시랑이 미쳤다고 생각했고, 시랑은 연서가 생각보다 멍청하다고 결론 내렸다.

"지금 그게 무슨 소리야? 늑대 인간이라니?"

연서가 다시 물었다. 그러자 시랑은 인내심을 가지고 다시 설명했다.

"늑대 인간인 나한테 물려서 너도 늑대 인간이 됐다고."

"뭐? 당신 정말 미친 거 아냐? 그걸 지금 나보고 믿으라고?"

"그럼 멀리 떨어져 있던 내가 1초도 안 돼서 네 앞에 나타난 건 어떻게 설명할 거지? 눈으로 보고도 믿지 않다니, 정말 멍청하구나."

냉소를 머금은 시랑의 비웃음에 연서가 막 소리를 지르려고 할 때였다. 천후의 목소리가 그들을 굳어버리게 했다.

"네가 늑대 인간이 되었다는 것보다 중요한 건, 네가 늑대의 신부로 내 아들의 반려자가 되었다는 것이다. 즉, 넌 내 아들의 후계자를 낳아야 한다."

"안 됩니다!"

천후의 말에 먼저 반응한 것은 시랑이었다. 천후의 난데없는 말에 머릿속 회로가 잠시 정지했던 연서는 느릿하게 천후를 돌아봤다. 놀라다 못해 경악한 얼굴이었다.

"반려자? 그럼 결혼을 하라고요? …… 설마 이 사람하고요?"

연서는 시랑을 손가락으로 가리키며 물었다. 시랑은 얼굴을 있는 대로 찡그렸고 천후는 고개를 끄덕였다. 한참을 생각하던 연서는 조용히 물었다.

"이거 몰래 카메라인가요?

*

"미쳤지? 당신들 단체로 미친 거지?"

시랑의 뒤를 따르면서 하는 연서의 말은 이 말 하나였다. 하지만 계속된 물음에도 시랑은 묵묵부답이었다. 그저 지하 동굴을 빠져나가기 위해 서재로 가는 길을 걷고 있을 뿐이었다.

천후를 비롯해 원탁에 앉아 있던 여덟 명은 지하 광장에 여전히 머물고 있었다.

모두 늑대 인간으로 그들은 형제로 지냈다. 그들은 한 달에 한 번씩 보름달이 뜨는 날이면 적시가의 지하 동굴에 모였다. 그곳에서 그들은 중요한 '의식'을 치른다.

의식을 치른 후 그들은 일족이 앞으로 나아갈 방향을 비롯해 서로의 사업에 대해서도 이야기를 나눈다. 조언을 구하기도 하고 서로의 일에 대해 판단 또는 격려를 하기도 한다. 때로는 실질적인 도움을 주기도 한다.

하지만 오늘은 보름달이 뜨지 않는 날이었다. 즉, 일족이 모이는 날이 아니었던 것이다. 오늘 그들이 적시가에 모인 이유는 하나였다. 시랑이 데려올 적시가의 후계자를 보기 위해서였다.

적시가는 일족의 우두머리였다. 그들이 시랑의 후계자를 기다린 것은 당연한 일었다.

"어쨌든 나는 당신과 결혼할 생각 없어."

지하 동굴에서 나와 서재로 올라오자 연서가 내뱉은 말이었다. 그 말에 시랑은 천천히 뒤를 돌아보았다. 연서는 그런 시랑을 신경 쓰지 않고 계속 말했다.

"왜 이런 장난을 치는지 알지도 못하고 알고 싶지도 않지만 하나는 확실해. 나는 당신과 결혼할 수 없어."

"우린 원래 결혼 같은 거 안 해."

시랑은 연서를 똑바로 보고 말했다. 그제야 연서는 시랑의 얼굴을 밝은 빛에서 볼 수 있었다. 그러자 시랑을 보는 연서의 눈이 갑자기 동그랗게 됐다.

"당신 이시랑이잖아!"

난데없는 말에 시랑은 어리둥절한 표정이 되었다. 연서는 시랑을 머리부터 발끝까지 낱낱이 훑더니 고개를 끄덕였다.

"아까부터 어디선가 본 사람 같더니. 아까 지하에서는 너무 어두워서 긴가민가했죠. 그런데 도대체 왜 이런 장난을 치는 거죠?"

방금 전까지는 죽일 듯이 노려보며 반말하더니 갑자기 존댓말을 하는 연서였다. 그럴 수밖에 없는 것이 지금 자신의 눈앞에 있는 사람은 이시랑이었다. 대한민국 최고의 배우이자 모델로 최근 몇 년간 가장 안기고 싶은 남자 1위를 차지한 사람이었다.

그제야 자신을 알아본 연서의 반응에 시랑은 헛웃음이 나왔다. 눈앞에 있는 여자가 생각보다 더 멍청한 것 같다고 생각했다.

"장난 아니야."

시랑은 무겁게 말했다. 그 말에 연서는 한참 동안 시랑을 쳐다보았다.

연서는 거짓말을 하는 사람을 곧잘 찾아냈다. 주사가 아프지 않다는 간호사의 거짓말, 약을 먹으면 낫는다는 엄마의 거짓말 등을 거의 매일 겪었다. 거짓말하는 사람의 특유의 습관들, 예를 들면 시선을 피한다든가 손을 만지작거리는 것을 잘 알고 있었다. 그래서 연서는 시랑이 하는 말이 사실인가 가늠해보고 있는 중이었다. 그런데 시랑은 눈동자조차 흔들리지 않았다.

"이런 세상에! 당신 정말로 자신이 늑대 인간이라고 믿고 있는 거군요."

연서는 소리를 질렀다. 동시에 시랑이 미쳤다고 믿었다.

연서는 그런 시랑에게 위협감을 느끼고 뒤로 조금씩 물러서기 시작했다. 뒤로 물러서다가 책상에 몸이 부딪쳐 뒤로 넘어져버렸다. 연서는 뒤로 넘어지면서 책상을 잡는다는 것이 책상 위의 조각품을 건드리고 말았다. 유리로 된 조각품은 그대로 바닥에 떨어졌다.

조각품은 깨졌고, 그것이 그대로 연서의 손바닥을 베어버렸다. 손에 찌릿한 고통을 느낌과 동시에 붉은 피가 새어 나왔다.

"으아아악!"

상처를 본 연서는 마치 총에 맞은 것처럼 비명을 질렀다.

시랑은 연서의 반응에 깜짝 놀랐다. 그저 유리 조각에 베여 손바닥이 피가 나는 것뿐인데 연서는 자기가 죽기라도 한 것처럼 울기 시작했다.

"지혈을 해야 해! 아, 이를 어쩌지? 어떻게 해!"

연서는 계속 울면서 어쩔 줄 몰라 했다.

"그만 좀 해. 그저 손바닥이 긁힌 것뿐이잖아? 왜 이리 수선이야?"

결국 시랑이 한마디 했다. 그러자 연서는 시랑을 노려보며 소리쳤다.

"난 AML(Aute Myeloid Leukemia: 급성 골수성 백혈병) 환자, 그러니까 급성 골수성…… . 아니, 백혈병 환자예요! 이렇게 상처가 나면 아물기는 엄청 어렵고 이러다가 감염이 되면……!"

"상처 아까 다 아물었어. 그만 징징대."

시랑은 무뚝뚝하게 말했다. 그 말에 연서는 얼른 자신의 손을 봤다. 손은 깨끗했다. 유리 조각에 길게 베인 상처는 흔적조차 남아 있지 않았다.

"이게 어떻게 된 일이죠? 네?"

놀란 연서가 계속 시랑에게 물었다. 시랑은 그런 연서를 한심하다는 눈빛으로 쳐다보았다. 그의 눈빛을 알았지만 연서는 계속 시랑에게 물었다. 하지만 시랑은 대답하지 않았다. 그 정도면 포기할 만한데 연서는 포기하지 않고 계속 물어댔다.

결국 그는 바닥에 떨어진 유리 조각 중 가장 큰 것을 집어 들었다. 그리고 천천히 연서에게 다가갔다. 그리고 연서가 어찌해보기도 전에 그녀의 가슴을 베어버렸다.

너무 놀란 연서는 지금 자신에게 일어난 일이 뭔지 알지 못했다. 처음에는 시랑이 유리 조각을 든 모습이 보였고 그다음에는 자신의 가슴에서 피가 나는 것이 보였다.

연서가 비명을 지르려고 할 때 시랑에 차갑게 잘라 말했다.

"넌 늑대 인간이야. 그 정도 상처는 아무것도 아니야."

그 말에 연서는 얼른 베인 자신의 가슴을 보았다. 옷만 베여 있을 뿐 역시 깨끗했다. 연서는 너무 놀라 자신의 가슴을 가릴 생각도 하지 못하고 멍하게 시랑을 바라보았다.

"더불어 인간의 병 따위는 우리를 해치지 못해. 늑대 인간이 된 후로 네 병은 이미 사라졌단 말이다."

무미건조하게 말하는 시랑의 말에 연서는 아무 말도 하지 못했다. 그저 잠시 멍하게 있을 뿐이었다. 하지만 이내 얼굴에 생기가, 그리고 기쁨이 한가득 흐르다가 미친 듯이 소리를 질러댔다.

"까오오오오오!"

무슨 짐승 소리처럼 내는 그 음성에 시랑은 깜짝 놀라 연서를 쳐다봤다. 하지만 그때 연서는 시랑에게 달려들더니 그대로 그를 껴안아버렸다.

"정말 고마워요! 감사해요! 날 늑대 인간으로 만들어
줘서!"

하지만 기쁨에 겨운 그녀를 시랑은 한 손으로 거칠게
밀어버렸다. 덕분에 연서는 뒤로 날아가 책장에 부딪치
고 말았다. 연서는 놀라서 시랑을 쳐다봤다. 그러자 시
랑은 차갑게 굳어진 얼굴로 으르렁거리듯 말했다.

"그런 웃기지도 않는 소리는 하지도 마."

그는 그대로 서재를 나가버렸다. 연서는 어리둥절한
표정으로 머리만 긁적거렸다.

*

"이제 어떻게 되는 겁니까?"

천후의 왼쪽에 앉아 있는 자가 물었다.

천후의 바로 밑 동생으로 이름은 심종원이었다. 즉, 둘
째 늑대 인간이었다. 국회의원으로 정치에 입문한 지 30
년이 넘은 인물로 자신이 속한 정당의 핵심적인 역할을
하는 사람이었다. 늑대 인간 가문에서 천후 다음으로 중
심이 되는 인물이기도 했다.

"걱정되는 건가?"

천후가 물었다. 그러자 종원은 어두운 목소리로 대답

했다.

"천후 형님은 걱정이 되지 않습니까? 시랑이 저토록 반대하니……."

그러자 종원 옆에 있는 사람, 즉 셋째 늑대 인간인 김원수도 역시 어두운 표정으로 입을 열었다. 그는 진보 성향 신문사의 사장이었다. 평사원부터 시작해 오너가 된 신화적 인물이었다. 냉철한 판단력과 추진력이 그의 장점으로 천후와는 좋은 의논 상대였다.

"저는 시랑이 후계자를 데려올 줄 알았습니다. 그런데 여자아이를 물어 오다니……."

셋째 원수가 말했다. 그 말에 천후가 대답했다.

"아마 시랑이 의도한 일이 아닐 게다."

"저도 그렇게 여기고 있습니다. 하지만 이미 일이 벌어졌으니……. 무엇보다 시랑의 마음이 다치지 않겠습니까?"

김원수는 첫째 형의 눈치를 살피며 말했다. 그런 동생의 기색을 알면서도 천후는 힘 있게 말했다.

"시랑이 견뎌야 할 몫이다."

천후의 차가운 말에 모두들 입을 다물었다.

천후가 얼마나 아들을 사랑하는지 그들은 모두 잘 알고 있었다. 그러나 천후는 일족의 수장이었다. 일족에게는 태고 시절부터 존재해오는 율법과 계율이 있었다. 그 것이 일족을 지금까지 유지해오는 데 가장 중요한 근본 이 되었다. 율법과 계율 덕분에 일족은 멸망하지 않고 지금까지 지켜질 수 있었던 것이다. 천후는 그 계율을 지키고 계승하는 의무가 있는 사람이었다.

"사실은 하나다. 시랑은 남자가 아니라 여자를 물었다. 그리고 늑대 인간의 힘의 근원인 송곳니를 주었다. 또한 우리의 광기를 진정시키는 '이성의 샘물'을 먹였다."

"만약 우리가 이성의 샘물을 먹지 않으면 어떻게 됩니 까?"

이렇게 물어본 사람은 최무열이었다. 아까 연서가 지 하 광장에 왔을 때 본 여덟 명의 남자들 중 가장 젊은 사 람이었다. 그는 늑대 인간이 된 지 얼마 되지 않은 사람 이었다. 본래 그는 이 원탁에 앉을 자격이 없다. 원탁에 앉을 사람은 그가 아닌 그의 선임자였다. 선임자는 천후 의 아홉번째 동생이었다. 무열은 아홉번째 선임자의 후 계자였다. 그러나 오늘 선임자에게 갑자기 중요한 회의 가 생겨 그가 대신 원탁에 앉아 있는 것이었다.

무열은 늑대 인간이 된 지 얼마 되지 않아서 아직 늑대 인간에 대해 많은 것을 알지 못했다.

무열의 질문에 천후는 품에서 무언가를 꺼냈다. 깨진

붉은색 조각이었다. 옥으로 만든 것이 분명했다. 동시에 나머지 일곱 명도 각각 자신이 가지고 있던 조각을 꺼냈다. 무열도 허겁지겁 선임자에게 받은 검은색 조각을 꺼냈다.

본래 오늘은 옥패가 필요한 보름달이 뜨는 날은 아니었다. 그러나 새로 생긴 신생 늑대, 즉 반려자 연서 때문에 옥패에 담근 물(이성의 샘물)이 필요할 수도 있었다. 그래서 모두들 옥패를 챙겨 온 것이었다. 옥패의 조각들은 모두 주황색, 노란색, 초록색, 파란색, 남색, 보라색 그리고 흰색과 검은색으로 되어 있었다.

천후는 나머지 조각을 받아 퍼즐을 맞추듯이 옥패를 맞추었다. 조각이 모이자 하얗고 둥근 옥패가 되었다. 옥패는 신비로운 빛을 냈다. 그러자 일족의 둘째인 심종원이 우물로 가서 물을 떴다. 그리고 우물 옆에 있는 커다란 그릇에 물을 담아 왔다.

천후는 심종원이 내민 그릇에 하얀 옥패를 담갔다. 옥패가 물속에 들어가자 물은 하얀빛으로 채워졌다. 하지만 물의 색깔과 냄새는 변하지 않았다.

"이것이 이성의 샘물이다. 인간들이 아는 전설처럼 늑대 인간은 보름달을 보면 광기에 휩싸인다. 이성의 샘물은 그 광기를 잠재우는 단 하나의 약이다. 보름달이 뜨면 늑대 인간의 본성을 깨닫고 광기에 휩싸이는 우리를 잠재우는 단 하나의 약이다. 따라서 우리는 보름달이 뜨는 날, 초저녁에 만나서 이 물을 마신다. 물을 초저녁에 마시는 이유는 완전히 어둠이 세상을 차지하지 않았으므로 달의 힘이 완전하지 않기 때문이다.”

천후는 모두를 쳐다보며 말했다. 그러자 모두들 고개를 끄덕였다. 천후는 차갑고 단호한 목소리로 말을 이었다.

“우리가 이성의 샘물을 먹지 않으면 어떻게 되는지 물어보았나? 이 물을 마시지 않고 보름달을 보면 우리는 ‘광기의 늑대’가 된다. 즉, 달을 보고 미쳐서 인간을 죽이고 종례에는 스스로의 몸을 찢고 죽는 것이다. 이 이성의 샘물만이 일족을 유지하는, 아니 스스로 생명을 지키는 유일한 수단이다.”

최무열은 새로 듣는 진실에 깜짝 놀랐다. 일곱 명의 동생들은 천후의 말에 입술을 깨물었다. 스스로 알고 있지만 어쩐지 처참한 사실이었다. 아홉 조각이 모두 모여 만든 하얀 옥패가 들어간 물, 즉 이성의 샘물을 마시지 않으면 보름달을 보고 미쳐 스스로 자해하여 죽는다는 것. 그것은 늑대 인간이 가진 유일한 약점이자 숙명이었다.

천후는 계속 말을 이었다.

“우리는 어쩌면 인간보다 나약한 존재일 수도 있다.

머리가 그들보다 똑똑하고 신체가 그들보다 강하지만 인간들은 자신을 찢어 죽이지 않는다. 그들은 본능적으로 자신을 보호하지만 우리의 본능은 우리를 갉아먹는다. 우리는 이 점을 명심해야 한다. 그러므로 우리에게 이 옥패는 어떤 것보다 중요하다."

이것이 늑대 인간이 세상에 드러나지 않는 이유였다.

늑대 인간은 인간보다 뛰어난 지능과 신체를 가지고 있지만 이성의 샘물을 먹지 않고 보름달을 보면 미치고 만다. 그 치명적인 약점 때문에 늑대 인간들은 자신의 정체를 세상에서 숨기는 것이다.

또한 늑대 인간은 특별한 경우를 제외하고는 인간을 해치지 않는다. 사실 늑대 인간은 인간을 해칠 필요가 전혀 없다. 그들에게서 얻을 것이 없기 때문이다. 오히려 인간을 해쳐서 정체가 드러나면 위험하기 때문에 인간을 해치는 것은 금기에 속한다.

지하 광장에 모인 늑대 인간들은 모두 아무런 말이 없었다.

천후는 얼마 전에 늑대 인간이 된 최무열을 똑바로 보며 다시 말했다.

"그러므로 이 옥패는 우리의 가장 소중한 것이다. 형제여, 왜 옥패가 아홉 개로 나눠졌는지 아는가?"

"모, 모릅니다."

무열은 당황해서 말했다. 선임자가 옥패를 주면서 목숨보다 더 소중히 여겨야 한다고 했지만 그는 아직 그이유를 듣지 못했다.

"그건 우리가 옥패를 두고 싸웠기 때문이다."

"!"

천후의 낮은 목소리에 무열은 깜짝 놀랐다. 모두들 무열을 뚫어져라 쳐다보고 있었다.

"원래 옥패는 하나였다. 아홉 개의 조각이 모여 있는 그대로였지. 그러나 일족의 무리 중 일부가 옥패에 욕심을 냈지. 옥패에는 신비한 힘이 있어 광기를 진정시키기도 하지만 부와 명예를 불러오기도 하거든. 일족은 옥패를 두고 싸우기 시작했다. 그 싸움에서 살아남은 아홉명이 옥패를 아홉 조각으로 갈라 갖기로 결정한 것이다. 때문에!"

조용조용 말하던 천후가 갑자기 소리를 크게 냈다. 안그래도 긴장하고 있던 무열은 깜짝 놀랐다.

"다른 자의 옥패를 탐내는 것은 금기다! 또한 옥패를 외부로 가지고 나가는 것도 금기다. 알겠는가? 옥패를 훔치거나, 일족을 해하는 자, 인간을 해치거나, 무엇보다 일족의 정체를 외부에 알리는 것 역시 모두 금기다. 금기를 어길 경우 우리 적시가에서 너를 죽일 것이다. 그것이 내가 일족의 수장으로 있는 이유다. 아홉번째의 후계자여, 부디 금기를 어기지 말고 율법을 지켜라. 혹여 너의 목숨을 적시가에서 거두지 않게."

"아, 알겠습니다."

무열은 자기도 모르게 크게 대답했다.

잠시 동안 지하 동굴 안에는 정적이 흘렀다. 아직 호기심을 숨기지 못한 무열이 다시 물었다.

"그런데 우린 항상 이렇게 어두운 곳에서 이성의 샘물을 마셔야 하는 겁니까?"

무열의 질문에 이번에는 둘째 심종원이 대답해주었다.

"이성의 샘물은 달빛에 닿으면 독이 되기 때문이지. 달빛에 닿은 이성의 샘물은 그 어떤 생물도 먹지 않도록 주의하도록 해라. 알겠는가?"

"네, 네!"

무열은 허겁지겁 대답했다. 그런 무열을 보고 일곱째 늑대 인간인 김진평이 입을 열었다.

"자네는 아는 것이 거의 없군. 하긴, 자네는 늑대 인간이 된 지 얼마 되지 않았으니까."

"네, 네. 그렇습니다."

무열은 긴장하여 대답했다.

"자네는 렌즈를 꼈군."

김진평이 무열의 검은 눈동자를 보며 말했다. 그 말에 무열은 얼른 대답했다.

"아, 예! 선생님. 그러니까 저의 선임자께서 꼭 끼고 있으라고 해서……."

"그 이유를 알고 있나?"

"저희 본능 때문이라고 들었습니다."

"맞네. 우리는 본능을 느낄 때, 그러니까 분노를 느끼거나 성욕을 느끼면 눈동자가 달라지네. 동공이 초승달로 변하지."

"네? 동공이요?"

아직 늑대 인간이 변한 모습을 본 적이 없는 무열은 놀라서 물었다. 그러자 김진평이 무덤덤한 얼굴로 대답했다.

"그렇다네. 색깔도 변하는데 각자의 옥패 색깔로 변하지. 나는 보라색 초승달 모양이 되는데, 내 옥패가 보라색이기 때문이지."

"그럼 평소에도 본능을 느끼면 눈동자가 변할 수 있기 때문에 렌즈를 끼는 것이군요. 그러면 이성의 샘물을 먹으면 눈동자가 변하지 않습니까?"

"그렇지는 않다네. 이성의 샘물이 늑대의 본능을 완전

히 없애는 것은 아니니까."

"아, 그렇군요. 꼭 명심하겠습니다."

무열이 긴장하여 대답했다. 그 반응에 김진평은 부드럽게 웃으며 말했다.

"하지만 여긴 적시가니 편하게 하게. 또한 우리는 모두 형제니까 너무 긴장하지 않아도 되네. 또 모르는 게 있으면 우리들에게 물어보게. 그리고 자네 선임자는 이제 곧 올 걸세. 신생 늑대 인간인 자네를 돌봐야 하니까."

김진평은 부드럽게 미소 지으며 말했다. 김진평의 말에 무열은 조금 안심이 되었다.

어느 정도 대화가 정리되자 천후는 자리에서 일어났다. 본가로 돌아가겠다는 뜻을 이해한 형제들은 모두 천후에게 인사했다.

천후가 사라지자 모두들 가슴속에 담아두었던 이야기를 꺼내기 시작했다.

"어쨌든 반려자를 맞이해 그 여자로 하여금 순수 혈통을 낳게 하는 건 더 좋은 일입니다. 시랑이 남자를 물었으면 어쨌든 인간 태생이기 때문에 방계 혈통이 아닙니까?"

다섯째인 늑대 인간인 송주원이 말했다. 그자는 아홉 형제 중 다섯째로 호텔에서 일하고 있었다. 나이는 서른 다섯 살, 역시 가장 젊었다. 동시에 만만치 않은 패기가 있었다.

"하지만 옳지 않은 일입니다……."

이문수였다. 넷째지만 문수의 성품은 형제 중에서 가장 여렸다. 직업은 화가였지만 그다지 유명한 사람은 아니었다. 형제들이 전시회를 열어주겠다고 성화를 부려도 그가 사양했다. 남들에 의해 유명해지는 것이 부끄럽다는 것이었다.

"넷째 형님은 무슨 소리를 하시는 겁니까? 저희들이 남자를 물어 방계 혈통의 후계자를 만드는 것은 있을 수 있는 일이지만 첫째인 천후 형님에게는 가당치 않은 일입니다. 적시가에게는 일족을 지키고 보존해야 할 의무가 있는 것 아닙니까? 즉, 시랑은 적시가 가문을 지키고 보존해야 될 의무가 있는 녀석입니다. 그런데도 시랑은 아버지인 천후 형님의 뜻과 삼촌인 우리들의 뜻을 모두 어기고 인간 남자를 후계자로 삼는다 했지요. 저는 대놓고 그 뜻을 반대하지는 못했지만 그 사실을 맘에 들어하지 않았습니다. 아마 모두들 저와 같을 거라고 생각합니다. 그런데 하늘이 도와 시랑이 여자를 물었습니다. 이제 다행히도 늑대 인간과 늑대 인간의 결합으로 순수 혈통이 나옵니다. 얼마나 다행입니까?"

문수의 말을 주원이 윽박지르며 말했다. 그러나 문수도 지지 않았다.

"그래도 여자아이 아니냐? 여자가 늑대 인간이 되면 오직 죽는 일밖에 없다. 1년 안에 순수 혈통을 임신하지 않으면 일족에 의해 사살당한다. 또한 임신한다고 하더라도 출산 과정에서 죽는다. 방계 혈통은 순수 혈통을 이기지 못하기 때문에 자신의 태아를 낳지 못하고 진통만 겪다가 죽는 것이다. 너는 그 아이가 가엾지도 않은 것이냐?"

동생의 매정한 말에 문수는 평소와 다르게 큰소리를 냈다.

문수의 말은 사실이었다. 순수 혈통은 태어나면서부터 두 개의 송곳니를 가지고 태어난다. 하지만 방계 혈통들은 한 개의 송곳니만 가지고 있다. 그래서 여자 늑대 인간들은 두 개의 송곳니를 가진 태아를 배 속에 잉태하지도 낳지도 못하는 것이다. 자기보다 강한 존재를 낳는 생명은 없으니까.

"어쩔 수 없는 일입니다. 큰형님께서도 이미 벌어진 상황이라고 하지 않았습니까? 이미 벌어진 일을 가지고 왈가왈부하는 것은 어리석은 일입니다."

형의 질책에도 문수는 자신의 뜻을 굽히지 않았다.

"그건 막냇동생의 말이 맞네."

결국 두 사람의 싸움을 둘째가 나서서 정리했다. 형이 나서자 문수도 더 이상 자신의 뜻을 고집하지 않았다.

"넷째의 마음은 이해가 되네. 하지만 어쩔 수 없는 일 아닌가? 우리들은 한 명의 후계자만 만들 수 있지 않은가? 우리가 후계자에게 송곳니를 주는 것은 단순한 증표가 아니지 않은가? 그 안에 우리의 힘과 정기를 나누어주는 것이네. 본래 우리의 힘이 후계자에게 넘어가는 것이지. 그런데 이런 상황에서 후계자를 한 명 더 만들면 우리의 힘은 더 줄어들어 결국 얼마 살지 못하고 죽게 되지. 그런데 사랑에게 후계자를 더 만들라고 할 수는 없지 않은가?"

"알고 있습니다. 하지만……."

문수는 다시 한 번 자신의 생각을 고집하기로 했다. 잠시 망설이던 그는 겨우 입을 열었다.

"제 운명을 모르는 그 여자 아이가 너무 불쌍해서 그럽니다."

나지막하게 말하던 문수는 결국 고개를 떨어뜨렸다.

*

적시가의 별당은 꽃들의 아름다움을 감상하기 좋게 늘 조용한 곳이었다. 주인의 성품 탓에 별당은 적막하다고 할 수 있을 만큼 소음이 없었기 때문이다. 그런데 오늘부터는 그러지 못했다. 오늘 적시가는 하루 종일 소란스러웠다. 가끔은 환호성이 들렸고, 또 자주 웃음소리가 퍼졌다.

모든 소음의 주인은 연서였다.

오늘 연서는 오후 내내 계속 뛰어다녔다. 투병 생활에서 얻은 갑갑함을 한 번에 풀어버리려는 듯, 자신이 완전무결한 신체를 가지고 있다는 것을 증명이라도 하려는 듯, 연서는 뛰고 또 뛰어다녔다. 아니, 아예 날아다녔다. 연서는 자신의 몸에서 느껴지는 강한 힘과 속도를 즐겼다.

하지만 연서의 거친 뜀박질 때문에 별당의 꽃들은 우수수 떨어져버렸다. 연서가 적시가 안을 고삐 풀린 망아지처럼 뛰어다녔기 때문이다. 이제 막 피어난 꽃들은 한창 보기가 좋았는데 연서 때문에 꽃비가 내렸다.

덕분에 죽어나는 것은 보필하는 자들이었다. 그들은 시랑이 별당의 꽃들을 얼마나 예뻐하는지 잘 알고 있었다. 때문에 그들은 연서를 따라다니며 말리기 시작했다. 하지만 이제 막 늑대 인간의 '본능'을 알아버린 연서에게는 소용없는 일이었다. 그녀는 늑대 인간이었고, 보필하는 자들은 인간이었다. 인간인 그들이 늑대 인간인 연서를 결코 붙잡을 수는 없었다. 그렇다고 명색이 작은 주인의 반려자를 혼을 내서 앉힐 수도 없는 일이었다.

"반려자님! 반려자님! 제발 멈춰주세요!"

보필하는 자들은 연서를 쫓아다니며 소리쳤다. 그들을 보고 연서는 씩 웃더니 크게 소리쳤다.

"잠깐만요, 저 이 앞만 돌고 올게요."

"안 됩니다! 돌아오세요!"

보필하는 자들이 소리쳤다. 물론 연서는 그들의 말을 듣지 않았다. 연서는 달려가면서도 고개를 뒤로 돌려 보필하는 자들에게 대꾸했다.

"금방이면 됩니다!"

하지만 다음 순간, 뒤를 보며 달려가던 연서는 그대로 무언가에 부딪치고 말았다.

한참 가속도를 붙여 가던 참이라 연서는 그대로 뒤로 나가 뒹굴었다. 그 모습을 본 보필하는 자들은 비명을 지르며 달려왔다. 창피함을 느낀 연서는 후다닥 일어섰다. 그리고 어쩔 줄 몰라 하는 보필하는 자들에게 괜찮

다고 말하며 그들을 안심시켰다. 그때 코에서 뜨거운 것
이 느껴졌다. 무심코 코를 쓰윽 문지르던 연서가 작게
중얼거렸다.

"어? 피?"

처음에는 피가 난다는 것에 뜨끔했으나 이내 백혈병
이 사라졌다는 사실을 떠올렸다. 때문에 그녀는 다시 손
등으로 코를 세게 훔쳐보았다. 피는 나오지 않았다. 연
서는 또다시 기쁨에 휩싸였다. 자신이 건강하다는 사실
을, 아니 건강하다 못해 인간보다 더욱 강한 체력을 가
지고 있다는 사실을 또 확인하게 된 것이었다.

연서는 덩실덩실 춤이라도 추고 싶었다. 이미 어깨가
절로 움직이기 시작했다.

"이 자식! 너 때문에 반려자님께서 다치셨잖아?"

난데없는 고함이 연서의 흥을 깨버렸다. 보필하는 자
가 뱉은 것이 분명했다.

연서는 얼른 소리 나는 곳을 쳐다보았다. 그러자 자신
을 따라오던 다섯 명의 보필하는 자들이 무언가를 둘러
싸고 있는 모습이 보였다. 검은 덩어리였는데 마치 검은
쓰레기봉투처럼 보였다.

그런데 다시 보니 사람이었다. 그의 얼굴은 길게 난 손
톱자국과 상처를 기이하게 꿰매서 비틀어져 있었다. 그

는 바닥에 쓰러져 바들바들 떨고 있었다. 그 역시 연서와 부딪쳐 바닥으로 나뒹군 것이 분명했다. 그런 그에게 보필하는 자들이 욕설과 발길질을 하고 있었다. 매우 더러운 것을 대하는 태도였다.

"이봐요. 뭐 하는 짓이죠?"

연서의 말에 보필하는 자들은 행동을 멈췄다. 질책이 묻어나는 연서의 말에 보필하는 자들은 어쩔 줄 몰라 했다.

연서는 바닥에 쓰러진 사람에게 다가갔다. 그리고 그자를 일으켜주려고 했다. 그러자 보필하는 자들 중 한 남자가 연서의 앞을 막아섰다.

연서의 앞을 막은 사람은 김 부장이었다.

그는 연서를 보필하는 임무를 맡은 다섯 명 중 제일 상급자였다. 깐깐하게 사람을 관리하는 천후에게 인정받아 젊은 나이에 부장 직책을 받은 자였다.

"안 됩니다, 반려자님. 만지지 마십시오."

연서의 앞을 막아선 김 부장이 딱딱하게 말했다. 연서는 살짝 얼굴을 찡그리며 되물었다.

"왜요?"

"이자는 '버림받은 자'입니다."

공손한 말투지만 여전히 굳은 목소리로 김 부장이 말

했다. 연서는 그런 김 부장을 쓰윽 쳐다보았다. 그리고 바닥에 쓰러져 있는 남자를 보았다. 바닥에 쓰러진 남자는 떨고 있었다. 자신에게 가해진 폭력과 경멸의 눈빛을 두려워하고 있었다.

버림받은 자가 무엇인지 연서는 몰랐다. 하지만 그녀는 본능적으로 알 수 있었다. 쓰러진 사람이 아픈 사람이라는 것을.

"일어설 수 있어요?"

연서는 버림받은 자의 팔을 잡고 일으켜 세우려고 했다. 그러자 그자가 허겁지겁 뒤로 물러섰다. 그리고 바들바들 떨면서 연서에게 사정하기 시작했다.

"자, 잘못했습니다! 그, 그렇게 오실 줄 몰랐습니다!"

"잘못한 건 난데요? 내가 앞을 제대로 보지 않고 달려갔잖아요? 미안해요. 다치지 않았어요?"

몸을 떨면서 말하는 버림받은 자의 말에 연서는 부드럽게 말하며 그의 팔을 잡으려고 했다. 그러자 김 부장을 선두로 한 다섯 명의 보필하는 자들이 모두 연서를 막아섰다. 난데없는 그들의 행동에 연서는 놀란 눈으로 보필하는 자들을 쳐다봤다.

"안 됩니다. 만지지 마십시오."

김 부장은 단호하다 못해 엄하게 말했다. 다른 이들 역시 결사 항쟁의 태도를 보였다. 연서는 어이가 없었다.

"저희는 반려자님을 제대로 모셔야 하는 의무가 있습니다. 반려자님께서 버림받은 자와 접촉하게 할 수는 없습니다."

김 부장이 날카롭게 말했다. 그러나 그의 말이 연서의 신경을 긁어버렸다. 때문에 연서는 그녀답지 않게 목소리로 높였다.

"접촉? 사람이 세균 덩어리예요? 무슨 말을 그렇게 해요? 저리 비키세요."

연서는 거칠게 보필하는 자들을 밀어버렸다. 그리고 버림받은 자의 팔을 붙잡았다. 버림받은 자는 연서의 손이 닿자 흠칫 놀라긴 했지만 더 이상 피하지는 않았다. 연서는 힘을 주어 그를 일으켜 세웠다. 그제야 그녀는 그 버림받은 자를 똑똑히 볼 수 있었다.

얼굴만 괴이한 것이 아니었다. 몸 전체가 상처 자국과 기이하게 꿰맨 자국이었으며, 허리가 괴이하게 굽은 꼽추에 절음발이였다. 한마디로 괴물이었다. 그의 생김새에 연서는 속으로 놀랐지만 내색하지 않았다. 물을 가져오라고 해서 그에게 건넸다. 하지만 그는 황송하다는 듯 그녀가 건넨 물을 받지 못했다. 연서는 억지로 그의 손에 물 컵을 쥐어주며 물었다.

"이름이 뭔가요?"

"그게 저……."

버림받은 자는 망설였다. 그의 기색을 알아차린 연서는 더욱 환하게 웃으며 물었다.

"이름이 따로 있을 거 아니에요?"

"미, 민수입니다."

결국 그가 더듬거리며 대답했다. 그러자 연서는 고개를 끄덕이면서 말을 이었다.

"오, 외우기 쉬운 이름이네요. 이름은 자고로 인식하기 쉬워야 해요. 그래야 기억에 남죠."

연서의 재잘거림에 민수는 그녀를 똑바로 쳐다봤다.

그제야 연서도 민수의 얼굴을 똑바로 볼 수 있었다. 다른 곳은 괴이하게 망가졌지만 눈만은 상하지 않았다. 뚜렷한 눈매에 선명한 검은색 눈동자는 총기가 어려 있었지만 눈빛은 서늘했다. 그의 검은색 눈동자는 연서를 처음 봤을 때부터 본능적인 무언가로 반짝였다. 하지만 아무도 그것을 눈치채지 못했다.

그때 두 사람의 이야기를 김 부장이 막아버렸다.

"이제 그만 별당으로 돌아가시죠. 시랑님께서 돌아오실 시간입니다."

"그 사람이 돌아온다고 내가 얌전히 기다려야 할 이유

는 없잖아요? 난 민수 씨와 이야기를 좀더 하고 싶은데
요?"

김 부장의 제안에 연서는 투덜거렸다. 하지만 김 부장
은 단호하게 거절했고 연서는 그 자리에서 일어날 수밖
에 없었다.

하루 종일 이런 식이었다. 연서는 병이 나은 것을 확인
하기 위해 지리산을 한 바퀴 돌 생각이었는데 보필하는
자들이 가로막았다. 그들은 적시가 안에서만 돌아다녀
야 한다고 했다. 마지못해 연서는 그들이 하는 말을 따
랐다. 그러나 그렇게 하는 것은 오늘뿐이었다. 남에게
감시받고 일일이 거취를 확인받아야 하는 것은 병원 생
활로 족했다.

"가야 되겠네요. 또 봐요, 민수 씨."

연서는 민수에게 악수를 청했고 민수는 주저하다가
그녀가 잡은 손을 잡았다. 그리고 연서는 보필하는 자들
과 함께 별채로 걸어갔다.

민수는 총총히 사라지는 그녀의 뒷모습을 한참이나
바라보았다.

"버림받은 자가 뭐예요?"

적시가를 하루 종일 비웠다가 돌아온 시랑에게 처음
으로 건넨 연서의 말이었다.

시랑은 오늘 통영의 작은 바다에 갔다 왔다. 그곳에서 촬영이 있었던 것은 아니다. 통영 바다는 시랑의 마음이 혼란스러울 때 자주 찾는 곳이었다. 연서가 적시가에 머문 첫날 시랑은 적시가를 비운 것이었다.

어쨌든 별당 주인이 들어왔으니 반갑게 맞이하지 않더라도 우선 인사 정도는 하는 것이 예의일 것이다. 그러나 연서는 모두 무시했다. 그리고 시랑의 얼굴을 보자마자 자신의 궁금증부터 해결하려고 했다.

"어떻게 알았어?"

갑작스러운 질문에 시랑은 찡그리며 물었다.

"만났어요. 그런데 버림받은 자가 뭐예요?"

연서는 다시 물었다.

호기심에 반짝이는 연서의 눈을 보자 시랑은 그녀가 원하는 답을 얻을 때까지 멈추지 않을 것임을 알았다. 시랑은 그녀가 끈질기다는 것을 벌써부터 알고 있었다. 아파서 응석이 많아진 것인지 아니면 원래 고집이 센 것인지 시랑은 잠깐 고민했다.

그런 시랑의 마음을 아는지 모르는지 연서는 다시 질문했다.

"버림받은 자가 뭐냐고요!"

"말 그대로야. 우리 일족에게 버림받은 자."

시랑은 짧게 말했다. 그리고 일어나 자기 방으로 들어가버렸다. 연서는 얼른 그를 따라갔다.

보필하는 자가 그들을 따라 들어가려고 했으나 연서가 손짓으로 막았다. 좀더 깊은 이야기가 듣고 싶었기에 아무도 따라오지 못하게 한 것이었다.

재킷을 벗은 시랑은 보필하는 자를 기다렸다. 보필하는 자들은 시랑이 들어오면 아내처럼 언제나 옷을 받아 장롱에 걸어두곤 했다. 그런데 보필하는 자들 대신 연서가 들어왔다. 시랑은 의아하게 연서를 보았다. 시랑의 시선을 느낀 연서가 얼른 말했다.

"아무도 들어오지 말라고 했어요. 재킷 이리 줘요. 내가 장롱에 걸어둘게요."

"됐어, 내가 걸지."

자신에게 내민 연서의 손을 무시하고 시랑은 직접 옷을 장롱에 넣었다. 연서는 무안했으나 얼른 다시 물었다.

"버림받은 자가 뭐냐고요!"

"설명했잖아."

"그게 다예요? 그걸로 이해가 될 거라고 생각해요?"

"이해 못 하면 할 수 없지."

시랑은 차갑게 대꾸하고 방을 나가버렸다. 그 냉랭한

태도에 연서는 기분이 상했다. 결국 연서는 보필하는 자들에게 물어보았으나 아무도 대답해주지 않았다. 모두들 즉답을 피하며 만나지 말라고만 했다. 그 태도가 병실의 자신을 생각나게 해서 연서는 기분이 나빠졌다. 백혈병이 전염병도 아닌데 모두들 연서를 피했다. 그렇게 친했던 친구들도 연서와 손끝 하나 닿는 것을 싫어했다. 연서는 민수라는 사람이 더 가여워졌다. 하는 수 없이 연서는 다시 시랑을 찾았다.

그때 시랑은 자신의 서재에 있었다. 아까 외출복은 모두 갈아입고 책상에 앉아 시나리오를 검토하고 있었다.

"연서 님께서 집에 가고 싶어 하십니다. 아무래도 부모님 생각이 많이 나시는 것 같습니다."

어느새 들어온 진숙이 가져온 국화차를 내려놓으며 말했다.

연서는 진숙을 만날 때마다 잠깐이라도 좋으니 집에 가고 싶다고 했다. 하지만 진숙은 어떠한 약속도 하지 못했다. 그저 아직은 시기가 이르다는 말만 되풀이할 뿐이었다.

"......"

진숙의 말에 시랑은 아무런 말도 하지 못했다. 그런 그의 마음을 알고 있는 진숙은 낮게 한숨을 뱉었다.

"아직은 불가능하다고 대답해드리겠습니다."

그러나 진숙은 서재를 나가지 않았다. 평소와 다른 진숙의 행동에 시랑은 그제야 시나리오에서 시선을 떼고 그녀를 바라보았다.

"…… 왜 아직도 렌즈를 끼고 계십니까?"

순간 시랑과 눈이 마주친 진숙이 말했다. 진숙의 말에 시랑은 황급히 고개를 돌려버렸다. 그러나 진숙은 여전히 시랑을 보고 있었다.

여기는 적시가다. 즉, 시랑이 늑대 인간의 본모습을 그대로 드러내도 상관없는 곳이다. 실제로 시랑은 적시가 안에서 렌즈를 낀 적이 없었다. 혹여 밖에서 일을 보고 돌아왔을 때에도 마찬가지였다. 밖에서 돌아오면 시랑이 제일 먼저 하는 일이 렌즈를 빼는 일이었다. 시랑은 렌즈의 뻑뻑함을 별로 좋아하지 않았다.

그런데 연서가 변태한 모습을 본 이후, 그는 계속 렌즈를 끼고 있었다. 그것은 연서를 처음 일족에게 소개한 적시가 지하 동굴에서도 마찬가지였다.

"나중에 마실게."

진숙의 시선을 견딜 수 없었던 시랑은 그대로 서재를 나가버렸다. 진숙은 아무런 말도 하지 않고 시랑의 뒷모습을 물끄러미 바라볼 뿐이었다.

서재를 나온 시랑은 별당 연못으로 향했다. 그리고 때마침 흐드러지게 핀 목련나무 아래서 꽃들을 보고 있었다. 연못에서 꽃을 보는 것이 시랑의 즐거움이었다. 그런데 아름답게 핀 꽃들보다 그 밑에 떨어져버린 꽃송이들이 먼저 그의 눈에 밟혔다. 그는 바닥에 떨어진 목련 꽃송이를 집어 들었다.

"미안해요."

익숙한 목소리에 돌아보니 연서가 있었다. 연서의 얼굴에는 미안함이 가득했다. 몸이 나았다는 기쁨에 취한 달리기에 꽃들이 상한 것을 그녀는 그제야 인식했다. 달릴 때에는 미처 알지 못했는데 꽃들이 꽤나 많이 떨어져 있었다. 보필하는 자들에게 연못의 꽃들은 시랑이 아끼는 것이니 조심해달라는 주의를 들은 터였다.

시랑은 일이 어떻게 된 것인지 짐작할 수 있었다. 하지만 그는 아무 말도 하지 않았다. 연서가 자신에게 슬금슬금 다가오자 그대로 돌아서버렸다. 그리고 별당으로 들어가려고 했다. 시랑의 기색을 알아차린 연서가 조금 다급한 목소리로 말했다.

"버림받은 자, 나한테 줘요."

연서의 말에 시랑은 걸음을 멈췄다. 그리고 천천히 뒤를 돌아봤다. 연서는 여전히 두 눈을 반짝이며 그를 보고 있었다. 시랑은 평소보다 소리 높여 말했다.

"사람이 물건인가? 무슨 말이 그래?"

시랑의 지적에 연서는 얼른 사과했다.

"아, 미안해요. 그런 뜻은 아니었는데……. 나한테 붙어 있는 다섯 명의 사람들, 그, 저 나를 도와주는 사람들 있잖아요. 그 사람들 대신 민수 씨가 나를 도와주게 하라고요."

보필하는 자라는 단어가 떠오르지 않자 연서는 그들을 '자신을 도와주는 사람들'이라고 칭했다. 하지만 시랑은 그녀의 잘못을 정정해주지 않고 차갑게 자신의 할 말만 했다.

"그 사람은 따로 하는 일이 있어. 그리고 버림받은 자는 원칙적으로 낮에는 적시가 본당과 별당에는 들어오지 못하게 되어 있어."

그리고 시랑은 더 이상 대꾸하기 싫다는 듯 다시 별당 쪽으로 걸어가기 시작했다. 하지만 연서도 빠르게 시랑을 쫓아갔다. 그녀는 시랑의 옆을 졸졸 따라가면서 계속 조잘댔다.

"왜요? 그 사람한테 전염병이라도 있나요?"

다시 시작된 연서의 질문에 시랑은 짧게 한숨을 뱉었다. 연서는 결코 대답을 들을 때까지 멈추지 않을 것이었다. 하는 수 없이 시랑은 별당으로 걸어가면서 대답하기 시작했다.

"그 자도 우리와 마찬가지로 늑대 인간이야. 병 따위는 없어."

"그런데 왜 모두들 그 사람을 개무시하죠?"

연서의 거침없는 언사에 시랑은 얼굴을 크게 찡그리며 자리에 멈춰 섰다. 그제야 연서는 자신이 말을 함부로 했다는 것을 알고 시랑의 눈치를 보기 시작했다. 하지만 결코 자신의 뜻을 꺾지는 않았다.

"개무시잖아요, 그거. 모두들 그 사람을 더러운 것인 양 피하고 있어요."

"주의를 주지."

시랑은 짧게 대답하고 그대로 다시 걸어가려고 했다. 연서는 황급히 그의 손목을 붙잡았다. 손목에서 느껴지는 따스한 기운에 시랑은 걸음을 멈추었다. 그러고 연서를 보았다.

그러나 그녀는 시랑을 보지 않았다. 그녀는 시랑의 시선을 피해 고개를 살짝 돌리고 있었다. 그런 그녀의 눈가에는 눈물이 차오르고 있었다. 그리고 그녀는 무언가를 참는 듯 입술을 꽉 깨물고 있었다. 스스로 한 말이 본인의 가슴속을 찌른 것이 분명했다. 연서는 숨을 고르기 위해서 약간의 시간을 소비했다. 시랑은 그런 그녀를 기다려주었다.

잠시 후 그녀가 다시 입을 열었다.

"아니요, 그런다고 사람들은 안 바뀌어요. 나도 그랬어요. 아픈 건 내 탓이 아닌데 사람들은 모두 저를 피했어요. 알면서도 그래요, 사람들은. 백혈병이 전염병이 아니라는 걸 알면서도 모두 나를 싫어했어요."

"…… 그래서 하고 싶은 말이 뭐야?"

시랑의 목소리에는 여전히 감정 변화가 없었다. 그러나 그는 오늘 만난 이후 처음으로 연서를 바라보고 있었다.

"그 사람이 날 도와줬으면 좋겠어요. 나를 따라다니며 도와주는 그, 저, 보, 보……."

"보필하는 자."

연서가 또 보필하는 자를 제대로 말하지 못하자 이번에는 시랑이 짚어주었다. 연서는 고개를 끄덕이고 다시 말을 이었다.

"그래요, 보필하는 자. 그 사람들이 아주 귀찮아요. 솔직히 좀 싫어요. 난 5년 동안 내 시간이라는 걸 가져본적이 없어요. 매일 부모님 아니면 의사들과 내 시간을 모두 공유해야만 했다고요. 그런데 늑대 인간이 돼서 몸이 건강해졌는데도 보필하는 자들이 항상 날 감시하고 있어요. 물론 내가 이곳에 살려면 도와줄 사람이 필요하다는 건 인정해요. 늑대 인간 집이니까. 날 도와주는 그 일을 민수 씨가 해줬으면 좋겠어요."

"그게 소원이면 보필하는 자들의 숫자를 줄여주지."

연서에게 잡힌 손목을 슬며시 빼면서 시랑이 말했다. 그 말에 연서는 고개를 가로저었다.

"아니요, 내가 민수 씨를 돕겠다는 건 그것 때문만은 아니에요. 동변상련이란 말 아시죠? 아픈 사람은 아픈 사람을 알아보죠. 버림받은 자가 뭔지 모르지만, 그 사람이 아픈 사람인 건 확실해요. 난 그 사람을 도와주고 싶어요. '반려자'라는 거 잘은 모르겠지만 내가 그 사람을 옆에 두면 다른 사람들이 함부로 못 할 거 같거든요."

연서는 나지막하게 말했다. 그녀의 말이 진심이라는 것을 알게 된 시랑은 잠시 동안 아무런 말도 하지 못했다. 그렇게 침묵을 지킨 시랑이 짧게 입을 열었다.

"…… 민수가 별당에 들어오게 허락하지."

너무 쉽게 떨어진 허락인지라 연서는 금세 알아듣지 못했다. 하늘하늘 떨어지는 꽃잎 사이로 시랑이 사라지고 나서야 연서는 그가 허락했다는 사실을 알았다.

그날 저녁 식사 때 민수가 별당으로 들어왔다.

그가 절뚝거리면서 별당 앞마당으로 들어오자 모든 보필하는 자들은 놀라움을 금치 못했다. 하지만 시랑에게 이미 지시를 받은 진숙이 모두를 진정시켰다. 그리고 부엌에 있는 연서에게 민수를 안내했다.

연서는 막 김치볶음밥을 완성한 참이었다. 그녀는 민수를 보자 환하게 웃으며 물었다.

"어서 와요. 김치볶음밥 좋아해요?"

연서는 민수의 대답은 듣지 않고 그의 몫까지 접시를 꺼냈다. 그리고 진숙에게 물었다.

"시랑 씨는 언제 오시죠? 서재에 계신다고 했죠?"

"아, 그게…… 검토할 대본이 있다며 식사는 거르신답니다."

진숙은 조금 더듬으면서 대답했다. 그러면서도 진숙은 민수를 탐색하듯 보고 있었다. 민수는 그런 진숙이 두려워 고개를 숙였다. 민수는 이곳에 있는 자체가 황송한 듯 간간히 어깨와 손도 떨고 있었다.

"그래요? 많이 만들었는데…… 어쩔 수 없죠. 실장님도 같이 드시죠?"

진숙은 예의 바르게 고개를 저으며 말했다.

"아닙니다. 저희들은 주인님들과 함께 자리할 수 없게 되어 있습니다."

"저는 주인이 아닌데요? 그러지 말고 드세요. 많이 만들었다고요."

연서가 다시 권했지만 소용없었다.

"반려자님은 저희 주인에 속하신 분입니다. 맛있게 드십시오."

거절의 예를 표한 진숙은 그대로 인사하고 나가버렸다.

연서는 하는 수 없이 두 접시에만 김치볶음밥을 가득 퍼 담았다. 그때까지 민수는 식탁 옆에 서 있었다. 그런 민수를 보고 연서는 자리에 앉으라고 계속 권했지만 그는 자리에 앉지 않았다. 자신도 주인과 함께 앉을 수 없다는 것이 민수의 말이었다.

그런 그를 가만히 보고 있던 연서는 두 개의 접시를 들고 바닥에 앉아버렸다. 놀란 민수가 눈을 동그랗게 뜨자 연서는 웃으며 말했다.

"바닥에 앉으면 같은 자리에 한 거라고 볼 수 없죠. 이리 와요, 같이 먹어요."

그래도 민수가 앉지 않자 연서는 억지로 그의 손을 잡아당겼다. 그녀의 손이 닿자 민수는 불에 덴 듯 깜짝 놀

라며 손을 뺐다. 하지만 이번에는 연서가 바지까지 잡아
당기자 하는 수 없이 같이 마주 보고 앉았다.

"어서 먹어봐요. 이거 먹고 내 부탁 좀 들어줘요."

민수가 자리에 앉자 연서는 부드럽게 말했다. 하지만
민수는 여전히 긴장을 풀지 않았다.

"하명하실 게 있으면 하세요."

민수는 어눌하게 말했다. 연서의 성화에 숟가락을 들
긴 했으나 그는 먹지 않고 연서의 눈치만 보고 있었다.

"명령이 아니라 부탁이에요. 어서 먹어요, 그럼 얘기할
테니."

연서는 단호하게 말했다. 민수는 어쩔 수 없이 김치볶
음밥을 한 숟가락 먹었다. 연서가 만든 김치볶음밥을 입
에 넣는 순간 민수의 얼굴은 빨갛게 달아올랐다. 평소
그의 얼굴색은 상처 때문에 피부 조직이 죽었는지 검푸
른 빛이었다. 그런데 지금은 홍당무보다 더 빨간색이 되
어버렸다. 그는 애써 참으며 음식을 삼켰다.

민수의 얼굴색이 너무 기이하게 변한지라 연서는 김
치볶음밥이 뭔가 잘못 되었다는 것을 알게 되었다.

"맛이 없어요? 윽! 왜 이렇게 짜고 매워!"

연서는 참지 못하고 입에 있는 것을 모두 뱉어버렸다.
하지만 민수는 그 끔찍한 김치볶음밥을 계속 먹고 있었

다. 놀란 연서가 얼른 접시를 빼앗았다.

"먹지 마요! 이런 거 잘못 먹으면 죽어요!"

먹으면 죽는 음식을 만든 사람이 자기라는 것을 잊었는지 연서는 소리쳤다. 그러자 민수는 어리둥절한 표정으로 연서를 보며 말했다.

"반려자님께서 먹으라고 하시지 않았습니까? 그래서 먹었는데……."

"이런…… 내가 독약을 먹으라고 하면 먹을 건가요?"

"…… 명령이라면 먹어야죠."

민수의 말에 연서는 어이없다는 듯 웃었다. 연서는 싱크대에 김치볶음밥을 그대로 쏟아버렸다. 그러면서 툴툴거렸다.

"역시 핫소스를 넣으면 안 되는 거였군. 그거 넣으면 맛있게 매울 것 같아서 넣은 건데. 뭐, 처음 만들면 다 그렇지. 민수 씨, 잠깐만 기다려줄래요? 핫소스 대신에 케첩 넣어서 다시 맛있게 만들어드릴게요."

"김치볶음밥에는 케첩을 넣으면 안 됩니다, 반려자님. 괜찮으시다면 제가 만들어드릴까요?"

민수가 조금 다급한 목소리로 말했다. 민수의 말에 연서는 얼른 싱크대에서 비켜섰다.

민수는 빠르고 익숙한 손길로 김치볶음밥을 만들어냈

다. 민수가 만든 김치볶음밥은 냄새도 근사하고 보기에도 먹음직스러워 보였다. 연서가 얼른 맛을 보자 꽤 훌륭했다. 반죽처럼 짓이겨진 민수의 괴물 같은 얼굴에서는 상상할 수 없는 모습이었다.

"이야, 정말 맛있네요. 이 정도면 충분해요."

연서는 크게 만족한 얼굴로 말했다.

"…… 뭐가 말입니까?"

난데없는 연서의 말에 민수는 의아하다는 듯 물었다. 찢기고 꿰맨 얼굴에서 상하지 않은 눈은 연서를 보며 반짝거렸다.

"나를 도와줄 보필하는 자의 실력 말이에요. 그 정도면 충분 아니 훌륭해요. 민수 씨, 내가 이 적시가에서 잘 생활할 수 있게 도와주실래요?"

연서가 빙그레 웃으며 말했다. 연서는 민수가 자신의 제안을 기쁘게 받아들일 것이라고 생각했다. 그러나 민수의 얼굴은 어두워졌다.

"…… 저보고 보필하는 자들이 하는 일을 하라는 말씀이십니까? 저는 버림받은 자입니다. 저는 적시가의 본당과 별당에 들어오지 못함은 물론이고, 보필하는 자들과도 사사로이 이야기를 나누지 않습니다. 사실 오늘 처음 별당에 들어왔고 본당에는 한 번도 들어가지 못했습니다. 마침 농기구를 가지러 왔다가 반려자님과 부딪친 것이지만 원칙적으로 저는 낮에는 적시가에 머물지 못합니다. 적시가 주변의 밭을 가꾸거나 그 주변을 청소를 하다가 해가 져서야 들어올 수 있습니다. 이런 제가 반려자님을 도와주는 보필하는 자가 될 수는 없습니다."

민수는 나지막이 말했다.

그의 말에 연서는 속으로 조금 놀랐다. 낮에 보필하는 자들이 민수를 대하는 태도를 보고 민수가 환영받지 못하는 줄은 알고 있었다. 하지만 민수의 말을 들으니 상황은 생각보다 심각했다.

순간, 어째서 시랑이 자신의 요구를 받아들였을까 궁금해졌다. 연서는 우선 눈앞에 있는 문제부터 해결하고자 했다.

"민수 씨, 난 외부 사람이에요. 당신이 환영받지 못한다는 걸 제외하곤 버림받은 자에 대해서는 아무것도 몰라요. 그리고 그게 뭔지 상관하지 않을 작정이고요. 병을 옮기는 것도 아니고, 설사 병이 옮긴다고 해도 그 병이 늑대 인간인 나를 해치지 않는다면 당신을 옆에 두고 싶어요. 더 이상 깊게 생각하지 말아요. 나도 그럴 거니까. 나는 내가 편한 사람을 옆에 두고 싶을 뿐이에요."

연서는 민수의 상하지 않은 눈을 똑바로 보며 말했다.

민수는 아무런 말이 없었다.

둘 사이에는 한동안 묘한 정적이 흘렀다. 민수로서는 분명 심사숙고할 문제였다. 연서는 그를 끈질기게 기다려줬다. 한참 후, 민수가 드디어 입을 열었다.

"…… 작은 주인이신 시랑님께서는 허락하셨습니까?"

*

"모든 주인들은 버림받은 자가 집 안에 들어오는 것을 허락하지 않습니다."

진숙의 항변에 책을 보고 있던 시랑이 고개를 들었다.

항상 침착한 모습으로 감정의 변화가 적은 진숙이었다. 적시가에 일한 지 30년, 그녀는 10년은 본당에 있었고, 다음 20년은 시랑의 옆에 있었다. 보필하는 자 중에서 최고참이었다. 때문에 시랑에게 직언을 할 수 있는 유일한 사람이기도 했다.

"이건 일족의 율법에 어긋나는 일입니다."

진숙은 얼굴이 붉게 달아오르며 다시 한 번 소리쳤다. 시랑은 잠시 진숙을 쳐다보다가 다시 책으로 고개를 돌리고 말했다.

"이미 한 번 깬 적이 있잖아."

무미건조한 시랑의 말에 진숙의 표정은 단숨에 차가워져서 그에게 대꾸했다.

"네, 시랑님께서 버림받은 자를 만드셨죠. 후계자가 아닌 자가 늑대 인간에게 물리면 대대로 내려오는 적시검赤弑劍으로 죽어야 하는데도 말이죠. 시랑님은 그자를 살리셔 적시가까지 끌고 오셨습니다. 덕분에 오늘 같은 일이 있는 것이고요."

진숙의 비난에 시랑은 잠시 아무런 말이 없었다.

두 사람 사이에 긴 침묵이 맴돌았다.

"민수는 나를 만나러 왔다가 버림받은 자가 됐어. 아주 정직하게 말하면 그는 희생자야. 우리 일족 때문에 그의 인생이 바뀌었잖아. 그런데도 내가 그를 죽여야 한다는 거야?"

시랑은 책을 덮으며 말했다. 진숙이 쉽게 물러설 것이 아님을 느낀 것이었다. 실제로 진숙은 시랑의 말에 또다시 크게 소리쳤다.

"그건 사고였습니다! 인간들 중에도 그렇게 자신의 인생이 뒤바뀐 자가 많습니다. 교통사고를 당하는 것처럼요. 시랑님은 그자에게 책임감을 느끼실 필요가 없습니다. 늑대 인간이 되는 변태 과정을 참지 못한 후계자, 즉 낙오된 자가 그자를 문 것 모두 우연입니다. 낙오된 자를 죽인 것처럼 그자도 죽였어야 했습니다."

진숙의 지적에 시랑은 아무 말이 없었다. 사실 진숙의 말이 옳았다. 규칙대로라면 시랑은 민수를 죽였어야 했다. 그는 후계자가 아니면서 늑대 인간에게 물린 사람이었으니까.

벌써 10년 전의 일이었다.

그날은 네번째 늑대 인간 선임자, 그러니까 시랑의 네번째 삼촌이 후계자를 만드는 날이었다. 삼촌은 프랑스에서도 여러 번 상을 받을 정도로 인기가 많은 의류 디자이너였다. 그 삼촌이 선택한 후계자는 프랑스에서 만난 모델이었다. 한국인 혼혈아인데 그다지 유명하지 않았지만 시랑도 알고 있는 모델이었다. 그는 외모가 굉장히 아름다웠고 스스로의 성공 욕구도 강한 사람이었다. 하지만 본래 참을성이 없고 성미가 급해서 스태프들과 마찰이 많았다. 그래서 일곱번째 삼촌은 그를 후계자로 만든다고 했을 때부터 걱정했다.

결국 네번째 삼촌은 그를 후계자로 만들기로 했고, 곧 그를 고통받는 곳으로 데리고 갔다. 그런데 고통받는 곳의 철문을 확인하지 않은 것이 화근이었다. 오래되고 낡은 철문은 고장 나 있었는데 그것을 아무도 알지 못했다. 결국 변태 중이던 모델 후계자는 제정신을 차리지 못하는 와중에 그 문틈으로 빠져 도망가버렸다.

그렇게 산속을 헤매다가 모델 후계자는 민수를 발견했다. 연예인 지망생인 민수는 연예인이 되고자 시랑을 찾아왔던 것이다. 민수는 시랑을 찾아서 지리산까지 왔으나 길을 잃고 헤매고 있었다.

모델 후계자는 민수를 보자마자 달려들어 그를 물어 뜯었다. 그리고 자신의 고통을 참지 못한 그는 민수에게 분풀이를 하기 시작했다. 마치 고양이가 쥐에게 그러하듯, 민수를 이리저리 던지며 가지고 놀았다. 때문에 민수는 죽지는 않았지만 얼굴과 온몸이 찢어지고 부셔져 버렸다.

민수의 숨이 넘어가기 전에 겨우 시랑이 도착했다. 늑대 인간을 유일하게 죽일 수 있는 검, 적시검을 들고 말이다. 적시검은 백 명의 늑대 인간의 피와 손톱 그리고 송곳니로 만들어진 것이었다. 인간의 그 어떤 무기와 병도 늑대 인간을 해칠 수 없지만 늑대 인간의 손톱과 송곳니는 달랐다.

늑대 인간은 자신의 손톱과 이빨이 독이었다. 때문에 늑대 인간은 서로 물고 싸우면서 상처를 입는다. 그러므로 늑대 인간들 간의 싸움은 금기다.

적시검은 적시가의 주인들만이 쓸 수 있는 검이다. 적

시가의 후계자들이 일족의 우두머리로 모든 계율을 집행하는 존재였기 때문이다. 시랑은 그 적시검으로 단숨에 모델 후계자를 죽인 후에 민수를 발견했다.

시랑은 네번째 삼촌에게 민수를 후계자로 삼으라고 했지만 일족과 삼촌이 그것을 거부했다. 민수가 어떤 사람인지 알 수 없었기 때문이다. 모델 후계자는 성미가 급하긴 했지만 성공 욕구가 강한 편이었다. 때문에 일족이 소유한 권력과 부를 적절히 보상하면 늑대 인간의 비밀을 참을 수 있을 것이라고 여겼다.

결국 삼촌은 다른 후계자를 만들었다. 그리고 그는 그대로 생을 마감했다. 늑대 인간의 두 개의 송곳니가 모두 사라졌기 때문이다. 두 개의 송곳니에는 늑대 인간의 정기와 힘이 모두 들어 있었다. 송곳니를 받는 것은 선임자의 힘을 받는 것이었다. 그러나 송곳니를 준 선임자는 수명이 줄어든다. 일정하지 않지만 10년에서 15년 정도 수명이 줄어드는 것으로 알려져 있다. 송곳니 하나를 후계자에게 주면 선임자는 남은 송곳니로 생애를 살아야 한다. 하지만 두 개가 모두 사라지면 늑대 인간은 그즉시 죽는다.

방계 혈통 늑대 인간 역시 이 법칙에 적용된다.

순수 혈통은 태생부터 두 개의 송곳니를 가지고 태어

난다. 하지만 인간이 늑대 인간이 될 경우인 방계 혈통은 한 개의 송곳니를 가지고 태어난다. 그들은 순수 혈통보다 근본적으로 약하다. 그래서 방계 혈통이 순수 혈통인 후계자를 가지면, 순수 혈통인 후계자는 선임자보다 강한 힘을 가진다. 다시 말하면 늑대 인간의 힘의 강약 여부는 내려오는 힘의 차이가 아니라 혈통의 차이였다.

또한 방계 혈통이 방계 혈통의 후계자를 가진다고 해도 늑대 인간의 힘은 줄어들지 않는다. 즉, 인간이 늑대 인간에게 송곳니를 받으면 그 힘은 심장에, 또 피에 완벽하게 도는 것이다. 때문에 늑대 인간이 된 이후부터는 생겨나게 되는 두 개의 송곳니(선임자의 송곳니와 늑대 인간으로 태어나면서 생기는 송곳니)에는 늑대의 힘이 똑같이 들어 있는 것이다. 그래서 방계 혈통은 자신의 후임에게 어느 쪽 송곳니를 줘도 상관이 없다.

삼촌은 새로 찾은 다른 후계자에게 남은 송곳니를 주고 그해 겨울 숨을 거두었다. 삼촌은 자신의 죽음에 대해 거부하거나 대항하지 않았다. 그것이 늑대 인간 일족의 율법이었기 때문이다. 대대로 후계자를 잘못 관리해서 후계에 문제가 있을 경우, 선임자는 자신의 죽음으로 다른 후계자를 만들어왔다.

이후 모델 후계자는 낙오된 자로 분리되었다. 늑대 인

간의 후계자로 낙점받았지만 제거당했기 때문이다. 낙오된 자가 받은 송곳니는 따로 빼서 적시가 안의 비밀 창고에 보관해두었다.

그리고 민수는 버림받은 자가 되었다. 늑대 인간에게 물렸으나 송곳니를 받지 못한 자, 그것이 버림받은 자였다. 시랑의 아버지 천후와 여덟 명의 삼촌, 심지어 보필하는 자들까지 그를 죽여야 한다고 주장했지만 시랑은 그렇게 하지 못했다.

시랑은 보름마다 그를 찾아갔다. 그래서 발작하는 그에게 이성의 샘물을 먹였다. 늑대 인간에게 물렸기 때문에 그 역시 늑대 인간이기 때문이었다. 그러나 송곳니를 받지 못해서 늑대 인간의 강한 힘은 갖지 못했다.

"그래서 어쨌으면 한다는 거지?"

답을 구할 생각도 없으면서 시랑은 진숙에게 물었다. 진숙은 단호한 어조로 말했다.

"지금이라도 버림받은 자를 죽이셔야 합니다."

시랑은 깜짝 놀랐다. 버림받은 자에 대한 적대감이 그리 클 줄은 몰랐다. 그것은 진숙의 잘못이 아니었다. 적시가의 모든 사람들, 나아가서는 버림받은 자를 천대하는 일족의 사람들의 잘못도 아니었다. 그들은 그저 일족에 내려오는 버림받은 자에 대한 전설을 믿을 뿐이었다.

부정한 방법으로 태어난 버림받은 자는 부정한 시간을 가져온다.

예전부터 일족에게 내려오는 말이었다. 버림받은 자에 대한 유일한 이 전설을 모두들 믿고 있었다.

송곳니를 받지 못한 버림받은 자의 신체는 인간보다 더 약하다. 즉, 버림받은 자가 옥패를 빼앗아 갈 가능성이 적다. 그러나 전설 때문에 버림받은 자는 모두 그 자리에서 사살된다. 하지만 시랑은 버림받은 자에 대한 전설을 믿지 않았다. 그저 늑대 인간에 대한 수많은 전설과 소문 중 하나일 뿐이라고 생각했다.

시랑은 그 어느 때보다 차갑고 무겁게 말했다.

"송곳니를 받지 못한 버림받은 자는 신체가 인간보다 약해. 민수가 옥패를 빼앗아 갈 가능성이 굉장히 희박하지. 그런데도 그자를 꼭 죽어야 해? 난 그러기 싫어."

시랑이 단호하게 말했다. 그러나 진숙도 자신의 뜻을 꺾지 않았다.

"늑대 인간의 안전을 지키는 것은 적시가의 주인들이 할 일입니다. 그자는 분명 우리에게 위협이 될 것입니다."

시랑은 진숙을 뚫어져라 쳐다보았다. 렌즈를 낀 시랑의 두 눈은 심연이 깊어지며 상대방을 관찰하였다. 그녀

가 진심이라는 알게 된 시랑은 진숙을 뚫어져라 쳐다보
며 물었다.

"도대체 왜 그렇게 그 사람을 싫어하지? 단지 민수가
버림받은 자여서 그런가?"

"우리가 버림받은 자를 싫어하는 것은 사실입니다. 늑
대 인간이면서 인간보다 약하고, 괴물처럼 생긴 생김새
가 모두의 혐오감을 불러일으키죠. 원래는 주인이여야
하나 그렇지 못한 자가 버림받은 자입니다. 버림받은 자
는 불행을 가져온다는 근거 없는 일설도 그의 혐오감을
더해줍니다."

"그래서 싫어하는 건가?"

시랑의 질문에 진숙은 아무런 말이 없었다.

짧지 않은 정적이 그들 사이에 흘렀다. 진숙은 한참 동
안 시랑을 설득할 말을 고르는 듯 보였다. 잠시 후 진숙
이 다시 입을 열었다.

"솔직히 설명하지는 못하겠습니다. 그저 지천명知天命
을 넘긴 사람의 노파심이라고 해두죠."

시랑은 한숨을 내뱉었다.

진숙은 항상 그런 식이다. 그녀가 일족에게 가장 큰 충
성심을 가지고 있다는 것은 시랑도 잘 알고 있었다. 그
러나 그녀는 자신의 충성심만큼이나 적시가의 애정을

주인에게 요구했다. 주인 역시 그녀의 기준에서 벗어나 서는 안 되는 것이었다.

그 빈틈없음이, 아니 깐깐한 요구가 때로는 시랑을 답답하게 했다. 사실 진숙은 일족을 위해서라는 미명 아래 가끔 도를 넘어서는 일도 저지르곤 했다. 또한 진숙은 시랑에 대한 관심과 애정이 지나칠 때도 많았다. 시랑은 그런 진숙에게 비난 한마디 한 적 없지만, 가끔 그녀와 이야기를 나누는 것을 피했다.

결국 시랑은 그 어느 때보다 차가운 말투로 진숙에게 말했다.

"그래서 죽여야 한다? 단지 자네가 기분이 나쁘다는 이유로? 재미로 생명을 죽이는 사냥도 그런 이유로 하지는 않아. 자네 말은 안 들은 걸로 하지."

*

다음 날 민수는 별당 서재 앞에서 연서를 기다렸다.

연서가 별당 서재에서 지내고 있었기 때문이다. 민수가 기다린 지 얼마 되지 않아 연서가 문을 열고 나왔다. 어젯밤 그녀가 잠든 것을 생각하면 꽤 이른 시간이었다. 그녀는 지난밤 잠을 제대로 이루지 못했다. 그것은 건강해진 육체 덕분에 느껴지는 즐거운 흥분감 때문이 아니었다. 지난밤 연서는 자신이 병원에 있는 것 같은 착각에 빠져들었다. 기묘한 가슴 통증이 그녀를 짓눌렀기 때문이다. 뛰어난 신체 능력을 가진 늑대 인간으로서는 이상한 일이었다.

연서는 시랑에게 그 통증에 대해 물어볼까 했으나 그만두기로 했다. 그 질문을 하면 자신의 몸이 다시 나빠진 것을 확인하는 것 같아서 두려웠던 것이다. 결국 연서는 그 문제에 대해 깊게 생각하지 않기로 했다. 일찍이 병과 친구였던 그녀는 그것이 현명하다는 것을 알고 있었다.

서재 문 앞에 서 있는 민수를 보자 연서가 씩 웃었다. 그가 자신을 도와줄 것임을 알았기 때문이다. 민수는 연서를 보자 얼른 허리를 숙였다. 인사가 끝나기도 전에 연서는 단호한 목소리로 말했다.

"날 도와주겠다니 정말 고마워요. 부탁 하나 해도 될까요?"

"하명하십시오."

민수는 낮은 목소리로 말했다. 연서는 단호한 목소리로 말했다.

"내가 원하는 건 하나예요. 나를 보호한다는 명목으로

날 감시하지만 않으면 돼요."

연서의 말에 민수는 무겁게 고개를 끄덕였다.

연서는 만족스러운 웃음을 지었다. 그리고 그때부터 연서가 가는 곳에는 민수가 함께했다. 전날 연서를 도와주던 보필하는 자들은 원래의 자리로 돌아갔다. 때문에 민수는 다섯 명이 하던 보필하는 자들의 일을 혼자 해야만 했다. 하지만 어려운 것은 없었다. 연서의 식사와 옷 세탁 등의 일은 다른 보필하는 자들이 맡아서 했기 때문이다. 민수는 연서를 따라다니며 그녀의 모든 것을 챙겼다.

연서는 민수에게 대단히 만족했다. 그는 보필하는 자들처럼 귀찮게 굴지 않고 조용히 연서의 뒤를 지켰다. 그는 충성스럽고 부지런했다. 연서가 원하는 것은 무엇이나 구해다주었으며, 그녀의 적시가 생활이 불편하지 않게 늘 힘썼다. 그의 시선은 늘 연서만을 향해 있었고 몸은 늘 연서를 위해서만 썼다. 자신의 시간도 연서를 위해서만 소비했다. 또한 시시각각 다른 요구를 하는 연서의 변덕스러움에 화가 날 법도 한데 민수는 단 한 번도 얼굴조차 찡그리지 않았다.

자신을 감시하고 구속하던 보필하는 자들이 사라지자 연서는 굉장히 신 났다. 자기가 아프지 않다는 것을 증명이라도 하듯 매일매일 뛰어다니고 음식을 엄청나게 먹어댔다. 때로는 하루 종일 노래를 부르거나 하루 종일 수영을 했으며, 그것도 재미가 떨어지면 다른 일거리를 찾았다. 그러던 중 적시가 뒤뜰에 넓은 평지를 발견했다. 원래 그곳은 시랑이 또 다른 꽃밭을 만들려고 한 곳이었다. 그런데 계속된 촬영에 곡괭이질 한 번 하지 못하고 그대로 두어야 했다. 연서는 그 땅을 발견하자마자 자신이 사용했으면 좋겠다는 의사를 시랑에게 밝혔다. 그녀와 더 많은 대화를 하기 싫었던 시랑은 간단하게 고개를 끄덕였다.

다음 날이었다. 연서는 민수와 시랑에게 허락받은 땅을 아침 일찍부터 갈기로 했다. 그런데 약속한 시간이 지나도록 민수가 나타나지 않았다. 연서는 그를 찾아다니기 시작했다. 그를 발견한 곳은 적시가 후미진 곳의 담장 아래였다. 인적도 없고 워낙 구석진 자리인지라 연서는 그를 보지 못하고 그냥 지나칠 뻔했다. 다행히 늑대 인간인 그녀의 예민한 청각으로 바람결에 실린 신음 소리를 듣고 뒤돌아보니 검은 그림자 밑에 무언가 있었다. 민수였다.

민수는 아무도 쓰지 않는 창고 옆 담장 밑에서 마치 버려진 진흙 더미처럼 웅크리고 있었다.

"세상에…… 민수 씨, 거기서 뭐 해요?"

서늘하고 축축한 곳에 있는 민수를 보고 연서가 말했다. 그녀의 목소리를 들은 민수는 자기도 모르게 움찔했다. 그러나 여전히 몸을 움직이지 못했다. 건드리면 몸을 웅크리는 벌레처럼 몸을 더 깊게 숙일 뿐이었다.

"다쳤어요?"

민수를 본 연서가 놀라서 물었다.

"오, 오지 마세요!"

연서가 다가서려고 하자 민수는 비명처럼 소리를 질렀다. 순간 그에게 다가서려는 연서는 그 자리에 멈추고 말았다.

"오지 마십시오. 이런 꼴까지 보이게 하지 마세요. ……
내 마지막은 지켜주세요."

민수는 울부짖고 있었다.

민수의 꼴은 처참했다. 분명한 폭행의 흔적이 여기저기 있었다. 보필하는 자들의 짓이었다.

인간인 그들은 늑대 인간들을 주인으로 섬기는 자들이다. 그렇지 않은 경우도 있지만 대부분은 대대로 세습되어 늑대 인간들 옆에 있어왔다. 그들은 인간들 중에서도 상위에 속하는 머리와 능력을 가지고 있었다. 그런 그들은 세상에서 유일한 존재들을 보필한다는 유별난

자부심을 가지고 있었다. 자신들은 인간이지만 특별한 존재에게 선택받은 특출한 사람들이라는 것이었다.

그런 그들에게 이번 '민수 사건'은 충격이었다. 즉, 적 시가의 차기 주인의 반려자가 버림받은 자를 선택한 것이 그들을 화나게 한 것이었다. 결국 화살은 그대로 민수에게 쏟아졌다.

오늘 아침 민수는 연서를 만나러 오는 길에 린치를 당했다. 열 명의 남자들이 발길질과 욕설을 퍼부었다. 민수는 꿈쩍도 하지 않았다. 늘 그래왔던 것처럼 숨을 참고 그 순간이 지나가기를 기다렸던 것이다.

그러나 다른 때와 달리 폭행의 강도는 컸다. 그만큼 보필하는 자들의 분노가 강했던 것이리라.

"제길, 더러운 놈! 매번 신음 소리 한 번 안 내다니!"

김 부장이 거칠게 땀을 닦으며 말했다.

김 부장의 말처럼 민수에 대한 폭행은 오늘만이 아니었다. 시랑의 앞에서는 절대로 있을 수 없는 일이었지만, 버림받은 자에게 집단 구타는 공공연하게 일어났다. 혹자는 재미로, 혹자는 민수가 싫어서 그를 괴롭혔지만 주된 이유는 그가 버림받은 자이기 때문이었다.

버림받은 자, 그는 늑대 인간 마을에서 가장 더럽고 하찮은 존재이자 천대받는 것이 당연한 존재였다.

연서는 민수를 물끄러미 바라보았다. 그는 울고 있었다. 강한 짐승이 받은 상처가 그러하듯이 그의 상처가 두드러지게 보였다. 민수도 본래 강한 짐승이어야 했다. 그러나 기묘한 운명이 그를 이렇게 만들어버린 것이었다.

얼마나 울었을까. 문득 고개를 치켜드니 곁에 연서가 서 있었다. 급하게 뛰어왔는지 두 얼굴은 붉게 상기되어 숨을 헐떡거리고 있었다. 그녀는 무언가 내밀었다. 녹차 가루였다.

"상처에 뿌려요. 지혈 효과가 있어요."

연서가 말했다.

녹차는 지혈 효과가 있으며 동시에 백혈병에도 효과가 있다는 것이 증명되었다. 과거 백혈병 환자였던 연서는 그 사실을 알고 있었다.

"괜찮습니다."

녹차를 본 민수가 차갑게 말하고서는 고개를 돌려버렸다. 그때 몸을 돌린 민수의 팔뚝에 난 상처가 연서의 눈에 걸렸다. 연서는 들고 있던 녹차 티백을 뜯었다. 그리고 녹차 가루를 그의 상처에 뿌렸다. 순간 따끔거리는 고통에 민수가 신경질적으로 고개를 돌렸다. 그의 뒤틀린 눈과 마주치자 연서가 조용히 말했다.

"미안해요, 참견해서. 그런데 나는 아픈 사람은 그냥

두고 보지 못해요."

그러면서 연서는 그의 상처 이곳저곳에 녹차 가루를 뿌렸다. 가능하다면 그녀는 약을 가져왔을 것이다. 그러나 늑대 인간인 그녀가 약을 찾는다는 것은 어불성설이었다. 상처가 나지 않는 연서가 약을 찾으면 사람들이 이상하게 생각할 것이었다. 그리고 그 피해가 민수에게 갈 것이라고 생각했다. 민수가 다친 이유는 정확히는 모르지만 그 이유가 어쩐지 자신과 관련이 있다는 것을 그녀는 직감했다.

민수는 자신의 상처에 녹차를 뿌리는 연서를 조용히 바라보았다. 민수의 모든 상처에 녹차 가루를 뿌리고 나서 연서는 자리에서 일어섰다.

"좀 쉬었다 오세요. 나는 밭에 가 있을 테니……."

연서는 그렇게 말하고 밭으로 향했다. 민수는 멀어지는 연서의 뒷모습을 한참이나 바라보았다.

그리 오랜 시간이 지나지 않아 민수는 절뚝거리면서 연서가 가 있겠다고 한 밭으로 향했다.

적시가 뒤편에 마련된 밭에 연서가 있었다. 힘찬 쟁기질을 하며 연서는 알 수 없는 노래를 낮게 흥얼거리고 있었다. 봄 하늘은 높고 청명해서 공기를 투명하게 만들었고, 햇빛은 공간을 가로지르고 있었다. 그 반사되는 햇빛 안에 연서는 활기찬 움직임으로 존재하고 있었다.

비틀려버린 육체를 가진 민수가 어찌 그녀에게서 시선을 뗄 수 있었겠는가.

"어, 왔어요?"

이내 연서는 그를 발견하고 환하게 웃었다. 순간 멈칫한 민수는 얼른 고개 숙여 인사했다.

그녀는 순수 혈통의 반려자였다. 그와 계급이 다른 존재였다.

"벌써 밭을 다 가셨군요."

민수의 말에 연서는 멋쩍은 웃음을 지었다. 일반 여성이라면 그 넓은 땅을 짧은 시간에 다 갈지 못했을 것이다.

"나는 이곳에 먹을거리를 심고 싶어요. 고추라든가, 오이라든가. 가능할까요?"

"그것들은 모종을 심어야 합니다. 저는 적시가를 나갈 수 없으니 다른 보필하는 자들에게 말씀하시면 그들이 모종을 구해줄 것입니다."

민수의 말에 연서가 고개를 끄덕였다.

"다른 하명이 없으시면 저는 물러나겠습니다."

"어디 가시는데요? 도와드릴게요."

그러고서는 극구 사양하는 민수를 따라 연서는 적시가 뒤뜰로 갔다. 적시가 뒤뜰에는 수많은 복숭아나무들이 심어져 있었다.

"와, 아름다워라."

때마침 복사꽃이 활짝 피어 있었다. 하얀 화선지에 붉은 핏방울들이 번진 것 같은 빛깔이었다. 그것을 보고 연서는 소리를 질렀다. 그 어떤 향기보다 진한 달콤함이 붉은 바다를 이루고 있었다.

연서가 나타나자 그곳에서 일을 하던 보필하는 자들이 그녀에게 허리 숙여 인사했다. 보필하는 자들 중에는 화초를 가꾸거나 적시가 안의 나무를 가꾸는 정원사들이 있었다. 민수는 그들을 돕기로 한 것이었다. 그렇다고 해서 민수가 정원사 보필하는 자들과 이야기를 나누거나 하는 일은 없었다.

민수는 한쪽에 놓여 있는 사다리를 들고 나무 위로 올라갔다. 그리고 꽃을 따기 시작했다. 꽃을 따서 버리는 그 모습을 보고 연서가 놀라 말했다.

"뭐 하는 거예요? 왜 꽃을 다 따서 버려요?"

"적뢰摘蕾를 하는 겁니다. 같은 뿌리에서 자라도 버려야 하는 꽃송이가 있습니다. 좋은 열매를 만들기 위해서 잘못 태어난 것들은 버려야 합니다."

연서의 질문에 옆에 있던 늙수그레한 보필하는 자가 말해주었다. 그 말에 연서는 안타까운 듯 말했다.

"아쉽네요. 같은 뿌리에서 태어났는데 하나는 열매를 맺고 어떤 것은 버려지다니······."

연서는 바닥에 떨어지는 붉은 꽃송이들을 바라보았다. 바닥에는 버려진 꽃들이 가득했다.

민수는 그런 연서를 바라보았다. 유일하게 상하지 않는 그의 눈이 기묘함으로 일렁이고 있었다.

*

연서는 여전히 많은 일을 벌이고 또 해치웠다. 그중에서 연서가 제일 즐거워하는 일은 요리였다. 그러나 모두 실패였다. 하지만 그녀는 결코 포기하지 않았다. 그 정도 만들면 나아지는 면이 있어야 하는데, 연서의 음식 솜씨는 결코 좋아지지 않았다. 거기다가 꼭 3인분 이상 만들어대는지라 민수도 매번 음식을 먹어야 했다. 연서는 음식을 만들 때마다 시랑을 초대했지만 시랑은 한 번도 초대에 응하지 않았다.

어쨌든 연서는 그 모든 과정이 즐거웠다. 음식을 해 먹는 것도, 달리는 것도, 온몸이 젖을 정도로 땀이 나는 밭일도, 가까운 곳에서 수영하는 것도, 귀가 터질 정도로 노래를 부르는 것도, 심지어 넘어지는 것도 즐거웠다.

그녀는 자신의 건강과 젊음이 즐거웠다.

덕분에 늘 조용하던 적시가는 시끄러워졌다. 적시가는 늘 연서의 웃음으로 물들어 있었다. 그런 연서의 즐거움은 적시가 구성원 모두에게 전염되었다. 그녀가 늘 타인에게 친절했으며 모든 것을 즐거워했기 때문이다. 그래서 처음에는 버림받은 자를 데려온다고 싫어하던 보필하는 자들도 이제는 그녀를 좋아하게 되었다. 그녀의 행동에 악의가 없음을 알게 되었기 때문이다.

하지만 떠들썩하게 된 적시가 별당에서 단 한 사람, 시랑만이 냉소 어린 눈길로 연서를 바라보았다. 시랑은 의도적으로 연서를 냉대했다. 그러나 시랑은 더 이상 연서를 보지 않기 위해서 적시가를 떠나지는 않았다. 그저 연서를 무시했던 것이다. 하지만 같은 곳에 살고 있으니 시랑이 연서를 무시하려고 해도 자꾸 눈에 보였다.

시랑이 보기에 연서는 이상하기만 했다. 그녀는 밤새 달리기를 하거나 별로 웃기지도 않은 텔레비전을 보고 웃으며 데굴데굴 굴러다녔다. 또한 늘 지천으로 피어 있는 꽃을 보고도 이상할 정도로 기뻐했고, 비가 오면 비가 온다고 춤을 췄으며, 날아가는 새에게도 인사를 했다. 시랑이 보기에 연서는 딱 미친 여자였다. 거기다가 연서는 시랑을 아주 귀찮게 했다. 늘 시랑만 보면 이것저것 물어보고, 늘 알은척 친근하게 굴었다.

그러나 시랑은 되도록 연서와 함께하지 않으려고 했다. 그리고 그러한 시도들은 거의 성공적이었다. 연서의 질문에도 시랑은 아무 대답도 하지 않았다. 함께 식사하자는 제안도 모두 거절했으며, 가끔씩 시랑의 방에 찾아와서 기웃거릴 때에도 매몰차게 내몰았다. 그런데도 연서는 포기하지 않고 끈질기게 말을 걸었고, 그의 몫까지 음식을 차리곤 했다.

연서는 처음에는 멋모르고 항상 '바빠', '혼자 있고 싶어'라고 하는 시랑의 말을 믿었다. 그런데 다시 생각해보니 그가 자신을 철저하게 무시하고 있음을 알게 되었다. 그것을 눈치채지 못할 연서가 아니었다. 그리고 사실 시랑도 자신이 연서를 무시하고 있다는 것을 굳이 숨기지 않았다.

만일 그가 연서를 무시하는 것을 숨기려고 연기했다면 연서는 끝까지 눈치채지 못했을 것이다. 그런데 그는 그렇게 하지 않았다. 그가 연서를 무시하고 있다는 것을 연서 본인이 알게 했다. 그렇게 해서 연서가 자신에게 다가오지 못하게 했던 것이다.

연서는 시랑의 행동을 이해할 수 없었다. 연서에게 시랑은 고마움 그 자체였다. 그가 늑대 인간을 만들어줘서 그녀는 죽지 않고 건강하게 되었다. 시랑은 연서가 다른 삶을 살아가게 해준 장본인이었다. 그런데 시랑은 연서의 존재를 무시하고 있는 것이었다.

"아니, 그냥 무시가 아니지. 개무시지, 개무시……."

차갑게 식은 메밀 전병을 씹으며 연서는 작게 중얼거렸다.

연서는 오늘도 시랑을 찾아갔다가 방문 앞에서 문전박대를 당했다. 마침 봄비가 내려 만든 메밀 전병을 들고 찾아간 길이었다. 이번 메밀 전병은 연서가 혼자 만들지 않고 민수가 도와주었다. 때문에 그 맛이 꽤나 괜찮았다.

음식 만들기는 늘 실패만 하던 참이라 연서는 이번 성공에 어깨가 으쓱거릴 정도로 신이 났었다. 가장 노릇노릇하게 구워진 것으로만 골라 한걸음에 시랑을 찾아갔다. 그러나 시랑은 문조차 열어주지 않았다. 시랑의 행동에 민망해진 진숙이 나서서 연서가 왔음을 알렸으나 시랑은 간단히 '피곤하다'라고만 말했다. 결국 연서는 차디차게 식은 메밀 전병을 들고 갔던 길을 돌아와야만 했다.

시랑이 그럴 때마다 연서는 자신이 투명인간이 된 것 같았다. 처음부터 존재하지 않는 자신이 살아서 돌아다니는 것 같은 기분이었다. 백혈병 때문에 자신이 이미 살아 있는 존재가 아닌 것처럼 느껴지던 과거가 있었다. 연서는 시랑이 자신을 무시할 때마다 그 과거의 병실로 돌아간 것 같았다.

연서는 입안에 있던 메밀 전병을 퉤 하고 뱉어냈다. 입 안이 아주 쓰게 느껴졌다. 새콤한 메밀 전병에서 느낄 수 없는 맛이었다.

연서는 한동안 창밖을 쳐다봤다. 연서가 머물고 있는 별당의 서재에서도 적시가의 연못이 그대로 보였다. 작 게 내리는 보슬비에 꽃잎들은 떨어지고 있었다. 연서는 조금 멍한 시선으로 그것들을 바라보았다.

하지만 그 시간은 길지 않았다. 무언가 하지 않고 멍하 게 보내버리기에 그녀에게 시간은 너무나 아까웠다. 그 녀는 자리에서 일어섰다.

서재에서 나온 그녀는 곧장 민수를 찾았다. 민수는 즉 시 그녀 앞에 나타났다.

"서재에 트로피가 보이던데 그건 누구 꺼죠?"

"별당에 있는 것은 모두 시랑 주인님의 것입니다. 서 재에 놓인 트로피는 시랑 주인님께서 이종석 영화제에 서 타온 것이라 들었는데……."

민수의 대답에 연서는 만족스러운 웃음을 지었다.

1년 전 시랑은 우리나라 최고의 영화제인 이종석 영화제에서 남우주연상을 받았다. 아직 서른 살도 안 된 그에게는 파격적인 대우였다. 한국 영화의 초석을 다진 천재 감독 이종석을 기리고자 만든 것이 이종석 영화제였다. 1973년 마흔 살에 교통사고로 사망한 이종석은 아직도 청운의 꿈을 가진 영화학도의 우상이었다. 40년이 지나도 그의 작품 세계는 색이 바래지 않았으며 여전히 신선했다.

 그런 감독을 기리는 영화제이기 때문에 그 어떤 영화제보다 공정하고 엄격한 심사가 이루어졌다. 때문에 과거에 신인상과 조연상을 받은 이시랑이 남우주연상을 받았을 때에는 잠시 논란이 생기기도 했다. 그는 유난히 청춘 스타의 이미지가 강했기 때문이다. 하지만 극장 개봉한 그의 작품은 모든 논란을 종식시켰다. 그곳에는 화려한 스타 이시랑은 없었다.

 그의 작품은 영화계 은어로 타율이 좋은 편이었다. 반드시는 아니었지만 그가 출연한 영화는 거의 흥행에 성공했다. 그는 확실히 대한민국 최고의 스타성을 가진 배우였다. 그가 출연한 영화는 로맨틱 코미디가 주를 이루었다. 그것은 그가 대한민국의 여심을 흔드는 사람이라는 말도 되지만 그보다 깊은 연기는 요구할 수 없다는 뜻이기도 했다.

자신의 위치가 안정되자 시랑은 때때로 스타로서 이해가 되지 않는 행보를 보이기도 했다. 주연이 아닌 조연으로 활약한 것이었다. 차라리 카메오라고 말할 수 있는 역을 맡기도 했으며, 때로는 대사도 없는 역할을 하기도 했다. 혹자는 그러한 시랑의 움직임을 시간 낭비라고 일축했다. 인기라는 것도 한순간이니 인기가 있을 때 주연을 많이 맡아야 한다고 충고했다. 하지만 그러한 '이상한 행보'를 통해서 시랑은 나이 많은 선배들과 교류하게 됐으며 연기의 폭을 넓히게 됐다.

사실 그는 너무 일찍 스타가 되었기 때문에 깊지 않은 연기력을 가지고 있었다. 그 스스로도 매력적인 외모 때문에 주목을 받고 있다는 사실을 알고 있어서 끊임없이 노력해왔다. 잠깐의 인기로 돈이나 벌기에는 배우라는 직업을 무척이나 좋아했다. 그렇게 그는 주연을 맡은 자신의 위치에서 내려와 조연 또는 단역으로 전전했다.

그러다가 다시 주연을 맡은 것이 〈안개〉라는 작품이었다. 실제 사건을 모티브로 한 작품이었다. 시랑은 이 작품의 시나리오를 보고 그 자리에서 출연을 결정했다. 그러나 그 작품에는 대중성이 결여되어 있었다. 때문에 작품 투자자를 찾지 못했다. 이에 시랑은 자신이 투자자가 되어 영화를 진행했다.

그는 영화에서 사진사 역할을 맡았다. 사진사는 인물의 가장 아름다운 표정을 찾다가 안개에 쌓인 신비로운 마을에 들어가게 된다. 그러다가 공교롭게도 살인을 저지르는 장면을 목격하고, 살인을 저지른 소녀의 얼굴을 찍는다. 그 사진에 매료된 사진사는 소녀를 찾다가 결국 자신이 살인까지 저지르게 되고, 자신의 눈까지 잃어버린다는 이야기였다.

자신이 찾는 무언가를 위해서 살인까지 저지르는 남자는 보통 사람이 보기에 사이코로 보일 것이다. 하지만 그것을 연기해야 하는 사람이 자신의 배역을 그렇게 평가절하할 수는 없는 노릇이었다. 더욱이 영화의 본질은 그것이 아니었다. 사이코패스가 아닌 자신의 영혼을 흔드는 무언가를 갈구하는 예술가의 인생이었다. 그는 실제로 3개월 동안 예술을 위해 살인을 저지르는 사진사가 되고자 노력했다.

그렇게 연기의 기초와 근본까지 다시 닦은 다음에 받은 상이 이종석 영화제의 남우주연상이었다. 그 상은 사랑의 가장 큰 보물이었다. 원래는 사랑의 방에 두었으나 근래에 읽고 있던 대하소설과 음악 시디들 때문에 잠시 자리를 양보했던 것이다.

그리고 그것이 지금 연서의 눈이 띄고 말았다.

연서는 갑자기 민수에게 청소 도구를 가져다 달라고
했다. 서재를 청소하겠다는 것이었다. 민수는 놀라며 자
신이 하겠다고 나섰지만 연서는 거절했다. 연서의 뜻이
확고한 것을 알자 민수는 어쩔 수 없이 청소 도구를 가
져다주었다. 민수가 가져다준 진공청소기와 걸레, 총채
중에 그녀가 먼저 집은 것은 총채였다.

그녀는 총채로 이곳저곳의 먼지를 터는 시늉을 하더
니 이내 트로피 앞으로 갔다. 그리고 트로피를 총채로
털다가 그만 떨어뜨리고 말았다.

아니, 정확히는 트로피를 총채로 밀어버린 것이다.

바닥으로 떨어진 트로피는 산산조각이 났다. 트로피는
유리로 되어 있기 때문에 거친 파열음을 냈다. 그 소리
가 적시가를 울렸다.

민수는 놀라서 눈을 동그랗게 떴다. 그리고 깨진 트로
피와 연서를 번갈아 쳐다봤다. 연서는 아무렇지 않은 듯
어깨만 으쓱거렸다.

이내 보필하는 자들이 몰려왔다. 그들은 갑자기 왜 유
리가 깨지는 소리가 들리는 것인가 궁금했던 것이다. 그
러다가 바닥에 떨어진 트로피를 보고 모두들 하얗게 질
렸다. 시랑이 얼마나 그 트로피를 소중하게 여기는지 알

고 있었기 때문이다. 모두들 할 말을 잃은 채 연서와 민수를 쳐다보았다.

그들은 처음에는 분노의 눈길로 민수를 쳐다보았다. 하지만 민수는 빈손으로 서 있을 뿐이었다. 오히려 연서가 총채를 들고 있었다. 그리고 연서는 자신이 그랬다는 것을 선언이라도 하듯이 총채를 그들 앞에 내밀었다. 그들은 당황해서 할 말을 잃고 말았다.

"무슨 소리가 들렸는데……?"

드디어 시랑이 등장했다. 트로피가 깨지는 소리가 시랑의 방까지 들렸던 것이다.

시랑이 나타나자 보필하는 자들은 반으로 갈라섰다. 동시에 시랑의 눈에는 산산조각 난 트로피가 보였다.

짧지 않은 정적이 흘렀다. 보필하는 자들과 민수는 겁먹은 눈으로 고개를 숙이고 있을 뿐이었다. 다만 연서는 시랑의 얼굴을 뚫어져라 쳐다보았다. 시랑은 한참 동안이나 깨진 트로피를 쳐다보았다.

"누가 그랬지?"

침착하게 묻는 시랑의 말에 아무도 대답하지 못했다. 또한 그 누구도 감히 연서를 쳐다보지 못했다. 그가 다시 묻자 이번에는 연서가 냉큼 나섰다.

"내가 그랬어요. 청소하다가 떨어뜨렸어요."

미안함이라고는 전혀 없는 말투였다. 당돌함까지 묻어 있는 그녀의 말에 모두 아연실색하여 연서를 쳐다보았다.

그런 보필하는 자와 민수의 시선을 느꼈으면서 연서는 돌아보지 않았다. 오직 시랑만 보고 있었다.

시랑은 그런 연서의 대답에 힐끗 그녀를 쳐다보았다. 하지만 그는 이내 고개를 돌려버렸다. 그리고 보필하는 자들을 쳐다보며 말했다.

"나한테 있어서는 소중한 것이니, 깨진 것이지만 잘 보관해줘. 영화제 쪽에 알아봐서 고칠 수 있는지 물어봐 주고."

시랑의 말에 보필하는 자들은 얼른 고개를 숙여 복종의 뜻을 나타냈다. 그리고 시랑은 그대로 그 자리를 떠나버렸다.

예상치 못한 상황 전개에 연서는 당황하며 잠시 멍하게 서 있었다. 하지만 이내 또다시 그가 자신을 무시했다는 것을 연서는 깨달았다. 그 순간, 연서의 입가에는 차가운 미소가 번졌다.

그 후로 연서는 기이한 행동을 일삼았다. 빨래를 하겠다며 시랑의 옷을 망가뜨리거나 그가 소중히 여기는 음반들을 모두 부수어버렸다. 책을 보겠다면서 찢어버리거나 낙서하기도 했다. 실로 다 나열할 수 없을 정도로 유치하고 못된 행동들이었다.

연서도 처음에는 시랑이 어떻게 나올까 궁금하고 겁이 나기도 했다. 그러나 무슨 짓을 해도 시랑이 여전히 자신을 무시하자 화가 나서 점점 더 못된 짓을 골라 했다.

마침내 연서는 전에는 감히 생각지도 못한 행동을 하기 시작했다. 시랑의 방에 쳐들어간 것이었다. 물론 시랑의 허락은 받지 않았다. 때문에 조용히 영화를 감상하던 시랑은 깜짝 놀라서 그녀를 쳐다봤다. 연서는 아무렇지 않게 말했다.

"청소를 해야 해서요."

"…… 내 방 청소 담당은 따로 있는데."

침입자가 연서라는 사실을 알고 다시 텔레비전 브라운관에 시선을 둔 시랑이 말했다. 시랑이 여전히 자신을 쳐다보지도 않자 연서는 차갑게 콧바람을 뱉으며 말했다.

"난 병실에 있을 때 청소가 무지 하고 싶었어요. 청소 해야겠어요."

"네가 자는 서재나 하지."

무뚝뚝한 목소리로 시랑이 말했다. 그러나 연서는 물러나지 않았다.

"서재 청소는 했잖아요. 꼭 여길 해야겠어요."

연서는 단호하게 말했다. 시랑은 그녀의 속셈을 충분히 알 수 있었다.

그러나 그는 더 이상 상관하지 않기로 한 듯 영화에만 집중했다. 그런 시랑을 보고 연서는 샐쭉해져서는 청소하기 시작했다. 사실 오늘 아침에도 청소해서 깨끗한 방이었다. 그런데도 연서는 총채를 들고 괜스레 여기저기 뒤지고 다녔다. 그런 줄 알면서도 시랑은 상관하지 않았다. 어서 그녀가 방에서 나가기를 기다렸다. 그런데 얼마 지나지 않아 뭔가 떨어지는 소리가 들렸다.

"어랏? 이게 왜……."

연서는 짐짓 당황한 목소리를 냈다. 뭘 부수거나 망가뜨려도 한 번도 화를 내지 않는 시랑이 얄미워서였다.

그런데 슬쩍 본 시랑의 반응이 이제까지와는 달랐다. 연서가 부순 것이 무엇인지 확인한 순간 그의 얼굴은 놀랍도록 차갑게 굳었다.

그것은 작은 장난감이었다. 어릴 때 남자아이들이 흔히 가지고 노는 조립식 전투기였다. 그 조악한 장난감이 연서의 서툰 총채질에 떨어져 날개 한쪽이 부러져버린 것이었다.

"되게 약하네. 쳇!"

연서는 최대한 표독스럽게 말했다. 하지만 말은 그렇

게 했으면서도 얼른 부러진 날개를 다시 맞춰보려고 애썼다. 그때 갑자기 나타난 하얀 손이 우악스럽게 전투기를 빼앗아버렸다. 시랑이었다.

그는 커다란 방 안에서 연서와 꽤 멀리 떨어져 있었는데 어느새 그녀 앞에 서 있었다. 시랑은 연서는 쳐다보지도 않고 그 낡은 장난감의 날개를 맞추려고만 노력했다. 그 모습을 본 연서는 항변하듯 말했다.

"줘봐요. 내가 맞춰볼게요."

하지만 시랑은 그녀를 쳐다보지도 않고 차갑게 말했다.

"나가."

그의 목소리는 북풍한설처럼 매서웠다. 연서는 자기도 모르게 움찔했다. 하지만 그 겁먹음이 오히려 그녀의 목소리와 행동을 더 크게 만들었다. 그녀는 두려움을 참고 시랑의 손에 든 것을 빼앗으려고 했다.

"줘보라고요! 고쳐주면 되잖아요!"

"건드리지 마!"

시랑은 거칠게 소리치며 신경질적인 몸짓으로 연서의 손을 피했다. 그리고 연서를 노려보았다. 살기등등한 그 눈빛에 연서는 뒤로 주춤 물러섰다. 시랑은 가슴속에 치밀어 오르는 무언가를 참듯 이를 악물고 있었다.

연서는 그렇게까지 화난 시랑을 본 적이 없었다. 영화제 트로피를 깨트려도 반응 없던 그였다. 오래되어 보이는 장난감 하나에 시랑이 그렇게 화를 낼 줄 몰랐다. 때문에 괜한 호기를 부렸다는 후회가 그녀의 가슴속으로 밀려왔다.

"최대한 내 눈앞에 띄지 않도록 노력해라. 내가 실수라도 네 목을 물어뜯을 수 있으니!"

시랑은 으르렁거리며 말했다.

그에게서 느껴지는 차가운 열기와 스스로에 대한 죄책감이 그녀의 가슴을 뜯어버렸다. 그 고통에 연서는 숨이 막혔다. 그녀는 얼른 숨을 쉬려고 노력했으나 그렇게 하지 못했다. 가슴을 짓누르는 압박감만 더욱 심해졌다. 결국 연서는 눈꺼풀을 파르르 떨더니 그대로 뒤로 넘어가버렸다.

그때 시랑은 연서는 염두에 두지 않고 온 신경을 전투기에 쏟고 있었다. 그러다가 쿵 하는 소리에 놀라 돌아보니 연서가 쓰러져 있었다. 그녀는 마치 간질에 걸린 듯 바들바들 몸을 떨고 있었다. 입안에는 거품을 가득 물고 있었다. 순간 시랑의 얼굴에는 놀라움이 가득했지만 이내 창밖에 달이 뜬 것을 보고 평온해졌다. 그리고 차가운 시선으로 그녀를 내려다보았다.

*

"도대체 뭐 하는 놈이냐!"

거친 고함 소리가 적시가 본당의 허공을 갈랐다. 고함
의 주인은 적시가의 주인인 천후였다.

천후는 그동안 일본에 출장을 가 있었다. 그리고 오늘
오전에 한국에 돌아왔으나 쉴 틈도 없이 대전 연구소에
내려가기로 되어 있었다. 대전으로 내려가던 참에 연서
가 쓰러졌다는 전화를 받은 것이었다.

놀란 천후는 모든 일정을 취소하고 적시가로 돌아왔
다. 설마 했던 것이 사실로 드러나자 천후는 역정을 내
며 아들을 몰아세웠다.

"반려자가 쓰러졌다고 했을 때 믿지 않았다. 내 아들
이 그리 멍청한 맹꽁이라고 생각지 않았단 말이다!"

버럭 화를 내며 소리치는 아버지의 말에 시랑은 입맛
이 썼다.

그러나 시랑은 아무 대꾸도 하지 못했다. 그저 고개를
숙이고 묵묵히 서 있을 뿐이었다. 천후는 잠시 그의 얼
굴을 뚫어져라 쳐다보았다. 시랑의 의중을 파악하고 있
는 것이었다. 한참 후 천후는 다시 시랑에게 물었다.

"죽도록 내버려둘 것이냐?"

"…… 아닙니다."

시랑은 짧지만 단호하게 말했다. 그 말에 화가 더 난 천후는 더욱 크게 소리쳤다.

"그런데 어째서 선임자의 노릇을 다 하지 않는 것이냐! 신생 늑대 인간이 어떤 존재인지 잊었느냐? 신생 늑대 인간인 그녀에게 다음 보름달이 뜰 때까지 이성의 샘물을 먹여야 한다는 사실을 잊었단 말이냐?"

"…… 아닙니다."

"그런데 어째서 그 아이가 쓰러지게 두었느냐? 반려자가 늑대 인간이 된 지 5일째, 낮에는 괜찮았을 테지만 달이 뜬 밤이면 굉장히 고통스러웠을 것이다."

천후의 말에 시랑은 아무 말도 하지 않았다.

지금 천후가 하는 말을 시랑도 이미 모두 알고 있었다. 깊은 밤, 그녀가 고통을 참는 숨소리가 모두 들렸던 것이다. 듣지 않고 싶었으나 늑대 인간의 예민한 귀에는 모두 들렸던 것이다. 그러나 이상하게도 연서의 비명 소리는 결코 들리지 않았다.

"이제 이틀만 더 지나면 그녀는 인간의 본성은 모두 잃어버리고 광기의 늑대가 될 것이다. 그러면 그녀는 죽는다. 광기에 휩싸여 스스로 몸을 찢거나 아니면 그 전에 일족의 계율에 따라 네가 적시검으로 죽이겠지."

140

천후는 시랑을 똑바로 보며 말했다.

늑대 인간은 옥패로 만든 이성의 샘물을 먹으면 이성을 유지할 수 있었다. 그러나 이성의 샘물을 먹지 못하고 보름달을 보면 광기에 휩싸여 광기의 늑대가 된다. 그래서 늑대 인간들은 보름달이 뜨는 날이면 지하 동굴에 모여 이성의 샘물을 마시는 것이다.

하지만 신생 늑대 인간의 경우에는 한 달 동안 밤마다 이성의 샘물을 마셔야 한다. 그렇게 해서 아직 남아 있는 인간의 피와 늑대 인간의 피를 융화시키는 것이었다. 그렇지 않을 경우에 신생 늑대 인간은 밤마다 발작을 하게 된다. 어둠 속에서만 빛나는 달이 늑대 인간의 피를 끓어오르게 하는 것이었다. 그래서 연서와 같은 신생 늑대 인간은 계속 이성의 샘물을 먹지 않으면 늑대 인간이 된 지 7일 만에 광기의 늑대가 되고 만다.

물론 보름달을 제외한 달의 기운은 기존 늑대 인간들에게 어떤 영향을 미치지 못한다. 늑대 인간들은 그동안 마신 이성의 샘물로 인해 스스로의 피를 제어할 수 있기 때문이다.

오늘 연서가 쓰러진 이유가 바로 그것이었다. 연서는 벌써 5일 동안 밤마다 마셔야 할 이성의 샘물을 먹지 못했다. 그런 상태에서 달이 뜨자 연서의 발작은 전보다 더 심해졌다. 그 고통을 참지 못하고 연서는 기절한 것이었다.

"살리겠습니다."

시랑은 담담히 말했다. 하지만 두 눈에는 알 수 없는 슬픔이 가득했다. 그 서글픔을 알기 때문에 아버지는 아들의 어깨를 부드럽게 안아주었다. 눈물이 나올 법한 따스함이었지만 시랑은 작은 미동조차 하지 않았다.

*

또 고통이다.

다시 그 시간이 돌아왔다. 연서는 이제 어쩔 수 없다고 생각했다. 그래도 연서는 스스로를 위안했다. 낮에는 평범하게 살 수 있지 않은가. 그것이 연서가 이 밤을 참아내는 유일한 방법이었다.

연서는 늑대 인간이 된 다음 날부터 고통의 밤을 보내고 있었다. 벌써 5일째였다.

낯선 적시가 서재에서 연서는 고통을 참아야 했고 울음을 삼켜야 했다. 하루하루 지날 때마다 고통이 심해지긴 했지만 연서는 애써 내일 할 일들을 생각했다. 그렇게 즐거운 생각으로 고통을 밀어내려고 했다. 하지만 그것은 애당초 불가능한 일이었다. 고통 때문에 정신이 자꾸 흐려졌고 앞이 하얗게 보였다.

"병 때문에 고통에 익숙하다지만 정말 용케 잘 참는군."

연서를 내려다보며 시랑은 말했다. 아버지에게 꾸지람을 듣고 이제 막 서재로 들어온 참이었다. 그의 목소리는 차가웠지만 눈빛은 그렇지 않았다. 신음 소리조차 참고 있는 연서를 보며 그는 서둘렀다.

얼른 품에서 은병을 꺼냈다. 은병에는 이성의 샘물이 담겨져 있었다. 시랑은 바닥에 쓰러진 연서의 입안에 이성의 샘물을 넣어주었다. 반응은 빨랐다. 이성의 샘물을 마시자마자 연서의 얼굴은 평온해졌다. 숨도 규칙적으로 쉬기 시작했고 하얗게 질린 얼굴도 원래 제 색깔을 찾았다. 밤새 계속된 고통에 지쳤는지 고통이 사라지자마자 그녀는 잠이 들었다. 시랑은 잠든 연서를 조용히 바라봤다.

새벽녘에 되자 연서가 깨어났다. 이내 그녀는 작은 탁자에 앉아서 책을 읽고 있는 시랑을 발견하고 소스라치게 놀라 물었다.

"여기 왜 있어요? 밤새 여기에 있었던 건가요?"

그렇게 말하면서 연서는 빠르게 이불로 가슴을 가렸다. 물론 연서는 제대로 옷을 입고 있었다. 방에 남자와 함께 있다는 것을 안 순간 본능적으로 한 행동이었다.

하지만 시랑은 그런 연서의 모습이 우습지도 않은지 그저 책장만 넘겼다. 그러면서 그는 아무렇지 않게 마치 인사하듯이 말했다.

"이제 밤마다 함께 있을 거야."

꽤 심각한 내용인데도 시랑의 목소리는 담담하기만 했다.

하지만 연서는 그렇지 않았다. 그녀는 깜짝 놀라 눈만 깜빡이며 한동안 시랑을 쳐다봤다. 그러다가 비명을 지르듯 소리쳤다.

"난 당신하고 결혼하지 않아요! 당신도 동의했잖아요."

"나도 너하고 결혼하겠다고 말한 적은 없어."

보던 책을 접으며 시랑이 말했다. 그는 천천히 일어나 책을 책장에 꽂았다. 그의 덤덤한 행동에 화가 난 연서는 벌떡 일어섰다. 그리고 그를 향해 성큼성큼 걸어갔다. 그러더니 다른 책을 고르는 시랑의 어깨를 확 밀쳐 자신을 보게 했다.

연서의 거친 행동에 시랑은 얼굴을 찡그렸다. 그러나 연서는 상관하지 않고 따지듯이 물었다.

"그럼 왜 나하고 밤마다 함께 있겠다는 건가요?"

"뭐 하는 짓이야?"

시랑의 낮은 목소리와 눈빛은 충분히 위협적이었다. 연서는 또 움찔하고 뒤로 물러섰다. 그런 연서의 기색을 알았는지 시랑은 이내 무표정이 되어 다른 책을 꺼냈다. 그리고 그는 무심히 책을 넘겨보며 말했다.

"신생 늑대 인간은 밤마다 발작이 일어나. 겪어봤으니까 잘 알고 있겠지? 발작이 일어날 때마다 이성의 샘물을 마셔야 해. 또한 잘 때에도 발작이 일어나기 때문에 선임자가 항상 옆에 있다가 이성의 샘물을 먹이도록 되어 있어. 이성의 샘물은 우리의 광기를 재우는 단 하나의 약이니까. 기간은 다음 보름달이 뜰 때까지. 넌 5일 전에 늑대 인간이 됐으니깐 다음 보름달이 뜰 때까지는 대략 3주가 남았군."

"그냥 발작의 고통을 참겠다고 하면요? 난 고통을 꽤나 잘 참는데요."

연서는 당돌한 목소리로 대꾸했다. 그녀의 말에 시랑은 짧게 한숨을 내뱉었다. 그리고 연서를 노려보며 말했다.

"샘물을 먹지 않고 버티면 넌 이틀 후에 광기의 늑대가 될 거야. 이미 5일 동안 이성의 샘물을 먹지 않았으니까. 즉, 이성이 없는 늑대로 변하는 거지. 광기의 늑대가 되면 넌 사람을 해치고 우리를 공격하려고 하겠지. 그럼 난 널 죽여야 해."

시랑은 무미건조하게 말하고선 다시 책에 시선을 두었다. 서늘한 그의 말에 연서는 너무 놀라 헉하고 숨을 삼켰다.

연서는 자신에게 더 이상 선택할 여지가 없다는 것을 깨달았다. 그녀는 잠시 동안 시랑을 뚫어져라 쳐다봤다. 하지만 시랑은 책만 볼 뿐 연서를 신경 쓰지 않았다. 그런 시랑에게 연서는 전부터 생각해오던 문제를 꺼내기로 했다.

"부탁이 있어요."

연서는 여전히 자신을 보지 않는 시랑에게 말했다. 시랑은 대꾸 없이 책만 보고 있었다. 그러나 그는 전처럼 연서의 말이 끝나기도 전에 방을 나가지는 않았다. 연서는 깊게 숨을 들이마시고 빠르게 말을 이었다

"집에 가고 싶어요. 보내주세요. 아, 물론 아예 나간다는 건 아니에요. 그냥 잠깐 가족들을 만나게 해주세요."

연서의 부탁에 시랑은 여전히 말이 없었다. 그것은 그가 예전처럼 그녀와 말을 섞기 싫어서가 아니었다.

진숙에게 연서가 같은 요구를 했다는 말을 들은 적이 있었다. 하지만 아직 완전한 늑대 인간이 아닌 연서가 외부에 나가는 일은 시랑도 조금 생각해야 할 문제였다.

때문에 시랑은 즉답을 피하고 답을 고르기 위해서 잠시 눈을 돌렸다.

그런데 그의 눈에 우연히 어제 연서가 망가트린 전투기가 보였다. 연서에 의해서 한쪽 날개가 부러진 그의 추억이.

그가 렌즈를 끼지 않았다면 연서는 시랑의 눈에서 붉게 빛나는 초승달을 보았을 것이다. 그러나 시랑은 연서를 만난 이후 계속 렌즈를 끼고 있었다.

고개를 돌려 연서를 똑바로 쳐다본 시랑은 평소보다 훨씬 신랄한 목소로 물었다.

"너 자살하려던 거 아니었어? 가족을 찾다니 우습군."

그의 말이 비수가 되어 연서의 가슴에 꽂혔다. 생각지도 못한 공격에 연서의 얼굴은 새하얗게 질렸다.

연서는 얼른 대꾸하려고 했으나 울음이 목 안으로 치고 올라왔다. 숨을 삼키고 입을 열었지만 그녀의 목소리는 떨렸다.

"정말 죽고 싶어서 죽는 사람이 어디 있어요?"

기어코 연서의 두 눈에는 한 방울의 눈물이 떨어지고 말았다. 그 맑은 눈물에 시랑은 놀랐다. 인간에서 늑대인간으로 변태하는 그 고통스러운 과정에서도 비명 한 번 지르지 않던 그녀였다.

연서는 두 눈에 눈물이 그렁그렁해져서 시랑을 올려다보며 말을 이었다.

"그저 엄마한테 내가 잘 있다고 보여주고 싶어요. 엄마한테 가서 내가 정말 건강해졌다고 말해주고 싶어요."

시랑은 안 된다고 대답하려고 했으나, 그 말은 입안에서만 맴돌 뿐 밖으로 나오지 못했다. 결국 그는 그가 졌음을 인정하게 되었다.

"…… 내일 아침 일찍 차를 준비하라고 하지. 그리고 밤에 마실 이성의 샘물도 챙겨 가. 그리고……."

시랑은 덤덤하게 주의 사항을 알려줬다. 그때 연서가 시랑의 말을 자르며 빠르게 물었다.

"당신이 함께 가주면 안 돼요?"

연서는 혼자 부모님을 만나러 갈 자신이 없었다.

자식이 먼저 세상을 떠나는 것은 죄다. 더욱이 연서는 스스로 목숨을 버리려 하지 않았는가. 아무리 병 때문이라고 해도 자신의 행동은 부모의 가슴에 대못을 박았을 것이다. 민수가 함께 갈 수 있으나 민수의 외모에 부모님이 놀라 쓰러지실 것 같았다. 연서에게는 시랑밖에 없었다.

시랑은 잠시 대답하지 않았으나 이내 고개를 끄덕였다. 연서는 금세 환하게 웃음 지었다. 시랑은 환하게 웃는 연서를 보지 않으려고 재빨리 돌아섰다. 그리고 그대로 방을 나가려고 했다.

그런데 그때, 연서가 황급히 그의 옷깃을 잡았다. 그녀는 한동안 말이 없었다. 하지만 시랑도 애써 그 손길을 뿌리치지 않았다. 시랑이 천천히 고개를 돌리자 고개를 숙이고 있는 연서가 보였다.

"심술부린 거 미안해요. 트로피도, 장난감도 망가뜨려서 미안해요. 하지만 상처 주려고, 아프게 하려고 그런 건 아니었어요. 그냥 나는……."

애처로운 목소리로 말하던 연서는 잠시 그대로 있었다. 그녀는 순간 울컥하고 치고 올라오는 울음을 삼키고 고개를 똑바로 들었다. 그리고 시랑과 눈을 보며 말했다.

"나를 죽은 사람 취급하지 마세요. 난 살아 있잖아요."

시랑은 연서의 애원을 묵묵히 들었다. 그리고 전과 다르게 부드럽게 말했다.

"시간이 있으니 좀더 자도록 해. 해가 뜨고 있으니 발작은 없을 거야."

그의 말에 안심이 되었는지 연서는 이불 속으로 들어갔다. 그리고 눈을 감았다. 그녀는 그대로 잠이 들었다. 평온한 그 모습을 시랑은 조용히 바라보았다.

*

'영화에서나 보던 일이 실제로도 있구나.'

연서의 집을 본 순간 시랑은 생각했다.

시랑과 연서는 9시에 적시가를 떠나 약 세 시간을 달려 연서의 동네에 도착했다. 하지만 연서의 동네에 도착해서도 차에서 내려 한참을 걸어 올라가야 연서의 집이 보였다. 흔히 얘기하는 산동네에 연서의 집이 있었다.

연서의 부모님은 딸의 치료비 때문에 살던 서울의 이층집을 팔아야 했다. 그리고도 여러 집을 전전하다가 친척이 버린 집을 얻어 살고 있었다.

연서는 문을 열며 크게 "엄마" 하고 소리치며 들어갔다. 하지만 시랑은 대문 앞에서 조금 머뭇거렸다. 영화 세트장에서나 보던 것들을 실제로 보니 조금 어색했던 것이다.

거친 쇳소리를 내는 대문을 열고 들어가보니 지린내가 진동하는 마당에서 연서가 울며 엄마를 부르고 있었다. 동시에 방문이 열렸고 중년 여성이 뛰어나왔다. 연서의 어머니가 분명했다. 연서의 어머니는 연서를 보자마자 꼭 끌어안았다.

"너 괜찮아? 안 아파?"

연서는 눈물을 흘리며 울음 섞인 목소리로 대답했다.

"응, 엄마. 나 괜찮아."

모녀는 그대로 바닥에 주저앉아 울기 시작했다.

연서의 어머니는 죽은 줄 알았던 자식이 살아 돌아온 것에 감사하면서, 또한 살아 있으면서도 6일 동안이나 소식이 없던 딸을 원망하는 말을 쏟아냈다. 연서는 그저 울면서 미안하다고만 했다.

마치 한을 풀어내는 것 같은 모녀 옆에서 시랑은 어정쩡하게 서 있을 수밖에 없었다.

"아빠는?"

한참 지난 후, 그제야 진정이 되는지 연서가 물었다. 그러자 주름진 눈가에 눈물을 닦으며 어머니가 대답했다.

"혹시 네 소식 알 수 있을까 하고 경찰서에 갔어. 나도 너 있던 병원 근처를 뒤져보려고 나가려던 참이고. 그런데 너 정말 어떻게 된 거야? 그리고 이 머리카락은?"

연서의 어머니는 떨리는 손길로 연서의 머리를 만지며 물었다. 처음에는 가발이라고 생각했지만 만져보니 알 수 있었다. 연서의 머리는 가발이 아니었다.

"엄마 나 병 다 나았어."

눈을 반짝거리며 말하는 딸을 엄마는 한참 동안 바라봤다.

연서에게 병자의 모습은 없었다. 창백하기만 하던 볼에는 붉은 생기가 돌았고 살도 보기 좋게 올라 있었다. 무엇보다도 연서는 허리까지 내려오는 갈색 생머리를 가지고 있었다. 그 짧은 시간에 어떻게 살이 쪘는지, 병이 어떻게 나았는지, 그리고 어떻게 머리가 길었는지 연서의 어머니로서는 전혀 짐작되지 않았다.

"그래, 잘됐다. 네가 괜찮다고 하면 그걸로 된 거다. 그걸로 된 거다……."

어머니는 연서의 어깨와, 손 그리고 얼굴을 차례대로 어루만지며 말했다. 아픈 딸의 병이 나았다. 이토록 생생한 젊음을, 청춘을 가진 아이가 어떻게 백혈병 환자겠는가. 아팠던 자식은 건강해졌다. 그것으로 그녀는 충분했다.

"이러지 말고 얼른 들어가자. 밥 먹어야지. 그동안 밥은 제대로 챙겨 먹었어?"

역시 어머니가 제일 먼저 챙기는 것은 새끼의 밥이었다. 그 말에 연서는 빙그레 웃으며 대답했다.

"그럼, 엄마. 그리고 나 이제 아무거나 다 먹을 수 있어."

"그럼 얼른 시내 나가서 초밥이라도 사 와야겠다. 너 아프기 전에 그거 보면 환장했잖아."

연서는 허둥지둥 나가려는 엄마를 말렸다. 그때 연서

의 어머니가 어정쩡하게 서 있는 시랑을 발견했다. 시랑은 얼른 허리 숙여 인사했다. 어머니는 어리둥절한 표정으로 시랑을 보다가 이내 그를 알아보며 소리쳤다.

"어, 그래! 〈장미의 꽃밭〉에 아들로 나왔던……! 탤런트가 왜 여기에……?"

어머니는 얼른 연서를 쳐다봤다. 연서는 난감한 얼굴이 되었다. 시랑을 뭐라고 소개할 방법이 없었기 때문이다. 연서가 우물쭈물하는 사이 시랑이 재빠르게 인사했다.

"안녕하십니까. 이시랑입니다. 연서와는 결혼할 사람이라고 생각해주세요."

시랑의 깍듯한 인사에 엄마는 물론 연서도 눈을 동그랗게 뜨며 놀랐다. 놀란 연서가 뭐라고 하기도 전에 낡은 대문이 또 열렸다. 그리고 피곤에 지친 중년 남자가 들어왔다. 그는 연서를 보고 눈이 동그랗게 돼서는 딸에게 뛰어왔다.

"연서야!"

"아빠!"

이번에는 세 사람이 서로 붙잡고 울기 시작했다. 그다음에는 약간 정신이 없었다. 마구 울던 연서의 어머니가 아버지에게 시랑을 연서의 신랑감이라고 소개했다. 그러자 연서의 아버지는 시랑을 잠시 바라보다가 방으로 그를 이끌었다. 연서와 어머니도 얼른 따라 들어갔다.

방에 들어가 자리에 앉자마자 연서의 부모님은 그간 사정에 대해 물었다. 그러자 연서는 미리 준비했던 말들을 풀어놓았다.

병원을 나와 지리산으로 갔다. 그곳에서 우연히 약초꾼을 만났는데 연서가 병자임을 알고 병자들이 사는 마을로 데려갔다. 그곳은 환자들이 모여서 치료받는 곳인데, 공기도 좋고 물도 맑은 곳이라 완치되어 나간 사람들도 많은 곳이다. 시랑은 그곳에 친척을 보러 왔다가 연서를 만나게 되었다.

더듬거리면서 말하는 연서의 얘기에 부모님은 아무런 대꾸도 없었다. 머리는 가발이라고 하는 연서의 말에 엄마는 입을 다물었다. 그녀의 머리를 직접 만졌던 터였다. 그리고 아버지 역시 찰랑찰랑 움직이는 연서의 머리카락이 가짜라고 생각하지 않았다.

가발을 제외한 다른 부분도 두 사람은 믿지 않는 눈치였다. 그렇지만 그녀의 말이 거짓이라고 진실을 대라고 하지도 않았다. 그저 그녀가 말하는 대로 믿고 싶은 눈치였다.

분위기를 바꾸기 위해서 아버지가 먼저 시랑에 대해 이것저것 물었다.

아버지는 그제야 시랑이 연예인이라는 것을 알았다. 그리고 엄마는 시랑이 대기업 '울프'의 사장의 아들이라는 사실을 기억해냈다. 엄마와 아버지는 연서를 돌아봤다. 그렇게 한참을 연서를 바라보았다.

그 눈빛은 단순히 죽은 줄 알았던 딸을 보는 것이 아니었다. 그것을 알고 있는 연서는 민망해 죽을 지경이었다.

"죽었을 거라고 생각했네."

연서의 아버지가 담배에 불을 붙이며 말했다. 함께한 점심상을 물리고 연서와 어머니는 부엌으로 설거지를 하러 나간 참이었다.

"시체라도 찾아야겠다는 생각으로 백방으로 수소문했지."

그렇게 말하는 아버지의 목소리에는 피곤과 체념이 묻어 있었다. 형광등 불빛 아래로 그의 거친 피부가 도드라져 보였다. 시랑은 얼른 사실을 알려주었다.

"연서는 병이 나았습니다."

시랑의 말에 연서의 아버지는 그의 눈을 한참이나 들여다보았다. 어른과 시선을 맞추는 것이 예의가 아니었으나 피하면 안 될 것 같아 시랑은 가만히 있었다. 그러자 연서의 아버지는 가만히 미소를 지으며 말했다.

"그래, 기적이라는 것도 있겠지. 한때는 그걸 믿고 간절히 기도한 적이 있네. 내일이면 딸자식이 낫게 해달라고. 아니면 대신 내가 아프게 해달라고. 하지만 신은 아무것도 들어주지 않았네."

뿌연 담배 연기가 허공에 퍼졌다.

잠시 정적이 그들 사이에 흘렀다. 시랑은 뭐라고 얘기해야 할지 알 수 없었다. 그런 상황에서 적절한 위로의 말을 건넬 능력이 아직 젊은 그에게는 없었다.

"…… 연서가 나가고 하루 동안은 찾지 않았네. 자신을 정리할 자리를 찾아간 것이라 짐작했지. 무슨 사정인지 모르겠지만 연서와 함께 있어줘서 고맙네."

딸의 죽음에 대해 말하는 아버지의 목소리는 그저 덤덤했다. 그러나 시랑은 그의 눈빛에서 그가 감히 짐작하지 못할 슬픔을 읽어냈다. 그래서 자신에게 고맙다고 말하는 연서의 아버지에게 시랑은 그 어떤 말도 하지 못했다.

"아마 죽기 전에 마지막으로 집에 온 거겠지. 죽기 전에 하루쯤은 저렇게 아프기 전의 모습이 되는 걸 병원에서 더러 봤네. 그리고……."

묵묵히 말을 이어가던 연서의 아버지는 마지막 말을 제대로 하지 못했다. 한참 동안 그는 담배만 연신 피워

156

댔다. 시랑은 조용히 다음 말을 기다렸다. 연서의 아버지는 서랍에서 종이를 꺼내 빠르게 무언가 적어 내려갔다. 그리고 천천히 시랑에게 내밀었다.

"내 번호네. 연서에게…… 무슨 일이 있으면 연락해주게……."

시랑은 고개를 끄덕이며 종이를 받아 챙겼다. 이제 그녀에게 죽음을 선사할 병은 사라졌건만 시랑은 아무런 말도 하지 못했다.

그들은 얼마 되지 않아 자리에 일어났다. 원래 연서는 집에서 자고 갈 생각이었기 때문에 시랑은 따로 이성의 샘물을 챙겨 왔다. 그러나 엄마는 이제 겨우 병이 괜찮아졌는데 공기가 나쁜 곳에 오래 있으면 병이 심해질까 두렵다고 성화를 부렸다. 아빠도 마음의 정리를 했는지 연서를 잡지 않았다. 시랑과 연서는 처음에는 괜찮다고 버텼으나 더 이상 명분이 없음을 깨닫고 차만 마시고 자리에서 일어나야 했다.

다시 적시가로 돌아가는 차 안에서 연서는 말이 없었다. 시랑은 또 오게 해주겠다고 했지만 소용없었다. 연서는 그저 멍하니 창밖만 쳐다보았다. 마치 늑대 인간으로 변태하던 그날 밤처럼, 늑대 인간으로 발작하던 그 시간처럼 그저 입술만 깨물고 있는 것이었다.

그 모습이 시랑은 아주 싫었다. 그는 그녀가 소리라도 질렀으면 싶었다.

"울고 싶으면 울어도 돼."

속마음과 달리 시랑의 목소리는 담담했다. 그러나 연서는 여전히 아무 말도 없었다. 왠지 초조해진 시랑이 다시 입을 열려는 순간 연서가 말했다.

"바다가 보고 싶어요."

난데없는 말에 시랑은 연서를 힐끔 쳐다보았다. 하지만 연서는 여전히 창밖만 내다보고 있었다. 시랑은 아무 대답 없이 적시가로 가던 핸들을 꺾었다. 그리고 그대로 고속도로에서 나와 통영으로 빠졌다. 시랑이 알고 있는 가장 깨끗한 바다가 그곳에 있었다. 드라마를 촬영할 때 갔던 곳인데, 통영 출신의 스태프가 직접 헌팅한 곳이었다. 그다지 유명하지 않은 곳이라 인적이 드물고 아름다운 곳이었다.

시랑은 마음이 혼란스러워지면 그 바다를 찾았다. 실제로 연서가 적시가에 머물게 된 첫날 시랑이 찾았던 통영의 바다가 바로 그곳이었다.

얼마 지나지 않아 그들은 바다에 도착했다. 마침 해가 지고 있었다. 붉은빛이 바다와 하늘 모두를 삼키고 있었다. 저마다의 색깔을 뽐내는 세상 안에서 이 시간의 색깔은 붉은색 하나밖에 없었다.

차에서 내린 연서는 그저 멍하게 붉은 노을만 보고 있었다. 연서의 표정을 보고 시랑은 그녀가 노을 지는 바다를 처음 보는 것임을 알았다.

그는 그녀의 뒤에서 조금 떨어져 서 있었다. 그녀가 자신만의 시간이 필요하리라 생각했기 때문이다. 그는 주머니에서 담배를 꺼내 물었다. 알싸한 담배 연기가 허공에 퍼졌고 동시에 시랑의 눈에는 연서의 작은 어깨가 들어왔다. 한 뼘도 안 되어 보이는 그 작은 어깨가 떨리고 있었다.

시랑은 담배를 끄고 그녀 옆에 섰다. 그녀는 울고 있었다. 그녀의 하얀 얼굴과 투명한 눈물이 노을의 붉은 빛에 반사되어 빛나고 있었다. 하늘에서 빛나는 그 어떤 별보다 반짝이는 그녀의 얼굴을 덮고 있었다. 시랑은 그 반짝임에 눈이 멀 것만 같았다.

"그사이 엄마가 너무 늙었어요. 아빠도 지쳐 보이고…….소식 없으면 죽었다고 생각하고 편하게 있지 왜……. 평생 나 때문에 힘들었으면서……."

연서는 눈물을 훔치며 말을 이었다. 하지만 그녀의 눈물은 결코 멈추지도 잦아들지도 않았다.

"왜 이렇게 눈물이 나는지 모르겠어요. 그냥 눈물이 나요. 항암 치료 할 때, 그렇게 아파도 잘 안 울었는데…….
내가 울면, 아프다고 소리치면 내 주변 사람들이 더 힘들어 하니까, 엄마가 우니까 참았는데……. 왜 이렇게 눈물이 나죠?"

말이 끝나자 연서의 울음은 더 커졌다.

그녀의 울음에는 그동안 안으로 삭여야 했던 지난날의 서러움이 굽이굽이 서려 있었다. 희망찬 미래에 대한 꿈을 가져야 할 시간에 그녀는 시시각각으로 다가오는 죽음을 느껴야 했다. 왜 자신만이 이런 아픔을 가져야 하는가 하는 원망도, 자신의 아픔으로 인해 더 힘겨워했을 부모님의 한도 동시에 느낄 만큼 그녀는 예민했으며 여렸다.

삶을 포기하기에는 어린 나이 스물두 살, 그녀는 자살을 선택했다. 하지만 그것을 선택해야만 했던 순간 그녀는 스스로에게 연민조차 가지지 못했다. 그것은 정당하지 못하고 어떤 일보다 비겁한 일이었기 때문이다. 하지만 그것을 알면서도 그녀는 그럴 수밖에 없었다.

그렇게 얼마나 한참을 울었을까. 연서는 문득 손안에서 따스함을 느꼈다. 고개를 들어보니 시랑이 연서의 손을 잡고 있었다. 그리고 연서와 눈이 마주치자 그는 살짝 미소 지었다. 활짝 웃는 것도 아니고 아주 미세하게 입꼬리가 올라갔을 뿐인데, 그 미소를 본 순간 연서는 자신이 가지고 있던 서글픔이 모두 사라지는 것을 느꼈다.

그의 미소가 지난 5년간의 투병 생활과 그녀가 가지고 있는 서러움을 위로해주었다. 그녀는 자기도 모르게 한참 동안 시랑을 바라보았다. 연서는 자신의 손을 잡고 붉게 물든 바다를 보고 있는 시랑의 옆모습이 그 어떤 영화보다 더 극적으로 보였다.

그날 이후, 연서의 가슴에는 부드러운 미소 하나가 그려졌다.

*

"자살하기 전에 한 번 지리산에 온 적이 있어요."

침대에 누운 연서는 졸린 목소리로 말했다. 시랑은 침대 밑의 자기 자리에 앉아 책을 읽고 있었다.

그들이 함께 있는 곳은 시랑의 방이었다. 노을 지는 바다를 보고 난 후 그들은 적시가로 돌아왔다. 그리고 아버지와의 약속에 따라 그들은 오늘 밤에도 함께 있었다. 덕분에 연서는 딱딱한 서재 땅바닥에서 자던 예전과는 달리 푹신한 시랑의 침대를 차지할 수 있었다.

천후의 명령을 받은 보필하는 자들이 시랑의 싱글 침

대를 부부용 더블 침대로 바꿔버렸다. 시랑은 차라리 싱글 침대 두 개를 둘 것을 부탁했으나 거절당했다. 보필하는 자들의 대답은 오직 하나, 천후가 허락하지 않는다는 것이었다.

어쩔 수 없이 시랑은 연서에게 침대를 양보했다. 그리고 자신은 장롱에 넣어둔 여분의 이불을 꺼내 침대 밑에 깔았다. 조금 더 멀리 자신의 이부자리를 펼 수 있었으나 그냥 침대 밑에 자리를 잡았다. 그녀가 발작을 할 때마다 이성의 샘물을 먹어야 했기 때문에 그녀 곁에 있는 것이 편했다.

"백혈병이 발병하고 1년 뒤, 그러니까 열일곱 살 때였어요. 텔레비전에서 내 또래 아이들이 지리산으로 수학여행을 간다는 말을 듣고 무작정 왔어요. 내 또래가 느끼는 것을 무엇이든지 느껴보고 싶었어요……. 그리고 난 울어야 했죠."

나지막이 이어지는 연서의 말이 방 안에 조용히 퍼지고 있었다. 시랑은 연서를 한 번도 돌아보지 않고 오로지 책에만 시선을 두었다. 하지만 그의 책장은 단 한 번도 넘어가지 않았다.

"그날, 그 봄날의 지리산은 참으로 찬란하더군요. 온몸을 취하게 만드는 꽃향기, 눈이 부시도록 빛나는 햇살,

알맞게 따스한 봄바람이 그랬어요. 그 아름다움을 그렇게밖에 표현 못 하는 것이 서글프도록. 하지만 무엇보다 날 슬프게 만든 것은 수학여행 온 내 또래 아이들이었어요. 물속에 들어가기에는 이른 봄날인데도 물장난 치는 아이들의 몸짓, 그 큰 산에 가득 울려 퍼지는 웃음소리까지. 난 감히 그들 사이에 낄 생각도 못 하고 그저 보고만 있었어요. 그리고 아이들이 사라지고 난 후에 나는 울었어요, 지독하게. 그들과 내가 다름을 깨닫고 울었던 거죠. 절대로 내가 가질 수 없는 그 생기와 젊음이 그들에게는 있었죠. 그러나 저주스러운 내 삶이나 아픔보다 더 견딜 수 없는 것은…… 엄마의 울음이었어요."

자신의 과거를 이야기하는 연서의 목소리는 담담했다. 시랑은 여전히 아무런 대꾸도 없었다. 그러나 연서는 자신의 말을 멈추지 않았다.

"주사도, 피부가 벗겨질 정도로 독한 항암제도, 뼈를 깎는다는 말을 실감하게 하는 고통도 참을 수 있었지만……. 엄마의 울음은 도저히 참을 수가 없더라고요. 그래서 죽으려고 했어요. 엄마가 우는 시간이 조금이라도 줄었으면 해서……."

느릿느릿하게 말하는 연서의 목소리는 점점 낮게 가라앉고 있었다. 이성의 샘물 덕분에 발작이 일어나지는 않았지만 잠이 오는 모양이었다.

"엄마가 우는 걸 보고 결심했어요⋯⋯. 나 때문에 다른 사람을 울리지 않겠다고⋯⋯. 그리고 담담히 내 인생을 맞이하자. 아픔이 오면 아프고, 슬픔이 오면 슬프되, 처절해지지는 말자⋯⋯. 늘 내 등과 맞닿아 있는 죽음과 그렇게 인사하자⋯⋯. 그렇게 생각한 다음부터는 아무리 아파도 소리 지르지도, 화를 내지도 않았어요. 아무리 아파도 참았어요⋯⋯."

계속 이어지는 연서의 나지막한 말에 시랑은 그녀가 변태하던 날이 생각났다.

성인 남자라도 참기 힘든, 아니 그 누구도 참지 못했던 그 고통을 그녀는 입술을 꽉 깨물고 참아냈던 것이다. 붉은 입술 사이에 신음을 토해놓으면서도 그녀는 한 번도 절규하지 않았다.

그 고통 어린 시선이 시랑의 시선을 사로잡았다. 그러나 동시에 시랑은 그것이 무척이나 신기하고 이상했다. 그녀의 그 이상함은 처절한 과거를 통해서 얻은 것임을 그는 그제야 깨달았다.

이윽고 연서의 숨소리가 고르게 들렸다. 시랑은 읽지도 않는 책은 덮어버리고 천천히 일어났다. 그리고 잠든 연서 옆에 조용히 앉았다. 연서는 그가 얼마나 자신과 가까이 있는지도 모르는 채 잠들어 있었다. 시랑은 그저 연서를 내려다보았다.

그녀는 그저 고요하고 평온한 모습이었다. 잠들기 전에 흘린 것인지 볼에는 투명한 눈물이 그려져 있었다. 시랑은 가만히 손등으로 그녀의 눈물을 훔쳐내며 말했다.

"그래서였구나. 네가 그렇게 아픈데도 울지 않았던 것이. 모두들 소리 지르고, 울부짖는 그 시간에 꾹 참았던 너의 표정이 바로 너의 눈물이었구나."

하지만 연서는 대답이 없었다. 시랑은 여전히 잠들어 있는 그녀를 잠시 바라보다가 자리에서 일어났다. 그녀가 잠들었음을 확인한 시랑은 두 눈에 끼고 있던 렌즈를 빼버렸다. 그리고 탁자 위에 켜놓은 은은한 불빛의 스탠드를 껐다. 이제 연서는 좀더 깊은 잠을 자리라.

불이 꺼지자, 그제야 방 안에 달빛이 들어왔음을 알았다.

시랑은 천천히 창가로 걸음을 옮겼다. 어느새 창문 위로 뜬 달이 보였다. 달은 미인의 눈썹처럼 고와지고 있었다. 열어놓은 창문을 통해 봄바람이 꽃잎과 꽃향기를 업고 들어왔다. 한 잎, 한 잎, 낱장으로 떨어지는 매화 꽃잎이 시랑 앞에서 춤을 추었다. 그 움직임과 향기가 시랑의 마음을 어지럽혔다.

시랑은 이 밤의 향기가 연서와 같음을 알았다. 마시지 않았으나 취하게 하고, 향기를 뿜고 있으나 그 진원을 알지 못하게 하는 묘함이 연서와 같았다. 꽃잎이 지는 이 봄밤은 그녀처럼 그를 흔들었다.

시랑은 거친 몸짓으로 창문을 닫아버렸다. 동시에 나풀거리던 꽃잎도, 향긋한 꽃향기도 모두 사라졌다.

창문을 닫는 것이 그다지 힘든 일이 아니었음에도 시랑은 숨을 거칠게 몰아쉬었다. 두 눈은 신경이 몰린 듯 뻘겋게 달아올라 있었고 온몸에는 식은땀이 났다. 순간 아주 붉은 초승달이 그의 눈에 떠올랐다. 그의 욕망이, 참을 수 없는 늑대 인간의 본성이 거칠게 그를 할퀴고 있었다. 그는 몸을 돌려 침대에 누워 있는 연서를 바라보았다. 창문을 닫아 그의 마음을 흔들던 봄 향기는 모두 사라졌으나 연서는 그 자리 그대로 있었다.

시랑은 느릿느릿한 몸짓으로 연서에게 다가갔다. 그의 걸음걸음마다 그림들이 파도처럼 밀려왔다. 그리고 그 그림들은 그를 잡고 놓아주지 않았다. 그 그림들은 모두 시랑이 겪은 기억들이었다.

"어째서 여기에 있는 것이냐! 어서 본당으로 돌아가거라!"

"저, 저게 왜, 왜 배가 갈라져?"

"보, 보지 마십시오! 보시면 안 됩니다!"

"이, 이게 우리의 운명?"

왜 가장 아픈 기억은 지워지지 않는 것일까.

아무리 지우려고 해도 생애 가장 끔찍했던 기억들은 화석처럼 굳어 머리에, 그리고 심장에 낙인찍혀버린다. 그리고 그것들은 앞으로 나아가는 데 가장 큰 걸림돌이 된다. 때문에 시간이 아무리 지나도 결코 자라지 못하는 사람들이 있다. 시랑 역시 그런 사람들 중 하나였다.

어느덧 시랑은 침대 앞에 서 있었다. 그는 여기서 한 발자국만 더 디디면 자신이 자랄지도 모른다고 생각했다. 그것을 알면서도 시랑은 더 이상 움직이지 못했다. 그저 그는 잠든 연서를 바라보며, 자신 손등에 남아 있는 그녀의 눈물에 입을 맞출 뿐이었다.

*

연서는 따사로운 아침 햇살에 눈을 떴다. 그녀는 닫힌 창문을 열었다. 청명한 아침을 좀더 느끼고 싶었기 때문이다. 매화꽃과 산수유, 또 그 밖의 꽃향기가 뒤섞여 방 안 가득 퍼졌다.

적시가 별당이 본래 꽃으로 둘러싸여 있다는 것은 알고 있었다. 하지만 그제야 연서는 별당의 꽃들이 오직 사랑의 방을 중심으로 피어 있다는 것을 깨달았다.

방 안에서 인기척을 느꼈는지 문 밖에서 민수의 목소리가 들려왔다.

"일어나셨습니까? 작은 주인님께서 부엌에서 기다리고 계십니다."

놀란 연서는 얼른 사랑의 방에 딸린 화장실로 뛰어 들어갔다. 재빨리 세수를 하고 나왔으나 화장을 하거나 옷을 갈아입을 수는 없었다. 원래 화장품은 가지고 있지도 않았고 보필하는 자들이 사 온 몇 안 되는 옷들은 모두 서재에 있었다. 때문에 연서는 어젯밤에 입고 잔 잠옷 그대로 부엌에 나가야 했다. 어젯밤에는 사랑의 앞에서 잠옷을 입고 잤으면서도 대낮에 잠옷을 입고 그를 만나기가 연서는 어쩐지 멋쩍었다.

부엌에 나가니 향긋한 꽃향기와 음식을 지지는 노릇한 냄새가 동시에 풍겼다. 꽃향기는 밖에서 부엌으로 들어온 것이 아니었다. 부엌에서 나는 것이었다. 그런데 부엌에는 특별히 꽃을 두지 않았다. 밖에 이미 많은 꽃들이 있었고, 무엇보다 사랑은 꽃을 꺾어 전시하는 것을 좋아하지 않았다. 때문에 적시가 안에서는 화병을 볼 수가 없었다.

그 사실을 이미 알고 있는 연서는 왜 부엌에서 꽃향기가 나는지 의아했다. 코로 연신 꽃향기를 맡으면서 부엌으로 들어갔다. 부엌 안으로 들어가자 꽃향기는 물론 음식 냄새까지 회를 동하게 했다.

"오늘 아침은 뭐예요?"

연서는 싱크대 앞에서 음식을 만들고 있는 사람에게 물었다. 물론 그가 누군지 연서는 몰랐다. 허둥지둥 식탁에 앉느라 싱크대 앞에 있는 사람을 보지 못했다. 당연히 보필하는 자 중 하나라고 생각했기 때문이다.

연서는 대답은 듣지 않고 투덜거리기 시작했다.

"아니, 당신네 작은 주인님은 어디 갔어요? 기다린다면서 왜 보이지도 않아?"

연서는 가끔 시랑을 가리켜 '당신네 작은 주인님'이라고 놀리듯 불렀다. 시랑을 부르는 명칭이 모호했기 때문이다. 물론 시랑이 없을 때 보필하는 자들에게만 하는 말이었다. 연서가 그렇게 말하면 보필하는 자들은 민망해하면서도 연서의 말투가 재미있어 작게 웃어주었다.

"남들에게는 나를 항상 그렇게 부르는 건가?"

특유의 낮은 저음이 연서를 소름 끼치게 했다. 놀란 연서는 설마 하는 생각으로 얼른 고개를 들었다. 동시에 접시를 내려놓는 시랑이 보였다. 싱크대에서 음식을 만드는 사람은 시랑이었다.

"뭐 하시는 거예요?"

시랑이 자신과 마주하고 앉자 연서가 물었다. 그녀의 목소리에는 의아함이 가득했다. 시랑은 앞치마를 벗으며 말했다.

"먹어."

단답형의 시랑의 말에 연서는 멀뚱히 그를 쳐다보았다. 그러다가 앞에 놓인 음식을 보았다. 그것을 본 순간 연서는 소녀처럼 소리쳤다.

"진달래꽃이네요? 화전인가요?"

접시에 놓인 것은 연서 말대로 진달래 화전이었다. 시랑이 손수 만든 것이었다.

연서의 질문에 시랑은 아무 말도 하지 않고 빈 유리잔에 우유를 따랐다. 그리고 우유가 담긴 잔을 연서 앞에 내밀었다.

연서는 어느새 화전에서 눈을 떼고 시랑을 쳐다보고 있었다. 그녀의 눈빛에는 의아함을 넘어선 이상함으로 가득 차 있었고 조금의 불안함도 서려 있었다. 연서가 음식을 만들 때마다 그에게 함께 먹자고 제안했지만 시랑은 항상 거절해왔다. 간혹 연서가 말을 붙이거나 옆에

다가가려고 할 때에도 시랑은 냉기 어린 태도로 연서를 무시하곤 했다. 물론 시랑과 같이 밤을 보내고 집에도 다녀왔다. 또한 연서의 가슴속에 쌓인 한 어린 비밀을 그가 들어주기도 했다. 하지만 그동안 시랑의 태도가 워낙 냉랭했던지라 그가 뭔가를 만들어준다는 것을 상상하기조차 힘들었다.

"안 먹을 거야?"

연서가 너무 노골적으로 쳐다보는지라 애써 무시하려고 했던 시랑도 결국 입을 열었다. 하는 수 없이 연서는 진달래 화전 하나를 집어 들었다.

분홍 진달래꽃을 흰 찹쌀 반죽에 올려놓고 꿀을 발라 노릇하게 구워놓은 것이었다. 화전의 또 다른 맛을 보는 즐거움이었다. 연서는 어여쁜 화전을 한참 동안 쳐다보다가 입안에 넣었다.

"우와, 정말 맛있었어요."

연서는 동그란 눈을 크게 뜨면서 기쁨을 표했다. 명랑만화에서나 볼 법한 그 표정에 시랑은 자기도 모르게 쿡하고 작게 웃었다.

연서는 항상 그랬다. 전에는 어땠는지 모르겠지만 시랑이 본 연서는 늘 시끄러웠다.

늘 자신의 감정을 극대화해서 표현했다. 남들은 실소

를 할 상황에서도 연서는 파안대소했고, 그저 찡하다고
느낀 장면에서는 땅을 치고 울었다. 한결같이 극단적으
로 자신의 감정을 표현했다.

"화전은 꽃을 먹는 거야. 우선 향기를 먹고, 다음에는
맛을 보는 거야. 여러 개를 한꺼번에 먹지 말고 한 개씩
먹어."

맛있었는지 한꺼번에 두 개씩 집어 먹는 연서에게 시
랑이 말해주었다. 그의 말에 얼굴이 붉어진 연서는 얼른
다시 한 개를 내려놓았다. 그리고 화전을 입에 넣고 향
기를 음미하다가 삼켰다.

"난 화전이라는 거 처음 먹어봐요. 어떻게 남자가 이
리 고운 걸 만들 줄 알죠?"

입안 가득 퍼지는 향기로움에 기분이 좋아진 연서가
물었다. 그러나 시랑은 바로 대답하지 않았다. 그저 묵
묵히 화전을 먹을 뿐이었다. 연서는 그의 눈치를 보며
조용히 기다렸다.

"······ 어떤 사람한테 배웠어. 너무 속상하거나 아플
때 만들어 먹으라고. 예쁜 꽃으로 만든 음식을 먹으며
향기와 맛으로 위안을 받으라고 했지."

잠시 후 시랑은 덤덤한 말투로 말했다. 그런 시랑을 연
서는 바라보고만 있었다. 말을 마친 시랑은 슬쩍 고개를

숙이며 화전을 다시 입안에 넣었다. 시랑이 대답했음에
도 연서는 계속 시랑의 눈치를 보고 있었다. 아직도 시랑
이 왜 자신에게 화전을 만들어주는지 몰랐기 때문이다.

두 사람의 식탁에는 한동안 정적이 흘렸다.

"…… 아주 많이 만들었어."

먼저 정적을 깬 것은 시랑이었다.

시랑이 왜 자신에게 화전을 만들어주는지를 고민하던
연서는 화들짝 놀랐다. 얼른 시랑을 쳐다보았으나 그는
여전히 고개를 숙이고 화전만 볼 뿐이었다. 그러면서도
시랑은 말을 계속 이었다.

"그러니까 지금까지 아팠던 거, 힘들었던 거 꽃을 먹
고 다 잊어."

평소에는 듣기 좋은 저음이라고 생각만 했다. 그런데
그 목소리에 다정함까지 서려 있으니 온몸이 자근자근
녹을 것같이 부드러웠다.

슬며시 고개를 든 시랑은 연서를 똑바로 쳐다보았다.
전처럼 서릿발같이 차가운 눈빛이 아니었다. 또한 연서
의 존재감을 부정하는 것 같은 비소誹笑도 짓고 있지 않
았다. 그저 그녀와 눈을 맞추고 있는 것이었다.

"고마워요."

연서는 살짝 미소 지으며 말했다. 크게 소리를 치는 것

도, 환하게 웃는 것도 아니었다.

연서가 늘 극단적으로 자신의 감정을 표현하던 것을 생각하면 좀 싱거운 반응이었다. 그런데 그 반응이 시랑은 마음에 들었다. 시랑은 자기도 모르게 미소를 지었다. 그리고 그녀에게 화전을 만들어주기를 잘했다고 생각했다.

연기 생활에 슬럼프가 오거나 삶에 장애물이 생길 때 그는 화전을 만들어 먹었다.

오늘, 해가 떠오르는 새벽을 맞이하면서 그는 그녀에게 화전을 만들어줘야겠다고 생각했다. 그렇지만 그는 자신의 기억 때문에 망설이기도 했다. 하지만 그녀는 그가 감히 생각할 수 없는 삶의 고비를 넘겨왔다. 화전을 만들어줄 이유는 그것만으로 충분했다. 시랑은 다른 것은 생각하지 않기로 했다.

'잠깐 동안, 아주 짧게 친절해지자.'

그리고 시랑은 짧은 친절을 더 이상 연장하지 않기로 결심했다. 그녀에게 친절해지는 것은 화전을 만들어줄 때뿐이었다. 화전을 만들어주고 자신은 전처럼 돌아가면 된다. 그는 그렇게 할 자신도 있었다. 자신은 배우가 아닌가.

연서의 아주 작은 미소는 그의 친절이 가져온 뜻밖의

수확이었다. 평소처럼 환하게 웃으면서 고맙다고 소리
쳤다면 그는 그것을 당연하게 여겼을 것이다. 그런데 그
게 아니었다. 시랑은 그녀의 부드러운 미소가 아주 마음
에 들었다.

"화전 만드는 법을 알려준 사람은 누구예요?"

연서는 짐짓 가벼운 말투로 물었다.

연서가 고마움을 표시한 후로 시랑은 다시 말이 없었
다. 때문에 그녀는 그들 사이에 끼어든 정적을 깨트릴
요량으로 물었다. 하지만 그다지 적절치 못한 것이었다.
그녀의 물음에 모처럼 즐거웠던 그의 마음이 차갑게 식
어버렸기 때문이다.

그날의 기억이 다시 파도처럼 밀려왔다.

감정을 참지 못한 시랑이 굳은 표정으로 자리에 일어
서려고 했다. 그때였다.

"화전으로는 부족하실 것 같아 만들어봤습니다."

민수가 깨죽을 들고 부엌으로 들어오며 말했다. 깨죽
은 자신의 처소에 딸린 부엌에서 민수가 직접 만든 것이
었다. 고소한 깨 냄새가 풍겨 꽤나 먹음직스러워 보였다.

연서는 좋아하면서 얼른 숟가락으로 맛을 보았다. 맛
도 좋았다. 연서는 환하게 웃으면서 시랑에게도 얼른 맛
보기를 권했다. 그때 민수는 두 잔의 차도 같이 내밀며

말했다.

"너무 단 것만 드시는 것 같아 국화차도 가져왔습니다. 식은 국화차는 그 향기가 더 진하니 죽과 화전을 다 드시고 드십시오."

"이 봄에 국화가 어디 있었죠?"

연서는 얼른 민수가 내민 국화차도 홀짝이면서 물었다. 그러자 민수가 차분한 목소리로 말했다.

"작년에 따놓은 가을 국화를 잘 말려서 만들어놓은 것입니다. 맛있게 드십시오."

민수는 허리 숙여 인사하고서는 절뚝거리며 사라졌다. 연서는 그런 민수를 잠시 바라보았다. 그의 자상함을 잘 알고 있었지만 오늘의 배려는 또 다른 감동이었다.

민수는 늘 그렇게 연서가 원하는 바를 정확히 알고 뒷일을 준비해두었다. 때로는 연서가 스스로 깨닫지 못한 부분도 그가 먼저 알아차리고 처리해준 일도 많았다.

오늘 역시 민수는 화전으로 부족한 연서의 식욕을 먼저 알고 깨죽을 준비했다. 그런 민수의 마음 씀씀이가 연서는 늘 고마웠다. 하지만 민수로서는 당연한 일이었다. 그의 시선은 항상 연서를 향하고 있으므로.

그때 민수의 구부정한 허리가, 절뚝거리는 걸음걸이가 연서의 눈에 밟혔다.

"민수 씨는 늑대 인간이라면서 왜 저런 모습인가요?"

연서의 물음에 시랑은 잠시 말이 없었다. 그는 민수 때문에 일어날 타이밍을 놓쳐 다시 자리에 앉았다.

연서의 질문에 대답하지 않고 그 자리를 떠날까 했지만 마음을 고쳐먹었다. 친절해진 김에 조금 더 친절해지자, 그 시간이 좀더 길어진다고 바뀔 것은 없을 것이라고 시랑은 생각했다. 그래서 시랑은 연서의 질문에 천천히 대답해주었다.

"그가 버림받은 자라서 그래. 버림받은 자들은 늑대 인간과는 달라. 그들은 선임자에게 송곳니를 받지 못했지. 송곳니는 늑대 인간의 힘의 근원으로, 그걸 받았다면 늑대 인간에게 물리기 전의 모습으로 돌아갔을 거야. 즉, 인간이 늑대 인간이 되려면 반드시 늑대 인간에게 물려야 하는데, 물리고 난 뒤에 반드시 송곳니를 받아야 해. 그러면 송곳니 안에 숨겨진 늑대의 힘으로 상처가 저절로 아물어."

"그런데요?"

"일족은 그가 늑대 인간이 되는 걸 거부했어. 그래서 그는 송곳니를 받지 못한 거야."

시랑의 말이 연서는 잘 이해되지 않았다. 예전부터 궁금했던 것이 동시에 머릿속에 떠오르기 시작했다. 연서는 그것을 참지 못하고 시랑에게 물어보았다.

"전부터 물어보고 싶었는데, 늑대 인간들은 왜 아무나 물어대는 거죠? 나도 당신과 일면식도 없는 사이였잖아요? 민수 씨의 선임자도 그냥 민수 씨를 물어버린 건가요?"

"아니, 그렇지 않아."

시랑은 단호하게 말했다.

사실 늑대 인간이 후계자를 만드는 일은 그리 간단한 것이 아니다. 늑대 인간은 절대로 아무나 자신의 후계자로 삼지 않는다. 후계자의 많은 것을 본 다음에 선택하는 것이다.

선임자는 후계자를 볼 때 성품을 먼저 본다. 늑대 인간의 비밀을 지키는 것이 일족에게 가장 큰 문제였기 때문이다.

다음으로는 후계자의 가족 관계를 본다. 늑대 인간이 되면 인간일 때 가졌던 많은 것들을 버려야 하는데 그중에 하나가 가족이었다. 보름에는 반드시 이곳에 와서 이성의 샘물을 마셔야 하며, 자신의 본성을 숨겨야 하기 때문에 아내가 있는 자들은 피한다. 때문에 가족이 거의 없는 자를 선택하는 것이다.

물론 이러한 조건들을 모두 충족하더라도 모두 후계

자가 되는 것이 아니다. 직업, 외모 등 모든 조건을 본 다음에야 늑대 인간의 후계자로 선택한다. 물론 후계자가 되었더라도 평탄하게 흘러가는 것은 아니다.

15년 전에는 막 후계자가 된 자가 자신의 정체를 신문사에 폭로하려다가 잡힌 적이 있었다. 물론 그 시도는 실패했다. 늑대 인간 일족은 자신의 정체가 가장 큰 비밀이기 때문에 모든 언론과 돈독한 관계를 유지하고 있었다.

대한민국 최고 전자 회사의 회장이 일족의 수장이며, 더불어 늑대 인간의 대부분이 정계, 재계에서 자신의 목소리를 낼 수 있기 때문에 가능한 일이었다. 때문에 자신의 정체를 폭로하려던 후계자는 그날로 잡혀 제거당했다. 제거하는 일은 열일곱 살이 된 시랑의 몫이었다. 적시검을 가질 수 있는 유일한 후계자가 그였기 때문이다.

물론 시랑은 이 모든 내용을 말하지는 않았다. 시랑은 연서가 알아야 할 최소한의 것들만 말해주리라 결심했다. 시랑은 낮지만 힘 있는 목소리로 입을 열었다.

"우리는 단 하나의 후계자만 선택하지. 그래서 늑대 인간은 거의 그 수가 변하지 않아. 모두 열여덟 명으로 정해져 있지. 선임자 아홉 명과 후계자 아홉 명. 일족이 너무 많아지면 이성의 샘물을 만들 옥패를 가지고 싸울 수도 있기 때문에 후계자는 한 명씩만 두는 거야. 그리고 후계자는 많은 것을 고려한 다음에 선택해. 늑대 인간의 비밀을 지켜야 하니까. 민수는 본래 늑대 인간의 후계자로 선택될 사람이 아니었어. 민수가 늑대 인간에게 물린 것은 말 그대로 사고였어. 그래서 일족에게 거부당한 거야."

"후계자를 선택한다고요? 그럼 당신은 나를 선택한 건가요?"

연서가 또랑또랑한 목소리로 물었다. 자신을 쳐다보는 연서의 눈빛에 시랑은 잠시 멈칫했으나 이내 무덤덤한 얼굴로 대답해주었다.

"아니, 난 너를 선택한 것이 아니야. 내정된 후계자가 있었어. 널 그 사람인 줄 알고 잘못 문 거야."

"으흠……."

연서는 시랑의 대답에 짧은 신음 소리를 뱉었다. 그리고 한참 동안 인상을 쓰고 생각에 잠긴 얼굴로 앉아 있었다. 연서가 더 이상 질문하지 않자 시랑은 그만 일어서려고 했다. 그런 시랑의 몸짓을 알아차린 연서가 얼른 입을 열었다.

"그럼 민수 씨는 다시 돌아갈 방법이 아예 없나요?"

다시 원점으로 돌아왔다. 한참 삼천포로 빠지길래 아

180

예 잊어버린 줄 알았던 질문이었다. 연서가 다시 그 질문을 하자 시랑은 그녀가 기특해 보일 지경이었다. 그러나 연서의 질문의 대답은 그리 쉬운 것이 아니었다. 결국 시랑은 솔직해지기로 결정했다.

"나도 잘 몰라."

시랑의 짧은 대답에 연서는 실망했다. 자기 표정을 숨기지 못하는 연서는 짧게 한숨까지 내뱉었다. 시랑은 그런 연서를 무덤덤한 표정으로 보고 있었다. 하지만 결국 말을 참지 못하고 다시 입을 열었다.

"내가 짐작하는 것은 일족의 전설이 그에게 도움이 될 것 같다는 거야."

"전설이요?"

연서는 묘한 표정이 되어서 물었다.

사실 인간의 기준으로 보면 늑대 인간 자체가 확인되지 않는 이야기, 즉 전설에 속한다. 그런데 그 늑대 인간에게 또 다른 전설이 있다는 것은 좀 기묘한 일이었다. 연서의 말에 시랑은 고개를 끄덕이고 천천히 말했다.

"사실 전설이라고 하기에도 뭣하군. 전해오는 것은 구절일 뿐이니까. '힘은 다른 힘으로 채워지고, 더 강한 힘을 불러온다.'"

"…… 그게 전부예요?"

시랑의 뒷말을 기다리던 연서는 의아해서 물었다. 그러나 시랑은 고개를 끄덕일 뿐이었다. 연서는 이내 실망감에 소리 질렀다.

"그게 뭐예요? '힘은 다른 힘으로 채워지고, 더 강한 힘을 불러온다?', 뒤에 더 이어지는 말은 없나요? 도통 그 뜻을 이해하기 힘들군요."

"글쎄…… 나도 그 뜻을 정확히 알기 힘들지만…… 인간이 늑대 인간으로 변할 때와 같은 이치가 아닐까 해."

시랑의 말에 연서는 곰곰이 생각했다. 그의 말이 맞는 것 같았다. 늑대 인간이 된 후, 인간의 힘은 사라지고 늑대 인간의 힘으로 채워졌다. 그리고 인간이었던 연서는 늑대 인간이 되었다. 더 강한 힘을 불러온 것이었다.

거기까지 생각이 미치자 연서는 더욱 조급해져서 빠르게 물었다.

"그럼 방법은요? 민수 씨가 다른 힘으로 채워지고 더 강한 힘을 불러올 방법은요?"

연서의 질문에 시랑은 아무 대답이 없었다.

부드럽게 자신을 바라보는 시랑의 눈빛을 보고 연서는 그도 더 이상 아무것도 알지 못함을 알았다. 하지만 호기심은 사라지지 않았다. 그녀는 자기 나름대로 방법을 찾기 위해 머리를 굴리기 시작했다.

그녀가 자신만의 생각에 빠져 있는 것을 눈치챈 시랑은 천천히 자리에서 일어났다. 여전히 방법 찾기에 골몰하던 연서는 눈이 동그래져서 시랑을 올려다보았다.

"이제 더 이상 궁금한 건 없겠지? 난 일이 있어서 이만 일어나야겠군."

시랑은 무덤덤한 얼굴과 목소리로 말했다. 그리고 천천히 돌아서 가려고 했다. 그러자 얼른 연서도 따라 일어서며 큰 소리로 물었다.

"그럼 오늘 밤에는요?"

연서의 질문에 시랑은 잠시 생각에 잠겼다.

지금은 아침 10시, 오늘 오후 이명환 감독과 만나기로 했다. 그가 준 시나리오와 배역에 대해 이야기를 나누기로 했기 때문이다.

마침 약속 장소가 전주였다. 영화가 아직 크랭크 인을 하기 전이라 감독은 자신의 본가에서 지내고 있었다. 시랑이 일찍 돌아오고자 한다면 일찍 올 수도 있다. 하지만 그런 자리는 으레 술자리로 이어진다. 그럼 이 밤을 넘기게 될 것이었다. 아니, 내일 오후에야 돌아올 수 있을지도 모른다.

"달이 뜨기 전에 오지."

시랑의 말은 그의 머릿속 내용과 달랐다. 또한 그렇게

연서를 배려했음에도 시랑의 목소리에는 감정이 없었다.

기쁨에 들뜬 연서의 얼굴에 미소가 떠오르기도 전에 시랑은 그 자리를 떠났다.

연서는 시랑이 떠나자 거실로 민수를 불렀다. 민수는 즉시 달려와 그녀 앞에 섰다.

연서는 민수에게 늑대 인간에 대해 궁금했던 것들을 질문했다. 미처 시랑에게 질문하지 못한 것들이었다. 민수는 자신이 알고 있는 한 성심성의껏 대답해주었다. 연서는 민수를 통해서 천후를 비롯한 늑대 인간 마을에 살고 있는 늑대 인간들, 그리고 이성의 샘물과 버림받은 자들에 대해 알게 되었다.

"알고 계신지 모르겠지만 늑대 인간들은 모두 보름달이 뜨는 밤이 되면 광기를 진정시키기 위해서 이성의 샘물을 마십니다. 모두들 달이 뜨기 전, 초저녁에 지하 동굴에 들어가서 마시고 나오는 겁니다. 아, 물론 이성의 샘물을 은으로 만든 병에 넣으면 이동 보관은 가능합니다. 실제로 연서님께서 마시는 이성의 샘물은 은으로 만든 병에 넣은 것입니다. 늑대 인간이 외국에 나가야 할 경우에 바로 그 병에 이성의 샘물을 넣어 가져가죠."

민수는 차분히 말했다. 연서는 그제야 시랑이 어젯밤 은으로 된 병을 가져와 자신에게 먹이던 것이 기억났다.

동시에 연서의 집에 갔을 때에도 시랑은 오직 그 병만 챙겼다.

"그럼 당신도 이성의 샘물을 마시나요?"

그렇게 말하는 연서의 목소리에는 의문이 가득했다. 평소 민수를 대하는 다른 사람들의 태도를 보면 절대로 그에게 이성의 샘물을 나눠주지 않을 것 같았다. 그녀의 물음에 민수는 덤덤한 표정으로 대답해주었다.

"네, 시랑님이 달이 뜨기 전에 은으로 된 병에 이성의 샘물을 담아 저에게 줍니다. 제가 연서님처럼 늦대 인간이 된 지 얼마 안 되었을 때, 즉 신생 늦대였을 때에도 그러했지요. 시랑님은 매일 밤 고통에 휩싸인 제게 손수 이성의 샘물을 먹이셨습니다."

연서는 민수의 말에 조금 놀랐다. 늘 차갑고 냉정해 보이던 시랑이 그런 친절을 베풀었다는 사실이 선뜻 믿어지지 않았다.

지난 며칠 동안 관찰한 결과 민수는 적시가의 모든 이들에게 배척당하고 있는 것이 분명했다. 그런데 오직 시랑만이 민수를 챙겨주고 있었다. 그리고 그동안 시랑의 행적을 따져보던 연서는 고개를 끄덕였다. 가만히 생각해보면 시랑은 그 누구보다 다정한 사람이었다. 그는 보필하는 자들에게도 주인으로서 군림하지 않고 늘 친절하게 대해주었다. 연서에게만은 차갑고 냉정했지만 그런 그녀에게도 오늘은 화전을 만들어주지 않았던가.

또 가만히 생각해보면 그는 연서가 원하는 것은 거의 다 들어주었다.

"왜 갑자기 웃으시는 겁니까?"

연서를 보던 민수는 이상하다는 듯 물었다. 연서는 시랑을 생각하면서 자기도 모르게 배시시 웃고 있었던 것이다. 당황한 연서가 얼른 화제를 돌렸다.

"시랑 씨가 좀 재미있는 얘기를 하더군요. 일족의 전설에 대해 아시나요? 아, 물론 인간들이 알고 있는 거 말고요."

"글쎄요……."

민수가 알고 있는 지식은 전부 시랑이 알려준 것이었다. 연서를 만나기 전, 민수는 시랑을 제외하고는 말을 하는 사람이 없었다. 모두 그가 버림받은 자라며 상대해주지 않았기 때문이다. 그것을 가엾게 여긴 시랑은 그를 잘 대해주었다. 하지만 민수도 시랑에게 일족의 전설에 대해서는 듣지 못했다. 그것은 시랑 본인조차도 믿을 수 없을 정도로 뜬내기 같은 소문이라서 이야기해주지 않았던 것이다. 사실 시랑은 연서에게도 절대 전설에 대해 알려주지 말아야 했다. 그런데 연서의 실망한 표정이 그로 하여금 숨겨진 이야기를 뱉게 만든 것이었다.

"한 문장인데, '힘은 다른 힘으로 채워지고, 더 강한 힘을 불러온다'라고 하더군요."

연서는 시랑에게 들은 이야기를 민수에게 똑같이 해 주었다. 그러자 민수는 고개를 갸웃거렸다.

"그게 답니까?"

민수도 연서와 했던 말과 똑같은 말을 했다. 연서는 고개를 끄덕였다. 그리고 빠르게 말을 이었다.

"시랑 씨는 그 말이 어쩌면 당신에게 도움이 될지도 모른다고 생각하더군요. 하지만 난 잘 모르겠어요."

연서의 말에 민수는 대답이 없었다. 그의 흉측한 얼굴은 굳어져 있었고 두 눈은 점점 깊어졌다. 그는 연서의 말을 골똘히 생각하는 듯 보였다.

"…… 본당에 가서 큰 주인님께 직접 그 뜻을 물어보시는 것이 어떨까요?"

한참 후 민수가 입을 열었다. 연서는 그의 말이 옳다고 여겼다. 그래서 민수에게 함께 가자고 말했으나 민수는 고개를 저으며 말했다.

"아시겠지만 저는 버림받은 자입니다. 본래 해가 떠 있는 동안에는 적시가에 들어올 수가 없죠. 작은 주인님께서 허락하셔서 별당에는 들어올 수 있으나 주인님이 계시는 본당에는 들어갈 수 없습니다."

한편 시랑은 본당의 아버지를 찾았다.

일하러 나가기 전 인사를 하기 위해서였다. 천후는 어
제 적시가로 돌아온 후로 아직 서울로 가지 않았다. 계
획된 일정을 모두 취소했기 때문에 이삼 일의 여유가 있
었다. 그러나 그는 오늘 저녁 다시 서울로 올라갈 예정
이었다. 서울에서도 그가 처리할 일이 많았기 때문이다.

시랑이 본당에 들어서자 보필하는 자들이 모두 나와
허리 숙여 인사했다. 그곳은 시랑이 머무는 별당보다 훨
씬 컸으며 보필하는 자들의 수 또한 많았다. 본당의 보
필하는 자들의 실장급인 보영이 나와 얼른 시랑을 천후
에게 안내했다.

천후는 마침 집무실에 있었다. 시랑을 보자 그는 부드
럽게 웃으며 아들을 반겼다.

"어젯밤에 반려자와 함께 밤을 보냈다고 들었다."

아버지 천후의 말에 시랑은 얼굴이 딱딱하게 굳었다.
시랑은 차갑게 대꾸했다.

"저는 순수 혈통의 후계자를 가질 생각이 없습니다."

아들의 말에 이번에는 아버지의 표정이 차가워졌다.
천후는 매서운 말투로 말을 이었다.

"우리는 후계자를 가지지 않는 동족은 필요 없다. 특

히 여자 늑대 인간인 경우 1년 안에 아기를 낳지 않으면 계율에 따라 사살된다. 아니면 이성의 샘물을 주지 않지. 결국 여자 늑대 인간은 1년 후면 일족에 의해서 죽거나 이성의 샘물을 먹지 못해 광기의 늑대가 되어 미쳐서 죽는다. 네가 그걸 모르지 않을 텐데?"

시랑은 말이 없었다.

그렇다고 그녀를 자신의 후계자로 지명할 수도 없는 노릇이었다. 여자 늑대 인간은 오직 순수 혈통만 낳을 수 있을 뿐, 방계 혈통을 낳지 못한다. 후계자에게 전해 줄 수 있는 늑대 인간의 힘이 남자에게는 정자와 송곳니에 있지만, 여자 늑대 인간에게는 자궁에만 있기 때문이었다.

늑대 인간들은 여성인 달의 신에게 어떤 힘도 받지 못했다. 즉, 송곳니의 힘은 남자 해의 신의 것이었다. 그래서 여자 늑대 인간은 송곳니로 자신의 종족을 만들지 못했다. 다만 여성이 가지고 있는 자궁으로만 생명을 탄생시키는 것이었다.

또한 늑대 인간의 손톱과 송곳니도 남자 해의 신에게 받은 것이었다. 때문에 여자 늑대 인간은 남자 늑대 인간보다 전투 능력이 현저하게 떨어졌다.

"그녀를 동족으로 남기면 안 됩니까?"

시랑은 아버지를 바라보며 말했다. 그런 시랑의 목소리는 애원에 가까웠다. 아버지는 그런 아들의 모습에 가슴이 아팠다. 천후는 천천히 다가가 시랑의 어깨를 잡으며 말했다.

"우리는 붉은 옥패 조각을 대대로 지켜나가야 하지 않느냐? 그러기 위해서는 반드시 너의 뒤를 이을 후계자가 필요하다. 그리고 후계자를 잇지 않는 동족을 만들지 않는 것이 우리의 계율임을 잊었느냐? 쓸데없는 동족이 많아져 옥패를 갖기 위한 전쟁이 나는 것을 막기 위해서지. 우리의 옥패는 작지만, 우리가 지금 누리고 있는 번영과 힘의 근본이니까."

천후의 목소리는 아까보다 부드러웠지만 눈빛은 여전히 강경했다.

아버지의 말에 시랑은 아무 말도 하지 못했다. 많은 생각이 그의 머릿속에 떠올랐고 더 많은 감정들이 그의 가슴을 스치고 지나갔다.

천후는 자신의 아들을 찬찬히 살폈다. 아들의 마음이 흔들리고 있다는 것을 알고 있는 천후는 천천히, 하지만 엄한 목소리로 말했다.

"하나만 잊지 말거라. 네가 만약 반려자를 위해서 목숨을 버리는 일이 일어난다면 네가 죽은 뒤에라도 나는 반려자를 죽일 것이다. 내 아들의 목숨을 빼앗아버린 것에 대한 복수를 꼭 그렇게 해줄 것이다."

"아버님!"

"기억해두어라!"

천후의 목소리는 단호했다.

시랑에게는 늑대 송곳니가 하나 더 남아 있어서, 시랑이 연서를 살리고 싶다면 남은 송곳니로 다른 방계 혈통을 만들 수 있었다. 하지만 두 개의 송곳니가 빠지면 시랑은 그해를 넘기지 못하고 죽을 것이다. 송곳니는 늑대인간의 근원이었기 때문이다.

시랑은 아버지를 잘 알았다. 시랑이 죽으면 연서를 죽이겠다는 천후의 말은 거짓이 아니었다. 천후에게도 송곳니가 하나 남아 있었다. 하나는 시랑의 어머니를 만드는 데 썼다. 때문에 시랑은 순수 혈통이었다. 만약 시랑이 없어진다 하더라도 천후는 나머지 송곳니로 방계 혈통의 후계자를 만들 것이다. 그리고 그 후계자로 하여금 연서를 죽이게 할 것이다.

물론 그렇게 되면 천후도 얼마 가지 못하고 죽음을 맞이할 것이다. 그러나 아버지는 복수를 위해 자신의 목숨을 아끼지 않으리라.

그때 문 밖에서 뭔가가 바스락거리는 소리가 들렸다.

아버지와의 대화에 주의를 기울이고 있던 시랑은 놀라서 황급히 문을 열었다. 물론 그 전에 무기인 자신의 손톱을 충분히 길게 만들었다. 여차하면 손톱으로 적의 목을 찌르기 위함이었다.

문 앞에 서 있는 사람은 연서였다.

"너 여기서 뭐 하는 거야?"

시랑의 목소리는 전에 없이 크고 분노로 가득했다. 놀란 연서는 우물쭈물 대답했다.

"천후님께 '힘은 다른 힘으로 채워지고, 더 강한 힘을 불러온다'라는 말에 대해서 물어보려고 왔어요. 보필하는 자가 천후님께서 바쁘시니 좀 기다려달라고 했는데, 싸우는 것 같은 소리가 들려 와봤는데…… 싸웠어요?"

오히려 되묻는 연서의 말에 시랑은 그녀가 아무것도 듣지 못했다고 결론 내렸다.

시랑은 연서의 질문에 대답하지 않고 아버지에게 간단히 인사하고 그대로 나가버렸다. 연서는 그런 시랑의 뒷모습을 바라보다가 집무실 안으로 들어갔다. 천후는 연서를 크게 반기며 다정하게 대해주었다.

연서는 지하 동굴 이후 천후를 처음 만나는 자리였다. 지하 동굴에서는 워낙 정신이 없어 천후를 제대로 살펴보지 못했다. 그런데 지금 와서 보니, 시랑은 자신의 아버지를 아주 많이 닮아 있었다. 180센티미터가 넘는 큰 키에 섬세하고 아름다운 눈매, 거기에 오뚝한 코가 천후와 판박이였다. 다만 천후는 풍채가 크고 혈색이 좋아 보이는 반면, 시랑은 보기 좋게 마른 몸을 가지고 있을 뿐이었다.

두 사람의 가장 다른 점은 연서를 대하는 태도였다. 시랑은 얼음 같은 표정으로 연서를 냉정하게 대했으나 천후는 부드럽게 웃으며 그녀를 따스하게 바라보았다. 아들이 북풍한설이라면 아버지는 춘풍화기春風和氣였다.

연서는 '힘은 다른 힘으로 채워지고, 더 강한 힘을 불러온다'에 대해 물어보았지만 천후는 대답하지 못했다. "일족에는 다양한 전설이 내려오는데, 확인되지 않은 것들이 더 많다. 지금 물어보는 전설 역시 그렇다"는 대답뿐이었다.

가지고 갔던 질문의 답을 들었으면서도 연서는 집무실에 계속 머물렀다.

두 사람 사이에는 신랄한 대화가 이어졌다. 집무실 밖에서는 그다지 크지 않은 고성이 여러 차례 들렸지만 아무도 그 의미를 알지 못했다.

점심시간이 다 되어서야 연서는 본당을 나왔다. 하지만 바로 적시가 별당으로 돌아가지 못했다. 그녀는 한참

을 적시가 주변을 서성거렸다. 뭔가 생각을 정리하는 듯
보였다.

한참 후, 연서는 적시가 별당으로 돌아갔다.

그녀가 별당으로 들어서자 기다리고 있던 민수가 뛰
어나왔다. 초조하게 자신을 보고 있는 민수를 보자 연서
는 잠시 망설였다. 하지만 거짓을 말할 수는 없는 노릇
이었다.

"천후님도 잘 모르신다고 하는데⋯⋯."

연서의 말에 민수는 대번에 실망한 표정을 지었다. 그
모습을 보고 연서는 민수에게 괜히 전설에 대해 알려주
었다고 생각했다. 그녀는 가벼운 자신의 입을 원망했다.
더욱 미안해진 연서는 자신이 맛있는 음식을 만들어주
겠다고 했다. 그리고 얼른 부엌에 들어가 비빔국수를 만
들기 시작했다. 방법은 이미 인터넷을 통해 알아두었다.
신 나게 음식을 만들고 보니 또 3인분이었다.

"또 3인분이네⋯⋯."

연서는 자기도 모르게 중얼거렸다. 연서는 매번 시랑
에게 딱지 맞으면서도 시랑 몫의 음식까지 만들었다. 그
게 익숙하다 보니 오늘 시랑이 없는 것을 알면서도 그의
몫까지 만들어버렸다.

연서는 짧게 한숨을 내뱉었다. 그리고 비빔국수를 자

신과 민수의 접시에 덜어놓았다. 원래 3인분을 만든지라 시랑 몫의 비빔국수가 양푼에 그대로 남아 있었다.

　민수는 조용히 앉아서 비빔국수를 먹기 시작했다. 결코 맛있다고 할 수는 없었지만 민수가 옆에서 코치했기 때문에 먹을 수는 있었다. 즉 연서가 전에 만들었던 김치볶음밥처럼 살기 어린 맛이 나지는 않았다.

　그런데 연서는 쉽사리 젓가락을 들지 못했다. 적시가에 와서 처음 있는 일이었다. 병원에서 멸균식 음식만 먹어야 했던 그녀에게 식사는 그저 의무였다. 그러나 늑대 인간이 된 다음부터는 늘 신 나고 즐겁게 식사를 했다. 그런데 지금 그녀는 멍하니 빈 의자 앞의 비빔국수를 바라보고 있을 뿐이었다.

　"또 3인분을 만드셨군요."

　연서가 국수를 비빈 양푼을 본 민수가 무심히 말했다. 양푼에는 시랑 몫의 국수가 남아 있었다. 덤덤한 민수의 말에 연서는 불에 덴 듯 깜짝 놀라 허겁지겁 국수를 먹기 시작했다. 민수가 슬쩍 고개를 들어보니 그녀는 귀까지 빨개져 있었다. 이마에는 땀까지 흘려가며 마치 쓰레기통에 쓰레기를 집어넣듯이 국수 가락을 마구 입안에 넣고 있었다. 씹지도 않고 그저 입안에 쓸어 넣기만 하는지라, 입이 그대로 찢어지는 게 아닐까 하고 걱정스러

울 정도였다. 그렇게 허겁지겁 접시를 비우자마자 연서
는 자리에서 벌떡 일어났다. 그리고 민수를 똑바로 쳐다
보며 빠르게 말했다.

"나 수영할 거예요. 따라오지 마요."

순간 민수는 오늘은 날씨가 흐리기 때문에 그만두라
고 말하려고 했다. 아직 봄이었다. 사람들은 봄에는 수
영할 생각을 하지 못한다. 늑대 인간이라고 체온이 상승
한 것도 아닌데 연서는 자주 폭포로 가서 수영을 즐겼
다. 하지만 민수가 말을 꺼내기도 전에 이미 그녀는 사
라져버리고 없었다.

연서는 그대로 적시가를 나와 폭포로 향했다. 그녀가
목숨을 버린 곳, 동시에 그녀가 사랑에 의해 다시 태어
난 곳이었다. 폭포에는 아름다운 봄꽃들이 가득했다. 바
람에 떨어진 꽃잎들이 물에 둥둥 떠다녔다.

연서는 천천히 물속으로 들어갔다. 물은 굉장히 찼다.
계절은 아직 봄, 산속 계곡물은 여름에도 차디차다. 그
러나 연서는 짧은 반바지와 티셔츠만 입고 수영을 하기
시작했다.

연서는 인간일 때, 그러니까 아프기 전에도 물에 있는
것을 굉장히 좋아했다. 물속에서 둥둥 떠다니면 그녀는
어쩐지 마음이 편안해졌다. 물론 적시가 별당 안에도 크

고 좋은 욕조가 있었다. 그곳에는 아주 따뜻한 물과 좋은 향료와 목욕제도 마련되어 있다. 연서도 자주 그곳을 사용했다. 하지만 폭포의 차디찬 물속에서 느껴지는 편안함은 적시가에서는 절대로 느끼지 못하는 것이었다.

늑대 인간이 된 다음부터 연서는 적시가에 잘 적응하고 있다고 생각했다. 그리고 실제로도 그랬다. 하지만 가끔 느껴지는 불편함은 어쩔 수 없었다. 낯선 곳에서의 잠자리가 그랬지만, 무엇보다 그녀 자신을 이방인으로 느껴지게 한 것은 시랑이었다. 연서가 아무리 친근하게 다가가도 그는 차가움으로 무장하고 그녀를 밀어버렸다. 그때마다 연서는 이질감과 외로움을 느꼈다. 어쩌면 차가움을 느끼게 하는 대상이 시랑이어서 그런 것이었을 수도 있다.

자신의 창조주가 자신을 거부한다. 그것이 연서를 쓸쓸하게 했다.

그런데 오늘은 그 쓸쓸함이 더 깊어져버렸다. 어제 바닷가에서 그가 보여준 미소가, 그리고 오늘 아침 그녀에게 보여준 다정함이 그녀를 서글프게 만들었다.

차라리 그가 그렇게 다정하게 웃는 사람이라는 것을 몰랐다면, 화전을 만들어주며 아팠던 과거는 잊으라고 위로해주지 않았다면 훨씬 좋았을지도 모른다.

그의 다정함을 알게 되자 연서의 아픔은 더욱더 깊어졌다. 시랑의 태도와 말투는 아주 잠시 다정했을 뿐이다. 그의 기본 태도는 여전히 냉랭했다. 말투는 여전히 딱딱했으며 온몸으로 다가오지 말라는 거부의 분위기도 한결같았다.

아팠던 만큼 남들의 시선에 대해 민감한 연서였다. 그녀는 시랑이 여전히 자신을 싫어한다고 생각했다. 그리고 시랑이 간혹 자신에게 친절을 보여주는 것도 아마 일족 때문이 아닐까 짐작했다. 밤마다 발작하던 자신을 버려두었다가 천후가 나타나서야 이성의 샘물을 먹인 것이 그것을 증명한다고 생각했다.

그렇게 시랑이 자신을 싫어하니 연서는 그와 거리를 두어야 한다고 생각했다. 그러면서도 바닷가에서 보여준 그의 미소와 화전을 만들어줬을 때 했던 위로의 말이 그녀의 가슴을 흔들었다. 어쩌면 그가 자신을 싫어하지 않을지도 모른다고 믿고 싶었다. 그래서 자신에게 화전을 만들어주고, 다정하게 웃어주고, 아픈 것을 잊어버리라고 말해준 것이 아닐까 하는 작은 희망들이 그녀의 가슴속에서 들썩이기 시작했다.

하지만 그것을 확신하기에는 시랑의 태도가 너무나 냉랭했다.

연서는 머리가 지끈거리며 아파오기 시작했다. 하지만 그럼에도 그녀는 여전히 사랑에 대한 생각을 멈출 수 없었다. 차가운 물속에서 연서는 때로는 쓸쓸했다가 때로는 흥분했다가 또 때로는 서글퍼지기까지 했다.

시간은 흘러 해가 지기 시작했지만 연서는 물에서 나올 생각을 하지 않았다. 몸이 차갑게 식어갔으나 마음의 고통은 육체의 고통을 앞질렀다. 그녀는 사랑에 대한 생각에 빠져 너무 오래 수영했다는 사실도, 이제 그만 나가야 한다는 사실도 모두 잊어버렸다.

그때 사랑이 천천히 지리산을 올라오고 있었다.

본래 적시가로 가는 길은 차도가 있었다. 그런데 사랑은 차를 타지 않고 걸어가고 있었다. 차는 지리산 아래 두었고, 거의 두 시간 이상을 걸어오고 있었다. 물론 늑대 인간인 그가 달려간다면 차처럼 빠른 시간 안에, 아니 그보다 더 빠르게 적시가에 도착할 수 있을 것이다. 그러나 그는 아주 느릿하게 걸어가고 있었다.

산 공기는 이제 막 꽃망울을 터트린 꽃들의 향기로 가득 채워져 있었다. 하지만 사랑은 그 향기를 맡지도 못하고 그저 걷기만 했다. 그러다가 갑자기 그는 길이 아닌 풀숲으로 몸을 틀었다. 적시가로 가는 길에서 벗어난 것이었다. 지리산에서 나고 자란 그가 길을 잊을 리는 없었다. 그런 그가 무슨 생각에선지 풀숲으로 들어가고 있었다.

시랑은 오늘 밤 산속을 헤맬 참이었다.

오늘은 달이 뜨지 않는 삭朔이었다. 달이 뜨지 않으므로 오늘은 늑대 인간의 피가 끓어오를 일이 없었다. 때문에 오늘은 연서에게 이성의 샘물을 먹일 필요도 없었다.

늑대 인간의 피는 달이 점점 둥글어지면서 끓어오르는 강도도 강해진다. 그러다가 보름달이 뜨면 완전한 광기에 휩싸이는 것이다. 다시 보름달이 하현달로 변하면서 끓어오르는 강도는 약해진다. 그동안 이성의 샘물을 계속 먹어서 늑대의 피를 조절할 수 있는 일반 늑대 인간은 작은 달빛에는 영향을 받지 않는다. 그러나 아직 이성의 샘물의 힘에 길들여지지 못한 신생 늑대 인간은 작은 달빛에도 발작하는 것이다.

그러므로 삭인 오늘은 시랑에게 자유의 밤이었다.

시랑은 아침에 연서와 이야기를 나눌 때에는 그 생각을 미처 하지 못했다. 그러다가 감독의 집에 가서야 오늘이 삭인 것이 알아차렸다. 그런데도 시랑은 어두워지기 전에 적시가로 돌아가고 있는 중이었다. 시나리오와 그 밖의 것들에 대해 좀더 깊은 이야기를 나누기를 바라는 감독의 눈치를 알아챘으나 그는 자리에서 일어났다.

그가 스스로 생각해도 좀 어이없는 일이었다. 일에 대해서는 누구보다 신경질적으로 완벽함을 추구하던 그였다. 본래의 그라면 오늘이 삭인 것을 알게 된 동시에 그대로 감독의 집에 머물렀을 것이다.

그 어떤 사업보다 영화계는 술자리가 중요하다. 그건 비단 술자리를 통해서 인맥이 형성되기 때문만은 아니다. 감독들은 때로는 배우의 평상시 모습을 보고 역할의 방향을 잡기도 한다. 털털함의 대명사였던 여배우가 극도로 예민한 새엄마 역할을 맡아 성공한 것은 감독의 치밀한 배우 관찰에서 나온 것이었다. 배우 역시 감독과 좀더 깊은 대화를 통해 작품의 궁극적인 방향과 더불어 자신의 방향을 잡기도 한다.

그것을 잘 알면서도 시랑은 오늘 감독과의 대화 두 시간 만에 나올 수밖에 없었다. 시랑이 너무 일찍 자리에서 일어서자 감독은 당황한 기색이 역력했다. 그러나 시랑도 어쩔 수 없었다. 실례라고 한다면 실례일 수 있다는 것을 알면서도 그는 차를 끌고 지리산으로 돌아왔다.

그런데 막상 지리산에 도착하니 시랑은 적시가 안으로 들어가기가 겁이 났다. 처음에는 적시가 안으로 들어가기 싫다고만 여겼다. 하지만 이내 시랑은 자신이 겁을 내는 것이라는 것을 깨달았다.

'도대체 난 뭘 겁내고 있는 걸까? 그리고 오늘이 삭인 걸 알게 되었으면서 왜 나는 감독과 있지 않은 걸까. 또 그렇게 조급하게 지리산으로 돌아왔으면서도 왜 적시가로 돌아가지 않는 걸까?'

스스로 느껴지는 모순적인 감정에 시랑은 당황했다.

예민한 감정으로 갈팡질팡하는 사람들로 넘쳐나는 연예계에서 시랑은 항상 자신의 감정을 냉정하게 유지하는 것으로 유명했다. 그것은 그가 배우를 꿈꿀 때부터 스스로 해온 훈련 덕분이었다. 역할에 몰입해 감정을 극대화하되, 그 감정이 평상시로 연결되지 않도록 노력해왔다. 그것은 스스로 연민에 빠지거나 비애감으로 젖지 않기 위해 반드시 필요한 것이었다. 그 훈련으로 시랑은 자신의 감정을 아주 잘 조절해왔다.

그런데 오늘은 잘 조절되던 감정과 행동이 제멋대로 나가고 있었다. 스스로 조절되지 않는 행동과 감정들 때문에 시랑은 어찌할 바를 몰랐다. 그는 무기력해졌다. 머릿속과 다른 말과 행동들이 나가자 스스로가 거북스러울 정도였다.

때문에 시랑은 차를 두고 혼자 걷고 있었다. 걸으면서 그는 어지러운 머리와 감정을 정리하려고 애썼다. 그렇게 걷다가 문득 이대로 적시가로 돌아갈 수 없다는 생각이 들었던 것이다.

적시가에 가면 연서가 있을 것이다. 순간 시랑의 가슴 속에 따뜻한 무언가가 피어오르는 것이 느껴졌다. 갑자기 덜컥 겁이 났다. 그래서 시랑은 적시가로 가던 발걸음을 멈추고 방향을 틀어 풀숲으로 들어간 것이었다.

그렇게 한참을 걷다 보니 어느새 그는 폭포에 다다랐다. 연서를 처음 만난 폭포였다.

동시에 그의 눈에 흰 형체가 보였다. 놀란 시랑이 무엇인가 하고 자세히 보았더니 다름 아닌 연서였다. 두 눈을 감은 연서가 물에 둥둥 떠다니고 있었다. 연서는 물속에서 눈을 감고 시랑을 생각하고 있는 중이었다.

하지만 물에 오래 있어서 창백해진 얼굴, 퍼런 입술, 그리고 감은 두 눈까지……. 시랑이 보기에는 그녀가 시체처럼 보였다.

"연서야!"

시랑은 비명을 질렀다.

동시에 시랑은 자리에 주저앉을 정도로 자신의 다리가 후들거리는 것을 느꼈다. 늑대 인간인 연서가 그 정도 깊이의 물에 빠져 죽지는 않을 줄 알면서도 그는 불안감으로 몸을 떨었다.

"어? 시랑 씨!"

시랑의 목소리를 듣고 연서가 감은 두 눈을 번쩍 떴다. 그 모습을 보고 시랑은 안도했다. 그러나 마음이 놓이자 동시에 화가 치밀었다. 결국 그는 화를 참지 못하고 더 크게 소리를 질렀다.

"도대체 거기서 뭐 하는 거야!"

분노로 가득한 시랑의 목소리에 연서는 자기도 모르게 움찔했다. 놀란 그녀는 얼른 기어들어가는 것 같은 목소리로 대답했다.

"수영하는데요……."

"이 봄에 무슨 수영이야? 얼어 죽고 싶어? 얼른 나와."

신경질이 가득한 시랑의 목소리에 연서는 고개를 끄덕였다. 그리고 손과 발을 빠르게 움직였다. 그런데 물속에 오랫동안 가만히 있어서 그런 것일까? 갑자기 그녀는 자신의 발이 뻣뻣해짐을 느꼈다.

"시, 시랑 씨! 으, 으윽……."

안 움직이는 발을 억지로 움직이려다가 그녀는 점점 물속으로 빠져들었다. 놀라고 겁먹은 마음에 허우적거렸지만 헛된 움직임이었다.

"기다려!"

연서의 발에 쥐가 난 것을 알아차린 시랑은 그대로 물속으로 들어갔다. 그리고 재빠르게 그녀의 목을 잡고 물

밖으로 나왔다.

시랑은 그녀를 폭포 옆의 넓적한 바위 위에 눕혔다. 시랑이 구해주었으나 갑작스러운 상황에 겁먹은 연서는 그대로 한참을 뻣뻣하게 누워 있었다.

병 때문에 죽음은 늘 익숙하긴 했으나 언제나 두려운 것이었다. 다시 다가온 죽음에 연서는 그 어느 때보다 강한 두려움을 느꼈다.

"연서야! 괜찮아? 정신 들어?"

시랑은 그녀의 팔과 다리를 연신 주무르며 물었다. 하지만 정신이 없는 그녀는 제대로 대답을 하지 못했다.

물 밖으로 나오자마자 느껴지는 찬바람에 그녀는 달달 떨었다. 시랑은 그 모습을 보고 얼른 입고 있던 겉옷을 벗어 연서의 몸에 덮어주었다. 그리고 연서의 온몸을 손으로 열심히 문질러주었다.

연서는 그저 그가 하는 대로 가만히 있었다. 연서의 몸이 쉽게 따뜻해지지 않자 시랑은 얼른 여기저기서 나뭇가지를 모아 왔다. 그리고 주머니에 든 라이터로 불을 붙여 모닥불을 만들었다.

"괜찮아? 정신이 들어?"

모닥불을 만들고서는 다시 그녀의 몸을 문지르면서 시랑이 물었다. 그가 건네주는 체온과 모닥불에서 느껴지는 온기에 그녀는 정신이 돌아왔다. 연서는 천천히 고개를 돌려 시랑과 눈을 마주쳤다.

자신을 바라보는 생기 어린 눈동자를 보자 시랑은 참지 못하고 또 소리를 질렀다.

"도대체 뭐 하는 짓이야? 이 봄에 무슨 수영을 한다고 그래? 건강해진 거랑 죽는 거랑은 아예 다른 거라고! 아무리 강한 늑대 인간이라도 죽어! 도대체 왜 이렇게 어리석어!"

미친 듯이 화를 내는 시랑을 보자 연서는 어쩐지 기분이 좋아졌다. 누군가가 자신의 배 속을 부드럽게 간질이는 느낌이 들었다. 연서는 자기도 모르게 미소 지었다.

"뭐야? 왜 그래?"

연서가 자기를 보고 웃자 시랑은 이상한 눈초리로 그녀를 보며 물었다. 물을 너무 많이 먹어서 연서가 미친 것이 아닐까 하는 의심이 들었다.

하긴 미치지 않고서야 이 봄에 수영을 한다고 나서지 않았겠지. 그런데 연서는 시랑을 잠시 바라보더니 분명한 어조로 물었다.

"나 당신 사랑하면 안 돼요?"

연서의 짧은 말에 시랑은 그대로 굳어졌다.

그는 자신의 머릿속 회로가 정지함을 느꼈다. 아무것

도 느껴지지 않았고, 아무것도 들리지 않았다. 오로지 또랑또랑한 눈동자로 자신을 바라보고 있는 연서밖에 보이지 않았다. 유난히 하얀 피부와 쌍꺼풀 없이 커다란 눈과 귀염성 있게 뻗은 코, 그리고 앙증맞은 입술이 있는 연서의 얼굴만이 그의 눈 속으로 들어왔다.

　잠시 그렇게 멍하니 연서를 바라보던 시랑은 갑자기 자리에서 벌떡 일어났다. 놀란 연서가 그를 올려다보았다.

　그리고 그는 단 한 번도 연서를 돌아보지 않고 그대로 그 자리를 떠나버렸다.

*

나에게 있어서 '꽃'일 뿐이다.

그 향기는 너무나 향기로우나
함부로 범접할 수 없는
고귀한 장미다.

그 날카로운 가시에 찔려
나의 붉은 피에
물들어버린 저 빨간 장미는

보기에만 좋을 뿐이다.

단지 그것일 뿐이다.

시랑의 낮은 목소리가 적시가에 고요히 퍼지고 있었다.

3년 전, 그에게 들어온 시나리오를 통해 알게 된 「한
탄」이라는 시였다. 그는 그 영화에 출연하지는 않았다.
영화가 자신의 이미지와 맞지 않는다는 생각에 정중히
거절의 뜻을 보냈다. 때문에 시는 대본에서 한 번 봤을
뿐이다.

스스로도 자신의 감정을 어찌하지 못하는 이 밤, 시랑
은 시를 노래했다. 시랑이 그 시를 처음 읽었을 때에는
영화 줄거리처럼 사회 저항적 요소를 담고 있다고 생각
했다. 그런데 지금 그 시는 그런 의미를 넘어서고 있었다.

시랑은 지나치게 감성적이 된 자신을 비웃었다.

꽤 많은 책을 읽는 그였지만 시는 그와 친하지 않는 종
목이었다. 그런데 지금 자신을 알아주는 것은 시밖에 없
었다. 그제야 시랑은 모든 예술 분야에서 왜 시를 가장
높게 쳐주는지 조금 이해할 것 같았다.

씁쓸한 마음을 삼키고자 그는 자신 앞에 놓인 모란주
를 한 모금 마셨다. 보필하는 자들이 직접 담근 것이었
다. 연서를 폭포에 두고 적시가로 돌아온 그는 술부터

찾았다. 그가 술을 찾자 평소와 다른 모습에 보필하는 자들은 허둥거렸다. 잔뜩 굳은 몸과 신경질이 가득한 표정 그리고 초조함이 담긴 눈빛은 평소의 시랑이 아니었다. 진숙은 얼른 적시가 창고로 가서 모란주를 가져다주었다. 진숙이 내민 술병을 빼앗다시피 받아 든 시랑은 아무도 자기 방에 들어오지 말라고 엄명을 내렸다.

그리고 신경질적으로 렌즈를 빼버렸다. 거의 하루 종일 끼고 있던 것이었다. 폭포에서부터 그는 분노에 휩싸여 있었기 때문에 붉은 초승달이 계속 그의 눈에 머물러 있는 중이었다. 시랑은 검은색 컬러 렌즈를 담은 통을 신경질적으로 내던졌다. 그러면서 그는 다짐했다. 오늘은 연서를 만나지 않으리라.

깊어지는 밤공기처럼 시랑의 방도 어두웠다. 달도 뜨지 않은 밤 하얀 꽃잎들은 나폴거리며 떨어졌고, 꽃향기는 그 색을 더해가고 있었다. 시랑은 자신이 술에 취하는 것인지 꽃향기에 취하는 것인지 알 수 없었다.

밤은 더욱 깊어졌고 술기운이 올라오는지 시랑의 얼굴은 붉게 달아올랐다. 그는 여전히 괴로운 듯 눈을 감고 있었다.

옛 기억이 그를 잡고 놓아주지 않았다. 그 시절은 그리운 시간이지만 동시에 아픈 기억이기도 했다. 기억들이 늘 그러하듯 당사자는 그 기억을 차라리 잊고 싶어 한다.

"술 마시세요?"

부드러운 목소리에 그의 상념은 흩어져버렸다. 놀란 시랑이 얼른 뒤를 돌아보자 연서가 서 있었다. 씻고 나왔는지 젖은 그녀의 몸에서는 목욕제의 달콤한 꽃향기가 흘러나왔다. 옷도 편안하게 입고 있었다. 시랑 옆에서 자러 온 것이 분명했다.

"나가."

연서라는 것을 알고 시랑은 고개를 돌리며 말했다. 냉소 어린 시랑의 말에 연서는 움찔했다. 보지 않아도 시랑은 그런 연서의 기색을 알 수 있었다. 하지만 그는 여전히 차갑고 무겁게 말했다.

"오늘은 달이 없는 삭이야. 달이 없으니 발작도 없어."

"그래서 나가서 자라고요? 서재로 가서?"

되묻는 연서의 목소리가 시랑의 가슴속에 무언가를 끓어오르게 했다. 그는 자리에서 벌떡 일어섰다.

"좋아, 내가 나가지."

말을 마친 그는 문으로 걸어가기 시작했다. 조금 전까지의 취기는 모두 사라져버린 듯 그의 걸음은 흔들림이 없었다. 실제로 그는 연서의 목소리를 듣자마자 술이 깨버렸다.

"왜 나하고 같이 안 자요? 아까 내가 한 말 때문에 그래요?"

연서는 최대한 담담하게 말하려 했으나 목소리 끝이 갈라졌다. 연서 옆을 지나던 시랑은 연서의 말에 놀라 그대로 걸음을 멈추었다.

연서는 천천히 고개를 들어 시랑을 올려다보았다. 거짓 없는 그녀의 눈동자를 바라본 순간 시랑은 숨이 막힐 것 같았다. 그녀는 온 마음을 다해 그에게 진심으로 대하고 그것을 구하고 있는 중이었다.

그녀는 천천히 시랑의 앞으로 다가갔다. 그녀가 다가오는 것을 알고 시랑은 자기도 모르게 뒤로 주춤거렸다. 시랑은 머릿속으로 얼른 자리를 빠져나가야 한다고 생각했다.

그녀가 가까이 다가오자 그녀의 몸에서 나는 꽃향기가 더 짙어졌다. 그와 함께 시랑의 머릿속에 더 이상 그녀와 가까워지면 안 된다는 경고음이 울렸다.

시랑은 신경질이 가득한 몸짓으로 뒤로 확 물러섰다. 아무리 눈치가 없는 사람이라 하더라도 자신과 가까워지기를 싫어한다는 것을 알아차릴 정도였다.

"내가 그렇게 싫어요?"

연서의 목소리는 가슴이 아플 정도로 애절했다.

순간, 시랑은 아니라고 대답할 뻔했다. 그리고 그렇게 말하려고 한 자신을 깨달은 순간 시랑은 가슴이 덜컥 내려앉고 말았다. 순간적으로 말하려고 한 그 말이 본심이라는 것을 깨달았기 때문이다. 시랑은 자신을 자제시키려고 안간힘을 썼다. 자기 눈에 떠오른 붉은 초승달을, 본능으로 꿈틀거리는 자신을 연서에게 보이기 싫었다.

연서는 시랑이 대답을 하지 않는 것에 가슴이 아팠다. 대답 없는 그의 말이 결국 긍정이라고 생각했다. 덜컥 겁이 난 연서는 자기도 모르게 시랑에게 안겼다. 제발 자신을 봐달라는 본능적인 몸짓이었다. 세상과 소통하는 방법을 잘 알지 못하는 그녀는 그렇게밖에 자신의 의도를 표현할 줄 몰랐다.

"나 아프게 하지 말아요. 난 이미 충분히 아팠어요. 제발 더 이상 날 아프게 하지 말아줘요."

연서는 떨리는 목소리로 다시 한 번 자신의 진심을 전했다. 그러나 시랑은 연서의 애처로운 사정에도 대답하지 못했다. 그 작고 부드러운 몸이 자신에게 닿자 그는 그대로 굳어버렸다.

그러나 그의 가슴속에는 그 어떤 여자를 안아도 느낄 수 없었던 벅참이 올라왔다. 하지만 동시에 어찌하지 못할 두려움도 그의 마음을 잠식해가고 있었다. 때문에 그렇게 노력했음에도 그의 눈동자에는 초승달이 떠올라 붉게 번쩍거렸다.

그는 얼른 두 눈을 감았다. 그리고 무언가 참으려는 듯 입술을 지그시 깨물었다. 이내 그가 다시 눈을 떴을 때에는 붉은 달이 사라지고 없었다. 배우인 그는 자신의 감정 조절에 능숙했다.

"오늘 밤 같이 있을 필요가 없을 뿐이야. 삭이라서 발작이 없을 거야."

시랑은 자신의 품에서 연서를 거칠게 떼어놓으면서 말했다. 그리고 그는 그대로 방을 나가려고 걸음을 옮겼다. 시랑의 품에서 느껴지던 따스함이 갑자기 사라지자 연서는 잠시 멍했다. 그러나 그녀는 곧 정신을 차렸고 그대로 달려가 시랑의 앞을 막아섰다.

"내가 정말 별로라서 그래요? 내가 싫어요? 아픈 거 싫다고요! 정확하게 말해줘요! 당신 마음도 모르고 나 혼자 아파하기 싫어요! 내가 당신을 포기했으면 좋겠어요? 그렇다면 말해줘요! 잠깐만 아프고 말게!"

연서는 가슴속에서 느껴지는 울분을 그대로 토해놓았다.

항상 연서는 그런 식이었다. 자신의 감정을 숨기지 못하고 늘 솔직하게 표현했다. 전에는 그 솔직함이 웃기고 이상하기만 했는데 오늘은 그렇지 않았다.

연서의 감정을 그대로 맞은 시랑은 당황스럽기도 하고, 좋기도 하고, 두렵기도 했다. 하지만 연서의 악다구니를 바라본 시랑의 표정은 변화가 없었다. 그는 배우였다. 마음속이 어떻든 간에 그는 자신의 겉모습을 자유자재로 조종할 수 있었다. 그는 자신의 무표정보다 더 굳은 목소리로 말했다.

"난 여자를 사랑하지 않아."

*

시랑이 나간 방 안에서 연서는 혼자 밤을 보냈다.

방 안에는 여전히 그의 향기가 퍼져 있었다. 향수를 뿌리지 않는 그에게서는 비 온 뒤 산에서 맡을 수 있는 청아한 풀 향기가 났다. 연서는 그 향기를 아주 좋아했다.

향기를 내뿜는 매개체가 없는데도 방에서는 풀 향기가 났다. 꽃으로 둘러싸인 시랑의 방 구조를 생각하면 분명 꽃향기로 가득해야 정상인데, 연서는 꽃향기는 맡지 못했다. 그녀의 예민한 후각으로는 풀 향기만 느낄수 있었다.

그녀는 애써 시랑을 생각하지 않으려고 했으나 방 안

곳곳에서 나는 풀 향기가 그것을 허락하지 않았다. 그가 읽는 책, 음악 시디, 그리고 옷가지가 그곳에 있었다. 그가 만지고 입고 보던 모든 것들에 그의 향기가 배어 있었다. 그 아련한 향기가 느껴질 때마다 연서는 시랑을 기억할 수밖에 없었다.

또한 그에게서 들었던 마지막 말도.

시랑은 원래 연서가 자던 서재에 있었다. 불행하게도 그 역시 그 안에서 연서의 향기를 맡을 수밖에 없었다. 많지 않은 연서의 물건들이 그곳에 있었기 때문이다.

시랑은 신경질적으로 독한 보드카를 들이켰다. 시랑이 직접 본당에서 가져온 것이었다. 별당에는 꽃으로 담근 화주花酒밖에 없었다. 평소 즐겨 마시던 화주는 그의 성질을 더욱 건드릴 뿐이었다. 화주의 꽃향기가 조금 전 목욕을 마친 누군가에게서 나던 향기와 같았으므로.

독한 보드카를 마실 때마다 목 안이 타들어가는 것 같았다. 잘 마시지 않는 술이 그를 취하게 만들었다. 정신이 몽롱해지고 있었다.

*

그때 그의 나이가 열 살이었던 것 같다.

집에 오면 그녀가 있었다. 늑대 인간 일족에서 유일한 여자 늑대 인간.

적시가의 후계자였던 그도 처음 보는 여자 늑대 인간이었다. 그가 평소 보던 남자 늑대 인간과는 달리 자그마한 체구와 여린 몸을 가진 사람이었다. 옆에 다가가면 느껴지는 부드러운 향기가 어린 시랑을 설레게 하였다. 그런 마음을 숨기지 못한 시랑은 그녀의 치맛단을 잡고 맴맴 돌기만 했다. 그러면 그녀는 어느새 돌아보고 웃어주곤 했다.

그녀는 다섯번째 작은 아버지의 부인이었다. 즉 늑대 인간의 신부였다.

순수 혈통을 낳기 위해서 다섯번째 작은 아버지가 늑대 인간의 마을로 데려왔다고 했다. 늑대 인간은 달의 신에게 어떠한 힘도 받지 못했다. 그래서 늑대 인간에게는 여자가 태어나지 못한다. 그러니 순수 혈통을 갖기 위해서는 방계 혈통의 여자 늑대 인간이 필요하다고 천후가 설명해주었다.

원래 유치원 교사가 꿈이라던 그녀는 시랑과 아주 많은 시간을 보내주었다. 본래 여자라고 하면 보필하는 자밖에 몰랐던 시랑은 그녀에게서 '엄마'라는 존재를 느낄 수 있었다. 친구들에게는 늘 있는 엄마라는 존재는

216

그에게는 그리움의 단어였다. 비록 작은엄마라고 불러야 했지만 사랑은 그것으로 충분했다.

대기업 총수였던 아버지는 늘 바빴다. 때문에 그의 얼굴을 보는 것이 한 달에 한 번 있는 이성의 샘물을 마실 때뿐이었다. 그런 아버지를 원망했던 것은 아니지만 그의 가슴은 늘 한쪽이 허전했다. 그런 사랑에게 작은엄마의 다정함, 보살핌, 따스함은 하나의 구원이었다.

"이게 뭐예요?"

"작은엄마가 사랑에게 주는 선물, 제트기야."

요즘 같은 봄날이었던 걸로 기억한다. 생일도 아닌데 작은엄마는 그에게 선물을 주었다. 그때 유행하던 조립식 제트기였다.

"보필하는 자들에게 부탁해서 사달라고 했어. 요즘 애들이 아주 좋아하는 거래. 사랑이는 장난감이 별로 없더라."

사랑은 장난감을 가지고 놀기보다는 책 읽기를 더 좋아했다. 작은엄마는 어느새 그것을 염두에 두고 있었나 보다.

"고마워요, 작은엄마."

"그렇게 웃어주니 나도 기분이 좋네. 그럼 우리 화전 만들어 먹을까? 작은엄마가 전에 어떻게 만드는지 알려줬지?"

"네!"

그렇게 다정한 사람이 그녀의 작은엄마였다. 그때 그
녀는 임신 중이었다. 점점 둥글어지는 배를 보면서 시랑
은 행복했다. 조금 있으면 그의 동생이 나올 것이었다.
그럼 작은엄마와 아기 그리고 시랑, 셋이서 좀더 행복해
질 것이라고 여겼다.

그런데 그것은 단지 꿈일 뿐이었다.

어느 날 학교에서 돌아와보니 적시가가 조용했다. 작
은엄마도 보이지 않았다. 산달이 가까워짐에 따라 그녀
는 적시가에서 머물고 있었다. 대대로 순수 혈통은 적시
가에서 태어났기 때문이다.

때문에 그때쯤 시랑이 학교에서 돌아오면 처음 맞아
주는 사람이 작은엄마였다. 헐레벌떡 달려온 시랑에게
다정하게 웃으며 "이제 오니?"라고 말해주었다. 그런데
그날은 작은엄마의 모습이 보이지 않았다.

이상한 마음에 적시가 안을 뒤지고 다녔다. 그리고 어
린 그가 적시가 후미진 뒤뜰에 쓰러진 작은엄마를 발견
했다.

작은엄마는 진통을 하고 있었다. 입을 다물며 비명을
참는 그 모습에 놀란 시랑이 얼른 사람들을 불렀다. 시

랑이 외치는 소리를 들은 보필하는 자들이 달려왔다. 그리고 며칠째 적시가에 머물던 천후도 곧장 달려왔다.

그런데 천후는 적시검을 들고 있었다. 그 모습을 보고 시랑은 이상하다는 것을 느꼈다. 천후가 적시검을 들고 있는 모습을 처음 보았기 때문이다.

천후는 바닥에 쓰러져 진통하는 작은엄마를 보더니 입술을 꽉 깨물었다. 그런데 그때 천후는 어리둥절한 표정으로 자신을 보고 있는 아들과 눈이 마주쳤다. 그 순간 천후의 얼굴은 하얗게 질렸다.

"어째서 여기에 있는 것이냐! 어서 본당으로 돌아가거라!"

천후는 너무나 거칠게, 아니 무섭게 시랑에게 소리쳤다. 처음 듣는 아버지의 호통에 시랑은 찔끔 겁을 먹었다. 그래서 어린 시랑은 얼른 슬금슬금 뒤로 물러섰다.

하지만 낯선 아버지의 모습은 그에게 기이한 호기심을 불러일으켰다.

단지 작은엄마는 진통을 하는 것뿐인데, 아버지는 긴장을 하고 있었다. 그것을 어린 시랑은 알아차렸다.

열 살밖에 되지 않았지만 시랑은 아기를 낳는 과정에 대해 알고 있었다. 그래서 작은엄마가 지금은 진통을 겪고 있지만 곧 아기를 낳고 건강을 회복할 것이라고 생각했다.

그런데 작은엄마를 보는 아버지의 눈에는 괴이한 공
포심이 서려 있었다. 이상한 결심도 가지고 있었다. 어
린 시랑은 그것이 참으로 이상하게 느껴졌다.

그래서 시랑은 작은엄마가 들것에 실려 지하 동굴을
내려가는 것을 숨어서 지켜보았다. 그리고 아버지가 작
은엄마를 따라서 지하 동굴로 들어가자 자신도 따라 들
어갔다. 작은엄마의 진통 때문에 모두 정신이 없었는지
아무도 어린 시랑을 신경 쓰지 않았다.

들것에 실린 작은엄마는 곧장 고통받는 곳으로 들어
갔다. 시랑은 전에 작은엄마가 고통받는 곳에서 아기를
낳을 것이라는 소리를 들었다. 그래서 고통받는 곳에 침
대가 들어가는 것도 보았다.

시랑은 고통받는 곳에 들어가지 못하고 방 밖에서 서
성거렸다.

얼마 지나지 않아 보필하는 자들이 모두 고통받는 곳
에서 나왔다.

시랑은 얼른 몸을 숨겼지만 이상함을 느꼈다. 작은엄
마는 진통하고 있는데, 시중드는 사람들이 모두 사라졌
던 것이다. 또한 보필하는 자들은 모두 나왔음에도 천후
는 아직 그곳에 있었다.

이상한 마음에 시랑은 계속 밖에서 서성거렸다.

하지만 안은 너무나도 조용했다. 가끔씩 작은엄마의 신음 소리가 들리긴 했지만 미미했다. 그 조용함이 갑자기 알 수 없는 두려움으로 변해 시랑을 덮쳤다. 스스로 어떤 예감을 가졌으리라.

훗날 시랑은 그때라도 그 자리를 떠났어야 했다고 생각했다. 그랬다면 그가 영원히 자라지 못하지는 않았으리라, 가끔 땀에 흠뻑 젖어 잠에서 깨어나지 않았으리라.

실제로도 어린 시랑은 갑작스러운 두려움에 그 자리를 떠나려고 했다. 그런데 그때, 귀를 찢는 비명이 어린 시랑의 발길을 붙잡았다.

"꺄아아악!"

시랑은 그것이 작은엄마의 비명 소리라는 것을 알아차렸다. 순간 시랑은 알 수 없는 공포감을 느꼈다. 하지만 동시에 작은엄마가 아기를 낳았을지도 모른다고도 생각했다.

결국 어린 시랑은 고통받는 곳의 철문에 달린 작은 창을 열어보았다. 철문에 달린 창은 작지만 내부를 모두 볼 수 있었다.

하지만 어린 시랑은 그 창을 열지 말았어야 했다.

고통받는 곳에서 가장 먼저 보인 것은 아버지 천후였

다. 아버지는 한 손에 적시검을, 그리고 다른 손에는 막 태어난 갓난아기를 들고 있었다. 아버지의 온몸이 피투성이였고, 적시검에도 붉은 피가 뚝뚝 떨어지고 있었다.

그런 아버지 옆에 작은엄마가 누워 있었다. 그런데 작은엄마의 모습은 일반 산모의 모습이 아니었다. 산모의 배는 길게 갈라져 있었다. 그 배에서 나온 피가 침대를 적셔 온통 붉은색으로 물들이고 있었다.

피가 떨어지는 적시검, 그리고 배가 반으로 갈라진 작은엄마, 갓난아기……

시랑은 그제야 천후가 적시검으로 작은엄마의 배를 갈라 아기를 꺼냈다는 사실을 깨달았다. 더불어 작은엄마의 죽음도.

"으아악!"

어린 시랑은 비명을 질러댔다. 온몸을 덮쳐오는 공포심을 그렇게밖에 표현할 줄 몰랐다.

갑작스러운 아이의 비명 소리는 고통받는 곳에 있던 천후에게도 들렸다. 천후는 놀라서 그대로 뛰어나갔다. 그가 황급히 문을 열고 나간 순간, 천후는 그대로 굳어버렸다. 어린 아들이 그곳에 있으리라고는 생각도 하지 못했던 것이다. 그리고 아버지와 대면한 시랑 역시 그랬다. 붉은 피를 뒤집어쓰고 피투성이 갓난아기를 안고 있는 천후의 모습은 너무나 괴기스러웠다.

공포로 점철된 어린 시랑의 눈에는 붉은 초승달이 떠 있었다. 공포가 그에게 생존 본능을 느끼게 한 것이었다.

천후는 시랑에게 다가가려고 했으나 자신을 보고 있는 아들의 눈을 보고 걸음을 떼지 못했다. 두려움에 가득 찬 아들의 붉은 초승달에 천후는 어쩔 줄 몰라했다.

시랑은 처음 보는 아버지의 모습에 공포를 느꼈다. 하지만 그보다 더 큰 공포가 시랑을 기다리고 있었다. 천후에 의해 열려진 문을 통해 작은엄마의 시체가 아까보다 더 분명하게 보였던 것이다. 그리고 마침내 시랑은 부릅뜬 그녀의 눈과 한쪽 눈동자에 선명한 청색 초승달과 마주치고 말았다.

그 순간, 시랑은 알았다. 작은엄마는 자신의 출산에 대해 몰랐던 것이다. 자식을 낳으면서 죽어야 하는 여자 늑대 인간의 운명을 말이다.

시랑은 그것을 깨닫고 말았다. 그것은 소름 돋는 공포가 아니었다. 머리를 쭈뼛하게 하는 두려움도 아니었다. 시랑은 그 순간 아무것도 느끼지도, 깨닫지도 못했다. 강한 충격으로 그의 머리도 심장도, 그리고 숨도 모두 진공상태가 되어버렸다.

"시랑님! 저런 걸 보시면 안 됩니다!"

그때 누군가가 달려와서 멍하게 서 있던 시랑의 눈을 가리며 말했다. 아마 보필하는 자들 중에 하나였으리라. 시랑의 비명 소리를 듣고 달려온 것이 분명했다.

"저, 저게 왜, 왜 배가 갈라져?"

눈을 가렸으나 여전히 모든 것을 알고 있는 시랑이 말했다. 어린 시랑의 말에 더욱 놀란 보필하는 자는 더 크게 소리쳤다.

"보, 보지 마십시오! 보시면 안 됩니다!"

"이, 이게 우리의 운명?"

나지막하게 중얼거리던 시랑은 결국 그 자리에 기절하고 말았다.

후에 시랑이 깨어난 곳은 자기 방이었다.

아들이 깨어나자 천후는 시랑을 안으며 모든 것을 말해주었다.

여자 늑대 인간은 방계 혈통이기 때문에 순수 혈통을 낳을 수 없다는 것을 말해주었다. 절반의 힘(방계 혈통)은 하나의 힘(순수 혈통)을 이기지 못한다는 것이었다.

또한 늑대 인간은 인간의 칼로 배를 갈라도 금방 아물기 때문에 제왕절개를 할 수 없다. 그래서 여자 늑대 인간은 아기를 낳지 못하고 진통만 계속 느끼는 것이다. 그러면 여자 늑대 인간은 고통에 지쳐서 죽는다. 산모가 죽으면 당연히 배 속 태아도 죽는다.

그래서 여자 늑대 인간들이 출산을 할 때 적시가의 후계자가 적시검으로 배를 가른다. 그러나 적시검은 독이 있기 때문에 상처를 아물게 할 수가 없다.

적시검에 찔린 상처가 작을 경우에는 치료 가능하지만 태아를 꺼내는 경우는 다르다. 아기를 꺼내는 만큼 상처는 크고 길다. 그것은 충분히 산모의 목숨을 빼앗고도 남았다.

시랑은 그 모든 이야기를 알아들었다. 그리고 자신을 위로하는 아버지의 마음도 이해했다. 자신이 인간과 다르다는 것은 이미 알고 있었다. 그러나 시랑은 자신이 늑대 인간이라는 것을 슬퍼하지는 않았다. 딱히 운명이라고 생각하지도 않았다. 그저 아주 어릴 때부터 들어온 사실이었기 때문에 그것을 감정적으로 판단하지 않았던 것이다.

그런 시랑의 마음을 알았기 때문에 천후는 처음에는 크게 걱정하지 않았다. 자신이 그랬던 것처럼 그 사실을 그대로 받아들이기를 바랐다.

그러나 그 모든 것을 알아도 시랑의 병은 떠나지 않았다.

시랑은 말을 잃었다. 그리고 아무것도 하지 못했다. 마지막 원망 섞인 작은엄마의 눈동자가 시랑의 머릿속에서 떠나지 않았다. 그 공포감이 그의 병을 만들었던 것이다.

적시가의 후계자인 시랑이 아파하자 모두들 크게 걱정했다. 그것이 단순한 아픔이 아니라 실어증이라는 것을 깨닫고 근심은 더 깊어졌다.

때문에 본래 늑대 인간의 마을 사람들 외에는 들어올 수 없는 일족의 계율을 깨고 정신과 의사까지 초빙했다. 비밀이 탄로 날 것에 대비해 의사에게 금전적으로 약속을 해주거나 여의치 않으면 치료를 마치고 그를 죽일 생각까지 했다.

하지만 정신과 의사는 아무런 말도 듣지 못했다. 시랑이 정신과 의사 앞에서도 입을 다물고 있었기 때문이다. 그래서 정신과 의사는 목숨이 붙어 있을 수 있었다. 정신과 의사마저 아무것도 얻지 못하자 모두들 작은엄마의 죽음이 생각보다 큰 것이라고 여기며 걱정이 커졌다.

"나도 순수 혈통인가?"

말없이 여름을 보낸 시랑의 첫마디였다.

작은엄마의 죽음을 본 이후 처음으로 꺼낸 말이었다. 마침 시랑의 방을 청소하고 있던 진숙이 그의 말을 들었다. 단지 놀랍기만 하던 진숙의 감정은 이내 기쁨으로 변했다. 진숙은 얼른 고개를 끄덕이며 말했다.

"그렇습니다. 시랑님은 누구보다 강한 순수 혈통이십니다."

"그렇군."

시랑은 다시 말없이 창밖을 바라보았다.

마침 계절은 가을이어서 낙엽이 떨어지고 있었다. 멍하니 창밖만 바라보는 그 서글픈 눈빛에 진숙은 가슴이 덜컥 내려앉았다. 진숙은 얼른 침대에 누워 있는 시랑에게 다가가 말했다.

"잡수시고 싶은 건 없으십니까? 말씀만 하십시오. 그어떤 것이라도 구해드리겠습니다."

"작은엄마의 배를 갈라 나온 아기처럼 나도 내 친모를 죽이고 나왔군."

시랑은 갈라질 것 같은 목소리로 말했다. 진숙은 그의 말에 아니라고 대답할 수 없었다. 그것은 사실이었고, 거짓을 고하기에는 시랑은 이미 모든 것을 깨닫고 있었다.

"나가, 혼자 있고 싶어."

시랑의 단호한 말에 진숙은 그 방에 나올 수밖에 없었다. 그러나 그녀는 한참을 시랑의 방 앞에서 서성거렸다. 하지만 시랑의 방 안에서는 울음소리도, 비명 소리도 들리지 않았다. 그것에 겁이 난 진숙이 슬그머니 방문을 열어보면 시랑은 그저 멍하니 창밖만 볼 뿐이었다.

다음 날부터 시랑은 자리에서 일어났다. 그는 전과 다름없이 행동했다. 학교를 다니고 공부를 시작했다. 아버지는 크게 기뻐했고 일족들도 모두 안도했다.

하지만 누구도 소년의 눈빛이 깊어졌다는 것을 눈치채지 못했다.

*

다음 날 시랑은 아침 식사 시간이 되었는데도 일어나지 않았다.

아무리 많은 술을 마셔도 다음 날이면 제시간에 일어나는 시랑이었다. 하지만 여전히 시랑은 일어날 기색을 보이지 않았다. 결국 진숙은 서재에 들어가 그를 깨우기로 했다.

서재에 들어간 진숙은 눈앞에 펼쳐진 광경에 잠시 할 말을 잃고 말았다. 시랑이 보필하는 자들이 펴놓은 이불은 그대로 내버려둔 채 바닥에 널브러져 자고 있었다.

진숙은 시랑이 열 살 때부터 보살펴온 사람이었다. 때문에 진숙은 누구보다 단정한 시랑을 잘 알고 있었다. 그런데 방 안 가득한 술 냄새와 서재 안에 굴러다니는

228

술병 그리고 서재 책상 아래에 머리를 두고 잠들어 있는 시랑은 평소의 모습이 아니었다. 솔직히 말하면 진숙은 좀 무서웠다. 갑자기 시랑이 변한 것도 그렇지만 오늘 아침 시랑의 모습은 주정뱅이 그 자체였기 때문이다.

진숙이 그의 이름을 여러 번 부르고 나서야 시랑은 눈을 떴다. 시랑이 눈을 뜨자마자 본 것은 커다란 나무판자였다. 그는 눈앞에 커다란 나무판자가 있는 것을 이상하게 생각했다. 이윽고 그는 자기가 책상 아래에 누워 있다는 것을 깨닫고 황급히 일어났다. 동시에 그의 이마는 나무판자에 부딪쳤고 그는 머리에 큰 아픔을 느끼며 비명을 질렀다.

"괜찮으십니까, 작은 주인님?"

진숙은 놀라서 되물었다. 진숙이 있다는 것을 알아차린 시랑은 얼른 표정을 관리했다. 시랑은 아무렇지 않은 얼굴로 진숙에게 인사를 했고, 진숙은 시랑의 이마가 빨갛게 부어오른 것을 알면서도 못 본 체해주었다.

"일어나셔야죠. 오늘 스케줄이 있다고 하셨잖습니까?"

"응……."

시랑은 거의 무의식적으로 대답했다. 그런 모습을 보고 진숙은 겨우 마음이 놓였다. 그리고 얼른 준비해두었던 말을 꺼냈다.

"반려자님께서 부엌에서 기다리고 계십니다."

진숙의 말에 시랑은 이번에도 무의식적으로 고개를 끄덕였다.

그는 정신이 없었고, 또 무엇을 판단할 기운도 없었다. 방금 판자에 부딪친 아픔에 숙취까지 더해져 그를 고통스럽게 할 뿐이었다. 그래서 시랑은 자신이 어떤 상태인지 인지하지 못한 상태에서 부엌으로 갔다. 그러다가 앞치마를 입은 연서를 보고 화들짝 놀랐다.

시랑은 황급히 몸을 돌려 벽에 걸린 거울로 자신을 점검했다. 하지만 오늘 시랑의 모습은 최악이었다. 강한 술 냄새, 부스스한 머리, 씻지 않은 그의 얼굴은 부어 있기까지 했다.

"앉으세요."

연서는 국그릇을 식탁 위에 올려놓으며 말했다. 그런 연서는 말끔한 얼굴이었다. 지난날의 고백과 논쟁은 그녀에게는 모두 없었던 일처럼 보였다. 시랑은 평소에 마시지도 않는 독한 보드카까지 마신 자신이 초라하게 느껴졌다.

"북엇국이에요. 속 푸는 데 좋을 거예요. 걱정 마세요. 내가 만들지 않았어요. 민수 씨가 다 만들고 난 그저 옆에서 도와주기만 했죠."

연서가 부드럽게 말했다.

식탁에는 하얀 밥과 노란 빛이 도는 북엇국, 김치와 멸치조림, 김 등이 놓여 있었다.

그런데 한쪽에 놓인 계란말이가 말 그대로 처참한 모습을 하고 있었다. 검게 탄 것은 물론이고, 둥글고 가지런히 놓여 있어야 할 모습이 여기저기 찢어져 있었다. 계란말이를 본 시랑의 표정을 보고 연서는 볼이 붉어진 채 말했다.

"계란말이는 내가 했어요. 민수 씨가 한다고 했을 때 그냥 놔뒀어야 했는데……."

시랑이 아무 말 없이 식탁에 앉자 연서도 따라 맞은편에 앉았다. 두 사람은 아무 얘기도 하지 않았다. 속이 쓰렸던 시랑은 주로 국을 먹었다. 그러다 마침내 젓가락이 계란말이에 갔다. 고개를 숙이고 밥을 먹던 연서의 눈동자가 시랑의 젓가락을 따라갔다. 시랑은 그나마 모양이 괜찮아 보이는 계란말이를 집어 먹어보았다. 시랑의 표정을 본 연서는 그와 똑같이 표정을 찡그렸다. 계란말이를 먹은 시랑은 굉장히 괴로운 표정을 짓고 있었다. 연서는 자신의 음식이 실패한 것을 알고는 빠르게 말했다.

"뱉어요."

하지만 시랑은 뱉지 않고 삼켰다. 물론 그러면서도 찡

그린 표정은 숨기지 않았다. 시랑은 잔뜩 찡그린 표정으로 물었다.

"음식 할 때 간 안 봤어? 탄 건 그렇다 치고 왜 이렇게 짜?"

"…… 드시지 마세요."

연서는 짧게 대답했다. 여전히 고개 숙이고 밥만 먹을 뿐이었다. 오늘 그녀는 유난히 침착해 보였다. 다시 침묵이 이어졌다.

시랑은 슬쩍 고개를 들어 연서를 쳐다보았다. 연서는 표정 없이 밥을 먹고 있었다. 시랑은 어쩐지 그녀에게서 오는 침묵이 싫었다. 그래서 계란말이도 일부로 먹었으나 연서는 침착하게 대응할 뿐이었다. 평소 그녀의 모습이 아니었다. 시랑은 심각하게 맛없는 계란말이를 또 먹어야 하나 고민하기 시작했다.

"나 시랑 씨 안 좋아할래요."

감정이 없는 연서의 말에 시랑의 숟가락질이 멈췄다. 순간 맛있는 사탕을 받았다가 뺏긴 아이처럼 서운한 감정이 밀려왔다. 자신 안에 느껴지는 그 감정에 시랑은 어이가 없었다. 거부한 것은 자신 아닌가. 시랑은 자기 안의 아이러니를 숨기고 얼른 무표정을 만들었다. 그리고 아무 일 없다는 듯 다시 식사를 했다.

두 사람은 한참 말이 없었다. 그 침묵이 싫은 것인지, 아니면 정말로 그를 체념한 것인지 연서는 짧게 한숨을 내뱉으며 말했다.

　"그런데 늑대 인간에도 게이가 있군요."

　순간 물을 마시던 시랑이 그대로 물을 뿜어냈다. 마치 사레가 들린 듯 연신 기침을 해댔다. 그녀의 말이 너무나 어처구니가 없었기 때문이다. 그는 눈을 동그랗게 뜨며 물었다.

　"뭐?"

　"시랑 씨 게이잖아요. 여자를 사랑하지 않는다면서요?"

　덤덤히 말하는 연서의 표정에는 거짓이 없었다. 시랑은 짧게 신음 소리를 뱉어냈다. 연서는 진심이었다. 진심으로 시랑이 게이라고 생각하는 것이었다. 시랑은 당황하다 못해 어이가 없었다. 도대체 자신의 어디가 그런 생각을 하게 만드는지 의문이었다. 그것은 수컷으로서 자존심의 문제였다. 이제 어이가 없는 것은 둘째 치고, 기분이 나빠진 시랑이 차갑게 말했다.

　"여자를 사랑하지 않는다고 했지. 여자를 못 안는다고는 안 했어."

　그리고 시랑은 그대로 일어나 부엌을 나갔다. 연서는 잠시 멍해 있다가 얼른 시랑을 쫓아갔다. 그리고 시랑의 앞을 막아서고는 빠르게 물었다.

"그게 달라요?"

"엄청 달라."

시랑은 으르렁거리는 듯 말했다. 하지만 연서는 고개를 갸웃하더니 다시 물었다.

"어떻게 다른 건데요?"

천진한 연서의 말에 시랑은 짧게 힌숨을 내뱉었다. 순간 아무 말 하지 말까 했지만, 역시 대답하는 것이 좋을 듯했다. 시랑은 빠르지만 단호한 말투로 말했다.

"여자하고 섹스한다고, 나는 남자하고 섹스 안 해."

너무 노골적인 말이라서 연서는 그만 얼굴이 빨개졌다. 하지만 연서는 물러서지 않고 계속 물었다.

"거짓말! 늑대 인간이 어떻게 인간 여자를 안아요?"

"안을 수 있어. 임신만 시키지 않으면 돼."

시랑은 최대한 감정을 억누르면서 침착하게 말했다. 연서와 그런 논쟁을 할 줄은 꿈에도 생각지 못했다. 그런 말을 하는 자체가 시랑에게는 거북한 일이었으나 연서의 또랑또랑한 눈빛은 쉽게 사그라지지 않았다.

"그렇구나. 그런데 왜 여자를 사랑 안 해요?"

드디어 연서는 본론으로 돌아갔다. 시랑은 잠시 숨을 삼켰다. 이내 그는 차분한 목소리로 말하기 시작했다.

"늑대 인간과 함께 사는 인간 여성은 오래 살지 못해. 이물과 함께하기 때문에 생기를 빼앗기게 되지. 어쩌다 한 번 관계하는 건 괜찮지만 함께 사는 건 안 돼. 사랑하는 사람이 나 때문에 일찍 죽는다고."

"그럼 늑대 인간 여성은요?"

다시 빠르게 중심을 찌르는 연서였다. 시랑은 그런 연서의 화법을 알면서도 움찔했다. 자신을 빤히 쳐다보는 연서의 시선을 애써 무시하면서, 또 자기 안의 감정을 숨기면서 시랑은 담담하게 말을 이었다.

"생기는 빼앗기지 않아. 하지만……."

"그럼 우리 둘이 자도 문제는 없겠군요!"

시랑의 말을 잘라먹고 연서는 냉큼 말하였다. 그 내용이 너무 엄청난 것이라서 시랑은 화를 낼 생각도 못 하고 연서를 멍하게 쳐다보았다. 그러자 연서는 배시시 웃기 시작했다. 그 둥근 웃음에 정신을 차린 시랑은 잊어버린 말을 다시 할 생각이었다. 분명히 경고할 생각이었다. 늑대 인간 여성은 임신하면 죽는다고!

그런데…….

얼굴이 빨개진 시랑이 경고를 하려고 입을 연 순간 연서가 그에게 입을 맞추었다!

시랑은 그대로 굳어버리고 말았다. 무엇도 생각할 수

도, 알아차릴 수도 없었다. 그가 느끼는 것은 오직 입안에서 느껴지는 따뜻하고 부드러운 감촉뿐이었다. 사실 연서가 자신에게 입을 맞춘다는 것을 알았을 때는 경악했다. 빨리 그녀를 떼어버려야 된다고 생각했다.

하지만 입안에서 느껴지는 달콤한 부드러움이 그에게 이성이라는 것을 모두 잊어버리게 해주었다. 순간 그의 눈동자에 초승달이 떠오르더니 그 이느 때보다 진한 붉은색으로 빛나기 시작했다.

그녀의 부드러운 감촉과 움직임 그리고 향기 때문에 그는 천천히 눈을 감았다. 자신 안에서 느껴지는 작고 부드러운 연서의 몸이, 그리고 움직임이 무척이나 좋았다. 키스라면 연기 때문에라도 많이 해야 했던 그였다. 그러나 그에게 그런 즐거움을 준 사람은 없었다.

시랑은 자기도 모르게 연서의 허리를 감싸 안았다. 그리고 다른 손은 천천히 연서의 가슴을 부드럽게 움켜쥐었다. 그 순간 연서는 낯선 손길에 움찔했지만 뒤로 빼지 않았다.

오히려 자신의 움직임에 놀란 것은 시랑이었다. 황홀경에 빠져 있던 시랑은 연서의 움찔거림에 정신이 들었다. 그는 황급히 연서에게서 물러섰다. 그리고 얼른 눈을 감고 감정을 진정시키려고 노력했다. 그가 다시 눈을 떴을 때 눈동자는 원래대로 돌아와 있었다.

약간의 틈이 생긴 두 사람 사이에는 거친 숨소리만 가득했다. 감정이 진정되었다고는 하지만 여전히 붉은 얼굴의 시랑은 연서를 노려보았다. 하지만 역시 붉어진 얼굴의 연서는 생글거리기만 했다. 연서는 그렇게 빙그레 웃더니 노래하듯 말했다.

"잠자리 기술은 잘 모르겠지만, 키스만큼은 정말 잘하시네요!"

그리고 연서는 빠르게 사라졌다. 시랑은 그녀의 말을 금방 이해하지 못했다. 아직 정신을 빼놓은 키스의 여운 때문에 그저 멍하니 있었기 때문이다.

하지만 잠시 후, 시랑이 그녀의 말을 이해했을 때에는 이미 연서는 사라져버리고 없었다. 시랑은 비명을 질러댔다.

적시가 안에서 울려 퍼지는 시랑의 비명 때문에 모두들 별당으로 달려왔다. 달려온 보필하는 자들은 시랑에게 무슨 일이냐고 물었지만 붉은 초승달 눈동자의 시랑은 아무런 말이 없었다. 그는 한참을 씩씩거리다가 모두들 나가라고 또 소리를 질렀다. 그를 30년 가까이 보필하면서 그렇게 흥분한 시랑의 모습을 처음 보는지라, 달려온 보필하는 자들은 이상해하면서 또는 놀라면서 모두 물러났다.

주변이 조용해지자 시랑은 최대한 감정을 추스르려고 노력했다. 그는 숨을 빠르게 쉬어보거나 부엌 안을 서성거렸다. 하지만 흥분된 감정은 쉽게 가라앉지 않았다. 겨우 진정하고 무슨 일이 벌어졌는지 다시 정리하려다가 그의 얼굴은 다시 달아올랐다.

그는 연서와 키스를 한 것이었다. 멀리해야 할 자신의 반려자 연서와 말이다!

하지만 진짜 문제는 그것이 아니었다. 진짜 문제는 그가 그녀와의 키스를 전혀 후회하지 않다는 것이었다. 그는 그것이 무서웠다. 후회하지 않을 뿐 아니라, 무척 좋았으므로 또 하고 싶다는 열망으로 가득 찬 자신이 두려웠다. 실제로 그는 그대로 연서를 바닥에 눕히고 옷을 찢어버리는 상상을 지금도 하고 있는 중이었다.

시랑은 부엌으로 들어가 식탁에 있는 물병을 통째로 마시기 시작했다. 물 한 병을 다 마셔도 그의 감정은 진정되지 않았다. 그 빌어먹을 놈의 연서의 옷을 찢는 상상은 멈추지 않았다. 때문에 그의 붉은 초승달은 쉽사리 가라앉지 않은 채 전등처럼 반짝이고 있었다. 시랑은 사람들이 왜 접시 물에 코 박고 죽고 싶다고 하는지 알 것 같았다.

238

한편 연서는 지리산을 걷고 있었다. 그녀 역시 머릿속에는 시랑과의 키스로 가득했다. 그에게 입 맞추고, 함께 호흡을 뱉은 시간이 그녀의 머릿속에서 반복 재생되고 있는 중이었다. 물론 시랑과 다른 점이 있다면 그녀는 키스에서 더 이상 깊은 상상은 하지 못한다는 점이었다.

그럴 수밖에 없는 것이, 시랑과의 키스가 그녀의 첫 키스였다. 그동안 연서가 드라마에서 봐왔던 것은 서로 다정하게 눈을 맞추다가 키스를 하거나, 벽에 밀쳐져서 거칠게 키스를 받는 것이었다. 그러나 연서의 첫 키스는 자신이 먼저 적극적으로 행동해서 얻은 것이었다.

물론 후회하지는 않았다. 남자의 손을 잡아보지도 못하고 병원에서 죽을 줄 알았던 자신이 키스를 했다. 더구나 상대는 대한민국 최고의 배우 이시랑이었다. 물론 그가 배우여서 좋아한 것도 아니요, 스물두 살이나 먹을 때까지 남자 손목 한번 잡아보지 못한 것이 억울해서 키스 한 것도 아니었다.

그녀는 그저 그가 좋았다.

함께 간 바다에서 본 시랑의 미소는 그 어떤 아름다운 그림이나 영화에서도 본 적 없는 것이었다. 연서는 그 따스함을 자기 것으로 하고 싶었다.

또한 그녀는 자신의 아픔을 위로해주는 그의 자상함이 좋았다. 하지만 연서는 그에 대한 자신의 감정을 확실히 깨닫지 못했었다. 그러다가 그녀가 물속에 빠졌을 때 화를 내는 시랑을 보고 깨달았다. 혼이 나면서 기분이 좋은 자신을 발견하고 알아차렸다. 자신은 이시랑을 좋아하고 있었다.

연서는 자기의 감정을 숨기기 싫었다. 그리고 멈추지도 않았다. 시랑이 자신을 좋아하지 않는다는 것은 알고 있었다. 그는 항상 냉정했고, 차가웠으며 또한 가끔 무섭기도 했다. 그러나 그것은 시랑의 본래 성격이 아님을 연서는 알고 있었다. 시랑은 자신의 시중을 드는 보필하는 자들에게 잘 대해주었으며, 심지어 버림받은 자 민수에게까지 친절을 베풀었다. 그러나 오직 연서에게만은 북풍한설이었다.

하지만 가끔 그는 연서에게 다정했다. 그 다정함에 연서는 취했으며, 그 잠시 잠깐을 붙잡고 있는 것이었다. 짝사랑하는 사람들은 상대방이 아주 잠깐 친절해지면 그 기억을 가지고 오랫동안 사랑을 한다. 지금 연서도 그것과 크게 다르지 않았다. 그녀는 차가웠던 시랑의 모습은 잊어버리고 다정한 시간만 기억하고 있었다.

연서도 두려웠다. 시랑의 차가움이 두려웠으며 그에

게 버림받을까 두려웠다. 그러나 두려움 때문에 가만히 있기에는 시간이 너무 아까웠다. 이미 자신은 많은 시간을 병 때문에 소비했다. 투병하면서 그녀는 세상의 모든 것들을 갈구했다. 움직이는 것, 먹는 것 그리고 사랑하는 것까지. 그녀는 병만 나으면 처절하게 즐기고, 움직이고, 사랑하리라 결심했다. 다시는 시간을 낭비하지 않으리라 하는 결심은 시랑에게 온몸으로 구애하는 것으로 발전했다. 그녀는 단지 열심히 사랑하고 싶었던 것뿐이었다.

이제 지리산 곳곳에 피어 있던 벚꽃과 매화꽃들은 지고 라일락이 피고 있었다. 하얀 벚꽃처럼 청초한 아름다움은 없지만 라일락은 더 진한 향기를 가지고 있었다. 적시가로 오기 전에는 꽃의 아름다움을 몰랐던 연서는 이제 산 곳곳에서 피는 꽃들을 즐겼다. 연서는 잠시 동안 라일락 나무 아래 앉아 있었다.

그렇게 어느 정도 감정이 진정되자 연서는 적시가로 돌아갔다.

"이제 오십니까?"

민수가 먼저 연서에게 인사했다. 하지만 연서는 민수의 인사는 받지 않고 주변을 두리번거렸다. 민수는 눈치 빠르게 그녀의 궁금증을 풀어주었다.

"작은 주인님께서는 지금 방에 계십니다. 오후에 스케줄이 있기 때문에 서울에 가신다고 했습니다."

민수의 말에 연서는 얼굴을 살짝 찡그렸다. 그가 서울로 떠나면 같이 밤을 보낼 수 없었다. 그녀가 두려운 것은 달빛 때문에 일어나는 발작이 아니었다. 그녀는 시랑이 자기 옆을 떠난다는 것이 서운했다. 연서는 빠른 걸음으로 시랑의 빙으로 갔다. 그녀는 오직 그가 자신을 떠나 서울로 갈 것인지 궁금했다. 그녀는 노크도 없이 시랑을 부르며 그의 방문을 열었다.

"시랑 씨!"

하지만 이내 그녀는 꺅 하고 짧게 비명을 지르며 문을 닫고 말았다. 시랑이 방 안에서 옷을 갈아입고 있었기 때문이다. 서울로 가기 위해 셔츠를 갈아입고 있던 시랑은 갑작스러운 침략자 때문에 당황했으나 이내 그녀의 짧은 비명과 행동에 웃음이 나왔다. 그는 셔츠만 간단하게 걸치고 걸어가 문을 열었다. 문 앞에는 연서가 고개를 숙이고 있었다. 그녀의 얼굴은 보이지 않았으나 빨개진 귀와 목덜미를 볼 수 있었다.

"다 입었어요?"

연서는 여전히 고개를 숙인 채 물었다.

그런 연서의 모습을 보고 시랑은 웃음이 나왔다. 먼저

키스하던 때는 언제고, 단지 벗은 상반신을 보고 저리 쑥스러워할까 하는 생각이 그의 머릿속을 스쳤다. 동시에 자신이 키스할 때 하던 상상에 대해 알면 그녀가 어떤 반응을 보일까 궁금해졌다. 하지만 그는 그 모든 것을 참고 무표정으로 물었다.

"뭐야, 노크할 줄 몰라?"

"죄송해요. 그보다 오늘 서울에 가신다고요?"

연서는 슬쩍 고개를 들었다가 다시 숙이며 빠르게 물었다. 시랑이 옷을 입은 것을 보고도 연서는 그와 눈을 마주치지 못했다. 시랑은 그런 연서의 기색을 모두 다 알아차렸다. 그는 어쩐지 또 웃음이 나올 것 같았다. 하지만 그는 입술을 깨물고 차갑게 물었다.

"그래서?"

"그럼 오늘 못 오실 거 아니에요?"

연서의 지적에 시랑은 할 말을 잃었다.

오늘은 영화 포스터 촬영이 있었다. 얼마 전에 끝낸 영화였는데, 시랑의 단독 주연이었으므로 혼자 촬영해야 했다. 그런 촬영은 언제 끝날지 알 수 없었다. 운이 나쁘면 밤을 새울 수도 있었고, 그렇지 않더라도 밤이 늦어야 끝날 것이었다. 연서의 걱정 어린 표정을 보고 시랑은 어깨를 으쓱거리며 말했다.

"하는 수 없지. 오늘만 낮과 밤을 바꿔봐. 낮잠을 길게 자면 달이 떠 있는 동안 깨어 있을 수 있을 거야. 깨어 있는 동안 발작이 일어날 것 같으면 이성의 샘물을 먹어. 챙겨둘⋯⋯."

"싫어요!"

시랑의 담담한 말에 연서는 비명을 질렀다. 놀란 시랑은 연서를 쳐다보았다. 그녀는 자기가 지른 비명에 자신도 놀란 눈치였다. 그녀는 눈을 정처 없이 굴리다가 얼른 말했다.

"저도 갈래요."

난데없는 그녀의 말에 시랑은 이마를 찡그렸다. 간다니? 어딜? 촬영장이 놀이터도 아니고, 절대로 안 될 말이었다. 시랑은 단호하게 거절했다.

"안 돼."

하지만 연서도 호락호락하지 않았다. 늑대 인간이 된 다음부터 그녀가 마음먹은 것을 이루지 못한 것이 없었다. 그녀는 꽤 집요했으며 동시에 근성도 강했다. 그녀는 그에게 끈질기게 동행을 요구했다. 그녀는 나갈 준비를 하는 시랑을 졸졸 쫓아다니며 같은 말을 반복해댔다.

"도대체 무슨 말을 하는 거야!"

결국 시랑은 폭발하고 말았다. 다행히 렌즈를 낀 그의

눈동자는 변하지 않았다.

그의 고함에 연서는 잠시 움찔했지만 물러서지 않았다.

"좋아하니까 함께 있고 싶은 것뿐이에요. 혼자 있기 싫어요. 당신하고 함께 있고 싶어요. 어젯밤 얼마나 고통스러웠는지 알아요? 처음 한 내 사랑이 피지도 못하고 진다는 생각에 가슴이 찢어지는 줄 알았어요. 항암 치료 받는 것보다, 아니 발작이 일어날 때보다 세 배, 아니 열 배는 더 아팠다고요. 아무것도 안 할게요. 그냥 옆에 있을게요. 네?"

그녀는 물끄러미 시랑의 눈을 쳐다보며 말했다.

연서는 항상 그런 식이었다. 장난인 것 같으면서도 모든 행동에 진심을 담고 행동했다. 때문에 처음에는 그녀의 요구를 거절했던 시랑도 마지막에는 그녀에게 지고 말았다. 이번에도 그녀의 말이, 그녀의 눈빛이 시랑을 흔들었다.

시랑이 망설이는 것을 보자 마침 거실에 있던 민수가 슬쩍 말했다.

"같이 가시죠. 데려가지 않는다고 해서 포기하실 분이 아니지 않습니까?"

민수의 말이 진리라는 것을 시랑은 인정했다. 연서는 결코 포기하지 않을 것이다. 하는 수 없이 시랑은 연서에게 외출을 준비하라고 말했다. 이에 연서는 크게 기뻐하며 서재로 뛰어 들어갔다.

다음으로 시랑은 가장 큰 은으로 만든 병을 찾았다. 그리고 지하 동굴로 내려가 이성의 샘물을 담았다. 그러는 동안 연서는 이미 외출 준비를 끝냈다.

연서는 벌써 적시가 대문 밖에서 기다리고 있었다. 보필하는 자가 시랑의 차를 빼놓은 상태였다. 자신을 보며 생글거리는 연서를 애써 무시하고 시랑은 차에 올라탔다. 동시에 연서도 얼른 차에 탔다.

서울에 가는 내내 연서는 즐거워 보였다. 하지만 시끄럽게 떠들며 시랑을 귀찮게 하지는 않았다. 그녀는 운전에 열중하는 시랑의 옆얼굴을 훔쳐보는 것만으로 만족스러웠던 것이다.

"얼마나 걸리죠?"

말을 걸고 싶은 마음에 연서가 물으니 시랑이 대꾸했다.

"서해안고속도로 뚫려서 얼마 안 걸려. 지금은 차가 많이 다니는 시간도 아니고."

두 사람 사이에 다시 침묵이 흘렀다. 연서는 말할 거리를 찾느라고 열심히 머리를 굴렸다. 그때 시랑이 먼저 입을 열었다.

"부탁이 있어."

"네, 말씀하세요."

연서는 긴장하며 대답했다. 시랑은 그런 연서를 힐끗 쳐다보고 다시 앞을 보았다. 그리고 낮은 음성으로 말했다.

"사고 치지 마."

연서가 무어라고 항변하려는 순간 시랑은 다시 빠르게 말을 뱉었다.

"촬영장 안에서 뛰지 마. 소음은 방해될 수 있으니까 크게 웃고, 소리치지도 마. 촬영 소품이나 기계들 부술 수 있으니까, 괜히 다른 사람 도와준다며 참견하지도 마. 또 촬영장 안에서 길을 잃을 수도 있으니 여기저기 기웃거리지 말고. 특히 스튜디오를 나갈 생각은 꿈도 꾸지 마. 아, 배고프다고 스태프들 먹으라고 준비된 음식 다 먹지 마. 알았지?"

마치 속사포 랩처럼 쏟아져 나오는 시랑의 말에 연서는 잠시 넋을 놓고 그를 바라보았다. 시랑이 그렇게 한꺼번에 많은 말을 한 것은 처음 보았기 때문이다. 그렇게 빠르게 말을 했으면서도 시랑은 눈 한번 깜빡이지 않았다.

잠시 후 정신을 차린 연서는 뿌루퉁해져서 말했다.

"사고 안 쳐요. 시랑 씨는 내가 언제 사고를 쳤다고 그렇게 말하세요?"

시랑은 대답하지 않았다. 연서가 매일 음식을 만든다고 부순 접시가 몇 개이며, 달리기 한다고 망가트린 꽃나무가 몇 그루인지 시랑은 빠르게 머릿속으로 계산해 볼 뿐이었다. 그런 시랑의 생각도 모르고 연서는 다시 말을 붙였다.

"그런데 시랑 씨는 매니저가 없어요? 이상하네. 신인들도 매니저가 다 있는데."

"한국에서는 매니저 없이 연예인 생활하기 힘들어. 나도 있어."

"그런데 왜 저는 한 번도 못 봤죠?"

"매니저가 적시가에 온 적이 없기 때문이지. 매니저한테 본가에 있을 때에는 내려오지 말라고 부탁했거든. 늑대 인간 마을이 본래 외부인의 출입을 금하고 있기도 하지만 내 집에 매니저가 들락날락하는 건 싫거든. 서울에 있는 오피스텔에도 매니저는 잘 안 와."

시랑의 말을 잠자코 듣고 있던 연서는 그가 왜 배우가 되었는지 궁금해졌다.

매니저도 집에 오지 않게 하는 것은 그가 늑대 인간이기 보다는 그의 성격인 탓이 클 것이었다. 그렇게 조용한 것을 좋아하는 그에게 화려한 연예인은 어쩐지 어울리지 않아 보였다. 사람들에게 관심받고, 화려한 조명을 받아야 하는 것이 연예인의 숙명 아니던가? 그런데 분명 시랑은 그런 것을 그다지 좋아하지 않는 것처럼 보였다.

연서는 시랑의 근사한 옆모습을 보며 시랑이 연예인이 된 이유는 자신의 외모가 연예인이 되기에 가장 적합하다고 본인이 느꼈기 때문이 아닐까 하고 추측해보았다.

병원에서 지내다 보면 가끔 그런 의사를 만나게 된다. 직업적 우월성 때문에 의사를 선택한 사람을 말이다. 항상 그런 것은 아니지만 그들은 많이 불친절했으며 피곤해했다. 그러면서도 환자 위에서 군림하기를 좋아했다. 그들은 가끔 점수 때문에 더 좋은 과를 선택할 수 없었던 것에 대해 불평하곤 했다. 처음에는 그들이 말하는 과가 무엇인지 몰랐지만 그것이 결국에는 돈을 많이 버는 성형외과나 치과라는 것을 알게 되었다.

하지만 연서는 그들이 딱히 나쁘다고 생각하지는 않았다. 소명 의식을 논하기 전에 그녀는 스스로의 미래 직업군을 선택할 여유조차 없었다. 그녀는 이른바 장래 희망에 대해 진지하게 생각할 필요도, 이유도 없었던 것이다. 그녀는 몇 년이 지나면 죽을 것이기 때문에 그러한 것에 대해 진지한 고민을 해본 적이 없었다. 그리고 아프지 않을 때에는 자신의 일을 위해 진지하게 고민하는 이를 불행히도 단 한 번도 만난 적이 없었다. 그런 자극을 받아본 적이 없었기 때문에 그녀는 자신의 장점을 이용해 직업을 선택한 것이 그다지 나쁘다는 생각이 들지 않았다. 연서는 모두들 그렇게 직업을 선택하는 줄 알았다.

그리고 나중에야 깨달은 것이지만 그렇게 직업을 선택한 사람은 꽤 많았다. 돈을 많이 벌기 위해, 또는 명예를 가지기 위해, 남들보다 편하게 살기 위해, 자신이 원하는 것보다는 세상이 원하는 것을 선택하곤 했다.

시랑의 곧게 뻗은 콧날을 보면서 연서는 그가 옳은 선택을 한 것이라는 결론이 내렸다. 그 어떤 꽃보다 화려하게 피면서, 그 향기로 사람을 취하게 만드는 연예인이 그와 가장 잘 어울리는 직업일 것이다.

연서가 그런 생각에 빠져 있을 때 차는 벌써 목적지에 도착했다.

*

    차가 스튜디오로 들어서자 그곳에 서 있던 시랑의 매니저가 달려왔다. 매니저는 시랑을 보고 꾸벅 인사했다. 그러다가 시랑을 따라 차에서 내리는 연서를 보고 고개를 갸웃거렸다. 시랑이 여자와 함께 있는 모습은 처음 보았기 때문이다.

"아아, 내 사촌 동생이야."

시랑은 짧게 말했다.

매니저는 그다음 이야기를 기다렸으나 시랑은 말하지 않았다. 결국 매니저는 포기의 한숨을 내뱉고 연서를 스튜디오 안으로 안내했다. 그리고 시랑에게 질문조차 하지 않았다. 시랑과 일한 지 벌써 3년, 그가 스스로 말하지 않는 것은 물어도 대답하지 않을 것임을 알고 있기 때문이다.

시랑의 매니저는 이미 이 업계에서 잔뼈가 굵은 사람이었다. 실장급인 그가 시랑과 처음 인사를 나누었을 때 시랑은 무뚝뚝하게 경고했다.

"내가 스스로 말하지 않는 건 묻지 말아주세요. 그리고 내가 말하지 않는 것 이상 알려고 하지도 마세요. 이런 것들만 지켜준다면 저는 당신과 하는 약속은 성실히 지켜드리죠."

매니저는 시랑의 요구가 어이없었다. 그러나 그의 경고는 사실이었다.

그는 서울에 사는 오피스텔에 대해서는 알려주었지만 그보다 오랜 시간을 보내는 본가에 대해서는 전혀 알려주지 않았다. 그리고 본가를 포함한 오피스텔에도 출입하지 말 것을 요구했다. 매니저로서는 이해가 되지 않는 일이었다. 많은 연예인들이 신변의 문제와 주변 시선을 고려해 대부분 매니저와 동승을 한다. 그러나 시랑은 모든 것을 거부하고 촬영장에도 혼자 다녔다. 아무리 설득해도 소용없는 일이었다.

결국에는 매니저가 포기하고 말았다. 사실 매니저와 함께 다니지 않는 것과 사생활을 유난히 지킨다는 것을 제외하고는 그는 좋은 연예인이었다. 여전히 큰 스타성이 있었고 안정된 연기력을 가지고 있었다. 광고도 끊이지 않고 들어왔으며 영화 타율도 좋았다. 무엇보다 시랑은 자신의 말을 철저하게 지켰다. 매니저가 없다고 촬영을 펑크내거나 갑자기 연락이 두절된 경우는 단 한 번도 없었다. 마침내 매니저는 철저하게 시랑의 요구에 응해주기로 했다.

매니저는 촬영 스태프들에게 연서를 자신의 사촌 동

생이라고 소개했다. 여자와 시랑이 있다면 괜한 추문에 휩싸일지도 모르는 일이었기 때문이다. 그러거나 말거나 시랑은 신경도 쓰지 않고 메이크업을 받았다. 연서는 그런 시랑의 옆에 딱 달라붙어 앉아서 그가 화장하는 모습을 멍하니 바라보았다. 시랑의 깨끗한 피부에 뭐하러 화장을 하는지 연서는 몰랐지만 그는 꽤 공들여 화장을 받고 있었다.

이윽고 그는 연예인 이시랑이 되었다. 아름답고 서늘한 눈매는 약간의 화장으로 더 깊어 보였다. 피부는 워낙 깨끗해서 손댈 곳이 없었지만 약간의 음영을 줘서 우울해 보이게 했다. 두 눈동자는 어둠보다 짙은 검은색이었고, 촬영하는 동안 변할 가능성은 없었다.

그는 어느새 우울함을 지닌 20대 청년으로 변해 있었다. 그 모든 것이 오늘 영화 포스터 촬영을 위한 것이었다. 그는 자신이 연기한 캐릭터의 모습을 하고 있었다.

준비를 마친 시랑은 연서에게 대기실에 있으라고 말하고 촬영장으로 갔다. 연서는 시랑의 말대로 대기실에 멍하니 앉아 있었다. 아주 잠시만.

이내 연서는 지루함을 견디지 못하고 촬영장으로 나갔다. 촬영장은 뜨거운 열기로 가득 차 있었다. 가끔 연예 프로그램에서 보여주던 영화 포스터 촬영장의 모습과 크게 다르지 않았다. 다만 연예인 위주의 텔레비전과 달리 실제로는 바쁜 스태프들도 모두 볼 수 있었다. 스태프들은 모두들 자기 할 일을 하느라 정신이 없어 보였다. 촬영장에는 그다지 큰 소음은 없었으나 그 어느 곳보다도 빠른 움직임들이 있었다.

연서는 그 모든 것들이 신기했다. 바쁜 사람들, 화려한 조명, 연신 터지는 카메라 플래시들. 촬영상을 처음 보는 연서는 열심히 주변을 두리번거렸다. 하지만 종례에 그녀의 시선을 사로잡은 것은 시랑이었다.

시랑은 촬영장의 중심이었다. 그는 터지는 플래시에 맞춰 아주 아름다운 표정과 신비로운 분위기를 만들어내고 있었다. 그는 순간순간 표정이 바뀌었다. 그가 만들어내는 다정함을, 또는 두려움에 떠는 표정을, 때로는 환희의 표정을 연서는 멍하니 바라보았다.

시랑은 자신의 존재를 온몸으로 드러내고 있었다. 세상에 자신이 존재하는 이유를 지금 이 순간 그는 말하고 있는 것이었다. 연서는 그런 그가 아주 밝게 빛나고 있다는 것을 깨달았다. 연서는 불현듯 그가 연예인이 된 이유가 단순히 외모 때문만이 아니라는 생각이 들었다. 그리고 뚜렷한 이유는 알 수 없었지만 그것이 연서를 슬프게 했다. 그런 자신의 감정을 알아차리고 연서는 깜짝 놀랐다. 자신이 왜 비애감에 젖었는지 알 수 없었기 때문이다. 연서는 자기 안에서 솟아오르는 감정을 얼른 지워버리고 다시 시랑을 보기 시작했다.

시간은 느릿느릿 흘러가고 있었다.

촬영이 벌써 몇 시간째 이어졌기 때문에 연서는 지루했다. 처음에는 시랑의 다양한 표정을 보아서 좋았지만 나중에는 그것조차 잊어버릴 정도였다. 그렇게 세 시간 정도 지나자 겨우 쉬는 시간이 되었다. "잠시 쉬죠"라는 사진작가의 말에 시랑은 그제야 평상시 얼굴이 되었다. 긴장으로 굳은 어깨를 가볍게 풀며 그는 연서가 있는 자리로 왔다. 연서가 있는 곳이 촬영장의 휴식 장소였기 때문이다.

시랑은 힘들었는지 의자에 털썩 주저앉았다. 연서는 준비해둔 물을 주며 안쓰럽게 그를 바라보았다. 그리고 얼른 그를 대신하며 투덜거려주었다.

"정말 엄청 부려 먹네요. 이렇게 힘든 일일 줄 몰랐어요. 어떻게 이 일을 10년 넘게 계속했어요?"

연서의 투덜거림에 물을 마시던 시랑은 피식 웃으며 말했다.

"이 일을 좋아하니까 했지. 사실 이렇게 사진을 찍는 거보다 연기하는 게 훨씬 좋지."

시랑의 말에 연서는 잠시 동안 조용히 그를 바라보았다. 하지만 시랑은 물을 마시느라 연서의 눈빛을 정확히 읽지 못했다.

"단지 좋아한다고 참고 하기에는 번거로움이 너무 많은 것 같아요."

잠시 사이를 둔 연서가 진지한 목소리로 말했다. 시랑은 그런 그녀를 물끄러미 바라보았다. 이내 그는 시선을 돌려 빠르게 움직이는 촬영장의 스태프들을 바라보았다. 그리고 그는 잠깐 숨을 들이마시고 나지막한 목소리로 말하기 시작했다.

"나한테 연기는 나를 확인하는 시간이야. 연기하는 동안에는 내가 존재하고 있다는 걸 느끼게 하거든. 그러니까 힘들어도 내가 가야 하는 길이야. 이렇게 오랫동안 사진 찍는 건 내가 좋아하는 일을 하기 위해 참아야 하는 것들 중 하나이고. 그러니까 난 이 시간이 힘들어도 싫지는 않아. 내 일을 위해서니까."

시랑의 말이 끝났음에도 연서는 아무런 대꾸가 없었다.

둘 사이에 짧지 않은 침묵이 흘렀다. 어색함을 참지 못하고 시랑이 힐끗 연서를 보자 고개를 푹 숙이고 있었다. 이상한 생각이 든 시랑이 그녀의 어깨에 살짝 손을 올려놓았다. 그제야 정신이 돌아온 듯 연서는 천천히 시랑 쪽으로 고개를 돌렸다. 그녀와 눈이 마주친 순간, 시랑은 덜컥하고 심장이 떨어졌다. 연서의 눈이 서글픔으로 가득 차 있었던 것이다. 그녀의 눈 안에 깊은 슬픔을 본 시랑은 놀라서 얼른 그녀에게 물었다.

"왜 그래? 어디 아파?"

연서는 힘없이 고개를 가로저을 뿐이었다. 그런 연서의 반응에 시랑은 답답함을 느꼈다. 아직 해가 지지 않았기 때문에 발작이 일어날 리는 없었다.

시랑은 자신이 뭔가 실수를 했나 생각했지만 집히는 것이 없었다. 늘 진심으로 행동하고 말하는 연서가 이번에는 전보다 더 진지한 목소리로 질문했다. 시랑은 그런 연서에게 거짓을 말하기 힘들어 자신도 진심으로 대답해줬다. 그런데 분명 뭔가가 잘못되었다.

"촬영 시작합니다."

시랑이 다시 연서에게 말을 걸려는 순간 스태프가 와서 말했다.

어쩔 수 없이 시랑은 그대로 자리에서 일어났다. 연서는 여전히 고개를 숙인 채 말이 없었다. 시랑은 그녀에게 무슨 말이라도 건네고 싶었다. 그러나 스태프가 기다리고 있어서 그냥 돌아설 수밖에 없었다.

시랑이 떠나고 연서는 잠시 그 자리 그대로 있었다. 연서는 무언가 생각에 잠긴 듯 표정이 더없이 우울해 보였다.

그녀는 잠시 촬영장 안을 서성거렸다. 그렇게 마음을 잡지 못하고 여기저기 돌아다니다가 다시 대기실 안으로 들어갔다. 아무도 없는 곳에 있고 싶었기 때문이다.

대기실 안에는 마침 아무도 없었다. 연서는 커다란 거울 앞에 놓인 의자에 앉았다. 거울 앞에는 수많은 화장품들이 놓여 있었다. 시랑이 촬영 들어가기 전에 메이크업을 받던 곳이었다. 시랑이 화려하게 변신한 의자에 앉아 연서는 거울 속의 자신을 바라보았다.

그다지 화려하지도 예쁘지도 않는 여자가, 무엇보다 지금까지 자신의 존재를 빛나게 해줄 일을 단 한 번도 해본 적 없는 여자가 있었다.

연서는 그때처럼 자신이 초라하게 느껴진 적이 없었다. 촬영장 안은 자기 일에 대한 열정으로 가득 차 있었다. 촬영장에 있는 모두들 자신의 일을 통해 세상에 자기 존재를 드러내고 있었다. 그러나 연서는 아니었다. 그녀는 단 한 번도 자신의 존재를 세상에 드러낸 일이 없었다. 그녀에게는 그럴 시간도, 여유도 없었다. 순간 연서는 눈물이 핑그르르 돌았지만 꾹 참았다.

그런데 그때 그녀의 눈에 화장품이 들어왔다.

여러 가지 색조 화장품들이 둥근 통에 담겨 길게 늘어져 있었다. 뿐만 아니라 컨실러와 각 피부 톤에 맞는 메이크업베이스, 역시 각기 다른 빛깔의 파우더팩트, 눈 화장에 필요한 마스카라부터 다양한 아이라이너들까지. 큰 화장 붓들도 늘어져 있었다. 대략 보아도 수십 가지 화장품들이 길게 열을 맞추어 늘어져 있었다. 물론 시랑이 그 화장품들을 모두 사용하는 것은 아니었다. 거의 매일 촬영이 있는 스튜디오였으므로, 이곳 전문 메이크업 담당자가 사용하는 화장품들이 놓여 있는 것이었다. 때문에 불규칙해 보이지만 나름 규칙을 가지고 진열되어 있었다.

화장품 가게의 진열장만큼이나 다양한 화장품들을 보며 연서는 갈등했다. 갑자기 그녀는 화장이 하고 싶어졌다. 화장품을 보자 숨어 있던 허영심이 발동한 것은 아니었다. 그녀는 그저 시랑과 닮아지고 싶었다. 그것은 연정戀情에서 나오는 마음이 아니었다. 시랑을 연인으로서 바라보는 마음이 아니라 세상을 살아가는 하나의 존재가 다른 존재에게 품는 마음이었다. 그것은 질투심이었고 부러움이었다.

그녀는 그처럼 세상에 자신의 존재를 당당히 드러내고 싶었다. 그리고 화장품은 어쩌면 자신의 존재감을 상승시키는 데 도움이 될지도 모른다고 생각했다. 많은 여성들이 아름다움으로 세상에 자신의 존재를 드러내지 않던가.

연서는 망설이다가 화장대에 놓인 상자를 들었다. 상자 안에는 예쁜 색조 화장품들이 가득했다.

"뭐 하는 거죠?"

낯선 여자의 목소리에 연서는 소스라치게 놀랐다. 순간 그녀는 자기도 모르게 손에 든 상자를 놓치고 말았다. 동시에 상자 안에 들어 있던 화장품들이 떨어져 바닥을 굴렀다. 화장품의 고운 입자가 깨져 바닥에 흩어졌다. 그것을 본 낯선 여자가 비명을 지르기 시작했다.

"앗! 화장품이!"

불행하게도 낯선 이는 화장품을 관리하는 혜영이었다. 그녀는 시랑을 화장하는 메이크업 담당자의 보조였다.

한눈에도 어려 보이는 혜영은 아직 일한 지 2년밖에 되지 않았다. 그녀는 연서보다 나이가 어렸다. 하지만 어린 나이답지 않게 일에 대해서는 완벽함을 추구하는 성격이었다. 동시에 일에 대한 자부심도 강했다. 그런 혜영에게 화장품은 가장 소중한 것이었다. 그녀가 메인 메이크업 담당자를 대신해 모든 화장품을 관리하기도 했지만 혜영 자신이 화장품 자체를 신성시했다. 여성을 스스로 빛나게 해주며 아름답게 해주는 자신의 일을 혜영은 사랑했던 것이다.

그런데 연서가 그 화장품을 망가뜨린 것이었다. 연서가 들고 있던 상자는 국내에서 구하기 힘든 화장품만 모아놓은 것이었다. 자신의 상사가 가장 귀하게 여기는 것으로 혜영도 가장 소중하게 관리하던 것이었다. 운이 나쁘게도 연서는 그것을 바닥에 떨어뜨리고 말았다.

"당신 누구야? 왜 화장품을 만진 거야?"

당황해서 화장품을 줍는 연서에게 혜영은 소리쳤다. 연서는 움찔했지만 대답하지 못했다. 시랑에게 피해가 갈까 봐 아무런 말도 하지 못했다. 그런 연서의 모습이 혜영의 화를 부추겼는지 혜영은 다시 소리쳤다.

"도대체 누가 이런 쓸모없는 사람을 촬영장에 들인 거야! 당신 어느 파트야? 어디 소속이냐고?"

순간 날카로운 칼날이 연서의 가슴을 찌르고 갔다. 쓸모없는 사람, 세상의 존재가 될 수 없는 사람이라는 뜻이었다. 그리고 그 말은 지금 연서를 정확하게 표현하는 말이기도 했다. 그녀는 세상에 어떠한 쓰임새가 없는, 존재 가치가 없는 사람이었다. 또한 연서는 절대로 시랑과 같은 존재가 될 수 없는 사람이었다.

가슴에는 울음이 치솟아 올랐지만 연서는 입술을 앙

다물고 참아냈다. 그러나 그녀의 그런 반응이 혜영의 의심을 키우게 했다. 혜영은 거칠게 연서를 일으켜 세우며 따져 물었다.

"너 도둑이지? 가만히 있어. 너 같은 건 콩밥 좀 먹어야 해."

그러더니 혜영은 핸드폰을 꺼냈다. 당황하고 겁먹은 연서가 얼른 아니라고 말했지만 혜영은 믿어주지 않았다. 혜영이 막 112에 신고를 하고 있었다. 그때 누군가가 혜영의 핸드폰을 거칠게 빼앗았다.

놀라서 돌아보니 시랑이었다. 시랑은 촬영하다가 대기실에서 소음이 들리자 얼른 눈으로 연서를 찾았다. 그녀가 보이지 않자 소란의 주인공이 연서라는 것을 짐작했다. 그리고 시랑은 그대로 촬영을 중단하고 대기실로 뛰어온 것이었다.

"무슨 일입니까? 이 아이는 저와 동행한 사람인데요."

시랑은 감정 없는 목소리로 말했다. 혜영은 시랑의 등장에 당황한 듯했지만 애써 침착한 표정으로 말했다.

"그렇다면 제가 실례했군요. 하지만 저 여자가 화장품을 전부 망가트려서 곤란하게 되어서요."

혜영의 목소리는 더없이 냉랭했다.

어느새 주위에 모인 사람들이 경악하며 혜영을 쳐다

보았다. 톱스타 이시랑은 촬영장의 중심이었다. 아무도 혜영처럼 시랑을 대하는 사람이 없었다. 메이크업 보조와 톱스타 사이에는 보이지 않는 계급 차이가 분명 존재했다. 시랑을 대신할 사람은 없었지만 혜영을 대신할 사람은 널리고 널렸다. 하지만 혜영은 시랑에게 굽힐 생각이 전혀 없었다. 시랑이 비록 톱스타라고는 하지만 혜영도 시랑처럼 자신의 일에 자부심을 갖고 일하는 사람이었다. 각자 자신의 일에 최선을 다해서 행동하는 만큼 스스로에게 당당했다.

"혜영아, 너 지금 무슨 말을 하는 거야? 어서 시랑 씨에게 사과하지 못해?"

어느새 달려온 혜영의 상사가 당황하며 말했다. 혜영의 상사는 혜영 때문에 시랑의 기분이 상할까 두려웠다. 그 일로 인해 촬영장 분위기가 나빠질까 염려스러웠던 것이다. 무엇보다 만에 하나 시랑의 마음이 틀어져 다시는 자신들과 일하지 않겠다고 하면 그것이 제일 큰 문제였다.

그러나 시랑은 점잖게 말했다.

"아닙니다. 제가 데려온 사람 때문에 문제가 생겼다니 제가 사과를 드려야죠. 화장품은 제가 배상해드리겠습니다."

"아, 아니에요. 그럴 필요까지는……."

혜영의 상사가 얼른 거절하려고 했다. 그러나 상사의
말을 자르면서 혜영이 대신 대답했다.

"알겠어요. 매니저에게 화장품 종류와 브랜드를 말해
두죠."

시랑은 고개를 끄덕이며 들고 있던 핸드폰을 혜영에
게 돌려주었다. 그리고 연서에게도 사과하라고 했다. 멍
하게 있던 연서는 화들짝 놀라며 얼른 사과했다. 그러자
혜영의 상사는 비굴한 웃음을 지으면서 괜찮다고 했고
혜영도 고개를 끄덕였다.

시랑은 연서를 끌고 촬영장 한쪽으로 데려갔다. 그곳
에서 연서가 사고를 친 경위에 대해 물으려고 했으나 이
내 포기했다. 연서의 얼굴이 너무나 하얗게 질려 있었기
때문이다. 시랑은 혜영 때문에 놀란 것이라 여겨 아무것
도 묻지 않기로 했다. 그는 시계를 보다가 창밖을 쳐다
보았다. 어느새 밖은 해가 지고 초저녁이 되어 있었다.

"이제 조금 있으면 밤이 될 거야. 발작은 달이 완전히
빛나는 밤에만 일어나. 조금 있다가 어두워지면 발작이
없더라도 이성의 샘물을 마셔둬."

시랑은 은병을 건네며 말했다. 연서는 말없이 은병을
받아 무릎 위에 올려놓았다.

"여기서 기다려. 이제 거의 끝나가."

이어진 시랑의 말에도 연서는 대답이 없었다. 시랑은 그런 그녀가 걱정스러웠으나 다시 촬영을 해야 했기 때문에 연서의 곁을 떠날 수밖에 없었다.

한참 후, 시랑이 다시 촬영장에서 돌아올 때까지 연서는 그 자리에 꼼짝하지 않고 있었다.

멍하니 앉아 있다가 시랑을 보자 그제야 그녀의 눈동자에 잠깐 생기가 돌았다. 지금쯤은 감정이 정리되어 자신을 보면 웃어줄 줄 알았던 시랑은 당황했다. 그러나 시랑은 그녀가 조금 전의 일 때문에 놀란 탓이라고만 생각했다. 때문에 오히려 혜영에게 찾아가 연서에게 사과를 시킬까 심각하게 고민했다.

"지루했지?"

시랑은 평소보다 다정한 목소리로 물었다. 시랑은 늘 연서 앞에서는 자신의 계산을 했으나 이번만큼은 달랐다.

"아니요, 그렇지 않았어요."

연서는 빙그레 웃어주며 말했다. 하지만 그 웃음은 금세 사그라질 듯 힘이 없었다. 연서의 웃음에 시랑은 자기도 모르게 손을 잡았다. 갑작스러운 시랑의 손길에 연서는 깜짝 놀라 그를 쳐다봤다. 시랑도 자기 행동에 놀랐지만 손을 빼지 않았다.

"누가 보면 어떻게 해요."

연서는 슬며시 손을 빼며 말했다. 시랑은 그녀를 잡았
던 손에서 허전함을 느꼈지만 다시 연서의 손을 잡지는
않았다. 시랑은 슬며시 다른 쪽으로 고개를 돌리며 무덤
덤한 목소리로 말했다.

"이제 가자. 촬영은 모두 끝났어."

두 사람은 매니저와 함께 스튜디오를 나갔다. 이미 시
간이 늦어 밖은 어두워져 달이 떠 있었다.

주차장 안에서 잠시 매니저와 시랑이 이것저것 이야
기할 때 연서는 차 안에 있었다. 눈을 감고 있었으나 잠
든 것은 아니었다.

"아참, 사장님이 잠깐 사무실에 들렀으면 하시던데?"

매니저는 시랑보다 다섯 살이나 많았으므로 시랑을
하대했다. 오랜 시간 같이 일해온지라 시랑도 그를 형이
라 부르며 역시 반말을 했다.

"그래?"

시랑은 무덤덤한 목소리로 물었다. 그는 사장이 자신
을 부르는 이유를 알고 있었다.

재계약 시점이 얼마 남지 않았으므로 아마 사장은 그
것에 대해 이야기할 것이었다. 사장은 몇 번이나 시랑을
만나고자 했으나 시랑이 거절했다. 다른 곳과 계약을 하

266

려는 것은 아니었다. 사장이 자꾸 시랑이 사는 오피스텔로 오려고 했기 때문이다. 딴에는 시랑을 배려한 것이었지만 시랑은 그것이 오히려 불편했다. 아마 오늘 만나지 않으면 가까운 미래에 사장은 어떤 일이 있어도 오피스텔로 찾아올 것 같았다. 확실히 사장을 만날 필요가 있었다.

그러나 시랑은 그대로 매니저를 따라나서지 못했다. 그는 차를 힐끔 쳐다볼 뿐이었다. 눈치가 빠른 매니저는 그가 연서를 신경 쓰고 있다는 것을 알았다. 그래서 매니저는 빠르게 대안을 내놓았다.

"저분은 내가 대신 집에 모셔다 드릴게. 집이 어디야?"

시랑은 대답하지 않았다. 매니저에게 그녀를 적시가에 데려가달라고 말할 수는 없었다. 무엇보다 시랑은 잠든 그녀를 매니저 손에 두고 싶지 않았다.

"너무 늦지 않게 갈게. 먼저 사무실에 가 있어."

시랑은 딱딱하게 말했다. 그리고 매니저가 뭐라고 말하기도 전에 차에 올라탔다. 시랑의 차는 이내 떠났다.

차가 움직이자 연서는 살그머니 눈을 떴다. 그리고 운전하는 시랑에게 조용히 물었다.

"사무실로 들어가보셔야 하는 거 아니에요?"

"어? 안 잤었어?"

시랑은 조금 놀란 얼굴로 물었다. 그는 분명 그녀가 잠들었다고 생각했기 때문이다. 연서는 시랑의 질문에 조용히 대답했다.

"아뇨, 그냥 생각했어요."

시랑은 그녀가 뭘 생각했는지 물어보려고 했으나 입을 다물었다. 그녀의 머릿속까지 궁금해하는 것을 들키기 싫었고, 그것을 궁금해하는 자신이 두려웠기 때문이다.

"적시가로 돌아가는 건가요?"

연서의 물음에 시랑은 가볍게 고개를 가로저었다.

"아니, 내 오피스텔로 갈 거야. 거기서 쉬고 있어. 나는 잠시 사무실에 들렀다가 갈게. 이성의 샘물은 마셨어?"

"아까 어두워진 거 보고 마셨어요."

"잘했어. 내가 올 때까지 잠들지 말고 발작이 일어날 것 같으면 계속 마셔. 알았지?"

"네."

연서는 또 얌전히 대답했다.

평소 연서의 성격이라면 '언제 오느냐, 누구와 함께 있느냐'라고 질문했을 것이다. 시랑은 연서의 얌전한 대답이 불안했다. 하지만 연서에게 아무것도 묻지 않았다. 그리고 그녀에 대해 궁금해하지 않도록 노력했다. 자꾸 자기 안에서 피어오르는 연서에 대한 호기심이 그는 싫었다.

연서가 화장품 사고를 친 이후로 다시 촬영을 했지만 시랑의 머릿속에는 온통 연서 생각밖에 없었다. 어떻게 촬영을 마쳤는지 모를 정도였다. 그는 점점 머릿속에 차오르는 연서가, 그녀에 대한 감정이 겁났다.

이윽고 차는 시랑의 오피스텔에 도착했다. 시랑은 연서에게 오피스텔 열쇠를 주고 호수를 알려주었다. 그녀가 제대로 찾을까 염려스러웠지만 일부로 그는 차에서 내리지 않았다.

다행히 연서는 한 번에 시랑의 오피스텔을 찾을 수 있었다. 문을 열자마자 그리운 향기가 가득했다.

시랑의 향기였다.

연서는 천천히 방 안을 둘러보았다. 집 구조는 많이 달랐지만 깔끔하게 정돈된 것이 적시가 시랑의 방과 큰 차이가 없었다.

무심코 방 안을 둘러보다가 연서는 책장 한쪽에 놓인 DVD를 발견했다. 모두 시랑이 출연한 작품들이었다. 연서가 이미 본 작품도 있었고 그렇지 않은 것도 있었다. 그중에 연서는 로맨틱 코미디 영화 한 편을 골랐다. 그것은 연서가 이미 본 영화로 내용도 모두 알고 있었다.

순간 DVD를 보지 말라는 경고음이 연서의 머릿속에

서 울렸다.

　이미 시랑이 어떤 존재인지 충분히 알고 있지 않은가. 다시 그것을 확인해서 자신을 아프게 할 필요가 없다고 연서는 스스로를 설득했다. 하지만 그녀는 사진 찍히는 것보다 연기를 좋아한다는 시랑을 보고 싶었다. 그래서 좋아하는 일을 할 때 그가 얼마나 세상에 빛나는 존재로 자리하는지 확인하고 싶었다.

　연서는 소파에 앉아서 영화를 보기 시작했다. 로맨틱 코미디 영화답게 전체적으로 밝은 분위기였다. 간간이 웃음을 유발하는 장면도 섞여 있었다. 하지만 연서는 그 어떤 감정 변화 없이 무표정으로 영화를 봤다. 영화가 중반부를 넘어가자 연서는 드디어 울음을 토해놓기 시작했다.

　영화 안에서 시랑은 훨씬 더 아름다워 보였다. 그것은 외모만을 이야기하는 것이 아니었다. 시랑은 연기를 하는 그 존재 자체로 빛이 되어 있었다. 반짝거리는 빛은 무척이나 아름다워 연서는 눈이 멀 것 같았다. 그 빛은 실제 보이지도 않는데도 말이다.

　그 반짝거림은 시랑만 가지는 것이 아니었다. 촬영장에서 만난 혜영 역시 시랑과 같았다. 연서는 자기보다 어린 혜영이, 그다지 명예와 권력을 가지고 있지 않은 일은 하면서도 충분히 반짝거리고 있다는 것을 느꼈다. 그렇게 보석처럼 반짝거리는 사람들 틈바구니에서 연서는 자신이 돌멩이같이 느껴졌다. 아무 쓸모도 없고 아무도 돌아보지 않는 거칠고 쓸모없는 돌멩이.

그렇게 얼마나 시간이 지났을까.

딸각하는 소리와 함께 시랑이 들어왔다. 떠난 지 얼마 되지 않아 돌아온 것이었다.

시랑은 사무실에 가자마자 사장실을 찾았다. 그리고 사장실 문을 벌컥 열고선 "재계약할 테니 걱정하지 마"라고 소리치고 그대로 나와버렸다. 사장은 갑작스러운 시랑의 등장이 당황했다. 하지만 그것도 잠시, 커다란 사장의 환호성이 시랑의 등 뒤로 울려 퍼졌다.

그리고 시랑은 그대로 차를 몰아 연서에게 달려온 것이었다.

아까는 분명 연서를 생각하는 자신의 두려웠다. 그런데 연서의 어두운 표정이 사무실로 가는 내내 그의 머릿속에서 지워지지 않았다. 시랑은 연서가 왜 갑자기 우울해하는지 물어보지 않으면 궁금해 미칠 것 같았다. 그는 결국 두려움을 참을 순 있지만 미치는 것은 답이 없다고 결론을 내렸다.

그런데 그렇게 달려온 오피스텔 안은 어두웠다. 이상

한 생각에 시랑은 빠르게 안을 살폈다. 거실에서 텔레비
전 소리가 들렸다. 거실의 텔레비전 브라운관에서는 자
신이 출연한 영화가 나오고 있었다.

그리고 소파 위에는 검은 덩어리가 놓여 있었다.

놀란 시랑이 다시 보니 연서였다. 연서는 마치 죽은 사
람처럼 소파 위에 쓰러져 있었다. 시랑은 연서가 영화를
보다가 잠든 것이라고 생각했나. 그녀가 잠든 것을 보자
오히려 안심이 되었다. 연서에게 무슨 문제가 있는지 모
르겠지만 모두들 그러하듯 자고 일어나면 그녀의 기분
이 나아질 것이라고 여겼기 때문이다.

만약 자다가 발작한다면 자신이 옆에 있다가 이성의
샘물을 먹여주면 되리라. 그러면 연서는 다시 편안한 잠
을 잘 수 있을 것이다. 하지만 시랑은 오늘 밤만은 그녀
에게 발작이 일어나지 않고 그저 편히 잠만 잤으면 하고
빌었다. 조금 전에 연서가 우울해하는 이유가 궁금해서
달려온 사람답지 않는 생각이었다.

시랑은 연서에게 천천히 다가갔다. 그녀를 안아서 침
대에 눕혀주려고 했다. 그런데 연서의 어깨에 손을 올린
순간 시랑은 그녀가 가늘게 떨고 있음을 알아차렸다.

그녀는 지금 울고 있었다.

"왜 울어?"

시랑은 놀라서 물었다. 하지만 그녀는 대답하지 않았다. 답답한 시랑은 연서를 억지로 일으켜 세웠다. 그리고 자신을 보게 했다. 하지만 연서는 시랑을 보면서도 대답하지 않았다. 그저 하염없이 눈물만 흘리고 있었다.

"왜 그래? 발작 때문이야? 이성의 샘물 먹으면 되잖아. 잠시만……."

말을 마친 시랑은 황급히 이성의 샘물을 가져왔다. 그리고 이성의 샘물이 담긴 은병을 연서에게 내밀었다.

하지만 연서는 거칠게 밀쳐냈다. 은병은 그대로 바닥에 나뒹굴었다. 갑작스러운 연서의 행동에 놀란 시랑이 연서를 쳐다봤다. 그러자 연서가 시랑을 노려보며 말했다.

"당신이 미워요."

연서는 안에서 치고 올라오는 울분을 참는 듯이 한 글자 한 글자 힘주어 말했다. 그녀의 말에 시랑은 무언가에 맞은 듯 멍해졌다. 그런 시랑이 정신 차릴 여유도 주지 않고 연서는 다시 그를 공격했다.

"왜 당신은 날 늑대 인간으로 만들었나요? 왜 하필 당신이냐고!"

울분에 차서 소리치는 연서의 말을 시랑은 이해할 수 없었다. 그는 다른 것보다 연서의 발작이 걱정됐다. 그녀가 왜 그렇게 화를 내는지 알 수는 없었지만 그가 알고 있는 것은 단 하나였다. 저대로 두면 다시 발작이 시작될 것이다.

"알았어. 알겠으니까 우선 이것부터 마셔."

시랑은 다급하게 말했다.

그리고 그는 바닥에 뒹굴고 있는 은병을 집어와 다시 연서에게 내밀었다. 하지만 연서는 고집스럽게 고개를 돌려버렸다. 답답해신 시랑이 억지로 연서에게 먹이려고 했다. 하지만 연서는 그런 시랑도 밀어버렸다.

"도대체 왜 이러는 거야!"

더 이상 참지 못하고 시랑이 소리쳤다. 그러자 연서도 마치 비명처럼 고함을 질렀다.

"당신이 싫어!"

그 '싫다'라는 말이 비수가 되어 시랑의 가슴에 꽂혔다. 연서는 시랑의 상처받은 표정을 보면서도 멈추지 않았다.

"왜 당신만 그렇게 다 가진 거야? 난 아무것도 없는데! 왜 당신만 아름다운 외모로 세상에서 제 몫을 하고 사는 거냐고! 왜 당신만 탄탄대로냐고! 나는 아파서 꿈조차 가지질 못했는데, 그 시간에도 당신은 세상에서 반짝이고 있었잖아……."

미친 사람처럼 소리 지르던 절규의 끝은 울음이었다.

시랑은 그제야 연서의 말을 조금 이해할 수 있었다. 연서는 자신에게 강한 콤플렉스를 느끼고 있었다.

"차라리 그때 폭포에서 떨어져 죽는 게 나았을지도 몰라. 지금은 아플 때보다 심해. 이렇게 건강한데 내 인생은 여전히 아무 의미 없는 시간으로 흘러가고 있어. 메이크업 보조하던 그 어린 여자애도 그렇게 빛나는데, 나는 이게 뭐야……."

물기 어린 목소리로 계속 말하던 연서는 자리에 주저앉아 울기 시작했다.

그런 연서를 보며 시랑은 마음이 아팠다. 스스로 선택하지 않은 과거 때문에 그녀는 꿈조차 가지지 못했다. 늑대 인간이 되어 건강해지고 보니 제 또래 여자아이들은 모두 세상에서 제 몫을 하고 있었다. 학생이라는 이름을 갖거나 직장에 소속되어 있었다. 그러나 연서는 그 어느 것도 아니었다. 심지어 연서는 늑대 인간으로서의 소속감도 갖지 못했다. 그것은 전적으로 시랑 탓이었다. 그가 연서를 반려자로 인정하지 않았기 때문이다. 그녀는 가족에게 돌아가지도 못했다. 세상의 일원이 되지 못한 것은 물론이고 그 어떤 곳에도 소속되지 못했다.

연서도 처음에는 그러한 자신의 위치를 인지하지 못했다. 그래서 늑대 인간이 된 다음부터 그저 즐겁기만 했다. 그런데 오늘 시랑의 존재감을 확인하자마자 그녀는 자신의 위치를 자각하게 되었다. 연서 자신은 어디에도 소속되지 못했으며 영원한 이방인이라는 것을 깨달았다. 그제야 연서는 모두들 어딘가에 소속되어 있다는 것도 알아차렸다. 그리고 사람들은 일을 통해 자신의 존재감을 확인한다는 것도 이해했다. 연서는 그 어떤 것으로도 자신의 존재감을 느끼지 못했다. 늑대 인간이 된 다음부터 그녀가 한 일은 먹고 마시고 즐기는 일밖에 없었다.

"그러지 마, 연서야. 이제부터 준비하면 돼. 넌 아직 어리잖아."

시랑은 연서의 어깨를 다정하게 토닥이며 말했다. 그가 할 수 있는 최대한의 위로였다. 그것이 거짓인지 진실인지 시랑은 스스로 판단할 수 없었다. 그저 그녀가 울음을 그쳤으면 하고 뱉은 말이었다.

시랑의 말에 연서가 울음을 그쳤다. 그녀는 잠시 한숨을 내뱉더니 허공을 쳐다보며 말했다.

"나 1년 뒤에 죽잖아요."

그녀의 말에 시랑은 온몸에 소름이 돋았다. 경악하는 시랑을 연서는 아무 감정 없이 바라볼 뿐이었다.

"너, 너 그, 그걸 어떻게……?"

시랑은 너무 놀라서 말을 더듬었다. 동시에 그의 심장은 마치 터질 듯이 뛰기 시작했다. 하지만 연서는 인사를 건네듯 아무 감정 없는 목소리로 대답했다.

"당신 아버님께서 다 말씀해주셨어요."

"언제? 어디서!"

시랑은 감정을 참지 못하고 새된 목소리로 소리쳤다. 그런 시랑을 알면서도 여전히 무감정한 목소리로 연서는 말했다.

"본당 집무실 앞에서 날 만났잖아요? 당신이 아버님께 인사하고 떠난 후에 아버님께 모두 들었어요. 여자 늑대 인간은 후계자를 갖지 않으면 1년 후에 살해당한다는 것을요."

무덤덤한 연서의 말에 시랑은 몸이 휘청거릴 정도로 어지러웠다. 그녀는 이미 알고 있었던 것이다. 반려자는 임신을 하지 않으면 일족에게 살해될 것이라는 것을.

하지만 그는 연서가 또 다른 진실을 알고 있다는 것을 알지 못했다.

"임신을 하면 출산 중에 죽는다고요?"

"절반의 힘을 가진 방계 혈통은 하나의 힘을 가진 순수 혈통을 이기지 못한다. 그래서 방계 혈통의 여자 늑대 인간은 결코 배 속의 태아를 낳지 못하는 거지."

연서는 시랑에게 말하지 않은 천후와의 대화를 떠올렸다. 연서는 순간 자신이 알고 있는 것을 모두 말할까 생각했지만 이내 생각을 고쳐먹었다. 그녀는 절대로 시랑에게 모든 것을 알리지 않으리라.

"나가겠어요."

어느새 감정을 정리한 연서가 차갑게 말했다. 그 말에 시랑은 정신이 번쩍 들었다. 연서는 이미 문으로 나가고 있는 중이었다. 시랑은 무엇을 생각할 사이도 없이 그녀의 앞을 막아섰다. 연서는 그런 시랑을 눈물 젖은 얼굴로 천천히 올려다보았다. 시랑은 연서를 보면서 이를 꽉 깨물며 천천히 말했다.

"안 돼, 허락할 수 없어. 우리는 보름에 이성의 샘물을 먹어야 해. 그걸 먹지 않으면 달빛에 미쳐서 광기의 늑대가 된다고! 그럼 달빛에 미쳐서 숲을 헤매다가 사람을 해치게 되고 종례에는 자기 몸까지 찢어 죽는다고! 그렇게 되고 싶어? 너 지금 나가면 절대로 적시가로 못 들어오게 할 거야!"

"그게 운명이라면 어쩔 수 없잖아요. 내 마지막이 그거라면 난 담담히 받아들이겠어요. 난 이미 그보다 더

비참하게, 더 아프게 죽었어야 할 사람이었어요. 이대로 나가면 적시가로 돌아가지 않겠어요."

연서의 침착한 모습이 시랑을 더욱 화나게 했다.

"그래, 운명이잖아! 왜 그걸 받아들이지 않는 거야?"

그 말에 연서는 말이 없었다. 그녀는 붉게 달아오른 시랑의 얼굴을 가만히 바라볼 뿐이었다. 그러다가 조용히 입을 열었다.

"역시 시랑 씨는 이해 못 하시는군요. 광기의 늑대가 되어서 죽거나, 병 때문에 아파서 죽는 건 내가 어찌하지 못할 운명이에요. 그건 내가 선택할 수 있는 게 아니잖아요. 모두에게 죽음은 공평해요. 또 사람들은 자신의 운명과 미래, 시간을 선택해요. 모두들 선택할 수 있는 걸 나만 박탈당한 게 싫다고요. 아플 때에는 꿈을 가지지 못하는 것은 어쩔 수 없다고 생각했어요. 하지만 지금은 아니잖아요. 난 건강해요. 뭐든지 할 수 있어요. 그런데 난 아무것도 선택하지 못하고 그 어떤 일도 하지 못하고 있어요. 이게 정상처럼 보여요? 당신은 화려하고 아름답게 자신의 존재를 세상에 드러내는데 왜 나만 아무런 존재가 되지 못하고 1년 후면 죽어야 하죠? 아프지도 않은데요! 그럼 1년 동안 사는 게 무슨 의미가 있어요. 그냥 시간을 보내는 것뿐이잖아요. 그저 당신 옆에서 기생하면서 비굴하게 생명을 연장하겠죠. 그런 삶이 무슨 의미가 있겠어요? 병원에서 치료를 위해 보낸 그 진저리나게 무료했던 그 시간과 뭐가 다르죠? 난 그게 싫어서 죽음을 선택했던 거예요. 난 절대로 그 시간으로 돌아가지 않을 거라고요!"

"하지만 밖에 나간다고 네 인생이 달라지는 건 아니잖아?"

시랑은 악다구니 쓰듯이 소리쳤다. 하지만 연서는 변함이 없었다. 그 어떤 감정에도 흔들리지 않고 조용히 자신의 말을 이었다.

"적어도 비참함은 느끼지 않겠죠. 빛나는 당신 옆에서 내 자신이 쓸모없는 돌덩이라고 자책하지는 않을 거예요."

"하, 하지만……. 그래! 이대로 나가면 보름이 되기 전에 넌 다시 발작이 시작될 거야! 아니, 지금 당장이라도 발작이 시작될 수 있다고! 그러고 싶어?"

시랑은 겨우 할 말을 찾고 소리 질렀다. 그러나 그의 협박은 연서에게 조금도 소용이 없는 것이었다. 연서는 희미한 미소를 띠며 대답했다.

"발작 정도의 고통은 날 어쩌지 못해요. 난 그보다 훨씬 강한 고통 속에서 살았으니까."

시랑은 더 이상 말하지 못했다. 더 이상 그녀를 잡을 논리적인 이유를 찾지 못했기 때문이었다. 하지만 그는 결코 연서 앞에서 비키지 않았다. 시랑이 포기하지 않자 연서는 한숨을 내쉬며 다시 말했다.

"만약 날 문 사람이 당신이 아니었다면 난 이렇게 하지 않았을지도 모르죠. 1년 동안의 시간에 감사해하면서 그저 생명을 연장했겠죠. 하지만 난 날 만든 당신을 사랑하게 됐어요. 그러면서 당신과 내가 동등하게 되길 바랐죠. 그 욕심이 나를 알게 했어요. 당신과 나의 위치가 천지 차이라는 걸. 그래서 떠나는 거예요. 스스로 비굴해지지도, 비참해지지도 않게. 그래요, 나 역시 스스로 욕심이 많다고 생각해요. 병원에 있을 때에는 그저 살기만 바랐고, 실제로 건강한 늑대 인간이 되었을 때에는 그걸로 충분했어요. 그러다가 당신의 마음을 가지고 싶었어요. 한 번 깨어난 본능이 걷잡을 수 없게 된 거죠. 당신을 사랑하면서 깨닫게 된 존재감이 날 흔들었어요. 난 그저 스스로의 존재 가치를 확인받고 싶은 것뿐이에요. 날 비난하실 건가요? 하지만 모두들 가지는 기본적인 욕구를 왜 나는 가지면 안 되는 거죠? 왜 나는 꿈조차 꾸면 안 되는 거예요?"

연서의 물음에 시랑은 대답할 수 없었다. 대답할 논리

적 근거도 없었지만 무엇보다 그녀의 물음이 그의 귓속에 들어오지 않았기 때문이다.

더 이상 그녀를 설득할 수 없다는 것을 깨달은 이후 시랑의 머릿속에는 한 가지 생각밖에 없었다. 그녀가 떠난다. 그 생각만 가득 차서 그에게 아무 말도 들리지 않았다.

연서는 말없는 시랑에게 천천히 작별 인사를 했다.

"당신은 날 사랑하지 않죠. 반려자로 맞을 생각도 없잖아요. 당신 옆에만 있는 건 나한테 아무 의미도 없어요. 계속 날 붙잡는 건 더욱 힘들게만 할 뿐이에요."

연서는 그대로 시랑을 지나쳐 문으로 나가려고 했다. 하지만 몇 걸음 가지 못하고 그녀는 그 자리에 멈추고 말았다. 그녀의 자의가 아니었다. 연서의 손목을 시랑이 꽉 잡았기 때문이다.

손목에서 느껴지는 강한 힘에 놀라 연서는 시랑을 돌아봤다. 시랑의 눈과 마주친 순간 연서는 그대로 굳어버렸다.

그는 울지 않았지만 그의 눈에는 애절함과 슬픔이 뒤섞여 있었다. 아름다운 그의 눈은 그녀에 대한 간절함으로 빛나고 있었다.

"가지 마."

마치 애걸하는 것 같은 표정과 목소리였다. 그는 그녀에게 애원하고 있었다. 연서는 어떤 말도 하지 못했다. 머릿속으로는 그의 손을 뿌리쳐야 한다고 생각했다. 하지만 그녀는 조금도 움직이지 못했다.

시랑은 그녀의 허리를 부드럽게 감싸 안았다. 그리고 천천히 다가갔다. 두 사람의 눈이 허공에서 부딪쳤다. 순간 아무 소리도, 아무것도 느껴지지 않았다. 오직 두 사람만 서로를 보고 느낄 뿐이었다.

여전히 그 자리에 서 있는 연서에게 시랑이 천천히 다가갔다. 그리고 조심스럽게 입술을 맞추었다. 순간 연서의 두 눈이 감겼고 시랑도 눈을 감았다.

첫번째 했던 도둑 키스와 달리 시랑과 연서는 더 이상 긴장만 하고 있지 않았다. 두번째 키스는 첫번째보다 더 부드럽고 조심스러웠다. 그리고 전보다 진해진 향기가 있었다. 서로에게 느낄 수 있는 감미로움을 즐겼고, 서로에게 줄 수 있는 달콤함을 건넸다. 그리고 그것에 두 사람은 혼을 빼앗겼다.

시랑의 입술은 천천히 연서의 목 아래로 내려오기 시작했다. 그가 무엇을 하는지 알고 난 후부터 연서는 조금 긴장했다.

"날 안아줘요."

흥분감에 달뜬 그녀의 말에 시랑은 흠칫 굳어졌다. 그리고 황급히 그녀를 밀치면서 얼른 뒤로 몇 걸음 물러섰다. 놀라서 자신을 바라보는 연서와 그녀의 목에 가득한 키스 자국이 묘한 색감을 드러내는 것을 시랑은 애써 외면했다.

그는 순간적으로 약해진 자신을 원망하며 주먹으로 벽을 내리쳤다. 쾅 하는 소음이 어두운 공기를 가로질렀다. 그의 행동에 상처 입은 연서는 금세 눈물이 그렁해졌다. 하지만 시랑은 멈추지 않고 다시 벽을 내리치려고 했다. 그때 연서가 와락 그에게 안겼다.

"그러지 마요. 날 좀 안아주면 안 돼요?"

연서가 자신에게 안기자 시랑은 그대로 굳어버렸다. 하지만 그는 입술을 강하게 깨물면서 작고 보드라운 그녀의 어깨를 강하게 떼어놓았다. 그리고 최대한 무섭게 말하려고 애썼다.

"안 돼, 난 그럴 수 없어."

"날 사랑하지 않아서요?"

연서의 말에 시랑은 대답할 수 없었다. 그의 묵묵부답이 다시 그녀를 아프게 했다. 연서는 고개를 떨어뜨리며 눈물을 흘렸다.

"그럼 날 불쌍하게 여겨주면 안 돼요? 세상에 아무 의

미 없는 나를. 그래서 이 밤이라도 나에게 어떤 의미가
될 수 있게 해주면 안 돼요?"

연서는 간절했다.

그녀는 스스로 세상에 태어난 이유를 알지 못했다. 왜
사는지에 대한 의문은 스스로에게 절망을 느끼게 했다.
그녀에게 한정된 시간은 단 1년. 그것도 이성의 샘물을
먹을 때에만 가능했다. 아직 신생 늑대 인간인 그녀는 이
번 보름달이 뜨기도 전에 광기의 늑대가 될지도 모른다.
그러면 그녀는 죽는 것이다. 그 짧은 시간에 스스로의 존
재감을 찾을 수 있는 일을 연서는 알지 못한다. 하지만
시랑과 함께 있으면, 사랑하는 사람과 함께 있으면 달라
질 것이다. 사랑하고 사랑받으면, 그래서 오늘 밤이 어떤
의미로 남는다면 그녀는 그것으로 충분했다.

그 의미가 시랑에게는 단순한 추억일 뿐이라도 상관
없었다. 시랑과 보내는 오늘 밤이 연서에게는 단순한 추
억이 될 수 없으니까. 앞으로 그녀가 세상에 드러나지
못한다 해도 상관없었다. 시랑과 보낸 짧은 오늘 밤을
스스로 세상에 빛났던 날로 기억할 테니.

시랑이 아무런 말이 없자 연서는 그에게 짧게 입을 맞
추었다. 그리고 그와 가만히 눈을 마주쳤다. 구슬픈 그
녀의 눈동자가 시랑을 흔들었다. 시랑은 더 이상 아무런

생각도 할 수 없었다. 오직 그녀의 갈색 눈동자만 보였을 뿐이다.

시랑은 그대로 연서를 끌어안아 입을 맞추었다. 아까보다 더 거칠고 진한 몸짓이었다. 연서는 조금 당황했으나 몸을 빼지 않았다. 시랑은 연서를 번쩍 들어 올려, 그녀의 다리가 자신의 허리를 감싸 안게 했다. 그러자 자연스럽게 연서의 팔이 시랑의 어깨를 둘렀다. 그러면서 두 사람의 키스는 멈추지 않았다. 연서를 안은 시랑은 그렇게 그녀를 자신의 방으로 이끌었다.

방에 도착하자 시랑은 조금 서두르는 몸짓으로 그녀를 침대에 눕혔다. 그리고 아까 맛보았던 연서의 턱과 목을 다시 음미했다. 그리고 조금씩 입술이 밑으로 내려가기 시작했다. 연서는 그 모든 것이 겁났다. 스스로 선택한 것이지만 모든 것이 처음인 그녀는 두려웠던 것이다. 시랑은 연서가 긴장감으로 딱딱하게 굳어 있는 것을 알고 그녀의 귓속에 부드럽게 속삭였다.

"긴장하지 마. 함께하는 거잖아."

순간 연서의 눈에서 눈물 하나가 도르르 떨어졌다. 시랑은 그녀의 눈물을 부드럽게 응시했다. 그리고 천천히 그녀의 눈물에 입을 맞추었다. 입술이 아닌 눈물에 시랑이 입을 맞추자 연서의 두려움은 신기하게도 사라졌다.

시랑은 그런 연서를 잠시 바라보다가 자신의 눈에서 렌즈를 빼버렸다. 동시에 그의 눈동자에는 가려지지 않는 붉은 초승달이 빛나고 있었다.

"초승달이⋯⋯?"

순간 그의 눈을 알아본 연서가 놀란 듯이 말했다. 그러나 그녀는 말을 다 맺지 못했다. 시랑이 그대로 그녀의 붉은 입술을 탐했기 때문이다. 그리고 어느 때보다 달콤하게 그녀를 유린하며 맛을 보았다. 처음 맛보는 짜릿한 전율이 그녀의 혀끝에 맴돌았다. 그녀는 쾌락 때문에 말을 잊어버렸다.

이내 시랑의 입술이 점점 아래로 내려갔다. 그러면서 그의 오른손은 연서의 하얀 가슴을 둥글게 그렸다. 둔탁한 쾌감에 연서는 자기도 모르게 신음 소리를 내뱉으며 입술을 벌렸다. 그녀의 흥분감을 알아차린 시랑은 자신의 손가락을 반쯤 벌어진 그녀의 붉은 입안에 넣었다. 그리고 다시 그는 연서의 가장 은밀하고 아름다운 곳을 맛보기 시작했다. 그리고 그때 갑자기 달콤하던 그의 행동이 거칠어졌고 처음 느껴보는 쾌락의 절정에 연서는 자기도 모르게 입을 다물어버렸다.

"윽⋯⋯."

연서에게 손이 깨물린 시랑은 아픔을 느끼며 뒤로 물

러났다. 시랑의 검지에 붉은 핏방울이 맺혀 있었다.

"괜찮아요?"

연서가 다급하게 물었다.

"아니, 괜찮아. 잘했어."

시랑이 사내다운 잘생긴 웃음을 지으면서 말했다. 그리고 그는 부드럽게 연서의 볼을 쓰다듬었다. 연서도 다정한 시선으로 바라보았다.

그 순간 연서의 왼쪽 눈동자에 시랑이 무언가를 떨어뜨렸다.

시랑의 피였다.

눈에 느껴지는 이물감에 놀란 연서가 황급히 뒤로 물러서며 물었다.

"뭐 하신 거죠?"

"너에게 나를 새기는 거야. 영원히 내 것이라는."

시랑은 부드럽게 말했다. 그리고 그의 눈동자 안에 초승달이 붉게 빛났다. 이내 시랑은 다시 한 번 연서의 눈동자에 피를 떨어뜨렸다.

툭툭.

순수 혈통의 붉은 핏방울이 반계 혈통인 연서의 눈동자에 붉게 물들었다. 이윽고 그녀의 왼쪽 눈동자에 붉은 초승달 하나가 떴다.

밤은 익어갔다. 모든 절차를 끝낸 시랑에게 이제 남아 있는 것은 욕망뿐이었다. 붉은 초승달을 품은 그의 눈동자는 그 어느 때보다 강하게 빛나고 있었다. 그런 시랑에게 이끌려 연서는 곧 그와 하나가 되었다. 연서는 아무것도 몰랐지만 그것은 스스로가 모른다고 생각할 뿐이었다. 본능만이 지배한 연서의 움직임이 시랑을 기쁘게 했고 시랑은 연서에게 환희를 가르쳐주었다.

어느새 달은 지고 있었다.

다행히 그동안 연서의 발작은 없었다. 사랑을 나누는 동안 시랑이 은병을 가져와 입으로 그녀에게 이성의 샘물을 먹였기 때문이다. 연서는 안정감과 시랑이 주는 부드러움에 잠이 들었다. 하지만 시랑은 눈조차 감지 못했다.

방은 어두웠고 창문을 통해 지는 달빛이 들어와 있었다. 둘이 함께하는 침대에도 달빛이 스며들었다. 시랑은 천천히 몸을 일으켰다. 은은한 달빛이 하얀 침대보와 그보다 더 하얀 연서의 어깨에 살며시 내려앉았다. 연서의 하얀 목덜미와 어깨 그리고 물결처럼 흩어져 있는 머리카락이 달빛에 그대로 드러났다.

달이 기우는 각도에 따라 달빛은 점점 더 연서의 얼굴로 올라오고 있었다. 이윽고 하얀 달빛이 그녀의 얼굴을 완전히 비추었다. 달빛 아래에서 그녀의 하얀 피부가 반짝이고 있었다. 시랑은 그저 물끄러미 그녀를 바라보았다. 그녀의 얼굴을 보자 시랑은 또다시 연서를 안고 싶었다. 하지만 곤히 잠든 그녀를 깨우고 싶지는 않았다. 시랑은 슬며시 그녀의 머리칼을 부드럽게 움켜쥐었다.

"시랑 씨……."

순간 연서의 붉은 입술에서 그의 이름이 튀어나왔다. 잠꼬대였다. 그러나 아스라이 퍼져 나온 그녀의 말이 시랑을 갈가리 찢어버렸다. 그녀가 자신의 이름을 부르자 겨우 억누르고 있던 그의 감정이 한순간에 터져버린 것이었다. 마치 깨끗한 물 잔에 검은 잉크가 퍼지듯이.

"미, 미안해……."

시랑의 목소리에는 울음이 가득했다. 처음에는 그저 뚝뚝 떨어지던 굵은 눈물 몇 방울이 점점 걷잡을 수 없게 되었다. 그녀의 향기를 그대로 품고 있는 머리카락에 얼굴을 묻고 그는 울었다. 시랑은 연서가 자신이 운다는 사실을 몰랐으면 하면서도 한편으로는 자신의 절규를 듣기를 원했다.

섬세한 아름다움을 가진 그의 얼굴은 이내 눈물로 가득했다. 가슴속에 차오르는 울음이 너무 많아 그는 이제 더 이상 미안하다는 말도 하지 못했다. 그래서 심장 한 구석에 넣어두었던 말도 그는 입 밖으로 꺼내지 못했다.

'어째서 그녀는 이렇게 사랑스러운 걸까. 어째서 이토록 빛나는 존재가 되어 내 앞에 서 있는 걸까.'

연서는 자신의 존재가 아무것도 아니라며 괴로워했지만 그녀는 이미 시랑에게는 하나의 의미가 되어 있었다. 그것은 연서가 그를 사랑하기 전부터, 아니 그녀가 그의 존재를 모를 때부터 시작됐다. 연서가 늑대 인간으로 변태할 때부터 그녀는 시랑의 시선을 사로잡았다.

그때 시랑은 연서를 보고 있었으나, 연서는 시랑을 알지 못했다. 그저 인간에서 늑대 인간으로 되는 그 고통 속을 헤매고 있을 뿐이었다. 몸을 찢는 그 고통 속에서 연서는 그저 입술만 질끈 깨물고 있을 뿐이었다. 울음도 비명도 없었다. 그런 그녀의 표정이, 얼굴이, 신음 소리가, 그녀의 존재 자체가 시랑을 흔들어놓았다.

그리고 그녀를 안고 나자 그것은 더욱 커졌다. 그녀를 안기 전부터 예감했던 두려움은 현실이 되어버렸다.

그가 기어코 그녀를 외면하려고 했던 이유는 그녀를 안으면 그녀에게서 벗어날 수 없음을 알았기 때문이다. 그녀를 사랑하게 되면 출산으로 인해 그는 그녀를 잃을 것이다. 시랑은 그것이 너무나 두려웠다.

그러나 그는 이제 그녀를 외면할 수 없게 되었다. 그것은 명확한 사실이었다. 하지만 그보다 더 피부로 와 닿는 사실은 그녀가 임신하게 되면 새끼를 낳다가 죽어야 한다는 것이었다. 그는 안아달라는 그녀의 애원을 뿌리쳤어야 했다. 그녀가 나간다고 하면 보내주었다가 사람을 시켜 다시 데리고 왔어야 했다. 그게 아니더라도 다른 방법을 찾았어야 했다.

스스로에 대한 존재감 때문에 흔들리는 그녀의 감정은 일시적인 것 일수도 있다. 시간이 시나면 그녀가 지금 느끼는 콤플렉스 따위는 사라질지도 모른다. 그것을 알면서도 시랑은 그녀의 애원을 뿌리치지 않았다.

그래, 솔직히 말하자. 그는 뿌리치고 싶지 않았다. 그녀를 안고, 느끼고, 맛보고 싶었던 것이다. 자신의 품 안에서 내뱉는 그녀의 신음 소리가 듣고 싶었고, 그녀의 부드러운 살결을 맛보고 만지고 싶었으며 그녀 안에 자신이 들어가고 싶었다.

그래서 연서가 오직 자신만을 생각하기를 원했다. 그래서 세상 밖으로 나가고 싶다는 그녀의 욕구를 잠재우고 싶었다. 그녀를 오직 자기 곁에 두고 세상 사람 그 누구도 못 보게 하고 싶었던 것이다. 연서가 오직 자신만을 알고 생각하기를 원했다. 그녀를 완전히 소유하고 싶었다.

결국 연서는 자신의 욕심 때문에 죽을 것이다. 그것을 알면서도 시랑은 지금 이 순간에도 연서를 안고 싶었다.

꿈틀대는 자신의 욕망이, 사랑이 저주스러웠다.

어둠만이 지배하는 그 공간에서 초승달이 붉게 번뜩이고 있었다.

시랑은 자신의 손 안에서 부드럽게 출렁이는 연서의 가느다란 머리카락에 길게 입을 맞추었다. 입술에 닿는 차가운 감촉이 그의 욕망을 천천히 잠재우고 있었다. 지금 잠든 연서와 연결될 수 있는 유일한 방법이었다. 그녀를 안았으면서도 그는 여전히 그녀에 대한 갈증을 느끼고 있었다.

시랑은 자신의 욕망을 식힐 방법을 알면서도 정작 그는 그 모든 것을 잠들지 않은 연서가 듣고 느끼고 있다는 것을 알지 못했다.

*

탁자에 놓인 깨끗한 유리잔에 달빛이 반사되어 하얀 그림자를 만들고 있었다.

시랑은 그 유리잔에 은병에 들어 있던 이성의 샘물을 채웠다.

시랑은 잠시 이성의 샘물이 달빛에 닿도록 해두었다. 시간은 그다지 길지 않았다. 단 3분이 시랑이 원하는 시

간이었다. 3분 동안만 이성의 샘물을 달빛에 닿도록 했
다. 3분 후, 시랑은 유리잔을 달빛이 닿지 않는 곳에 옮
겨놓았다.

이윽고 아침이 되었다. 밤새 깨어 있었던 시랑은 느린
걸음으로 침실로 들어갔다. 하얀 침대보에 살며시 덮인
연서의 깨끗한 등이 보였다. 시랑은 마른침을 삼켰다.

"일어나, 아침이야."

시랑의 부드러운 음성에 연서는 살며시 눈을 떴다. 그
녀가 눈을 뜨자 시랑은 빙그레 웃으며 눈을 맞추었다.
아직 잠에서 덜 깬 연서는 눈앞에 보이는 시랑의 미소를
멍하게 바라보았다.

하지만 그것도 잠시, 그녀는 쑥스러운 듯 자기 얼굴을
이불 안에 숨겼다. 볼이 붉어져서 자신과 눈을 마주치지
도 못하는 그녀를 보자 시랑은 웃음이 나왔다. 시랑은
장난스럽게 연서의 이불을 내렸다. 그러나 연서가 팔에
힘을 주며 버티기 시작했다.

"그러지 마요. 지금 얼굴 보이는 거 쑥스럽단 말이에요."

연서의 투정에 시랑은 장난스럽게 계속 이불을 내리며
말했다.

"뭐가 쑥스러워? 어제는 그보다 더한 것도 보여줬잖
아?"

"시랑 씨!"

연서의 하얀 가슴이 드러났다. 놀란 연서는 황급히 다시 이불을 목까지 끌어 올리려고 했다. 하지만 시랑의 팔이 그것을 막았다. 시랑은 팔목에 힘을 주어 연서가 이불을 끌어당기지 못하게 했다.

그리고 아침 햇살에 드러난 연서의 유두를 입술 끝으로 살짝 물었다. 시랑의 뜨거운 입술에서 느껴지는 야릇한 통증에 연서는 자기도 모르게 신음 소리를 내뱉었다. 시랑은 대단히 만족했다. 어제 자신이 연서의 몸에 남긴 버릇대로 연서는 길들여져 있었다.

기분이 좋아진 시랑은 빠르게 유리잔의 물을 한 모금 머금었다. 그리고 신음을 뱉느라 벌어진 연서의 입안을 파고들었다.

시랑은 그렇게 여전히 발가벗은 연서를 온몸으로 끌어안고 키스를 했다.

연서는 시랑이 주는 황홀감에 정신을 잃을 것 같았다. 어젯밤에 느꼈던 아찔한 흥분감이 전신을 휘돌았다. 때문에 몸이 달뜬 그녀는 자신의 입안으로 무엇이 넘어왔는지 몰랐다. 그러다가 목 안에 문득 차가운 것이 느껴지자 연서는 놀라서 눈을 떴다. 시랑이 분명 입으로 무언가를 자신에게 먹인 것이었다.

"뭐죠?"

놀란 연서는 입술을 떼자마자 물어보았다. 그러자 시랑은 싱긋 웃으며 대답했다.

"물. 목마를 것 같아서."

말을 마친 시랑은 연서의 입술에서 떨어지는 물방울을 자신의 손가락으로 쓱 닦았다. 그리고 자신의 붉은 혀끝으로 그 물방울을 살짝 핥았다. 그가 보여주는 색기 가득한 몸짓을 연서는 그저 넋 놓고 바라볼 뿐이었다.

순간 시랑의 눈동자에 붉은 초승달이 떠올랐다. 다른 때와 달리 시랑을 정면으로 보고 있던 연서는 그제야 붉은 초승달을 알아보았다.

"어? 시랑 씨, 그 눈……?"

연서는 놀란 목소리로 말했다. 그러자 시랑은 작게 웃으며 말했다.

"이제야 알아본 거야? 어제 밤새 이 눈이었는데."

"밤새요? 그러고 보니 어제……."

연서는 뭔가 떠오른 듯이 말했다. 그러자 시랑이 부드럽게 속삭였다.

"본능을 느낄 때 나는 이 눈이 돼."

"예? 왜요?"

연서가 놀라서 물었다. 그러자 시랑이 차근차근 설명

하기 시작했다.

"내가 순수 혈통의 늑대 인간이기 때문이지. 이 초승달은 순수한 늑대 인간만이 가질 수 있거든. 또한 달의 색깔은 옥패의 빛깔로 정해져. 난 적시가의 순수 혈통이므로 붉은 초승달을 가지고 있어. 그리고 이 붉은 초승달은 너에게도 떠 있지."

"네? 제 눈동자도 변하나요?"

"응, 내가 이렇게 하면 네 눈에도 달이 뜨는 거야."

말을 마친 시랑은 키스를 퍼부었다. 연서는 놀랐지만 전보다 익숙하게 그의 키스를 받아들였다. 달콤한 키스를 마친 후 시랑은 화장대에서 손거울을 가져와 연서를 보여주었다.

연서의 왼쪽 눈에 시랑과 같은 붉은 초승달이 떠 있었다.

"이건……?"

"그건 순수 혈통의 반려자라는 증표야. 두 눈의 초승달은 오직 순수 혈통만이 가질 수 있어. 방계 혈통도 가지지 못하는 힘의 증거지. 그러나 여자 늑대 인간인 경우, 반려자가 되었을 때 그 증표를 나눠 가질 수 있어. 너의 왼쪽 눈에도 나와 같은 초승달이 뜰 거야. 이 초승달은 본능을 느낄 때, 즉 성욕, 식욕, 수면욕, 분노 등을 느

낄 때 떠오르지. 우리가 사랑을 나눌 때에도 너의 초승
달이 빛난다는 거지. 나에게 키스를 받을 때처럼."

시랑은 마지막 말을 일부로 연서의 귓가에 속삭이며
말했다. 그 말에 연서는 얼굴이 붉게 달아올라 시랑을
바라보았다. 시랑의 눈에는 그 어느 때보다 붉은 초승달
이 떠 있었다. 그리고 그대로 그는 연서의 초승달, 그녀
의 눈동자에 부드럽게 입을 맞추었다.

시랑은 이제 자신을 숨기지 않았다. 묘하게 섹시한 자
신을, 본심은 아주 다정한 자신을 그대로 드러냈다. 사
실 시랑은 본래 그러했는데 일부로 연서 앞에서는 냉정
한 가면을 썼던 것이다.

"일어나, 아침 먹어야지."

시랑은 연서의 초승달에서 입을 떼면서 말했다. 연서
는 고개를 끄덕였고 시랑은 그대로 부엌으로 나갔다. 연
서가 옷을 갈아입고 부엌에 나가니 식탁에는 이미 음식
이 차려져 있었다. 시랑은 커피를 연서 앞에 내려놓으며
말했다.

"뒤져보니 빵밖에 없더라. 간단하게 먹고 적시가 내려
가면서 사 먹자. 가는 길에 맛있는 고깃집 알고 있거든."

"난 당신하고 먹는 거면 아무거나 좋아요."

연서는 빙그레 웃으면서 말했다.

그녀의 말에 시랑은 또 잠깐 멈칫했다. 그는 연기를 제외한 실생활에서 자신의 감정을 솔직하게 표현하는 것에 익숙하지 않았다. 모두들 상처받지 않기 위해서 자신의 본심을 숨기고 선을 그어놓고 관계를 맺는다. 30년 가까이 시랑도 그러했다. 그래서 연서가 더 귀하게 느껴졌다. 시랑은 그녀의 솔직함과 감성을 사랑했다.

간단하게 아침을 먹고 그들은 그대로 적시가로 떠났다. 그런데 적시가로 가는 차 안에서 연서는 내내 잠만 잤다. 차를 타자마자 잠깐 조잘대더니 그대로 잠들어버렸다. 그리고 적시가에 도착해서도 일어나지 못했다. 시랑은 그녀를 안고 적시가로 들어갔다.

먼저 나온 것은 진숙이었다.

시랑이 그녀를 안고 있는 것을 보고 놀란 진숙은 얼른 남자 보필하는 자를 불렀다. 남자 보필하는 자가 연서는 받아 들려고 했으나 시랑이 거부했다. 그대로 그녀를 안고 적시가 본당을 지나 별당으로 걸어갔다. 시랑의 달라진 태도에 진숙은 물론이고 모두들 놀랐다.

연서를 안은 시랑이 별당으로 들어서자 먼저 나온 것은 민수였다.

절뚝거리며 걸어 나오던 민수는 시랑이 연서를 안은 것을 본 순간 그 자리에서 잠깐 멈칫했다. 하지만 얼른

다시 시랑에게 다가가 자신이 연서를 받아 들겠다고 했
다. 물론 시랑은 들은 척도 하지 않았다. 시랑은 말없이
별당에 있는 자신의 방으로 직행했다.

민수는 그런 시랑과 연서를 뒤에서 조용히 바라볼 수
밖에 없었다.

그때 시랑에게 안겨 있던 연서가 가만히 눈을 떴다. 그
녀의 두 눈에는 아직 잠이 가득했다. 수면 욕구라는 본
능에 취한 연서의 한쪽 눈동자에 붉은 초승달이 떠 있었
다. 민수는 그것을 똑똑히 보았다. 한쪽 눈에 뜬 초승달
은 그녀가 완전한 반려자가 되었다는 증거였다. 순간 그
의 얼굴은 밀랍 인형처럼 하얗게 굳어버렸다.

그들을 보는 민수의 눈동자가 흔들렸다. 물끄러미 그
들을 바라보던 민수는 그대로 돌아서서 별당을 빠져나
갔다.

방에 들어온 시랑은 연서를 자신의 침대에 눕혔다. 그
때 황급히 따라온 진숙이 문을 열고 물었다.

"식사 준비를……."

"쉿!"

시랑은 황급히 손가락에 입에 댔다. 조용히 하라는 뜻
이었다. 진숙도 얼른 입을 다물었다. 시랑은 얼른 나가
라는 손짓을 했고 진숙은 방을 나갔다. 동시에 시랑도

따라 나갔다.

"식사는 어떻게 할까요……?"

궁금한 게 많으면서도 진숙은 우선 식사부터 물었다. 시랑은 나중에 먹겠다고 대답하고 잠시 그대로 서 있었다. 진숙은 뒤에서 차분히 그런 시랑을 기다렸다.

"아버님은 서울에 계시는 걸로 알고 있는데, 그런가?"

갑자기 시랑이 진숙에게 물었다.

"네, 그렇습니다."

진숙은 대답하면서도 의아했다.

시랑이 천후의 행선지를 모를 리 없다고 생각했기 때문이다. 천후의 행선지가 바뀌면 진숙이 친히 보고를 하기도 했고 부자간의 통화도 잦은 편이었다.

"그럼 본당에 아무도 없다는 말이군."

마치 혼잣말을 하듯이 시랑이 중얼거렸다. 그러고서 시랑은 곧장 본당으로 걸어갔다. 순간 이상한 생각이 든 진숙이 시랑의 뒤를 따랐다.

별당과 본당이 그리 멀지 않은 곳에 있었기에 시랑은 곧 본당에 도착했다. 본당에 도착하자 보필하는 자들이 뛰어나왔다. 그러나 시랑은 아무것도 필요 없으니 모두 자신의 할 일을 하라고 명령했다. 간섭을 바라지 않는 작은 주인 뜻을 알아차린 그들은 빠르게 사라졌다.

모두가 사라지자 시랑은 안방으로 들어갔다. 그곳은
천후의 개인적인 공간으로 보필하는 자들도 잘 들어가
지 못하는 곳이었다. 보필하는 자들 중에서도 실장급만
들어와서 빠르게 청소하고 나가곤 했다. 그곳을 사사로
이 드나들 수 있는 사람은 시랑과 천후뿐이었다.

안방에 들어간 시랑은 벽에 걸려 있는 그림 앞에 섰다.
그는 벽에 걸린 그림을 떼어냈다. 그러자 벽에 금고 하
나가 나타났다. 시랑이 금고의 비밀번호를 누르자 금고
가 열렸다. 금고 안에는 보석이나 돈이 될 만한 것은 없
었다. 오직 아주 작고 낡은 옥패 조각만 있었다.

붉은 옥패 조각이었다.

잠시 그것을 보던 시랑이 숨을 내쉬었다. 그리고 그것
을 주머니에 넣었다. 다음 보름달이 뜰 때까지, 아니 보
름달이 뜨는 날이 와도 붉은 옥패가 자리에 없다는 것을
알 사람은 없을 것이다. 천후는 다음 보름에 해외 일정
이 잡혀 있었다. 보름달이 뜨는 날, 이성의 샘물을 만드
는 아홉 명의 늑대 인간 중 천후의 자리에 시랑이 대신
하기로 했다.

거리낄 것은 아무것도 없었다.

어떻게든 지킬 것이다. 시랑은 입술을 거칠게 깨물
었다.

그런 시랑의 모습을 그를 따라온 진숙이 보고 있었다. 그녀의 눈빛은 어느 때보다 심하게 흔들리고 있었다.

*

시랑의 침대에서 연서는 죽은 사람처럼 자고 있었다.

그녀가 그렇게 깊이 잠든 것은 지난밤에 잠을 자지 못해서가 아니었다. 그녀의 신체는 스스로 자정작용을 하고 있는 중이었다.

시랑이 먹인 독으로부터.

시랑이 아침에 키스로 먹인 이성의 샘물은 독이었다. 이성의 샘물은 달빛에 닿으면 독이 된다. 오늘 연서가 먹은 것은 그 양과 달빛에 노출된 시간이 적어서 치명적이지는 않다. 하지만 만일 임신이 되었다면 그 독으로 충분히 아기를 지울 수 있을 것이었다.

시랑은 연서를 안으면서 그녀가 임신하지 않도록 노력했다. 그러나 확신하지 않았다. 인간이라면 피임 기구를 사용할 수 있으나 늑대 인간에게 피임 기구는 소용없었다. 피임 기구는 강한 늑대 인간의 신체를 이기지 못하고 찢어지거나 망가졌다.

시랑은 연서를 안기 전 몇몇 인간 여성을 안은 적이 있다. 사랑이라고 말할 수는 없지만 그 남자 또래가 하는 것들을 시랑도 역시 해왔던 것이다. 그리고 그것은 연기 때문에라도 꼭 필요한 것이었다.

물론 인간 여성이 늑대 인간을 잉태하는 일은 없었다. 인간 여성은 늑대 인간을 잉태하지 못한다. 강한 늑대 인간의 태아가 자리하기에는 인간의 자궁은 너무 약했다. 그래서 임신하지 못하고 씨앗은 모두 흘러간다. 간혹 자궁에 자리하더라도 금세 떨어진다.

시랑은 조용히 그녀의 머리맡을 지켰다. 그것이 그가 할 수 있는 유일한 일이었다. 그녀를 아프게 하는 것은 시랑 본인이었다. 시랑은 불쑥불쑥 튀어나오는 죄책감을 안으로 삼켰다. 그러나 지금 잠깐 아픈 것이 그녀에게나 시랑에게나 좋은 일이었다. 그는 그녀를 아프게 하더라도 자기 곁에 두는 것을 선택했다. 그녀를 안은 순간부터 그는 철저히 이기적이기로 했다. 늑대 인간 여성은 임신을 하면 출산 과정에서 죽는다. 그 죽음을 시랑은 철저히 느끼고 보았다. 절대로 연서를 그렇게 만들지는 않을 것이다. 주어진 시간 안에서 그는 그녀를 사랑하고, 안고, 함께할 것이다. 그것이 어떤 희생을 치르더라도.

"연서야, 이제 일어나."

시랑의 목소리에 연서는 겨우 눈을 떴다. 하지만 아직도 그녀는 잠에 취해 있었다. 시랑은 그런 연서를 안아 등을 토닥이면서 잠을 깨웠다.

"밥 먹어야지. 배 안 고파?"

"배 안 고픈데…… 좀더 자면 안 돼요?"

연서는 칭얼거렸다. 그러자 시랑은 그대로 연서를 번쩍 들어 안으며 말했다.

"안 돼. 더 이상은 몸이 버티지 못할 거야. 이 정도 잤으면 충분해."

그리고 그는 그대로 부엌으로 갔다. 부엌에는 보필하는 자들이 많은 음식들을 차려놓았다. 시랑은 그녀를 계속 품에 안고 싶었지만 보는 눈이 많아 연서를 따로 의자에 앉혔다. 그러면서도 그는 연서의 옆에 딱 달라붙어 앉았다.

그리고 꾸벅꾸벅 졸고 있는 연서에게 계속 입에 음식을 넣었다. 연서는 졸면서도 그 음식을 다 받아먹었다. 눈을 감고 고개만 까닥거리며 음식을 우물거리는 그 모습이 무척이나 귀여워 시랑은 크게 웃어버렸다.

시랑이 소리 내서 웃는 것을 본 보필하는 자들은 깜짝 놀랐다. 그들도 시랑이 다정한 성품을 가지고 있는 것은 알고 있었다. 그래서 보필하는 자인 자신들에게도 친절

하며 간간히 미소도 보여주었지만 그렇게 크게 웃는 것
은 본 적이 없었다. 때문에 모두들 이상한 눈초리로 시
랑을 보았다가 연서를 보았다. 연서는 여전히 졸면서 밥
을 먹고 있었고 시랑은 그 모습을 아주 재미있어 하면서
계속 밥을 먹였다.

"그러다가 반려자님 체하십니다."

얼음같이 차가운 목소리였다. 시랑은 소리 나는 곳으
로 고개를 돌렸다.

목소리의 주인공은 민수였다. 민수는 시랑과 연서를
노려보고 있었다.

보필하는 자도 아니고 버림받은 자가 주인을 노려보
다니! 허용되지 않는 일이었다. 갑작스러운 민수의 행동
에 부엌의 분위기는 긴장감으로 팽팽해졌다. 그 옆에 서
있던 보필하는 자들이 갑작스러운 상황에 겁을 먹고 숨
을 죽였다.

"그렇군."

시랑은 부드럽게 말했다. 민수의 지적에 시랑은 순순
히 물러섰다. 민수의 지적이 옳았기 때문이다.

시랑은 연서에게 음식 먹여주는 것을 멈추었다. 그냥
턱을 괴고 그녀를 보고만 있었다. 잠시 후, 연서가 드디
어 눈을 떴다. 입안에 있던 음식들이 사라지자 허전함을

느끼고 눈을 뜬 것이었다.

"왜 밥 안 줘요?"

연서의 말에 시랑은 또 웃어버렸다. 그리고 얼른 그녀에게 다른 음식을 먹여주었다. 그는 민수가 한 경고는 잊어버린 듯했다. 잠이 완전히 깬 연서는 시랑이 떠주는 음식을 냉큼냉큼 잘도 받아먹었다. 마치 엄마 새가 아기 새에게 밥을 먹여주는 듯했다. 둘은 무척이나 다정했다.

그들을 지켜보고 있던 보필하는 자들은 모두 시랑이 연서를 안고 들어왔을 때부터 그들의 짐작이 옳았다는 것을 알았다. 작은 주인은 반려자를 사랑하게 된 것이었다. 오직 연서에게만 냉혹했던 시랑의 모습은 어디에도 없었다. 또한 연서에게만 향하고 있는 부드러움 또한 그들이 일찍이 본 적이 없던 것이었다.

"산사자 차입니다. 소화를 돕는 효과가 있습니다."

시랑과 연서가 식사를 마치고 거실로 나가자 민수가 준비해둔 차를 내밀며 말했다. 연서가 평소보다 많이 먹은 것 같아 걱정스러웠던 시랑은 얼른 차를 받아 들었다.

"민수 씨, 같이 먹어요."

연서가 제안했다. 그러자 민수는 굳은 얼굴로 고개를 가로저었다.

"아닙니다. 저희들은 주인님과 함께하지 않습니다."

전에 이미 연서와 식사를 한 적이 있는데도 민수는 그렇게 말했다. 그는 말을 마치자마자 그대로 부엌을 나갔다.

그런 민수의 태도와 분위기는 분명 전과 달라져 있었다. 연서도 그것을 눈치챘다. 그때 마침 시랑에게 핸드폰으로 전화가 왔다. 시랑은 전화를 받기 위해 자리를 떴다. 혼자 있던 연서는 잠시 생각에 잠긴 얼굴이 되었다가 일어섰다. 그리고 민수를 찾기 시작했다. 하지만 별당에는 그가 없었다. 이상한 생각에 연서는 적시가 밖으로 나갔다.

민수는 적시가 앞에 있는 밭에 웅크려 앉아 있었다. 그는 멍하니 하늘만 보고 있었다. 그런 그의 옆에는 농기구들이 흩어져 있었는데, 그는 아마도 밭을 매려고 했던 것 같다.

연서는 웅크려 앉아 있는 민수 뒤로 조심히 다가가며 물었다.

"민수 씨, 여기서 뭐 해요?"

연서의 음성에 민수는 화들짝 놀라며 뒤를 돌아봤다. 그런 민수의 눈에는 눈물이 고여 있었다. 연서는 크게 놀라며 민수의 얼굴을 보려고 했지만 민수는 후다닥 눈물을 훔쳐버렸다. 그리고 일어서서 인사하며 물었다.

"반려자님께서 밭에는 어쩐 일로 나오셨습니까?"

"민수 씨야말로 여기에 왜 있는 거죠? 내가 별당에 있으니까 별당에 계셔야죠."

연서는 얼굴을 찡그리며 말했다.

민수는 본래 늑대 인간의 송곳니를 받지 못한 버림받은 자였다. 버림받은 자는 흉물로 여겨져 낮에는 적시가 안에 들어오지 못한다. 그래서 주로 그 시간에는 밭일이나 허드렛일을 했다. 하지만 연서는 민수를 별당에 들여 자신의 일을 돕도록 했다. 그러므로 그는 더 이상 낮에 밭일을 하지 않아도 되었다.

"이제 제가 필요 없으시지 않습니까?"

민수는 덤덤한 목소리로 말했다. 그리고 그는 말끝에 낮게 한숨을 뱉었다. 그 한숨을 알아차린 연서가 의아하다는 듯 물었다.

"어째서 그렇게 생각하죠?"

"초, 초승달을, 붉은 초승달을 받으셨잖아요……!"

덤덤하던 민수의 목소리가 갑자기 새되게 갈라졌다.

그의 반응에 연서는 순간 멈칫했다. 하지만 민수가 평소와 다르다는 것을 알면서도 연서는 그의 의도를 읽지 못했다.

"그게 왜요? 그것이 당신이 날 도와주지 않는 것과 무슨 상관이 있다는 거죠?"

연서의 질문에 민수는 한동안 말없이 고개를 돌리고 있었다.

"잔인하시군요."

한참 후에 민수는 차갑고 서늘하게 말했다. 그리고 연서를 똑바로 쳐다보았다. 전에는 한 번도 없던 일이었다. 연서가 편하게 대해줘도 그는 결코 연서를 바로 보지 못했다. 모든 보필하는 자들이 그러하듯이.

연서는 당황하여 뭐라 대꾸하지도 못했다. 아무 말 못하는 연서에게서 민수는 고개를 획 돌렸다. 그리고 그는 절뚝거리며 밭으로 걸어갔다. 그리고 연서를 보지 않은 채 말했다.

"부르시면 다시 가서 시중들겠습니다."

민수는 쟁기를 들고 밭을 일구기 시작했다.

연서는 민수에게 무슨 말을 하려다가 입을 다물었다. 연서는 밭을 갈고 있는 민수를 물끄러미 바라보았다. 그러다가 몸을 돌려 별당으로 돌아왔다.

시랑은 마당에 나와 있었다.

"어디 갔었어?"

연서가 나타나자 허겁지겁 그녀에게 뛰어간 시랑이 물었다.

"그냥 좀……."

연서는 애매하게 웃으면서 대답했다.

시랑은 그녀의 표정이 이상하다는 것을 알아차렸지만 더 이상 캐묻지 않았다. 그녀가 자신의 앞에 있으므로 그것으로 충분했다.

"들어가자. 유밀과를 해놓으라고 했어."

"유밀과요? 그게 뭐죠?"

연서는 웃으며 시랑에게 물었다. 시랑을 본 순간 연서의 머릿속에서 이미 민수는 사라져버렸다. 오직 시랑의 다정한 미소만 보일 뿐이었다.

"고려 시대부터 만들어 먹던 과자의 일종이야. 요즘 과자처럼 너무 달지도 않고 맛있어. 먹어봐."

시랑은 연서의 작은 손을 이끌고 별당으로 들어갔다.

두 사람이 별당으로 들어서자 달콤한 냄새가 가득했다. 부엌살림을 맡고 있는 보필하는 자는 시랑과 연서가 들어오자 만들어놓은 유밀과를 내놓았다. 연서는 즐거워하며 유밀과를 먹었다. 달지 않고 담백한 것이 아주 맛이 좋았다. 유밀과가 맘에 들었던 연서는 다른 제안을 했다.

"좀더 맛있게 먹을래요?"

연서는 유밀과를 들고 일어섰다. 시랑도 얼떨결에 따

라 일어섰다.

연서는 유밀과를 들고 적시가 별당 연못으로 나갔다.
그리고 연못에 마련된 의자에 앉아 시랑의 옷을 잡아당
겨 옆에 앉게 했다.

"햇살이 좋잖아요. 이런 날에 안에만 있기에는 너무
아까워요."

연서는 시랑의 입안에 유밀과를 넣어주며 말했다.

환한 햇살 아래 연서의 동그란 눈웃음이 그려졌다. 시
랑은 부서지는 햇살 아래 있는 연서를 보고 가슴이 두근
거렸다. 연서의 웃음을 보는 것만으로도 심장이 뛰자 시
랑은 놀랐다. 그렇게 연서와 함께하는 시간 안에서 시랑
은 스스로에게 깜짝 놀랄 때가 많았다. 이미 그녀를 품
었고 옆에 두었는데도 그의 심장과 감정은 그를 당혹스
럽게 만들 때가 많았다.

시랑은 연서가 보이지 않자 스스로 이상하다 여길 정
도로 초조해졌다. 그리고 연서가 항상 눈앞에 있었으면
하는 자신을 깨달았다. 자신 안에 흐르는 감정을 깨닫자
시랑은 당황했다. 그는 본래 자신의 감정을 잘 다스리는
사람이었다. 직업의 특성상 그는 평상시에는 자신의 감
정을 평온하고 냉정한 상태로 유지하는 데 익숙했다. 그
리고 필요에 의해 자신의 감정을 극대화시키도록 훈련

받았다. 그런데 연서를 볼 때마다 소유하고 싶었고, 그 감정을 주체하지 못해 초조해지곤 했다. 물론 어느 정도는 스스로도 예견한 일이었다. 연서와 한번 연을 맺으면 쉽게 헤어나지 못할 것임을 알고 있었다.

처음 그녀를 만난 날, 그녀가 늑대 인간으로 변태하던 그 표정을 본 그 순간부터.

그래서 그는 연서에게 거리를 두었던 것이다. 차갑고 냉정함을 유지하며 그녀가 자신에게 다가오지 못하게 했다. 하지만 자신에게 존재의 의미를 묻는 그 여린 눈동자를 본 순간 시랑은 아무것도 생각할 수 없었다. 그리고 한번 무너진 경계심은 걷잡을 수 없었다. 그녀가 자신 안에 들어오자 그의 다정한 마음은 끝없는 소유욕으로 점철되었다.

시랑은 그런 자신을 알고 섬뜩함을 느꼈다. 그는 강한 힘을 가진 늑대 인간이었으며 아름다운 외모와 뛰어난 재능, 거기다 든든한 재벌 회장 아버지도 있었다. 사실 그에게는 아무런 부족함이 없었다. 때문에 시랑은 그 어떤 것 때문에 초조해하거나 힘들어해본 적이 없었다.

연서 때문에 시시각각 변하는 욕망과 감정은 시랑 스스로를 놀라게 했다. 그렇게 번민이 많은 마음이 자신임을 깨닫고 시랑은 쓴웃음이 나왔다. 하지만 자신을 보고 웃어주는 연서를 보면 그 많던 고민들도 모두 사라졌다. 시시각각 변하는 감정은 오직 기쁨으로만 차올랐다. 그저 그녀가 자신 앞에서 웃어주고 있다는 사실만으로도 시랑의 마음은 푸근해졌다.

자신을 보고 웃어주는 사람이 있다는 사실에 그렇게 안도감을 느낄 줄은, 마음이 따뜻해질 줄은 미처 몰랐다. 그는 외로웠던 것이다. 그 외로움이 무척이나 당연하고 익숙해서 그도 자신이 외로운 줄을 몰랐다. 그런데 자신을 보고 웃어주는 사람이, 다정하게 손을 잡아주는 사람이 드디어 시랑에게도 생겼다.

가슴속 차오르는 따스함이 감격스러운 나머지 시랑은 연서의 손등에 가만히 입을 맞추었다. 그러자 연서는 얼굴을 붉히며 빙그레 웃었다. 그 미소에 시랑은 더 이상 참지 못하고 연서에게 키스를 했다. 달달한 유밀과에서 느껴지는 단맛 때문에 키스는 더욱 달콤했다. 그 달콤함이 연인을 행복하게 해주었다.

"쩍!"

갑자기 유밀과를 놓아둔 접시가 반으로 갈라지며 깨져버렸다. 파열음에 놀란 두 사람은 서로에게 떨어졌다.

"어, 이게 왜 갑자기? 윽……!"

연서가 깨진 접시를 집으며 말했다. 그러다가 연서는

사금파리 조각에 두번째 손가락을 크게 베고 말았다. 붉은 피가 흘렀다. 시랑은 놀라서 얼른 그녀의 손을 살펴보았다. 피는 쉽게 멈추지 않았다.

"이상한 일이네요. 난 늑대 인간이라서 상처가 금세 아물 줄 알았는데……. 피가 계속 나네요. 왜 그렇죠?"

병을 크게 앓았던 연서는 두려운 듯 시랑에게 물었다. 늑대 인간에게 상처가 나면 금방 아무는 것으로 연서는 알고 있었던 것이다. 불안감과 고통을 느낀 그녀의 왼쪽 눈에는 붉은 초승달이 번쩍거렸다.

그녀의 눈에 떠오른 초승달을 본 시랑은 안심하라는 듯 부드럽게 미소 지었다. 그리고 상처를 지혈해주며 아무렇지 않게 말했다.

"가끔 나도 그럴 때 있어. 이제 금방 나을 거야."

이윽고 연서의 상처가 느릿하게 아물었다. 상처가 아물자 연서는 곧 자신의 두려움을 잊어버렸다. 그리고 다시 유밀과를 가져오겠다며 별당 안으로 들어갔다.

그녀가 사라지자 시랑은 입술을 꽉 깨물었다. 연서가 사라져 그사이 연서가 보고파서가 아니었다. 연서에게 감히 하지 못하는 말을 삼키기 위해서였다.

너에게 독을 먹였다고. 그래서 아직 독이 다 정화가 되지 않아 상처가 느리게 아무는 것이라고 시랑은 말할 수 없었다.

"하지만 난 널 절대로 잃지 않을 거야. 어떤 희생을 치르더라도."

시랑은 눈을 반짝거리며 말했다. 그렇게 말하는 시랑의 목소리는 그 어느 때보다 무거웠다. 깨진 접시를 내려다보는 그의 눈빛은 얼음보다 더 서늘했다.

*

시랑과 연서의 밤은 여전히 뜨거웠다.

이성의 샘물의 독은 첫날에만 연서의 신체에 영향을 주었을 뿐이다. 늑대 인간인 연서는 독에 대한 내성이 생겼다. 늑대 인간의 신체는 회복력이 굉장히 빠르기 때문에 가능한 일이었다. 때문에 연서가 달빛을 받은 이성의 샘물을 또 먹어도 미친 듯이 잠이 오지 않았다.

그러나 독에 대한 내성은 연서의 신체뿐이었다.

이제 막 생긴 태아에게는 치명적일 것이었다. 독을 먹은 첫날, 늑대 인간의 신체가 그렇게 맥을 못 춘 것처럼 태아는 그대로 떨어져 나갈 것이다.

시랑은 그 모든 것을 알고 있었다. 그래서 서울에서 적시가로 돌아온 첫날에만 그녀를 안지 않았을 뿐, 다음

316

날부터 밤마다 연서와 함께했다. 아침이면 시랑은 그녀에게 입으로 물을 먹이며 깨웠다. 시랑이 먹이는 물은 달빛에 닿은 이성의 샘물로, 독이었다.

연서는 아무것도 알지 못했다. 그저 꿈보다 더 황홀한 밤을 보낸 후에 맞이하는 아침마다 시랑이 입으로 먹여주는 물은 그저 달기만 했다. 그녀는 그것이 이상하다고 생각지 못했다. 그저 서로의 사랑을 확인하는 하나의 의례라고 생각할 뿐이었다.

그날도 그런 날 중에 하나였다.

늘 그렇듯이 그날도 연서보다 시랑이 먼저 일어났다. 잠에서 깨어난 그가 가장 먼저 본 것은 탁자 위에 놓은 깨끗한 물 한 잔, 독이 된 이성의 샘물이었다. 연서가 잠든 후, 간밤에 홀로 깨어난 시랑은 은병 뚜껑을 열어 창가에 놓아두었다. 이내 창가에 달빛이 들어왔고 달빛은 은병 안에 침투했다. 약 3분 후, 시랑은 그 은병에 담긴 독이 된 이성의 샘물을 유리잔에 따라 달빛이 들어오지 않는 탁자에 놓아두었다.

시랑은 그 물잔을 물끄러미 바라보다가 그대로 방에서 나갔다. 그는 연서를 깨우기 전에 매일 그녀의 아침을 준비했다.

시랑은 무심코 거실로 나오다가 민수를 발견했다. 민

수는 별당 마당을 비질하는 중이었다. 민수는 지난날 연서에게 화를 내고 나서는 별당 안으로 들어오지 않았다. 연서도 딱히 민수를 부르지 않았다. 자신에게 화를 내는 민수가 거북했으며 대하기가 어려웠던 것이다. 또한 연서는 민수의 감정을 함부로 건드리지 말아야 한다는 것을 본능적으로 알았다.

시랑은 연서와 민수 사이에 흐르는 미묘한 기류를 알아차렸다. 처음에는 민수가 보이지 않음을 이상해했고, 민수에 대한 이야기를 하면 연서가 시선을 피한다는 사실을 알게 되었다. 서울에 갔다가 적시가로 돌아온 날에 민수가 보였던 태도가 시랑은 그제야 이해가 됐다.

시랑은 고요하게 질투했다.

그러나 그는 연서에게 민수와의 관계를 묻지 않았다. 민수와의 관계를 묻는다면 그는 감정을 참지 못하고 연서를 다치게 할 것 같았다. 시랑은 연서를 다치게 할 수 없었다. 그녀를 임신시키지 않게 하기 위해 독을 먹이고 있지만, 그것 외에는 연서를 다치게 하기 싫었.

시랑은 민수에게 서재에 있는 서류 봉투를 가져오라고 시켰다. 서류 봉투 안에는 그가 서명해야 할 CF 계약서가 있었다. 마침 거실에 있던 진숙은 시랑의 명령에 속으로 조금 놀랐다. 시랑은 민수에게 심부름을 시킨 일이 없었다. 그리고 서류를 가져오는 일같이 간단한 심부름은 시랑이 늘 스스로 했다. 서재는 시랑이 있는 곳과 그리 멀지 않았다.

민수는 시랑의 말에 알았다는 뜻으로 고개를 숙였다. 그리고 서재에 가서 계약서 서류를 가지고 나왔다. 그사이 시랑은 이미 자기 방으로 돌아와 있었다. 민수는 어쩔 수 없이 서류를 들고 다시 시랑의 방으로 갔다.

그때 방에서는 시랑이 이성의 샘물을 연서에게 먹이며 잠에서 깨우고 있는 중이었다. 그런데 시랑의 키스가 평소와는 조금 달랐다. 평소에는 물을 먹일 목적이었기 때문에 짧은 입맞춤 수준이었다. 그런데 오늘의 키스는 숨이 막힐 정도로 거칠고 진했다. 진한 입맞춤에 연서는 얼굴이 붉어지고 숨을 거칠게 몰아쉬었다. 본능을 느낀 연서의 붉은 초승달이 달아올랐다. 그런 연서가 사랑스러운지 시랑은 연서를 꽉 끌어안았다. 역시 붉은 초승달이 눈에 떠오른 그는 문 쪽을 노려보았다.

시랑이 노려본 것은 문 앞에 서 있는 민수였다. 시랑의 심부름을 하던 민수는 방문을 열다가 그 모든 광경을 보고 말았다. 민수의 표정은 눈에 띄게 굳었다. 그러면서도 시랑의 품에서 달뜬 표정이 된 연서에게서 눈을 떼지 못했다.

"왜 그래요?"

평소와 다른 시랑을 눈치챈 연서가 물었다. 어느새 평소 눈으로 돌아온 시랑은 씩 웃으며 대답했다.

"잠든 네가 참지 못할 정도로 예쁘잖아. 얼른 일어나. 아침 먹자."

그때 민수가 들어왔다.

연서는 놀라서 얼른 이불 속으로 들어갔다. 자신들의 은밀한 행위를 민수에게 들킨 것 같았기 때문이다. 하지만 시랑은 아무렇지도 않은 표정이었다. 그는 연서와 키스를 나누는 모습을 민수가 보고 있다는 것을 알고 있었다. 아니, 시랑은 일부러 민수가 그 장면을 보게 한 것이었다. 민수에게 시랑은 연서의 소유권을 주장하고 있었다. 그렇게 연서에 대한 시랑의 집착은 무서울 정도로 강했다.

일족 내에서 더러운 취급을 받는 버림받은 자인 민수는 적시가 후계자인 시랑과 상대가 되지 못했다. 다른 사람한테 시랑과 같은 일이 벌어졌다면 그자는 그저 민수를 무시했을 것이다. 하지만 시랑은 그렇게 하지 않았다. 오히려 더 철저하게 연서에 대한 소유욕을 드러냈다. 민수는 두 눈을 번뜩이며 그들을 바라볼 뿐이었다.

민수는 침대에 앉은 연서에게 고개 숙여 인사하고 시

랑에게 서류를 내밀었다. 시랑은 민수에게 고맙다는 말을 했다.

"그럼 난 아침을 좀 가지고 올게. 민수, 이 방 청소해라. 그리고 적시가 창고도 어지럽던데 같이 좀 하고."

시랑이 아무렇지 않게 말했다. 그 말에 민수는 흠칫 굳어졌다.

시랑이 남에게 무언가 시킬 때에는 정중하게 부탁해왔다. 지금 민수에게 한 것처럼 명령투로 말하지 않았다. 시랑은 간단한 명령의 말로 민수에게 자신과의 계급 차이를 다시금 인식하게 했다. 너와 나의 위치는 하늘과 땅이다. 그러니 감히 연서를 쳐다보지도 말라.

유치하다면 유치할 수도 있지만 시랑은 그런 것을 이성으로 판단할 수 없었다. 그의 머리와 가슴은 지금 질투로 물들어 있을 뿐이었다. 결과적으로 모든 화살은 민수에게 돌아갔다.

시랑은 연서의 볼에 짧게 뽀뽀를 하고 아침을 준비하러 밖으로 나갔다. 시랑과 민수가 모두 나가고 혼자 있게 되자 연서는 옷을 갖추어 입었다.

연서가 옷을 다 입자 민수가 빗자루를 가지고 들어왔다. 청소를 하고 있는 민수에게 연서가 쭈뼛거리며 말을 건넸다.

"잘 잤어요? 좋은 아침이네요."

"네."

민수는 짧게 대답하고선 다시 청소를 하기 시작했다. 민망해진 그녀는 잠시 방 안을 서성거리다가 창가에 놓인 은병을 발견했다. 시랑이 간밤에 연서에게 줄 독이 된 이성의 샘물을 만들고선 은병을 창가에 그대로 놓아둔 것이있다.

민수에게서 느껴지는 어색함을 참지 못한 연서가 무심코 은병에 담긴 이성의 샘물을 마시려고 할 때였다.

"마시지 마십시오."

민수는 날카롭게 소리쳤다. 놀란 연서는 그대로 멈추고 말았다. 민수는 은병을 빼앗으며 말을 이었다.

"은병에 담긴 이성의 샘물은 달빛에 노출되면 독이 됩니다. 아마도 시랑님이 어젯밤 연서님께 먹이고선 그냥 창가에 두었나 봅니다. 은병의 뚜껑을 닫지 않고 창가에 두었으니 은병 안에 들어 있던 이성의 샘물은 분명 달빛에 노출되었을 겁니다."

그 말에 연서는 하얗게 질려버렸다. 그녀는 그것이 이성의 샘물이라는 것을, 그리고 시랑이 밤마다 달빛에 노출시키고 있다는 것을 알고 있었다. 잠결에 어렴풋이 시랑이 이성의 샘물이 든 은병을 달빛이 들어오는 창가에 놓아두는 것을 보았던 것이다. 또 그것을 잔에 따르고선 달빛이 닿지 않은 탁자 위에 놓아두는 것도 보았다. 하지만 그녀는 그 의미를 알지 못했다. 그런 시랑의 행동을 딱히 이상하다고 여기지도 않았던 것이다.

인간의 기준으로 보면 시랑의 행동은 충분히 수상한 일이었다. 하지만 연서가 있는 곳은 적시가였고 연서는 늑대 인간이었다. 시랑이 그런 행동을 하는 것은 늑대 인간으로서 해야 할 일이라고만 생각했다. 밤마다 발작이 일어나지 않도록 선임자가 신생 늑대 인간에게 이성의 샘물을 먹이는 것과 같은 것이라고만 여겼다. 또한 그녀는 민수와 어색함 때문에 무심코 오늘 처음 은병에 든 물을 마시려고 했을 뿐, 원래 은병에 별다른 관심을 두지 않았던 것이다. 무엇보다 그녀는 아침마다 시랑에게 받는 키스가 즐거울 뿐이었다. 그런데 그 키스는 시랑의 키스가 아니라 죽음의 키스였던 것이다.

"…… 이걸 먹으면 어떻게 되나요?"

한참 후에 연서가 물었다. 민수는 달빛에 노출된 이성의 샘물을 독이라고 했다. 하지만 매일 아침 그 물을 먹어도 연서의 몸에는 아무런 이상이 없었다.

"아마도 인간이 이걸 먹으면 죽거나 크게 아플 겁니다. 하지만 신체 능력이 뛰어나고 치유력이 강한 늑대 인간은 죽지는 않을 겁니다. 하지만 몸에 영향을 주는 것은 분명합니다. 예전에 실수로 그걸 먹었다가 온몸에 두드러기가 난 늑대 인간을 본 적이 있습니다. 물론 다음 날에는 그대로 사라졌지만요. …… 왜 그러십니까?"

민수는 자신의 이야기를 듣는 연서의 표정이 이상하다는 것을 알아차렸다.

하지만 연서는 대답하지 않고 느릿느릿 걸어가 침대에 앉았다. 민수는 얼어붙은 연서를 한참 동안 바라보다가 천천히 다가갔다.

"괜찮으…… 아니, 물 한잔 갖다 드릴까요?"

민수의 말에 연서는 아무 대답 없이 손짓했다. 그녀를 가만히 응시하고 있던 민수는 나가라는 그녀의 뜻을 알았다. 이내 그는 은병을 들고 밖으로 나갔다.

민수가 나가자 연서는 침대에 누워 눈을 감았다. 물론 잠을 자려는 것은 아니었다. 그저 그녀는 파도처럼 요동치는 자신의 마음을 잠재우려고 노력했다.

'어째서 사랑은 나에게 독을 먹인 걸까? 아프지도 않는 독을 어째서 매일 먹인 거지?'

그러나 그녀는 아무리 생각해도 알 수 없었다. 그러다가 독을 먹인 것은 함께 첫날밤을 보낸 다음 날 아침부터라는 것을 기억했다. 그날 하루 종일 졸렸던 사실을 연서는 똑똑히 기억해냈다. 그때 연서는 시랑과의 잠자리 때문에 몸이 피곤한 것이라고 생각했다. 그러나 이제 생각해보니 시랑이 먹인 독 때문이었다. 그리고 이제 독을 먹어도 몸이 아프지도 않은 것은 독에 대한 내성이 생겼기 때문이라는 것을 짐작했다. 인간이었을 때에도 내성이 생긴 항암제는 효과가 없었다.

이제 남은 문제는 시랑이 왜 자신에게 독을 먹이는 것인지 알아내는 것이었다. 신체에 영향도 없는 독을 그는 매일 그녀에게 먹였다. 아니, 매일은 아니었다. 딱 하루 연서에게 독을 먹이지 않은 날이 있었다. 서울에 갔다가 적시가로 돌아온 다음 날에는 그녀에게 독을 먹이지 않았다. 그날 밤 시랑은 연서를 안지 않았다. 연서가 바로 잠들었기 때문이다. 하지만 같은 방을 썼는데도 시랑은 다음 날 키스로 연서를 깨우지도, 독이 된 이성의 샘물도 먹이지도 않았다. 잠자리를 함께하지 않으면 그는 연서에게 독을 먹이지 않았다. 그 사실을 깨닫고 연서는 온몸에 소름이 돋았다. 그리고 마침내 깨달았다.

시랑은 연서가 임신하는 것을 원치 않았던 것이다.

독은 연서에게 영향은 없어도 태아에게는 치명적일 것이었다. 그래서 매일 독을 먹이는 것이었다. 그제야 모든 사실을 알게 된 연서는 입술을 강하게 깨물었다.

속에서 치밀어 오르는 화를 참지 못하고 얼굴이 벌겋게 달아올랐다.

그때였다. 시랑이 문을 열고 들어왔다. 연서의 아침을 가져온 것이었다.

"커피 향 좋지? 오늘은 좀 진하게 내렸어."

그렇게 말하며 연서를 바라보는 시랑의 눈빛은 여전히 따뜻했고 미소는 부드러웠다. 시랑은 연서의 얼굴이 붉어진 것을 보고 놀라서 연서에게 뛰어왔다.

"표정이 왜 그래? 어디 아파?"

시랑은 황급히 연서의 아침을 탁자 위에 올려놓으며 물었다. 시랑은 안절부절못하고 연서의 이마에 손을 올렸다. 그의 표정에 거짓은 없었다.

연서는 천천히 자신의 이마에 올려진 시랑의 손을 내렸다. 그리고 그대로 시랑의 품에 안겼다. 시랑은 갑작스러운 연서의 행동에 놀라 그대로 굳어버렸다. 그래서 그는 알지 못했다. 자신의 품에 안긴 연서가 울고 있음을.

"왜 그래? 기분이 안 좋아?"

시랑은 속으로 연서에게 먹인 독이 잘못되었나 걱정했다. 시랑은 연서의 상태가 평소와 같지 않자 어찌할 바를 몰라했다. 그는 이제부터 연서에게 독을 먹이지 말아야 할지, 아니면 잠자리를 가지지 말아야 할지 고민했다.

"그냥, 당신 품이 그리워서요……."

한참 후에야 연서는 시랑의 품에서 떨어지며 말했다.

이미 눈물은 다 닦아내고 감정은 모두 추스른 후였다. 하지만 시랑은 여전히 의심의 눈초리를 거두지 않았다. 그는 남의 감정을 관찰하고 읽어내는 데 훈련이 되어 있는 배우였다. 연서는 하는 수 없이 거짓을 꾸며냈다.

"갑자기 어제 꾸던 꿈이 생각나서요. 꿈에서 내가 아프던 때로 돌아갔어요. 꿈에서 나는 다시 항암 치료를 받고 있는 거예요. 옆에서 엄마는 울고 있고요. 나 엄마가 보고 싶어요. 만나러 가면 안 돼요?"

그제야 시랑은 안심했다. 꿈이 무섭고 엄마가 그립다는 연서의 말을 더는 의심하지 않고 환히 웃으면서 말했다.

"그래, 모시고 좋은 곳에 가서 식사도 대접해드리자."

"고마워요."

연서는 작게 웃으며 다시 시랑의 품에 안겼다. 이번에는 시랑도 부드럽게 그녀를 안아주었다. 시랑의 품에서 연서는 작게 한숨을 내뱉었다.

그 후 연서는 시랑과의 잠자리를 피하지 않았다. 그다음 날 시랑이 독을 건네주는 키스도 거부하지 않았다. 다만 입맞춤을 통해 넘어온 물을 삼키는 척하다가 베개나 이불에 뱉어버렸다.

그런 연서의 노력이 헛되지 않아 얼마 후 그녀는 임신을 했다.

그날은 연서가 시랑에게 밥을 해준 날이었다. 연서 본인이 스스로의 요리 실력을 아는지라 그동안은 나서지 못했다. 그러다가 마침내 용기를 내서 부엌으로 들어갔다. 그녀는 예전에 인터넷으로 찾아놓은 화려한 요리 레시피는 모두 한쪽에 밀어두었다. 그리고 시금칫국, 고등어구이, 계란찜만을 선택했다. 그녀는 가장 편안하고 정갈한 음식을 시랑에게 먹이고 싶었다. 연서의 제안에 시랑도 돕겠다고 나섰다.

그런데 별당 냉장고에 계란이 없었다. 시랑은 본당에 가서 가져오겠다고 했다. 보필하는 자를 시킬 수도 있었으나 시랑은 연서와 둘이 모든 음식을 만들고 싶었다. 시랑이 본당으로 계란을 가지러 가고 나서 연서는 고등어를 구울 준비를 했다. 그런데 냉장고에서 고등어를 꺼내는 순간 연서의 속이 울렁거렸다. 고등어의 비린내를 참을 수가 없었다. 연서는 그대로 화장실로 달려가 토역질을 했다. 하지만 속에서는 아무것도 나오지 않았다. 그렇게 한참을 헛구역질을 하다가 연서는 문득 깨달았다. 자신의 생리 날짜가 한참이나 지난 사실을.

연서는 황급히 자신의 배를 만져보았다. 보기에는 아무런 변화가 없었다. 하지만 뭔가가 느껴지기는 했다. 그 순간 연서는 본능적으로 깨달았다. 자신의 배 속에 아기가 생긴 것을!

늘 약한 신체 때문에 옥죄는 삶을 살아야 했던 그녀는 자신의 몸에 예민했다. 그 민감한 감각은 진실을 말해주었고 그녀는 정말 짐승처럼 그것을 깨달았던 것이다.

연서는 자기도 모르게 환호성을 지르려다가 얼른 입을 막았다. 두 눈에서는 기쁨의 눈물이 흘러나왔다. 아기를 가졌다는 사실에, 생명을 잉태했다는 사실에 연서는 환희를 느꼈다. 그녀는 마침내 성공한 것이었다!

그때 시랑이 별당으로 들어오는 소리가 들렸다. 연서는 얼른 얼굴을 깨끗이 씻고 눈물을 흘린 흔적을 지웠다. 그리고 환하게 웃으면서 시랑을 맞이했다. 그리고 계속해서 시랑과 함께 음식을 만들었다. 비린내를 맡지 않기 위해서 연서는 시금치를 다듬는다는 핑계로 식탁에 앉아 일어나지 않았다. 시랑은 별다른 말을 하지 않고 자신이 생선을 굽고 계란찜을 하고 밥도 지었다. 그동안 연서는 느긋하게 시금치를 다듬을 뿐이었다. 연서가 시금치를 너무 느리게 다듬어서 시금칫국은 마지막에 만들어야 했다. 물론 그것을 만드는 사람은 시랑이었다.

시랑이 그렇게 음식을 만드는 동안에 연서는 진숙에게 케이크를 부탁했다. 진숙은 보필하는 자에게 케이크를 만들어 오라고 시켰다. 시랑이 시금칫국을 완성했을 때 보필하는 자도 케이크를 가지고 왔다.

"웬 케이크야?"

시랑은 상 위에 놓인 케이크를 보며 물었다. 그러자 연서는 싱긋 웃으며 대답했다.

"그냥 먹고 싶어서요. 그런데 여기 보필하는 자들은 정말 대단한 것 같아요. 말만 하면 그냥 다 나오네요?"

"보필하는 자들은 모두 자격증을 가진 뛰어난 인재들이야. 그런데 왜 초까지 꽂아?"

연서가 케이크에 초 하나를 꽂자 시랑이 이상해하면서 물었다. 그러자 연서는 장난스럽게 웃으며 대답했다.

"케이크가 있는데 소원을 빌어야죠. 시랑 씨도 어서 소원을 빌어요."

그러더니 연서는 눈을 감고 손까지 모으고 진지하게 소원을 빌었다. 연서의 엉뚱한 행동에 시랑은 웃음이 나왔다. 시랑은 빙그레 웃으며 물었다.

"무슨 소원 빌었어?"

"…… 늘 당신과 함께할 수 있게 해달라고요."

연서는 그렇게 말하고서 가만히 웃었다. 하지만 그 웃

음에는 쓸쓸함이 묻어 있었다.

그런 연서를 바라보던 시랑은 그녀에게 가만히 입을 맞추었다. 시랑의 달콤한 입술을 받아들이면서 연서의 눈에서는 눈물 한 방울이 흘렀다.

시랑에게 한 말은 연서의 진심이 아니었다.

시랑과 함께하는 것은 그 어떤 소원보다 강렬한 것이었지만 오늘은 다른 것을 위해 양보했다. 배 속의 아기가 건강하고 튼튼하게 자라주기를 빌고 또 빌었다. 촛불과 케이크는 배 속에 있는 아기를 위한 것이었다. 그렇게 연서는 혼자 아기를 축복했다.

자신이 임신한 것을 알게 된 후로 연서는 시랑과의 잠자리를 피했다. 하지만 무조건 싫다고 하면 시랑이 화를 낼지도 몰라 궁리 끝에 그녀는 공부를 하겠다고 했다.

"나 다시 학교에 다니고 싶어요. 우선 검정고시부터 합격하려고요."

백혈병 때문에 그녀는 고등학교를 졸업하지 못했다는 설명도 같이 했다. 때문에 잠도 서재에서 혼자 자겠다고 했다. 연서의 말에 시랑은 고개를 끄덕였다. 시랑도 연서에게 독을 먹이는 것이 부담스러웠던 것이다. 아무리 독이 늑대 인간인 연서에게 영향을 주지 않는다고 하더라도 말이다. 이후로 시랑은 연서와 잠자리를 하지 않고 그저 꼭 안고 자기만 했다. 그렇게 그는 그녀를 옆에서 떼어놓지 않으려고 했다.

연서가 서재에서 공부를 시작하자 시랑은 고등학교 때 쓰던 참고서를 찾아서 갖다 주었다.

본래 늑대 인간의 지능은 인간보다 뛰어나다. 연서도 인간일 때보다 빠른 이해력으로 공부를 해나갔다. 연서는 본래 공부를 그다지 좋아하지 않았다. 그런데 지능이 높아져 문제를 쉽게 이해할 수 있게 되자 공부에 재미가 붙었다. 어느새 연서는 핑계로 시작한 공부에 빠져들고 있었다.

시랑은 그런 연서 옆에서 떨어지지 않았다. 그와 거리를 두기 위해 연서는 서재로 간 것인데 시랑은 거기까지 따라왔다. 그리고 시랑은 연서에게 공부를 가르쳐주었다. 대한민국 최고 학교의 이공계를 졸업한 시랑의 가르침은 이해하기 편했다. 하지만 그와 공부하는 것은 쉽지 않았다. 시랑은 공부를 가르쳐주면서 은근슬쩍 스킨십을 시도했고, 연서가 조금 집중하는 것 같으면 책을 치워버렸다. 공부는 너무 오래하면 안 된다는 것이었다.

시랑은 연서가 서재에 머무는 것을 허락했지만 연서를 자신 옆에서 떼어놓을 생각은 조금도 없었다. 그는 여전히 부드러운 연서를 안고 느끼기를 원했다. 차갑고 냉정한 태도를 보였던 시랑의 모습은 이제는 온데간데 없었다. 사랑에 빠져 연인의 관심만 원하는 남자가 있을 뿐이었다. 하지만 계속되는 방해에 화가 난 연서는 결국 시랑을 서재에서 쫓아내버렸다.

연서는 시랑이 나가자마자 컴퓨터에 앉았다. 그리고 한참 동안 무언가를 찾기 시작했다. 모니터를 바라보는 그녀의 눈빛은 때로는 결연함이, 때로는 서글픔이 교차했다.

연서에게서 쫓겨난 시랑은 하는 수 없이 방으로 가고 있었다. 그때 그를 불러 세우는 목소리가 들려왔다.

"이제 방으로 돌아가시는 겁니까?"

목소리의 주인공은 진숙이었다. 시랑은 진숙이 아직도 별당 안에 있다는 사실에 놀랐다. 이미 시간은 자정을 넘어 새벽을 향해 가고 있었다. 시랑은 의아한 목소리로 물었다.

"아직 있었는가?"

"방을 청소하다가 은병이 있는 걸 보고 가지고 있었습니다. 바로 전해드리고 싶었지만 어쩐지 서재에 들어가면 안 될 것 같아서요."

진숙은 시랑에게 은병을 건네며 말했다.

적시가의 모든 사람들은 시랑과 연서의 관계를 알고

있었다. 그런데 진숙은 시랑이 연서에게 독이 된 이성의 샘물을 먹이고 있다는 것까지 알았다. 시랑 역시 진숙이 그 사실을 알고 있다는 것을 알아차렸다. 그러나 시랑은 말없이 돌아섰다. 그런 시랑의 등 뒤에서 진숙의 나지막한 목소리가 들려왔다.

"이제 어떻게 하실 겁니까?"

진숙의 말에 시랑은 한참 동안 아무런 대답이 없었다. 그러자 진숙이 대신 대답했다.

"연서님과 함께 도망가실 작정이시지요?"

시랑은 그 말에 안색이 대번에 굳어졌다. 한 번도 입밖으로 내놓은 적 없는 시랑의 계획을 진숙이 어떻게 알았을까.

"그래서 매일 밤 붉은 옥패만으로 만든 이성의 샘물을 마시는 것 아닙니까?"

진숙은 덤덤한 목소리로 물었다. 시랑은 아니라고 대꾸할 수가 없었다. 진숙의 말이 사실이기 때문이다.

본래 이성의 샘물은 깨진 아홉 개의 옥패 조각이 모여야 만들 수 있다. 이 아홉 개의 조각은 아홉 명의 늑대 인간이 나누어 가졌다. 그리고 그 옥패는 자신의 후계자에게 대대로 물려주게 되어 있었다. 한 달에 한 번 보름달이 뜨기 전, 아홉 명의 늑대 인간이 모여 옥패 조각을

맞춘다. 그리고 완전히 둥근 옥패를 물에 넣으면 그것
이 이성의 샘물이 되는 것이다. 그런데 요즘 시랑은 매
일 밤마다 적시가의 붉은 옥패만 물에 넣어 이성의 샘물
을 만들었다. 그리고 매일 그것을 먹었다. 그리고 지난
달, 보름달이 떴을 때 아홉 개의 옥패로 만든 이성의 샘
물은 먹지 않고 보름달을 보았다. 물론 만약을 위해 근
처에 완전한 이성의 샘물을 가져다놓기는 했다. 이성을
완전히 잃기 직전에 물을 마시리라. 그는 그 정도의 자
제력은 가질 자신이 있었다. 보름달을 보자 몸이 떨리며
피가 끓어오르기는 했지만 광기의 늑대가 되지 않았다.
자신을 가지고 한 실험이 성공한 것이었다. 그동안 매일
먹은 붉은 옥패로 만든 이성의 샘물의 힘이 축척된 것이
리라. 시랑은 그렇게 추측할 뿐이었다. 한 가지 커다란
고비를 넘긴 셈이었다.

　연서를 데리고 적시가를 떠나려면 무엇보다 광기의
늑대가 되는 것을 막아야 한다. 그러기 위해서는 이성의
샘물이 필요하다. 하지만 아홉 개의 옥패는 각각 늑대
인간의 가문이 나누어 가지고 있다. 때문에 모두 훔치는
것은 불가능하다. 또한 시랑이 적시검으로 늑대 인간들
과 대적한다고 해도 그사이에 연서가 다른 늑대 인간들
에게 위험에 처할 가능성이 높다.

하지만 무엇보다 그들은 시랑의 가족이었다. 시랑은 그들에게 상처를 주기 싫었다. 그가 사라지면 일족은 큰 혼란에 빠질 것이 분명했다. 아버지 천후는 처음에는 분노했다가 절망에 빠질 것이다. 아버지의 형제들은 연서와 자신을 끝까지 추적할 것이다. 그리고 시랑과 연서는 언젠가는 그들에게 잡힐 것이다. 그때가 언제가 될지는 모르지만, 시랑은 끝까지 연서를 보호하고 함께하리라 다짐했다. 연서와 둘이 보낼 수 있는 시간은 그리 길지 않을 것이다. 그러나 그 시간 동안이나마 연서와 둘이 함께할 수 있다면 시랑은 자신이 어떻게 되더라도 상관없었다. 연서만 자기 옆에 있으면 된다고 생각했다.

시랑이 붉은 옥패를 가지고 사라져도 남은 늑대 인간들이 광기의 늑대가 될 가능성은 적었다. 시랑은 옥패 하나로 광기의 늑대가 되지 않을 방법을 적고 떠나리라 생각했다. 그리고 붉은 옥패는 금세 그들의 품으로 돌아올 것이다. 그것은 당연한 일이었다.

붉은 옥패의 실험이 성공적으로 끝난 후로 시랑은 때를 기다렸다. 여자 늑대 인간에게 주어진 시간은 1년. 여자 늑대 인간이 1년 안에 임신하지 못하면 일족에게 제거당한다. 시랑은 그 1년을 적시 안에서 모두 쓸 생각이었다. 당장 도망가는 것은 그만큼 함께 있는 시간을 줄어들게 하는 것이었다. 최대한 적시가에서 연서와 보낼 수 있는 시간을 보내고 외국으로 도망칠 계획이었다. 그렇게 조금이라도 더 둘이 함께 있고자 했다.

"제가 도와드릴 일은 없습니까?"

진숙의 목소리는 더없이 진지했다. 그녀의 말에 이상한 생각이 든 시랑은 천천히 뒤를 돌아보았다. 진숙의 까만 눈동자는 시랑을 똑바로 보고 있었다. 나이 든 여자의 표정은 더없이 진실해 보였다.

"…… 아버님께 말씀드리지 않을 생각인가?"

시랑의 물음에 진숙은 작게 한숨을 뱉으며 고개를 숙였다. 그리고 그녀는 천천히 부엌으로 걸어갔다. 시랑은 그녀를 따라 갔다. 부엌에서 진숙은 물 한 모금을 마시고 식탁에 빈 잔을 내려놓았다. 그녀는 다시 한숨을 뱉고서 시랑을 바라보며 물었다.

"혹시 알고 계십니까? 제가 작은 주인님을 모신 지 20년이 다 되어간다는 걸요."

"벌써 그렇게 되었나?"

시랑은 속으로 조금 놀라며 대답했다. 늘 함께 있어서 진숙이 그렇게 오래 자신과 함께 있었는지 인식하지 못했다. 시랑의 대답에 진숙은 피식 웃으며 말했다.

"네, 벌써 그렇게 되었습니다. 18년 전, 본래 적시가 본당에서 일하던 제가 자원해서 별당으로 오게 되었죠. 시랑님께서 열한 살이 되던 해였고, 시랑님의 작은 어머니께서 돌아가신 해였죠. …… 그리고 제가 아이를 유산해 다시는 임신하지 못한다는 말을 듣게 된 해였습니다."

덤덤한 진숙의 말에 시랑은 자기도 모르게 움찔했다.

물론 보필하는 자들이 결혼을 할 수 있다는 것은 알고 있었다. 보필하는 자들이 혼인을 할 경우에는 적시가 밖에서 살 수 있도록 해준다. 하지만 집에 돌아갈 수 있는 것은 일주일에 세 번뿐이었다. 나머지 4일은 적시가 안에서 지내야 한다. 그렇게 혼인한 보필하는 자들은 돌아가면서 번을 선다.

그런데 시랑은 진숙이 결혼했다는 것은 상상해본 적이 없었다. 그래서 시랑은 진숙의 결혼에 대해 한 번도 물어본 적이 없다. 때문에 진숙이 결혼했다는 것도, 유산했다는 것도 몰랐다. 곰곰이 생각해보니 시랑은 정말 진숙에 대해 아무것도 알지 못했다.

시랑의 표정에서 그의 생각을 짐작한 진숙은 빙그레 웃었다.

"네, 저도 결혼을 했었습니다. 남편은 밖의 사람으로 벌써 죽은 지 20년이나 되었군요."

"어떤 사람이었나?"

시랑은 조금 미안한 목소리로 물었다. 시랑도 그런 질문이 너무 늦었다는 것을 알고 있었기 때문이다. 하지만 진숙은 모든 것에 덤덤했다.

"그냥 평범한 사람이었습니다. 저를 무척이나 좋아해 줬죠. 저도 남편을 좋아했습니다. 3년 정도 같이 살았습니다. 시랑님이 모르시는 건 당연합니다. 저는 그때 본당에 있었으니까요. 남편은 죽고, 저는 아기를 유산하고, 그리고 이곳 별당에 오게 된 것입니다."

갑작스러운 진숙의 고백에 시랑은 적잖이 당황했다. 그 모습을 보고 진숙은 자애로운 웃음을 지으며 말했다.

"그리 놀라지 마십시오. 그저 교통사고였습니다. 남편과 함께 휴일을 보내고 돌아오는 길에 마주 오는 트럭을 피하지 못해서 일어난 사고였지요. 남편은 그 자리에서 즉사했고, 저는 배 속의 아이를 잃었습니다. 인생에 다가오는 수많은 고비가 그날 저에게 다가온 것뿐입니다."

진숙의 덤덤한 말에도 시랑은 아무런 말도 하지 못했다. 시랑은 탁자 위에 있던 물 잔을 들었다. 그러나 빈 잔이었다. 그 모습을 보고 진숙은 냉장고에 가서 물병을 꺼내 잔에 물을 따랐다. 그러면서 진숙은 이야기를 계속했다.

"남편과 아기를 묻고 다시 적시가로 돌아온 첫날, 제

일 먼저 들은 것은 어린아이의 비명 소리였습니다. 막 적시가 안으로 들어오던 저는 재빨리 소리 나는 곳으로 뛰어갔죠. 지하 동굴의 고통받는 곳 문 앞이었습니다. 저는 그제야 다섯번째 늑대 인간의 신부, 즉 시랑님의 작은어머니가 진통 중이시라는 걸 알았습니다. 하지만 그걸 깨닫기도 전에 제 눈에는 피투성이가 된 천후님과 두려움에 어쩔 줄 모르는 어린아이 시랑님이 보였죠. 시랑님은 그 어린 날에 보지 말아야 할 것을 보셨죠. 배가 갈라져 죽은 작은엄마의 시체를요. 시랑님은 작은어머니 시체를 보고 그 자리에서 기절하셨죠. 뒤에 있던 저는 그런 시랑님을 부축했고 시랑님은 제 품에 안기게 되었습니다. 기절했음에도 두려움을 잊지 못하고 가늘게 떨던 그 작은 어깨를 보고 저는 결심했습니다. 죽은 제 아이를 대신해서 이 아이를 보살펴야겠다고요. 그래서 시랑님을 모시기 위해 적시가 별당으로 자원해서 온 것입니다. 시랑님, 제가 시랑님을 힘들게 할 때가 있다는 걸 알고 있습니다. 시랑님은 그런 내색 한번 하지 않았지만 분명 귀찮고 화가 날 때가 있었을 겁니다. 시랑님은 그걸 적시가의 충성심이라고 여기는 듯했지만 그건 사실이 아닙니다. 저는 시랑님에게만 애정을 가질 뿐입니다."

말을 마친 진숙의 눈에는 눈물이 고여 있었다.

시랑은 그제야 진숙이 자신에게 어머니였다는 사실을 깨달았다. 아버지를 제외하고 늘 진심으로 자신을 걱정해주고 염려해주는 사람은 진숙뿐이었다. 하지만 진숙이 자상한 성품이 아니었기 때문에 때로는 매섭게 시랑을 다그치기도 했다. 그래서 진숙이 자신을 얼마나 사랑하는지 몰랐다.

시랑은 천천히 뒤로 다가가 그녀를 안아주며 말했다.

"미안해, 내가 당신을 많이 쓸쓸하게 했겠군."

"아닙니다. 모든 어머니들이 자식에게서 쓸쓸함을 배우지요."

그렇게 말했으면서도 진숙은 한참을 자신의 감정을 추스르기 위해 노력해야 했다.

잠시 후 다시 냉정함을 되찾은 진숙은 뒤로 돌아섰다. 시랑을 똑바로 바라보면서 진지하게 물었다.

"작은 주인님, 잊지 않으셨지요? 옥패를 훔쳐 일족을 떠나는 것은 금기입니다. 시랑님이 붉은 옥패를 가져간 것을 알게 된 순간부터 일족은 작은 주인님과 반려자님을 추적할 것입니다. 적시검을 가져가신다고 해도 늑대 인간들을 완전히 막아내는 것을 무리일 것입니다. 그들은 열일곱 명이고, 무엇보다 그들에게도 각자의 손톱과 이빨이 있지 않습니까? 언젠가는 잡히실 겁니다. 그리고 무엇보다도 다른 늑대 인간들은 시랑님의 가족이지 않습니까?"

"알고 있어."

시랑은 천천히 돌아서며 말했다. 진숙을 똑바로 보고 자신이 품었던 말을 할 자신이 없었기 때문이다.

시랑은 덤덤한 목소리를 내며 말했다.

"나는 언젠가는 일족에 의해 죽게 되겠지. 하지만 죽는 그 순간까지도 연서와 함께 있을 거야. 그러면 그녀의 죽음을 보거나 내가 직접 그녀를 죽음으로 이끌지 않아도 되잖아. 무엇보다도 그녀가 죽더라도 나 혼자 남겨지지 않겠지. 그거면 족해, 나는."

시랑의 말이 끝나자 진숙은 울음을 터뜨렸다.

진숙도 어느 정도 예견한 것이었다. 그러나 그것을 시랑의 입을 통해 듣게 되자 진숙은 자신의 감정을 참을 수가 없던 것이다. 시랑은 자리에 주저앉아 울고 있는 진숙의 어깨를 끌어안으며 위로했다.

그러나 진숙의 이야기를 듣느라, 또 그녀를 위로하느라 시랑은 부엌에서 조금 떨어진 곳에 연서가 있다는 사실을 알지 못했다. 물을 마시러 서재에서 나온 연서는 시랑과 진숙의 대화를 모두 듣고 말았다.

*

　며칠 뒤, 연서가 사라졌다.

　그날은 시랑이 서울에 간 날이었다. 소속사와 재계약을 마무리하는 것과 새로 들어온 시나리오를 받기 위해서였다. 연서와 도망가는 것을 의심받지 않으려면 모든 일을 예전처럼 진행해야 했다. 그렇게 모두를 완벽하게 속여야 했다. 심지어 연서조차.

　아침에는 늘 그렇듯이 시랑이 연서를 직접 깨우고 서울에 간다고 얘기했다. 잠시도 떨어져 있기 싫은 시랑이 연서에게 같이 가자고 했으나 그녀는 거절하며 말했다.

　"외워야 할 영어 단어와 풀어야 할 수학 문제가 산더미예요."

　"이런, 서울대라도 들어갈 기세네?"

　시랑이 웃으면서 말하자 연서는 빙그레 웃으며 어깨를 으쓱거렸다.

　"못 갈 거 없죠. 나 완전 똑똑해졌다고요. 많이 늦어요?"

　연서는 옷장에서 재킷을 꺼내주며 물었다. 옷은 이미 시랑이 골라놓은 것이다. 연예계에서도 뛰어난 패션 감각을 자랑하는 시랑이었기 때문에 모든 옷은 그가 손수 골랐다. 연서는 그저 그가 정해놓은 것을 건네줄 뿐이었다.

"아무래도 그럴 것 같은데? 계약 얘기도 마무리 지어야 할 것 같거든. 우리 사장은 계약 얘기는 꼭 술 마시면서 하는 이상한 버릇이 있어. 난 그런 거 별론데 말이야."

시랑은 재킷을 입으며 대답했다.

물론 그는 술자리에서 몸을 사리는 샌님은 아니었다. 아니, 오히려 술을 즐기는 편이었다. 그렇지만 시랑은 술자리에서 일을 처리하는 사장의 버릇이 싫어서 투덜거렸다. 그런 투덜거림이 귀여웠는지 연서는 빙그레 웃어주며 시랑의 옷을 매만졌다. 팔만 뻗으면 닿을 거리에 있는 연서에게 시랑과 같은 청초한 향기가 났다.

시랑의 향기는 어느새 그녀에게도 배어 있었다. 매일 낮과 밤을 함께한다는 증거였다. 그것을 알아차린 시랑은 뿌듯한 마음이 들었다. 시랑은 장난스럽게 연서의 볼에 살짝 입 맞추면서 말했다.

"그냥 오늘 나가지 말까? 재계약 안 하면 되지 뭐. 나 데려가려는 회사 되게 많다고."

"지금 회사 맘에 안 들어요?"

연서는 계속 시랑의 옷을 가다듬어주면서 물었다.

"아니, 나쁘지 않아. 대우도 좋고, 외국과 연결된 시스

344

템도 잘 되어 있는 편이지."

"그럼. 나가서 제대로 하고 와요. 일이잖아요."

하지만 연서의 말에도 시랑은 계속 칭얼거렸다.

"그럼 같이 가자, 응? 잘하면 너희 집에도 갈 수 있을
지도 몰라."

"잘 안 되면 난 하루 종일 차 안에서 당신만 기다려야
하잖아요. 그냥 집에서 공부할게요."

연서의 부드러운 거절에 결국 시랑은 하는 수 없이 혼
자 서울로 가야 했다. 하지만 그의 귀가 시간은 그리 늦
지 않았다.

소속사에 가서도 시랑은 집에 돌아가고 싶다는 사실
을 숨기지 않았다. 때문에 사장이 술을 마시자는 제안도
거절했다. 그는 오직 계약을 체결하고 집에 가고 싶은
마음뿐이었다. 시랑의 차가운 카리스마에 눌린 사장은
결국 술자리에 가지 못하고 맨 정신에 계약을 체결할 수
밖에 없었다. 허둥지둥 계약을 체결 한 후에 시랑은 한
걸음에 적시가로 돌아왔다.

하지만 적시가에 연서는 없었다.

오히려 보필하는 자들은 시랑에게서 연서를 찾았다.
시랑은 이해할 수 없어서 무슨 말인지 물었다.

"반려자님께서는 서울에서 시랑님을 만나기로 했다면

서 정오쯤에 나가셨습니다. 그런데 어째서 같이 들어오지 않으십니까?"

보필하는 자 미현이 의아한 듯 되물었다.

그 말을 듣고 시랑은 어떤 대답이나 반응도 보이지 않았다. 그저 그 자리에 아무 말 없이 서 있을 뿐이었다.

"······ 누가 모셨지?"

한참 후에 시랑이 입을 열었다. 그러나 그의 시선은 초점이 없었다. 몽롱한 시선과 감정 없는 목소리는 어쩐지 기괴한 분위기마저 담고 있었다. 순간 미현은 그가 무서워졌다. 미현 역시 10년 이상 적시가 별당에서 보필하는 자로 지내왔다. 실장급인 진숙만큼은 아니지만 미현도 시랑을 오래 알아왔다. 하지만 맹세코 미현은 오늘같이 넋이 빠진 시랑이 모습을 본 적이 없었다. 때문에 미현은 평소답지 않게 더듬거리며 말했다.

"혼, 혼자 가셨다고 합니다. 다른 사람이 있으면 시랑님과 시간을 보내는 데 방해가 된다며······."

"그래서 반려자를 혼자 보냈다고?"

시랑의 거친 음성이 적시가를 가로질렀다. 미현은 너무 놀라서 자기도 모르게 그 자리에 주저앉아버렸다.

평소라면 절대로 있을 수 없는 시랑의 모습이었다. 타인에게는 늘 너그럽고 부드러운 그였다. 더욱이 아무리 보필하는 자라도 여성에게는 쉽게 하대하지 않았다.

하지만 시랑은 제정신이 아니었다. 연서가 집에 없다는 사실이, 아니 그녀가 모두를 속이고 적시가를 떠났다는 사실이 그를 달라지게 만들었다.

가슴속에서 차오르는 화를 표현해내듯이 툭툭 튀어나온 푸른 심줄이, 붉어진 얼굴이, 사람을 죽일 듯이 노려보는 날카로운 붉은 초승달이 지금 시랑의 마음 상태를 말해주고 있었다. 그는 철저히 분노하고 있었다.

그때 진숙이 헐레벌떡 뛰어나왔다. 손에는 무언가를 들고 있었다.

"반려자님의 편지입니다. 이걸 남기고 떠나신 것 같습니다."

진숙은 편지를 내밀며 말했다.

시랑은 허겁지겁 편지를 받아 펼쳐보았다. 편지 내용은 무척이나 짧고 담담했다.

그동안 고마웠어요. 찾지 마세요.

편지를 읽은 순간 시랑은 자신이 분노한 것이 무척이나 허무하게 느껴졌다. 연서가 자신을 떠났다는 사실에 시랑은 평소에 잘하던 감정 조절을 모두 잊어버리고 분노하고 아파했다. 그런데 연서의 편지는 마치 먼 사람에게 안부 인사를 건네듯이 무감정했다. 시랑은 그 편지를 찢어버렸다.

"이러실 때가 아닙니다. 어서 연서님을 찾으러 가셔야죠."

낯선 목소리에 시랑을 뒤를 돌아봤다.

목소리의 주인공은 민수였다. 그는 마당에 서서 시랑에게 말하고 있었다.

시랑은 민수를 천천히 훑어봤다. 그런 시랑의 눈에는 붉은 초승달이 떠 있었다. 또한 그를 보는 눈빛은 전처럼 다정하지도, 안쓰럽지도 않았다. 시랑의 눈빛은 괴물보다 더 추악했으며 귀신보다 더 괴기스러웠다.

"너는 연서가 어디로 갔는지 알고 있다는 건가?"

시랑은 짜증이 섞인 목소리로 물었다. 그러자 민수는 시랑을 노려보면서 차갑게 말했다.

"아니요, 알지 못합니다. 그걸 알아야 하실 분은 시랑님이 아니십니까?"

민수의 당찬 말에 시랑의 얼굴은 딱딱하게 굳었다. 시랑은 적시검을 가져와 그대로 민수의 목을 쳐버리고 싶었다. 그 충동을 겨우 억누르면서 차갑게 말을 뱉었다.

"죽고 싶지 않으면 그 입을 다무는 것이 좋을 거다. 되도록 살생을 안 한다는 것은 살생을 못한다는 것이 아니니까."

시랑의 온몸에서 뿜어져 나오는 불같은 카리스마와 얼음 같은 말에 모두가 움찔했다. 민수 역시 시랑의 눈빛을 그대로 받지 못하고 뒤로 주춤 물러났다. 그런 민수에게 시랑은 눈길조차 주지 않고 모두에게 명령했다.

"적시가의 보필하는 자는 물론이고, 늑대 마을의 모든 보필하는 자들을 불러라. 우선 지리산 곳곳을 뒤져 연서의 행방을 찾아라. 그리고 지금 당장 연서의 친정을 찾아가봐라. 진숙, 아버님은 지금 어디에 계시지? 지금 당장 아버지와 연락해서 회사의 힘을 빌릴 수 있을까?"

시랑의 물음에 진숙이 뭐라고 대답하려고 했다.

그런데 갑자기 진숙의 등 뒤에서 민수의 목소리가 울리며 진숙의 입을 막았다.

"우선 컴퓨터부터 확인해보십시오."

민수의 지적에 시랑은 잠시 이마를 찡그렸다. 민수는 차분히 말을 이었다.

"알고 계신지 모르겠지만 요 근래 연서님은 자주 컴퓨터를 하셨습니다."

민수의 말에 시랑은 잠시 생각에 잠겼다.

그녀는 하루에 몇 시간은 공부를 한다며 서재에 틀어

박히곤 했다. 그때마다 시랑이 함께 있곤 했지만 공부에 방해가 된다면서 연서는 시랑을 서재 밖으로 내몰았다. 시랑도 그녀와 외국으로 나갈 준비를 해야 했기 때문에 하루에 몇 시간 정도는 그녀와 떨어져 있어야 했다.

'그럼 그 시간에 연서는 컴퓨터를 했단 말인가? 그것도 공부가 아닌, 나에게서 도망가기 위해서? 그럼 지난 며칠 동안 공부하겠다고 한 말은 다 거짓인가? 그 나성한 눈빛도? 부드러운 입술도? 아니다, 아닐 것이다.'

시랑은 거칠게 고개를 흔들었다. 그럼에도 불구하고 참을 수 없는 분노가 치밀어 올랐다. 그는 입술을 꽉 깨물고 진숙에게 말했다.

"지금 보필하는 자들 중에서 컴퓨터 분야에 속한 자를 데려와라. 아마 컴퓨터에 암호를 걸어두었을 거야. 우리가 찾기를 원하지 않을 테니까. 그리고 나머지는 계속 연서를 찾아."

진숙과 보필하는 자들은 금세 흩어졌다. 민수도 돌아서려고 했다. 그때 겨울 찬바람처럼 서늘한 시랑의 목소리가 들렸다.

"그런데 너는 어떻게 연서가 컴퓨터를 자주 하는 걸 알았지?"

시랑의 물음에 민수가 고개를 돌려 대답하려는 순간

민수의 고개는 그대로 꺾여버렸다.

갑자기 눈앞에 나타난 시랑이 손으로 민수의 목을 꺾어버린 것이었다. 시랑의 붉은 초승달이 섬뜩하게 빛나고 있었다. 동시에 시랑의 손톱은 길게 늘어져 민수의 숨통을 노리고 있었다. 늑대 인간을 죽일 수 있는 것은 오직 늑대 인간의 이빨과 손톱뿐이었다. 때문에 적시검이 없는 지금이라도 송곳니를 받지 못한 민수 정도는 쉽게 죽일 수 있었다. 그것이 시랑과 민수의 차이였다.

"그, 그저 보았습니다……."

민수는 더듬거리며 말했다. 민수의 온몸은 이미 긴장감으로 떨려오기 시작했다.

"보았다고? 어떻게?"

물어보는 시랑의 목소리와 표정은 여전히 독기 가득했다. 그는 여차하면 민수의 목에 손톱을 꽂아버릴 생각이었다.

"날, 날이 더워져서 연서님이 매일 창문을 열어놓으셨습니다. 저는 마당 청소를 하다가 창문을 통해 연서님을 보았습니다. 그뿐입니다."

민수는 조금 빠르게 대답했다. 시랑이 정말로 자신을 죽일 수도 있음을 알았기 때문이다.

사실 그동안 민수는 시랑을 두려워하지 않았다. 물론

민수도 시랑이 일족의 우두머리격인 적시가의 후계자이자 적시검의 주인이라는 것은 알고 있었다. 그러나 시랑은 누군가에게 두려움을 느끼게 할 만한 성품이 아니었다. 시랑은 그 어떤 사람이라도 따스한 봄바람처럼 친절하게 대했다. 민수도 예외는 아니었다.

모두들 버림받은 자를 천대했으나 시랑만은 민수와 얼굴을 마주해주었다. 연서가 적시가에 들어오기 전, 시랑만이 민수를 유일하게 인격적으로 대해준 사람이었다. 또한 시랑은 민수의 목숨을 살려준 사람이기도 했다. 살생을 좋아하지 않는 시랑으로서는 당연한 일이었으나 버림받은 자를 살려주는 것은 일족의 계율에 어긋나는 일이었다. 계율을 어기고까지 민수를 살려준 사람이 시랑이었다. 그래서 민수는 그가 절대로 자신을 해치지 않으리라고 믿어왔다.

그런데 지금, 민수가 알고 있던 시랑의 모습은 아무 데도 없었다. 민수는 진실로 시랑이 두려워졌다.

떨고 있는 민수를 한참 동안 보고 있던 시랑은 손에서 힘을 뺐다. 시랑에게 목이 꺾여 있던 민수는 그대로 바닥에 쓰러졌다.

"네 처소로 돌아가."

다시 검은 눈동자가 된 시랑은 차갑게 말했다. 그리고

시랑은 그대로 별당 안으로 들어가버렸다.

바닥에 쓰러진 민수는 일어날 생각도 못 하고 그대로 주저앉아 있었다. 그는 해가 지도록 그 자리에 그대로 있었다.

시랑이 별당 안으로 들어서자 이미 컴퓨터 분야의 보필하는 자가 서재에 있었다. 보필하는 자는 시랑이 들어서자 무언가 내밀었다. 컴퓨터 하드였다. 컴퓨터 하드는 이미 산산이 부서져 있었다. 연서가 떠나기 전에 부숴버린 것이었다. 부서진 하드를 보며 시랑은 연서가 자신을 떠난 것이 결코 우발적이 아니라는 것을 믿게 되었다.

연서가 컴퓨터를 했다는 민수의 말을 시랑은 믿지 않았다. 그러나 부서진 컴퓨터 하드는 진실을 말하고 있었다. 연서는 철저하게 계산해서 시랑을 떠날 시기를 선택했고, 그 시기가 오자 완벽하게 떠나버린 것이다.

그녀가 이미 오래전부터 떠날 계획을 해왔음을 알게 된 시랑은 절망했다.

'도대체 언제부터 연서는 나를 버리려고 했을까? 그렇게 다정하게 웃었으면서, 상냥하게 말을 걸었으면서 왜 나를 떠나려고 했을까?'

멍하니 서 있는 시랑에게 진숙이 다가와 아직 연서가 외국에 나가지는 않았음을 알려왔다. 일족의 힘을 통해 알아낸 정보였다. 연서가 사라졌다는 소식은 곧 천후에게도 알려졌다.

천후는 즉시 자신의 모든 인맥을 동원해 연서가 외국으로 나가지 못하게 조치했다. 그리고 그는 급히 중국에서 돌아와 아들 시랑을 만났다.

그때까지 시랑은 부서진 하드디스크를 들고 멍하게 있었다. 적시가로 돌아온 천후가 시랑의 손에 들려 있던 하드디스크를 빼앗았다. 그러자 시랑은 초점 없는 눈으로 아버지를 바라보았다.

"잠을 좀 자거라."

아버지의 말은 마치 명령처럼 시랑을 침실로 보냈다. 그러나 그는 잠들 수 없었다.

다음 날이 되어서도 시랑은 비어 있는 침대를 보며 연서가 사라졌다는 사실을 실감했다.

파도처럼 밀려오는 진실. 그녀는 떠나버렸다. 그녀는 영영 가버렸다. 그 사실을 깨닫자 시랑은 미친 사람처럼 행동했다. 술을 마시고 모든 것을 때려 부수었다. 그리고 실성한 듯 울며 화를 냈다. 하지만 그 어떤 것도 그의 상실감을 지워주지 못했다. 아무리 화를 내도 머릿속에서 그려지는 그녀의 고운 미소와 다정한 눈빛, 따스한 체온은 사라지지 않았다. 아니, 오히려 감정을 토해놓으면 놓을수록 그리움은 더 짙어졌다.

거부할 수 없는 진실에 그는 처음에는 분노했다. 그리고 조금 지나자 그 감정은 불안으로 바뀌었다. 불안은 다양한 방식으로 다가왔다.

처음에는 그녀의 안전을 불안해했으나 나중에는 시랑 자신을 불안해했다. 연서가 사라지자 그는 어떻게 잠을 자야 하는지, 어떻게 먹어야 하는지 알지 못해 쩔쩔맸다. 잠을 잘 때는 연서를 안고 그녀의 품 안에서 잤다. 밥을 먹을 때는 그녀와 같은 반찬을 집어 먹으며, 킥킥거리며 음식을 씹었다. 자신의 모든 일이 연서와 함께였다.

그런데 이제 그는 그것들을 어떻게 해야 하는지 알 수 없었다. 연서가 없었을 때에도 시랑은 밥을 먹고, 잠을 자고, 자기 나름대로 사는 방식이 있었다. 그런데 그는 그 모든 것을 잊어버리고 말았다. 그녀가 없었던 시간에 그는 마치 존재하지 않았던 것처럼 되어버렸다.

그건 단순히 그녀를 잃었다는 상실감보다 훨씬 강력한 것이었다. 따스한 그녀의 품보다, 부드러운 그녀의 미소보다 시랑은 과거의 자신이 그리웠다. 그는 그녀를 향해서 웃고, 그녀와 함께 즐거웠던 자신으로 돌아가고 싶었다. 그렇게 연서와 함께 있던 자신이 미치도록 그리웠다.

그래서 연서가 필요했다. 연서의 따스한 품과 다정한 미소, 동글게 그려지던 눈웃음, 자신을 닮아버린 청초한 향기, 예전의 자신으로 돌아가기 위해 그 모든 것이 필요했다. 시랑은 무슨 일이 있어도 그녀를 되찾겠다고 다짐했다.

*

늑대는 바람의 향기를 맡고 있었다.

으스스한 달빛이 바람의 향기를 더욱 진하게 해주는 듯, 늑대는 밤에만 돌아다녔다.

일반 늑대와 달리 이 늑대는 마치 바위처럼 크고 단단해 보였다. 그리고 생명을 빼앗는 창보다 더 날카로운 이빨과 손톱을 가지고 있었다. 바람을 느끼는 늑대의 눈빛은 매섭게 번뜩였다. 눈앞에 먹이를 둔 맹수의 본능을 그 눈은 그대로 담고 있었다. 그러나 무엇보다 특별한 것은 이마의 붉은 초승달이었다.

늑대는 벌써 일곱 개의 도시를 돌아다니고 있었다. 늑대는 각 도시에서 가장 높은 산에 올라가 밤새도록 바람의 향기만 맡았다. 그리고 아침 해가 뜨면 초췌한 얼굴을 한 시랑이 산을 내려왔다.

새벽에도 사람들이 산에 올라왔으나 아무도 시랑을 알아보지 못했다. 그가 특별히 변장해서가 아니었다. 그의 얼굴과 분위기가 사람을 못 알아볼 정도로 변했기 때문이다.

섬세한 아름다움으로 가득하던 그의 얼굴은 무서울 정도로 초췌해졌다. 보기 좋은 마른 체형이던 과거와 달리 그의 몸은 깡말라 있었다. 온화하던 검은 눈동자는 시시각각 붉은 초승달로 사납게 변하곤 했다. 또한 두 눈의 심줄은 모두 터져버려 벌게져 있었고, 피곤을 이기지 못한 눈 밑은 검게 변해버렸다.

그가 마지막으로 언제 먹고 잤는지 알 수 없을 정도였다. 그는 거의 아무것도 먹지 않고 잠도 자지 않았다. 적시가에도 열흘째 들어가지 않았다. 식사는 허기를 달랠 정도로만 했고 잠은 차 안에서 대충 눈을 붙였다. 그리고 낮에는 사람으로 변신해 산에 올랐고, 밤에는 늑대로 변신해 다른 산에 올랐다. 그렇게 그는 낮과 밤으로 산 정상에서 바람만 맡으며 서 있었다.

그는 바람 안에서 연서의 향기를 찾고 있었다. 하지만 지금껏 시랑은 연서의 향기를 맡지 못했다. 도시의 가장 높은 산에 올라가 냄새를 맡아도 각 도시 특유의 냄새만 바람에 실려왔을 뿐이다.

연서가 있을 만한 도시가 용의 선상에서 하나씩 없어질 때마다 시랑은 초조함을 느꼈다. 아직 연서를 찾지 못한 것도 그를 불안하게 했지만, 그보다 더 큰 두려움은 오늘이 보름달이 뜨는 날이라는 것이었다.

시랑은 열흘 전 적시가를 떠날 때 은병에 이성의 샘물을 가득 담아 왔다. 지하 동굴에는 항상 여분의 이성의 샘물이 있었다. 시랑은 그것을 얼려서 보관하고 다녔다.

보름달이 뜨기 전, 아니 연서가 완전한 광기의 늑대가 되기 전에 찾아야 했다. 시랑은 자신이 실패할까 봐 두려웠다.

산에서 내려온 시랑은 차를 몰아 통영으로 갔다. 여덟 번째로 가는 도시는 거제였다. 거제를 가려면 통영을 지나야 했다. 시랑은 바다를 보고 싶다던 연서의 말을 기억하고 바다를 끼고 있는 섬과 도시를 주로 다녔다.

하지만 그러면서도 통영만은 용의 선상에서 늘 제외해두곤 했다. 통영은 연서와 유일하게 함께한 도시였기 때문이다. 시랑은 자신과 함께한 곳에 연서가 갔을 리는 없다고 생각했다. 그녀는 자신을 버리지 않았던가.

계절은 이제 여름을 향해 가고 있었다. 꽃잎들은 이미 다 떨어지고, 푸른 나뭇잎들이 그 자리를 차지했다. 푸른 산록이 산을 덮어가고, 그 푸름이 햇빛 아래 부서졌지만 시랑은 아무것도 느끼지 못했다.

차는 익숙한 거리로 들어서고 있었다. 차창 밖에는 통영의 바다가 보였다. 연서와 함께 갔던 바다였다. 진한 바다 내음이 차창으로 넘어 들어왔다. 달라진 계절만큼 통영의 바다는 전보다 더 하늘과 닮아 있었다.

바다는 여전히 투명했으며 뜨거운 햇살에 물결이 반짝이고 있었다. 하지만 시랑은 전처럼 그 아름다운 바다에 시선을 주지 못했다. 통영으로 들어선 순간 그곳에서 함께했던 연서와의 추억이 머릿속을 파고들었기 때문이다.

자신의 운명에 아파하면서 울던 연서의 눈물이, 그리고 손에서 느껴지던 따스한 그녀의 체온이 그를 괴롭혔다. 그것들은 마치 바늘이 된 것처럼 시랑의 온몸과 마음을 콕콕 찌르면서 놓아주지 않았다.

그래서 시랑은 차를 그대로 세워두고 또 한참을 울어야 했다. 지난 열흘 동안 시랑은 그렇게 차를 세워두고 울곤 했다. 연서가 그리워서 울고, 자신이 가여워서 울었다. 때로는 왜 울어야 하는지 몰라서 울곤 했다.

*

　달은 차올랐다.

　연서는 몸을 비틀면서 신음 소리를 내뱉었다. 보름달을 보지는 않았으나 보름달의 기운 때문에 그녀의 신체는 변하고 있었다. 연서는 있는 힘을 다해 정신을 차리려고 노력했다. 조금만 방심하면 이성을 잃고 광기의 늑대가 되고 말 것이다. 그러면 끝이었다.

　광기의 늑대가 되면 사람을 해치며 돌아다니다가 종례에는 달빛에 미쳐서 손톱으로 자신의 온몸을 찢고 죽게 된다. 시랑에게 광기의 늑대에 대해 들은 연서는 더욱 긴장했다.

　연서는 적시가를 나올 때 이성의 샘물을 가지고 나오지 않았다. 지하 동굴에 여분의 이성의 샘물이 있다는 것을 알고 있었다. 하지만 이성의 샘물이 태아에게 어떤 영향을 미칠지는 알 수 없었다.

　연서는 적시가를 나온 것을 후회하지 않았다. 온몸을 찢는 듯한 고통을 겪으면서도, 정신이 나갈 것 같은 아픔 속에서도 그녀는 단 한 번도 자신의 선택을 돌이키지 않았다.

　'이 밤만 잘 넘기면 모든 일이 잘될 것이다.'

연서는 그렇게 다짐했다. 막연한 미래에 대한 기대가 마치 확고한 예언인 듯 연서는 다짐하고 또 다짐했다. 하지만 온몸을 파고드는 고통에는 어찌하지 못했다. 그녀는 배를 부여잡고 방바닥을 기어 다녔다. 그리고 터져 나오는 비명을 참으려고 입술을 깨물었다. 그러나 연서가 귀를 찢을 듯한 비명을 지른다고 해도 아무도 연서가 있는 곳으로 달려오거나 시끄럽다고 하지 않을 것이다. 연서가 있는 곳은 통영의 폐교였다. 시랑과 온 적이 있는 바다에서 그다지 멀지 않은 곳이었다. 본래 시랑과 함께 왔던 바다도 통영의 중심지와는 한참 멀리 떨어진 곳이었다. 그곳에서 더 안으로 들어가자 사람들이 거의 없는 마을이 나왔고, 그 마을 한구석에 폐교가 하나 덩그러니 놓여 있었다. 연서는 적시가를 나온 후에 이곳에 자리를 잡았다.

　연서는 원래 다른 곳을 생각했다. 그래서 컴퓨터로 이곳저곳을 찾아봤다. 그리고 적시가를 나올 때에는 거제를 자신의 목적지로 정했다. 그런데 결국 그녀의 발길이 머물게 된 곳은 통영이었다.

　연서는 아무도 없는 폐교에서 지내는 것이 두려웠다. 밤마다 창문을 흔드는 바람 소리에 놀라 시랑의 이름을 부르면서 울었다. 그의 따스한 품과 다정한 손길, 부드러운 미소가 뼈에 사무치도록 그리웠다. 그녀는 대부분의 시간을 시랑을 그리워하며 보냈다. 그와 보낸 시간을 곱씹으면서 보냈다.

"으아아악!"

연서는 결국 비명을 질렀다. 그렇게 힘든 항암 치료에도 비명을 지르지 않던 그녀였다. 연서는 점차 정신이 흔미해지는 것을 느꼈다. 연서는 그내로 모든 것을 포기하고 싶었다. 억지로 눈을 뜨지 말고, 억지로 정신을 붙잡지도 말고 그대로 눈을 감고 싶었다. 온몸을 파고드는 고통이 모든 것을 포기하게끔 만들었다. 고통에 휩싸인 그녀의 한쪽 눈에 초승달이 붉게 떠올랐다. 생존 본능이 그녀를 자극한 것이었다.

그렇게 얼마나 시간이 흘렀을까.

고통 때문에 점점 흐려지던 연서의 눈앞에 무언가가 뿌옇게 보였다. 확인되지 않는 존재를 확인하기 위해 그녀는 눈을 연신 깜빡거렸다. 그리고 연서는 이내 그 형체가 무엇인지 확인할 수 있었다.

시랑이었다.

그렇게도 그리운 사람, 시랑이 연서 앞에 서 있었다.

얼마나 그를 그리워했던가. 그녀의 몸속에 도는 붉은 피 한 방울 한 방울이 오직 그를 위해서 도는 시간이 있었다. 그녀의 삶의 이유가, 모든 시간이 사랑만을 위해 존재하던 시간이 있었다. 그리고 그것은 적시가를 나와서도 변하지 않았다.

"보고 싶었어요……."

한쪽 눈에 붉은 초승달이 뜬 연서는 작게 웃으면서 말했다.

그녀는 지금 눈앞에 있는 사랑이 실제라고 생각하지 않았다. 그러나 그 말만은 하고 싶었다. 그리고 연서는 눈을 감았다.

그때 연서는 입으로 무언가가 넘어오는 것을 느꼈다. 달콤했다. 그대로 마시고 싶었다. 입으로 넘어오는 차가운 물 덕분에 그녀 안의 끓어오르는 무언가가 진정되기 시작했다.

"안 돼!"

연서는 비명을 지르면서 자신의 입에 있는 은병을 손으로 쳐버렸다. 연서의 입에 이성의 샘물을 넣고 있던 은병은 그대로 바닥에 굴러 떨어졌다.

정신이 돌아온 연서는 황급히 뒤로 물러섰다. 그녀는 자신에게 무슨 일이 일어났는지 이해하려고 노력했다. 입안에 이성의 샘물이 느껴지자 황급히 손으로 은병을 쳐냈다. 그것은 본능적인 것이었다. 그녀는 자신에게 무슨 일이 벌어진 것인지 알지 못했다.

"죽고 싶은가 보군."

감정 없는 저음의 목소리. 어둠 안에서 붉게 빛나는 초
승달을 가진 사람. 시랑이었다.

어두운 폐교 교실에서 자신의 존재를 드러낸 사람이
시랑이라는 사실을 연서는 믿을 수 없었다. 연서는 조금
전에 자신이 본 것이 환영이라고 생각했다. 그런데 그
환영이 실제로 바뀌자 그녀의 머릿속은 당황과 혼란으
로 가득했다.

연서가 아무런 반응이 없자 시랑은 다시 걸어가 은병
을 가져오려고 했다. 그러나 은병은 달빛이 들어오는 곳
에 쓰러져 있었다. 시랑은 하는 수 없이 넘어진 은병을
달빛 아래에 세워두었다. 그리고 품에 넣어둔 여분의 은
병을 꺼내었다.

시랑은 낮게 한숨을 뱉었다. 그는 연서가 정말 통영에
있을 것이라고는 생각하지 못했다. 더욱이 자신과 함께
왔던 바다에서 그리 멀리 떨어지지 않은 곳에 있을 것이
라고는.

차를 세워두고 한참을 울던 시랑은 마음을 겨우 진정
시켰다. 그러나 시간은 이미 밤이 되어 있었다. 순간 낭
패감을 느꼈다. 시간이 그렇게나 지나갔는지 모르고 있

었다. 당혹감을 느낀 시랑은 황급히 차에 시동을 걸었다. 그리고 얼른 거제를 향해 달리기 시작했다. 어두워지자 시랑은 황급히 이성의 샘물을 꺼내 마셨다. 연서를 찾기 전에 발작이라도 해서 자신이 광기의 늑대가 되면 큰일이었다.

이성의 샘물을 먹고 난 후, 시랑은 잠시 감정을 진정시키기 위해 창문을 열었다. 동시에 창문을 통해 바람이 들어왔다. 그 바람에서 시랑은 짙은 늑대 인간의 냄새를 느낄 수 있었다.

보름달이 떠서 변태 중인 늑대 인간의 냄새는 더 강해졌다. 시랑은 늑대 인간의 냄새 안에서 연서의 향기를 느꼈다. 시랑은 황급히 차를 돌렸다. 그리고 바람이 불어오는 곳, 연서의 향기가 있는 곳으로 죽을힘을 다해 차를 몰았다.

이윽고 도착한 곳은 폐교였다. 그는 폐교를 보자 조금 당황했다. 어두운 달밤, 이미 오래전에 문을 닫은 폐교는 그 어떤 곳보다도 음산하고 괴기스러웠다. 연서는 조그마한 벌레도 무서워할 정도로 겁이 많은 아이였다. 그런 연서가 다 쓰러질 것 같은 폐교에 있다는 사실이 믿기지 않았다. 하지만 폐교에서는 연서의 향기가 아주 진하게 배어 나오고 있었다.

점점 더 짙어지는 향기를 따라 들어가니 건물 마지막 교실에 연서가 있었다.

연서는 발작하는 중이었다. 밤이 되어 보름달이 뜨자 늑대의 피가 뜨겁게 도는 것이었다. 고통으로 인해 연서의 한쪽 눈에는 이미 붉은 초승달이 떠 있었다.

시랑은 연서가 정신을 놓지 않으려고 안간힘을 쓰는 것을 가만히 바라보았다. 그녀가 고통에 겨워 마침내 지르는 비명도 조용히 듣고만 있었다.

시랑은 땀이 진득하게 배어 나오는 연서의 하얀 이마와 신음에 헐떡이는 그녀의 붉은 입술을 보며 그녀가 정말로 죽어버렸으면 좋겠다고 생각했다. 그래서 다시는 자신을 설레게 했던 붉은 입술로 미소를 짓는 일도, 다정한 얼굴도 보지 않았으면 했다.

"보고 싶었어요……."

갑자기 연서는 시랑을 보며 말했고, 그녀의 목소리가 허공에 퍼졌다. 시랑은 흐릿한 연서의 눈빛을 보고 그녀가 자신을 확실하게 알아본 것이라고 생각하지는 않았다. 그러나 꺼져가듯 들려오는 그 여섯 글자에 시랑은 온몸이 굳어버렸다. 그는 왈칵 눈물이 쏟아질 것 같았다. 시랑은 더 이상 아무 생각도 하지 못하고 연서에게 가져온 이성의 샘물을 먹였다. 스스로 그 어떤 것도 인지하지도, 느끼지도 못했다. 그저 몸이 그녀의 생명을 살리고자 했던 것이다.

하지만 조금 들어간 이성의 샘물에 의해 연서가 정신이 들자 그녀는 이성의 샘물을 거부했다.

그제야 시랑도 정신이 들었다. 그는 차갑게 연서를 노려보았다.

"나…… 그거…… 안…… 먹어요."

그녀는 한 글자씩 끊어 말했다. 고통 때문에 한꺼번에 말하기가 힘들었던 것이다. 이성의 샘물을 먹은 양이 적어서 아직 고통이 완전히 가시지 않았던 것이다. 시랑은 고집스러운 연서의 모습에 화가 치밀어 올라 거칠게 소리쳤다.

"정말 죽고 싶은 거야? 그러다가 정말 광기의 늑대가 된다고! 죽고 싶어서 적시가를 나온거야? 그러고 싶어서…… 나를 버린 거냐고!"

시랑은 자기도 모르게 울컥 울음이 나왔다. 그는 하던 말을 다 못 하고 얼른 입을 다물었다. 우는 소리를 내지 않으려고 입술을 강하게 깨물었다. 초승달이 뜬 두 눈에는 눈물이 어리었다. 그러나 그는 눈물을 보이지 않으려고 고개를 돌렸다.

시랑은 연서에게 우는 모습을 보이고 싶지 않았다. 자

신을 버리고 떠난 연서에게 처량한 모습 따위는 보이고
싶지 않았다.

　연서는 그런 시랑을 말없이 바라보았다. 그러다가 신
음을 참으며 겨우 말했다.

　"나…… 임신……했어요."

　시랑은 연서의 말에 어떤 반응도 보이지 못했다. 그는
처음에는 연서의 말을 이해하지 못했다. 하지만 이내 시
랑은 그 말뜻을 알아들었다. 동시에 그의 눈앞에 모든
사물이 빙글빙글 돌아가며 느릿느릿하게 움직였다. 잘
못을 비는 연서의 말도, 행동도 모두 마치 영화에 나오
는 슬로모션처럼 비현실적으로 움직였다.

　여자 늑대 인간의 임신 기간은 62일에서 65일 정도다.
늑대와 같은 기간 동안 임신 기간을 갖는 것이다. 약 두
달 동안의 임신 기간 중, 처음 한 달은 크게 배가 불러오
지 않는다. 31일을 기준으로 차차 배가 불러오는 것이다.

　연서의 임신은 아직 한 달이 채 되지 못했다. 그녀는
임신한 지 대략 20일 정도가 된 것이다. 때문에 연서의
배는 크게 부르지 않았다. 그래서 시랑은 그녀가 임신했
을 것이라는 상상조차 하지 못했다.

　순간, 시랑은 참을 수 없는 두통이 느껴졌다. 머리를
도끼로 찍어 내리는 것 같은 통증이었다. 시랑은 갑자

기 왜 그런 고통이 느껴지는지 알 수 없었다. 그러나 그
것은 시랑이 너무나도 큰 두려움을 느꼈기 때문이었다.
연서가 임신했다는 말을 들은 순간, 그는 너무나 큰 공
포를 느꼈던 것이다. 그리고 그 공포는 육체에도 영향을
주었다.

"잘못⋯⋯했어요⋯⋯. 하지만⋯⋯ 낳고⋯⋯ 싶어요."

연서는 애원하기 시작했다.

시랑은 말없이 그녀를 바라보았다. 하나의 초승달을
가진 그녀의 눈동자에는 간절함이 가득 차 있었다.

시랑은 머리가 쪼개질 것 같은 두통에 잠시 숨을 몰아
쉬었다. 그리고 다시 은병을 연서에게 내밀었다. 연서는
강하게 고개를 저었다.

"낳고⋯⋯ 싶어⋯⋯. 으으윽!"

그녀는 결국 몸을 비틀며 비명을 질렀다. 이성의 샘물
때문에 잠시 사그라졌던 발작이 다시 시작된 것이었다.

시랑은 그대로 달려가 연서의 어깨를 붙잡고 억지로
그녀의 입에 이성의 샘물을 들이부었다. 연서의 입안으
로 적지 않은 이성의 샘물이 넘어갔다. 하지만 그것도
잠시, 연서는 다시 은병을 거칠게 밀어버렸다.

"싫어! 안 먹어! 내 아기를 죽일 순 없어요!"

연서는 독기 가득한 눈으로 시랑을 노려보며 말했다.

그가 자신의 고통을 덜어주었음에도 원망하는 눈으로 쳐다보았다. 입안으로 넘어간 이성의 샘물 덕에 연서의 고통이 조금은 잦아들었다. 그러나 완전히 사라진 것은 아니었다. 보름달은 아직 지지 않았다. 이성의 샘물을 더 많이 먹어야 광기의 늑대가 되는 것을 피할 수 있었다.

시랑은 다시 은병을 집어 들었다. 그리고 연서의 어깨를 누르며 억지로 먹이기 시작했다. 연서는 강하게 거부했다. 두 사람은 몸싸움과 비슷한 실랑이를 벌였다. 하지만 연서는 시랑을 이기지 못했다. 연서는 재빨리 무릎을 꿇고 빌었다.

"제발요, 내 아기를 살려주세요. 네? 이렇게 빌게요. 난 그 물 먹기 싫어요! 아니, 먹을 수 없어요! 그 물 마시면 내 아기가 죽잖아요! 그리고……."

"네가 그걸 어떻게……!"

연서의 말이 다 끝나기도 전에 시랑은 경악하며 말했다. 동시에 온몸에서 피가 빠져나가는 것 같았다. 시랑의 두 눈에 있는 초승달이 두려움으로 반짝였다.

그녀는 알고 있었던 것이다! 시랑이 그녀에게 독을 먹이고 있다는 사실을!

연서는 무언가 말을 하려고 했지만 이내 숨을 삼키며

입술을 깨물었다. 다시 발작이 느껴지는 것이 분명했다. 잠시 차갑게 식어 있던 연서의 이마에서는 다시 식은땀에 배어 나오기 시작했다. 연서는 통증 때문에 겨우 입을 뗐다.

"다, 당신이…… 나, 나 때문에…… 죽게…… 내, 내버려둘…… 수…… 없어요……."

연서의 말에 이번에는 시랑의 얼굴이 하얗게 질러버렸다.

시랑은 그제야 연서가 적시가를 나온 이유를 알 수 있었다. 그녀는 배 속의 아기뿐만 아니라 시랑을 지키기 위해 적시가를 나온 것이었다.

연서는 고통을 참지 못하고 허리를 꺾으며 쓰러졌다. 그녀의 눈이 뒤집어지면서 온몸이 떨렸다. 시랑은 얼른 달려가 그녀에게 애원했다.

"제발 이 물 좀 마셔! 그래야 살 수 있어! 계속 이러면 너 광기의 늑대가 된다고!"

"시, 싫어……."

연서는 그 상황에서도 강하게 거부했다.

"그래, 내가 너한테 독이 된 이성의 샘물을 먹였어. 그래서 혹시 생길지도 모를 태아를 떼어내려고 했지. 하지만 오늘 가져온 이 이성의 샘물은 달라. 너의 광기만 잠재울 거야."

"저, 정말요?"

시랑의 말에 연서는 희미하게 정신을 차린 듯 말했다.
하지만 그녀의 눈에는 여전히 의심이 가득했다. 시랑은
다급하게 말했다.

"정말이야. 이 이성의 샘물은 너와 너의…… 아기를
해치지 않을 거야."

'아기'라는 단어를 말할 때 시랑은 자기도 모르게 몸
에 힘이 들어가고 목이 메어왔다. 하지만 연서는 시랑의
감정적인 변화를 알아차리지 못했다. 그녀는 시랑의 말
에 대한 사실 여부에만 관심이 있을 뿐이었다.

연서는 몇 번이나 이성의 샘물이 안전하다는 것을 확
인받고서야 입을 벌렸다. 그러자 시랑은 연서를 조심히
품에 안고 이성의 샘물을 먹였다. 평소보다 훨씬 많은 이
성의 샘물을 먹고 나서 연서는 그대로 잠이 들었다.

달은 이미 지고 여명이 밝아오며 사방은 청자색으로
물들었다.

어둡기만 하던 교실에도 검은 어둠이 물러가고 서서히
여명이 비추었다. 시랑은 자신의 품에 안겨 잠든 연서를
한참 동안 바라보았다. 이윽고 그의 두 눈에 뜬 아름다운
초승달에 물기가 어리더니 기어코 터져버렸다.

"우리는 왜 만났을까…… 나는 왜 널 구했을까…… 너는 왜 내 눈앞에 나타났니…… ."

시랑은 연서를 끌어안고 울부짖었다.

연서를 찾는 동안 그는 때때로 울거나 분노했다. 때로는 절망했다. 하지만 지금처럼 그 모든 감정이 혼합되어 폭발한 적은 없었다. 그는 철저히 분노했고, 연서를 미워했으며, 증오했다. 하지만 그와 동시에 그녀가 불쌍했고, 안타까웠으며, 무엇보다 그녀에게 강한 연민이 느껴졌다. 동시에 그녀가 무척이나 사랑스러웠다. 시랑은 그 혼합된 감정을 눈물로, 울부짖음으로 표현할 수밖에 없었다.

*

유월의 아침 공기는 서늘했다. 동시에 청명했다. 연서는 새가 지저귀는 소리를 들으며 눈을 떴다. 연서는 벌떡 일어나 주변을 두리번거렸다. 그때 듣기 좋은 저음의 목소리가 들려왔다.

"날 찾고 있나?"

뒤를 돌아보자 시랑이 문 앞에 서 있었다. 연서는 시랑을 보고 놀랐다. 시랑의 운동으로 다져진 몸과 깔끔한 옷차림, 아름다운 얼굴 그리고 그 특유의 따뜻한 미소는 온데간데없었다. 퀭하게 마른 얼굴과 초췌한 표정 그리고 언제 깎았는지 모를 수염과 머리, 더러운 옷차림으로 그는 서 있었다. 눈동자는 벌겋게 충혈되어 있었다.

"이거 마셔."

시랑이 물 잔을 내밀었다. 달빛에 닿은 이성의 샘물이 분명했다. 시랑이 가져온 첫번째 은병은 연서가 달빛 아래로 던져버린 것이었다. 그래서 시랑은 그것을 잔에 따라 가져온 것이리라.

그것을 짐작한 연서는 두려운 표정으로 시랑을 올려다보았다. 그는 붉게 충혈된 눈으로 연서를 내려다보고 있었다. 연서는 고개를 가로저었다.

"싫어요."

다시 한 번 그녀에게 단호한 거절을 받자 시랑은 겨우 잠재운 분노가 불같이 일어나는 것을 느꼈다. 동시에 그의 두 눈에 붉은 초승달이 섬뜩하게 다시 떠올랐다. 시랑은 결국 미친 사람처럼 소리를 지르기 시작했다.

"먹어! 정말로 죽고 싶은 거야? 정말 죽고 싶어서 이러는 거냐고! 여자 늑대 인간이 아기를 갖는다고 해도 아기는 낳지 못해! 방계 혈통은 결코 순수 혈통을 이기지 못하니까! 결국 산모는 아기를 낳지 못하고 진통만 느끼며 죽어가고, 그럼 내가 적시검으로 네 배를 갈라서 태아를 꺼내야 한다고! 적시검은 인간의 메스와 달라! 검 자체에 독이 있으니까! 이성의 샘물의 독과 비교할 수도 없는 독 말이야! 그 적시검으로 배가 찔리면 넌 그냥 죽는다고! 알아? 아무리 우리가 치유력이 좋아도 적시검에 배가 갈리면 끝이라고!"

시랑은 연서의 어깨를 강하게 흔들면서 말했다. 하지만 연서는 눈 한번 찡그리지 않았다. 그저 그대로 시랑의 울부짖음을 들었다.

"도대체 나한테 왜 이렇게 잔인해? 어떻게 너만 생각하냐고! 난 안 보여? 난 널 죽어야 한다고! 네 배를 가르고 내 새끼를 꺼내야 해! 내가 안 불쌍하니? 네 배 속에 있는 네 새끼만 중요하고 난 하나도 안 중요하냐고!"

시랑은 미친 사람처럼 원망을 표출했다. 그러나 계속된 시랑의 격노에도 연서는 꿈쩍하지 않았다.

결국 시랑은 연서에게 무릎을 꿇었다. 그리고 그녀에게 애원하기 시작했다.

"이러지 마. 방법이 없는 거 아니야. 외국으로 가면 돼. 이미 준비도 다 되어 있다고. 붉은 옥패로 광기의 늑대가 되지 않는 방법도 찾았어. 응? 나하고 같이 떠나자. 그러면 1년 뒤에 죽지 않아도 돼. 언제까지나 나하고 같이 있을 수 있다고!"

시랑의 목소리와 표정은 더없이 절실해 보였다. 그러나 연서는 부드럽게 고개를 가로저으며 말했다.

"붉은 옥패를 가져가는 건 일족의 금기잖아요. 나 때문에 당신까지 죽으려고요? 그럴 순 없어요."

연서의 거절에 시랑은 기가 막혔다. 연서의 이기심에 시랑은 비명을 질러댔다.

"도대체 왜 그렇게 이기적이니! 이럴 바에는 처음부터 내 눈앞에 나타나지 말지 왜 나타나서 날 이렇게 만들어!"

하지만 그녀를 원망하는 것도 잠시, 시랑은 다시 연서에게 매달렸다.

"네가 없으면 난 어떻게 살아? 연서야, 나 어떻게 살라고 너 이러니? 나보고 어떻게 하라고……."

시랑은 연서의 무릎을 잡고 울기 시작했다. 시랑은 그녀에게 무릎을 꿇고 우는 자신이 부끄럽지도 추하지도 않았다. 다만 그렇게라도 해서 그녀가 마음을 바꾼다면 더 바랄 것이 없었다. 아니, 그녀가 독이 된 이성의 샘물만 먹는다면, 그래서 아기가 떨어지기만 한다면 자신의 팔다리라도 잘라줄 수 있었다. 그만큼 그는 절박했다.

연서는 시랑의 진심을 느낄 수 있었다. 그녀는 애처로

운 눈빛으로 시랑을 바라보았다. 그리고 그의 부드러운 머리칼을 어루만졌다. 그녀의 따스함에 시랑은 조금씩 진정되는 듯 보였다. 연서는 무릎을 꿇어 그와 눈을 맞추었다. 연서는 부드럽게 시랑을 바라보았다. 시랑도 젖은 붉은 초승달 눈을 들어 연서를 바라보았다. 연서는 부드럽게 그의 앞머리를 넘기며 다정한 목소리로 말했다.

"당신은 세상에 필요한 존재예요. 당신의 존재가 사람들을 기쁘게 하죠. 그러나 난 아니에요. 병원에 있을 때 나는 이렇게 살 거면 왜 태어난 건지, 아프기만 한 내가 세상에 태어난 이유가 무언지에 대해 항상 의문을 가졌어요. 항암 치료를 할 때는 불임이 될지도 모른다는 얘기를 들었어요. 그 얘기를 처음 들었을 때 어찌나 황당스러웠던지……. 난 여자로 태어나서 최소한의 존재 가치도 없는 사람이 될 수도 있었어요. 아니, 불임이라도 건강하게 직업을 가지고 생활한다면 모를까, 한데 난 그렇지도 못했어요. 늑대 인간이 되어서도 마찬가지였어요. 그러다가 당신 아버지한테 여자 늑대 인간이 아기를 낳는 방법과 아기를 낳지 않으면 일족에게 제거당한다는 얘기를 들었죠. 나도 죽는 게 싫으니까 당연히 아기를 낳기 싫었어요. 어떻게 가진 건강한 몸인데, 목숨인데……. 그래서 1년만이라도 행복하고 건강하게 살고 싶다는 생각도 했어요. 그런데 그때 당신이 보였어요. 날 만들어준 창조주 당신이, 어느새 내 심장에서 뛰고 있는 당신이, 온몸으로 세상에 자신의 존재를 빛내고 있는 당신이 내 앞에 서 있었죠. 난 할 수만 있다면 당신처럼 살고 싶었어요. 당신처럼 세상에 내 존재를 드러내고 싶었어요. 그러나 난 그럴 수 없었어요. 나에게 주어진 시간이 얼마 없었죠. 난 세상의 존재 가치가 없는 사람이에요. 당신의 사랑은 날 기쁘게 하고 살아 있음을 느끼게 했죠. 하지만 내가 죽은 뒤에는 당신에게 공허함만이 남을 거예요. 내 죽음 역시 그러하고요. 내 사랑은 이 세상 그 어디에도 흔적을 남기지 못할 거예요. 당신의 기억 빼고는. 내가 죽으면 나는 남의 기억에만 존재하겠죠? 당신과 우리 부모님의 기억 속에서. 그거 빼고는 날 증명해줄 것이 아무것도 없겠죠. 그런데, 그런데 내게 아기가 생겼어요. 내 아기가 살아 있어요. 그건 내가 죽어도 내 존재가 살아 있을 수 있다는 얘기예요. 난 당신을 만나기 위해 태어났고, 이 아기를 위해 지금까지 있는 거예요. 내가 왜 태어났는지가 이 아기로, 당신의 사랑으로 증명되었어요. 그러니 제발 내 분신이 살아남도록 도와주세요. 네?"

시랑은 그 다정한 목소리와 눈빛을 거부할 수 없었다.

어느새 연서의 눈에도 붉은 초승달 하나가 떠 있었다. 시랑은 투명한 눈물을 흘리고 있는 연서를 끌어안았다. 그리고 울었다.

시랑은 새끼를 보지 못하고 죽어야 하는 연서가 불쌍했다. 그리고 연서는 평생 자신을 그리워할 시랑이 불쌍했다. 두 사람은 서로를 끌어안고 서로가 안쓰러워 그렇게 울 수밖에 없었다.

*

시랑은 연서를 이불 위에 조심히 눕혔다. 연서는 울다 지쳐 시랑의 품에 안겨 잠이 들었다. 연서를 얇디얇은 홑이불 위에다 눕히고 시랑은 주변을 둘러봤다.

교실 안에는 여러 가지 물건들이 있었다. 연서가 직접 샀을 이불 한 채, 냄비 그리고 휴대용 가스레인지와 약간의 쌀, 라면들이 있었다. 초라하고 간소한 살림살이였다.

시랑은 잠이 든 연서를 두고 밖으로 나왔다. 폐교 건물은 상당히 낡고 지저분했다. 그에 비해 연서가 지내는 교실은 깨끗하고 잘 정리되어 있었다.

바람은 더운 바다 내음과 아까시나무 향기를 품고 있었다. 학교 뒤쪽에는 밭이라고 해도 좋을 정도로 많은 아까시나무들이 있었다. 아까시나무의 청량함은 공기를 안정시켰다. 학교는 언덕 중간에 위치해 있었기 때문에 통영 바다가 그대로 보였다. 아직 사람의 손을 타지 않은 바다의 깨끗한 내음, 시원한 아까시나무 그늘과 향기가 시랑의 주위를 감싸 안았다.

시랑은 그 자리에서 꼼짝도 않고 서 있었다.

얼마나 지났을까. 바다가 붉게 물들어 있었다. 그때까지도 연서는 일어나지 않았다. 아마도 어젯밤의 일이 꽤나 고단했으리라.

공기는 고요했다. 외진 곳이라도 특별한 소음이나 소란도 없었다. 아주 오랜 시간 동안 모든 것이 멈춘 듯했다. 그 시간 안에서 시랑은 멍하니 허공만 바라보았다. 움직이지 않는 육체 대신 그의 감정과 생각은 그 어느 때보다 빠르고 격정적으로 변했다. 그의 육체는 울지 않았으나 그의 마음은 통곡했다. 그의 육체는 소리 지르지 않았으나 그의 마음은 절규했다. 그렇게 번뇌의 시간을 거듭하다가 시랑은 마침내 결정했다.

연서의 소원대로 해줄 것을.

그녀가 원하는 대로 배 속의 아기를 살려두자. 연서는 그 아기 때문에 진통을 겪다가 낳지도 못하고 죽어갈 것이다. 그리고 시랑은 적시검으로 연서의 배를 갈라 아기를 꺼낼 것이다. 그것은 연서도 알고 있는 미래의 사실이다. 그러나 그다음에 일어날 일은 오직 시랑의 가슴속에만 가지고 있을 것이다.

그는 그 자리에서 연서를 따라갈 것이다. 연서의 배가 갈라져 죽으면, 시랑도 그 자리에서 적시검으로 자신의 목을 찌를 것이다.

어차피 원래 계획대로 도망가더라도 결국 연서는 일족에게 잡혀 죽임을 당할 것이다. 적시가 후계자인 시랑은 살 수 있겠지만 연서는 반드시 죽을 것이다. 그때도 시랑은 연서와 함께 죽으리라 결심했다. 그는 그 시기가 조금 일찍 찾아온 것이라 생각하기로 했다.

"아기를 낳게 해서 존재의 이유를 드러내지 못한 연서의 한을 풀어주고, 죽음으로 그녀와의 사랑을 이루자."

시랑은 작게 중얼거렸다. 그 말은 스스로를 위로하기 위한 말도 아니고, 주문을 거는 말도 아니었다. 그저 시랑의 본심이었다.

달이 떠올랐다. 달을 바라보는 시랑의 붉은 초승달도 빛나고 있었다. 시랑은 달을 보며 쓰게 웃었다. 처음으로 자신이 정말 인간이었으면 좋겠다고 생각했다. 자신의 아기를 가진 연서의 임신을 순수하게 기뻐했으면, 그리고 셋이서 살 수 있는 시간이 조금이라도 허락되었으면 좋겠다고 진심으로 바랐다. 늑대 인간의 뛰어난 지능도, 외모도, 권력도, 부도 모두 필요 없었다. 모두 부질없는 일이었다.

잦아든 바람 때문에 파도는 일렁이지 않았다. 잔잔히 흘러갈 뿐이었다.

*

연서는 시랑과 함께 적시가로 돌아왔다.

"아기를 낳자."

시랑의 제안에 연서는 순간 흠칫 놀랐다.

"적시가에서는 모두 너의 태교를 도와줄 거야. 모두들 기뻐하겠지. 원래 바라던 일이었으니까."

시랑은 그 말을 하면서 입안에서 비릿한 피 맛을 느꼈다. 속에서 끓어오르는 감정을 참느라 혀를 깨물었기 때문이다. 연서는 시랑을 한참 쳐다보다가 고개를 끄덕였다. 그리고 그를 따라나섰다.

시랑의 말처럼 적시가 사람들은 모두 연서가 돌아온 것을 환영했다. 처음에는 다시 나타난 연서의 존재만으로도 좋아했으나 그녀가 임신했다는 소리를 듣고 크게 기뻐했다.

연서가 나타난 다음 날 저녁, 천후는 외국 출장에서 돌아와 연서를 만났다.

"고맙다."

천후는 그렇게만 말했다. 다른 말은 없었다. 그러나 그녀와 시랑을 번갈아 보는 표정에는 기쁨과 서글픔이 묘하게 교차되었다.

적시가의 후계가 순수 혈통으로 이어지는 것은 기쁜 일이었으나, 아기를 낳으면 눈앞의 여자는 죽는다. 남의 죽음으로 얻어지는 이익을 무조건 기뻐할 정도로 적시가의 주인은 이기적이지 않았다.

일족에서는 연서의 임신을 축하하기 위해 큰 잔치를 벌이겠다고 했으나 시랑이 거절했다. 다만 조용히 둘만 있고 싶다는 시랑의 말에 천후도 동의했다.

적시가는 여름의 열기로 달아오르고 있었다. 갖가지 꽃잎으로 수놓아졌던 적시가의 별당은 산록의 계절을 안고 있었다. 적시가 별당의 여름은 봄처럼 화려함은 없었지만 오직 연녹색으로 물들어 있는 그곳은 연서의 마음을 안정시켰다. 이제 남은 기간은 약 한 달. 늑대 인간 여성의 임신 기간은 두 달이라고 진숙이 알려주었다. 날이 지날수록 연서의 배는 불러오고 있었다.

진숙은 연서의 배를 보고 가끔 쓸쓸한 표정이 되곤 했

다. 평소에 감정을 거의 드러내지 않은 진숙이었다. 때문에 연서는 천후의 눈빛보다 진숙의 표정에서 더 깊은 인상을 받았다. 그러나 언젠가 진숙은 시랑과 대화에서 자신을 '어머니'라고 표현했다. 연서는 진숙의 표정을 보고 진숙이 진심으로 시랑을 아들로, 자신을 그의 아내로 여기고 있음을 느꼈다.

연서는 하루하루에 충실했다. 배 속의 아기를 느끼며 시랑과 다정한 시간을 초연히 보냈다. 그 시간 안에서 가끔 연서는 병원에 있을 때를 떠올렸다. 그때는 불확실한 미래가 불안했다. 백혈구 수치가 떨어지면 언제 중환자실로 내려갈지, 또 언제 다시 일반 병동으로 갈지 알 수 없었다. 내일을 알 수 없었으며 한 시간 뒤를 예측할 수 없었다. 그러나 지금은 달랐다.

이제 자신이 한 달 뒤에는 죽는다는 것은 정해진 운명이다. 그러나 연서는 자신의 죽음이 의미가 있다고 생각했다. 아기를 낳다가 죽는 것. 그리고 임신을 했지만 그 어느 때보다 건강하게 한 달을 보내고 있다는 것. 병이 피를 타고 숨통을 조여오는 것이 아니라 아기의 발길질을 느낄 수 있는 것. 폐교에서 연서는 '그것이면 족하다'고 생각하려고 노력했다. 그러나 시랑을 향한 그리움만은 어쩔 수 없었다. 폐교에서 보내는 매일, 매 순간 연서는 그리움과 마주했다. 잠깐 이별은 그를 사랑하는 마음을 더욱 깊어지게 했다. 폐교에서 연서는 매일 그를 그리워하고 생각했다.

뜨겁게 빛나는 아름다운 초승달 눈동자도, 자신을 보고 시원하게 웃는 미소도, 아침에 잠자리에서 자신을 보는 다정한 눈빛도, 뜨거운 것을 잘 마시지 못해 꼭 차가식을 때까지 기다리는 것도, 단것을 싫어하는 식성도, 매운 음식을 먹을 때는 귀까지 빨개지는 얼굴도, 그런 자신이 쑥스러워서 연서를 보고 꼭 하핫 하고 웃는 것도, 글씨를 쓸 때에는 엄지손가락을 이상하게 올리는 것도 모두 떠올랐다.

그와 함께 있을 때는 그저 무심하게 여겼던 것들이었다. 그런데 달만 들어오는 폐교 교실에 덩그러니 앉아 있으면 그 사소한 기억들이 연서의 가슴을 헤집어놓았다. 당장이라도 적시가로 달려가고 싶었다. 그러나 연서는 자신의 배를 만지며 참고 또 참았다. 그를 아프게 하고 싶지 않았다. 아기가 태어날 때가 되면 천후에게 연락을 할 작정이었다. 연서도 자신의 배를 갈라야 하는 사람이 시랑이 아니었으면 했다.

새삼 죽음이 두려운 것이 아니었다. 연서는 그가 받을 상처가 두려웠다. 이미 작은어머니의 상처가 깊숙이 배어 있는 시랑이다. 연서는 그렇게까지 잔인한 사람이 못 되었다. 연서는 매일 시랑이 자신에게 받을 상처가 작기를 바랐다. 그게 허락되지 않으면 최대한 그가 상처를 빨리 잊기를 바랐다. 그러면서도 자신의 존재만은 언제까지나 그의 가슴에 남기를 바랐다. 그 이중적인 감정은 백혈병처럼 연서의 핏속을 타고 돌아 온몸을 타들어가게 했다.

그렇게 안으로 삭이고 삭이던 감정들이 시랑을 보자 폭발하고 말았다. 다시 돌아온 적시가에서 시랑과 함께 앉아 있으면 아무것도 하지 않아도 가슴이 두근거렸다. 그저 그가 옆에 있다는 사실만으로도 그녀는 긴장하곤 했다. 시랑을 보고 있으면, 그저 보고 있는 것만으로 눈물이 났다. 그녀에게 시랑은 사랑스럽고 다정한 사람 그리고 무엇보다 미안한 사람이었다.

연서는 이제 다시는 시랑 곁을 떠날 수 없을 것 같다. 다정한 시랑의 눈빛, 미소 그리고 자상한 배려, 무엇보다 온몸 절절히 느껴지는 그의 사랑에 그녀는 다시 중독되어버렸다. 그 마약 같은 감정을 이제는 다시 끊을 수 없을 것 같았다. 그가 없던 시간의 고통을 알아버렸기 때문이다. 그것은 말 그대로 무간지옥을 걸어가는 기분이었다.

그래서 연서는 살고 싶었다. 오로지 시랑을 보고, 시랑 옆에서 살고 싶었다. 적시가로 돌아와서 시랑의 다정한 미소가, 부드러운 체취가, 따스한 손길이 있을 때마다 그 사실을 절감했다. 연서는 처음으로 자신이 늑대 인간이 된 것을 후회했다. 그것이 아니면 이미 죽었을 몸이었으면서. 배은망덕한 자신의 마음에 연서는 쓰게 웃었다.

그날은 비가 해를 안고 내렸다. 유월답게 해가 쨍쨍했으나 비가 내린 것이었다. 내리는 빗물이 햇빛에 반짝거렸다. 때문에 적시가 별당 안에서 꼼짝할 수 없던 연서는 시랑에게 화전을 같이 만들자고 했다. 시랑은 거절하지 않았다.

프라이팬에 장미 화전이 노릇하게 익어갔다. 붉은 장미 빛깔과 고소한 냄새가 먹기 전의 즐거움을 주었다. 그 예쁜 화전을 물끄러미 바라보던 연서가 조용히 입을 열었다.

"시랑 씨, 내 아기한테도 이렇게 맛있는 화전을 만들어주세요. 엄마가 일찍 죽어서 화가 나 있을 테니까, 맛있는 화전 먹고 마음이 부드러워져서 나를 원망하지 않게 해주세요."

가만히 말하던 연서의 눈에서 눈물이 후두둑 떨어졌다. 연서는 얼른 눈물을 훔치려고 했다. 하지만 그때 시랑은 연서를 뒤에서 안으며 그녀의 눈물에 입을 맞추었다. 그 입맞춤은 더없이 따스했지만 둘의 가슴에는 각각 다른 이유로 서글픔이 가득했다.

연서는 자신이 죽은 뒤에 남아 있을 시랑과 아기가 안쓰러웠다.

하지만 시랑은 연서를 따라갈 자신의 운명이 슬프지만은 않았다.

아기는 적시가에서 순수 혈통으로 잘 자랄 것이다. 늑대 인간의 뛰어난 두뇌와 외모 그리고 적시가에서 내려오는 부와 명예까지 모두 아기의 것이었다. 그러나 아기는 시랑보다 더 외로울 것이다. 시랑에게는 아버지가 있었다. 그러나 시랑의 아기는 부모의 이기심 때문에 부모를 알지 못할 것이다. 그것이 시랑의 마음에 걸렸다.

적시가로 돌아온 후 시랑은 연서와 거의 떨어지지 않았다. 책도 읽지 않았고, 대본도 보지 않았다. 심지어 전화도 받지 않았다. 그는 모든 시간을 오직 연서를 위해 사용했다. 연서가 먹을 음식을 만들고, 그 음식을 먹여주고, 연서의 목욕물을 받았다.

평소 보필하는 자들이 할 만한 일들을 모두 시랑이 했다. 민망한 연서는 그러지 말라고 했지만 시랑은 듣지 않았다. 가끔은 아이를 위해 책을 읽어주고 음악을 들려주었다. 그런 시랑의 행동이 너무나 뜻밖이라 연서는 놀랐다. 아이가 밉지 않느냐는 물음에 시랑은 그저 작게 미소를 지을 뿐이었다.

연서는 그 미소의 의미를 정확히 알지 못했다.

이제 한 달이 거의 다 지나가고 있었다.

점점 더 커지는 연서의 배는 이제 시간이 얼마 남지 않았다는 것을 말해주었다. 요즘 연서는 잠을 제대로 이루지 못했다. 불안함을 느꼈기 때문이다. 인간 여자도 출산 때가 임박하면 불안함을 느낀다. 더욱이 연서는 자신이 아기를 낳다가 죽을 것임을 알고 있었다.

오늘도 연서는 잠을 이루지 못하고 일어났다. 달은 미인의 눈썹처럼 휘어져 창문에 걸려 있었다. 침대 옆에는 시랑이 잠들어 있었다. 연서는 달빛에 부서지는 시랑의 고운 얼굴을 잠시 바라보다가 침대에서 나왔다. 적시가 안은 죽은 듯이 조용했다. 시간은 이미 새벽이었다. 연서는 조용히 적시가를 나왔다.

그녀는 산속을 정처 없이 헤맸다. 달이 뜬 밤이면 연서는 가끔 밤 산책을 다니곤 했다. 산속에는 아무도 없었다. 연서는 고요한 어둠을 혼자 즐길 뿐이었다.

시랑도 연서가 밤이면 적시가 밖으로 나간다는 사실을 알고 있었다. 하지만 모르는 척하고 있었다. 예민한 늑대 인간의 감각이 한 침대를 쓰는 연인의 방황을 모를 리 없었다. 다만 그녀가 혼자 자신의 삶을 정리할 시간이 필요할 것이라고 생각했다. 그리고 연서가 잠자리에서 빠져나가면 시랑도 일어나서 자신의 삶을 정리하곤 했다.

연서는 정처 없이 떠돌다가 적시가 근처에 있는 정자로 향했다. 그곳에서 얼마 떨어지지 않은 곳에는 폭포가 있었다. 시랑과 연서가 처음 만난 그 폭포였다. 연서는 정자에서 폭포를 바라볼 생각이었다. 그러나 정자로 가는 연서의 마음은 그다지 편치 않았다. 적시가로 돌아온후, 딱 한 번 연서는 시랑과 함께 정자를 찾은 적이 있었다. 그런데 전날 태풍이 불어 정자와 그 근처에 있는 꽃과 나무가 많이 상해 있었다. 정자의 아름다움을 기억하고 있던 연서는 그 모습을 보고 크게 실망하여 말했다.

"지난봄 이곳에는 아름다움이 가득했는데 이제는 쓸쓸함만이 가득하군요."

연서의 허전함을 알아차린 시랑은 보필하는 자에게 이곳을 고치라 하겠다고 말했다. 그러자 연서가 고개를 저었다.

"아니에요. 공연히 그들을 번거롭게 하지 마세요. 이곳을 감독한다고 당신이 내 곁을 떠나면 그게 더 싫어요."

연서의 말에 시랑은 고개를 끄덕였다. 그리고 연서는 다시 정자에 가지 않았다.

　하지만 오늘밤, 서늘한 밤공기와 손톱 같은 달이 그녀를 그곳으로 이끌었다. 태풍으로 황량해진 정자의 모습이 마음에 들지는 않았지만, 그곳이 폭포를 보기에 가장 좋은 장소였기 때문이다. 연서는 폭포에서 자신의 첫 번째 죽음을 맞이했었다. 그 죽음은 슬프지만은 않았다. 인간이었던 연서는 담담히 용기를 내서 병든 자신의 육체를 폭포에 던졌다. 그리고 지금 연서는 인간으로서 죽음을 선택했던 그 마음이 필요했다.

　그런데 정자의 모습이 달라져 있었다.

　태풍으로 인해 여기저기 부서져 있던 기둥과 장식들이 말끔히 고쳐져 있었다. 주변의 상한 꽃과 나무들은 제거되거나 다시 심어져 있었다. 모든 것이 완전히 고쳐지지는 않았지만 상당 부분 수리된 모습이었다. 연서는 어리둥절했다.

　'누가 이런 일을 했을까? 시랑이 보필하는 자를 시켰던 것일까?'

　연서는 조심스럽게 주변을 둘러보았다. 그러다가 정자 옆에 있는 검은 형체를 발견하고 깜짝 놀랐다. 이미 자정을 넘어선 야심한 시간이었다. 정자 옆에서는 분명 꿈틀거리는 무언가가 있었다. 아무것도 보이지 않는 산속, 아무것도 들리지 않는 적막감, 그리고 분명히 보이는 검은 형체. 순간 연서는 긴장했다. 본능적으로 부른 배를 움켜잡았다.

"누군가요?"

연서의 목소리는 떨렸다. 불안감에 그녀의 왼쪽 눈에 붉은 초승달이 사납게 빛났다. 그녀는 얼른 늑대 인간의 무기인 손톱을 키웠다.

"…… 저입니다."

검은 형체는 민수였다.

연서는 반갑지 않았다. 상대방도 연서의 목소리를 듣고서 그대로 굳어버렸다.

흙을 파고 있었는지 그의 몸에서는 흙냄새가 강하게 났다. 한 손에는 이제 막 뽑은 듯한 잡초들을 들려 있었다.

"여기서 뭐 하시는 거죠?"

연서는 조금 긴장한 목소리로 물었다. 민수를 확인한 그녀의 눈동자는 갈색으로 돌아왔다.

연서는 민수와 실로 오랜만에 만나는 것이었다. 연서가 적시가로 돌아온 후로 민수는 한 번도 연서 앞에 나타나지 않았다. 연서도 굳이 그를 찾지 않았다.

연서가 임신하기 전, 사랑의 연인이 된 연서를 보고 민수는 연서 곁을 떠났다. 연서는 계속 자신의 옆에 머물며 도와달라고 민수에게 부탁했다. 그러자 민수는 연서가 잔인하다며 비난했다. 마치 사랑과 잘된 것을 질책하는 듯한 민수의 눈빛을 연서는 기억하고 있었다. 때문에 민수는 더 이상 그녀에게 편한 존재가 아니었다.

"이곳을 수리하고 있었습니다."

민수는 연서를 보지 않고 말했다.

다시 두 사람 사이에는 정적이 흘렀다. 연서는 할 말을 찾지 못했고 민수는 미처 하지 못한 말이 있음이 분명했다.

"…… 왜요? 누가 시켰나요?"

결국 연서가 다시 입을 열었다. 그러자 민수가 잠시 망설이다가 말했다.

"아니요, 아무도 시키지 않았습니다. 다만 연서님께서 이곳 정자가 망가진 것을 안타까워하셨다는 말을 듣고…….."

"그래서 이 늦은 밤까지, 그것도 혼자서 고치고 있었다고요? 단지 내가 마음 아파했던 이유로?"

연서는 조금 경악한 목소리로 물었다. 그러나 민수는 아무런 말도 하지 않았다.

다시 건드리기 힘든 침묵이 그들 사이에 맴돌았다. 민수의 생각지도 못한 친절에 연서는 놀랐다. 하지만 동시에 거북스러웠다. 만약 시랑이 민수처럼 밤에 나가서 정자를 고쳐주었다면 그녀는 시랑을 안고 기쁨의 눈물을 흘렸을 것이다. 하지만 지금 눈앞에 있는 것은 민수였다. 연서는 그 어색한 순간을 빠져나가고 싶었다.

그때 달이 구름을 벗어나 사방을 은색 달빛으로 물들였다. 민수는 달빛에 드러난 연서의 모습에 그대로 얼어붙고 말았다. 연서의 크게 부른 배가 보였기 때문이다.

하지만 연서는 민수의 표정이나 감정을 읽지 못했다. 그녀는 그 자리를 떠날 궁리만 했다.

"아, 저기, 우선 고마워요. 그런데 그럴 필요가……."

쭈뼛쭈뼛 말을 이어가던 연서는 민수를 본 순간 깜짝 놀랐다. 민수의 얼굴에 흐르는 눈물을 보았기 때문이다. 달빛에 반짝거리는 민수의 눈물을 보자 연서는 당황해서 어찌할 바를 몰랐다. 그가 왜 우는지 연서는 짐작조차 하지 못했기 때문이다.

"왜입니까?"

갑자기 민수가 큰 소리로 물었다. 매우 화난 목소리였다. 그러나 연서는 민수의 질문을 정확히 이해하지 못했다. 아니, 이어서 터져 나온 민수의 절규 때문에 연서가 대답할 사이도 없었다.

"왜 아기를 가지셨습니까? 왜 이렇게 잔인하십니까? 그냥 당신을 보기만 해도 안 되는 겁니까? 도대체 왜 나를 구해주셨습니까?"

말을 마친 민수는 오열하기 시작했다. 민수는 달빛에 비친 연서의 배를 보고 그제야 연서가 임신했다는 것을 알았다. 아니, 그도 연서가 임신했다는 소리는 이미 들었다. 하지만 얘기를 들은 것과 실제로 그것을 눈으로 확인했을 때의 충격은 전혀 달라 보였다.

민수는 허리를 꺾으며 통곡했다. 마치 그녀와는 손끝 하나 닿는 것이 죄인 양, 그저 허리 숙여 우는 것밖에 할 수 있는 일이 없는 것 같았다. 가늘게 떨리는 민수의 어깨가 달빛에 비쳤다.

민수의 울음에 연서는 어떤 대답도 할 수 없었다. 연서는 송곳니를 받지 못해 기이하게 뒤틀린 그의 육체를 조용히 바라보았다.

"당장 아기를 지우세요! 사랑님은 그 방법을 아실 겁니다! 예? 그렇게 하세요! 그렇게 해서라도 이 적시가에 머물러주세요!"

민수는 몸을 떨며 소리쳤다. 연서는 그의 발악을 묵묵히 들었다. 그리고 그녀는 차분히 말했다.

"안 돼요."

연서의 입에서 나온 그 세 글자가 마치 사형 선고인 듯 민수의 표정은 참담해졌다. 민수의 절망적인 눈빛은 연서의 가슴을 헤집었다. 연서는 자신이 아주 나쁜 일을 하는 것 같았다.

"정말 이기적이십니다. 당신은 정말 나쁜 사람이에요. 정말 최악이에요! 당신처럼 이기적인 사람은 처음 봤어요!"

그 절망을 참지 못한 민수는 이번에는 비난을 퍼부었다. 하지만 그것도 잠시, 이번에는 매달리기 시작했다.

"그러지 마세요. 날 불쌍히 여겨주세요! 당신은 날 구원하셨잖아요? 나의 여왕이시잖아요? 제발 날 불쌍히 여기시고 당신 목숨을 구하세요. 그 아기를 당장 지우세요. 당신에게 내 마음을 받아달라고 하지도, 처참한 몸뚱이를 가진 날 좋아해달라고 하지도 않잖아요? 내 소원은 하나예요. 내가 당신을 소중히 여기듯이, 당신도 당신 자신을 소중히 여겨주세요. 제발요!"

마치 애인에게 버림받은 것처럼 민수는 처절했다.

연서는 조용히 그를 바라볼 뿐이었다. 민수의 절규를 들으면서 그녀는 그동안 외면했던 사실을 인정할 수밖에 없었다. 연서도 민수가 자신을 좋아한다는 것을 알

고 있었다. 하지만 그것을 애써 무시했을 뿐이다. 그녀
는 그에게서 사랑 고백을 듣고 싶지 않았다. 그냥 그대
로 그와 좋은 친구 관계였으면 했다. 그래서 자신을 위
해 정자를 고치고 있는 민수의 행동은 감동적이면서도
부담스러웠다. 연서의 마음속에는 시랑만이 있었기 때
문이다. 그것은 민수가 부족해서가 아니라 이미 시랑이
마음에 들어와 있었기 때문이다.

　자신을 좋아해주는 마음을 즐기는 사람도 있다지만,
그것은 추악한 이기심일 뿐이다. 연서는 남의 마음을 가
지고 놀 정도로 추악하지 않았다.

　민수는 엎드려 울었다. 연서는 그의 울음에 마음이 아
팠다. 연서는 바닥에 엎드려 울고 있는 민수의 어깨에
조용히 손을 올렸다. 따스한 손길에 민수는 고개를 들었
다. 그의 얼굴은 온통 눈물로 범벅이 되어 있었다.

　"그러지 마요. 이렇게 아파할 일이 아니에요. 우리가
만난 기간은 그다지 길지 않잖아요. 그저 잠시 바람이
머물렀던 거라고 생각하세요. 당신의 인생에 내가 없다
고 생각하면 되는 거예요."

　연서는 부드럽게 말하며 그를 달랬다. 그러나 민수는
강하게 거부했다.

　"그건 말이 안 됩니다. 난 이미 당신을 만났어요. 당신

은 내 구원자이고 여왕이십니다. 그걸 어떻게 바꿀 수 있겠습니까? 당신은 정말 잔인하십니다. 당신은 그렇게 떠나면 모든 것이 끝난다고 생각하겠죠. 그러나 나는 아닙니다. 적시가 곳곳에서 당신의 흔적을 보고 느낄 겁니다. 세상에서 유일하게 나를 따뜻하게 대해준 당신을 난 평생 그리워하겠죠. 그렇게 참담한 슬픔을 매일, 매 순간 느낄 겁니다. 당신은 그걸 넘기고 가는 겁니다."

원망 섞인 민수의 말에 연서는 한참 말이 없었다. 이윽고 연서는 짧게 한숨을 뱉더니 조용히 물었다.

"내가 당신에게 해줄 일이 있나요? 아기는 포기할 수 없어요. 나도 내 목숨이 소중해요. 살고 싶죠. 하지만 그걸 포기하고 선택한 일이에요. 아무도 나에게 아기를 포기하는 걸 강요할 수 없어요. 그걸 제외하고 당신에게 내가 해줄 일이 있으면 해드리고 싶네요."

연서의 말에 민수는 대답이 없었다.

두 사람 사이에 한참 동안 정적이 흘렀다. 마침내 민수가 천천히 고개를 들더니 조용히 말했다.

"이곳을 떠날 수 있게 도와주십시오."

"…… 떠나요? 어떻게요? 당신은 버림받은 자잖아요."

연서는 의아함이 가득한 목소리로 물었다. 그러자 민수는 연서를 똑바로 보며 대답했다.

"연서님이 나의 병을 치료해주시면 됩니다. 저는 늑대 인간에게 물렸지만 송곳니를 받지 못했습니다. 늑대의 힘을 받지 못했죠. 연서님께서 저를 문 늑대의 송곳니를 가져다주신다면 제 힘이 부활할지도 모릅니다. 저를 물었던 낙오된 자의 송곳니는 적시가 별당의 비밀 공간에 따로 보관되어 있다고 들었습니다."

"하지만 그건 금기를 어기는 일이에요. 위험하다고요."

연서는 놀라서 소리쳤다. 그러자 민수는 나지막하게 말했다.

"네, 그렇습니다. 하지만 걱정 마십시오. 아무도 연서님께서 송곳니를 훔쳤다고 생각하지 못할 겁니다. 연서님께 필요한 물건이 아니니까요. 혹여 나중에 들킨다고 해도 일족에서는 연서님을 해치지 못할 겁니다. 순수 혈통을 배고 계시니까요."

"하지만 당신이 낙오된 자의 송곳니를 받아서 힘을 되찾는다는 보장도 없잖아요. 또한 힘을 되찾는다고 해도 당신은 얼마 되지 않아 일족에게 죽임을 당하게 될 거예요. 아니, 도망친다고 해도 보름을 넘기지 못할 거예요. 이성의 샘물을 먹지 못하고 광기의 늑대가 되고 말거니까요. 당신, 모르는 건 아니겠죠? 광기의 늑대가 되면 달빛에 미쳐서 자신의 몸을 찢고 죽고 만다고요."

연서는 당혹감에 급하게 말했다. 그러나 민수는 미동도 하지 않고 차분히 말했다.

"차라리 그편이 훨씬 좋아요. 저는 죽기 전까지 이곳을 절대로 벗어나지 못하겠죠. 당신이 없기 때문에 말을 건네주는 사람도 없이 사람들이 먹고 남긴 음식을 먹으며 치졸하게 삶을 이어가야 합니다. 그럴 바에는 잠깐 살더라도 밖으로 나가고 싶습니다. 그곳에서 살고 싶은 대로 살고 싶습니다. 물론 낙오된 자의 송곳니가 제 힘을 발휘하지 못할 수도 있죠. 하지만 만약이라는 것도 있지 않습니까? 만약 제가 늑대의 힘을 다시 가질 가능성이 1퍼센트만이라도 있다면, 여기를 나갈 수 있는 가능성이 조금이라도 있다면 그걸 잡고 싶습니다. 이런 제 마음을 이해하지 못하시겠습니까?"

민수의 말에 연서는 아무 말도 하지 못했다.

연서는 누구보다 민수의 마음을 이해했다. 자신도 그러했으므로. 병든 몸으로 치졸하게 살기 싫어서 인간이었을 때 절벽에 몸을 던지지 않았던가. 자유를 꿈꾸는 민수의 마음을 병실에서 5년을 갇혀 살았던 그녀가 어떻게 외면하겠는가.

연서는 조용히 고개를 끄덕였다.

*

    연서는 벌써 한 시간째 적시가 별당 안을 샅샅이 뒤지고 있었다.

    적시가 별당은 단출한 구조와 가구를 가지고 있었다. 그래서 비밀 공간이 따로 있을 자리는 없어 보였다. 물론 적시가 지하 동굴로 통하는 문이 별당에 있기는 했다. 그러나 연서는 지하 동굴이 송곳니를 숨겨놓을 만한 곳이 아니라고 생각했다. 그곳은 한 달에 한 번 일족들이 모이는 곳이었기 때문이다. 그런 곳에 비밀 공간이 따로 있을 리 없었다. 그래도 혹시 모르니 연서는 우선 적시가 별당을 뒤진 다음 지하 동굴로 갈 참이었다.

    어젯밤, 아니 오늘 새벽 민수를 만나고 연서는 별당이 조용해질 시간만 기다렸다. 요즘 들어 별당에 아무도 없을 때가 종종 있었다. 보필하는 자들은 이제 얼마 남지 않은 연서의 출산을 위해 지하 동굴을 정리하는 중이었다. 그들은 새로 태어날 적시가의 후계자를 위해 준비할 것이 많았다. 이런저런 이유로 자주 보필하는 자들은 적시가를 비웠다. 그리고 늘 연서 곁에 있던 시랑도 오늘은 본당에 가서 그녀 옆에 없었다.

    연서는 적시가 이곳저곳을 뒤지다가 시랑의 방까지

갔다. 그러나 그곳에 특별히 이상한 것은 없었다. 연서는 그곳에서 매일 시랑과 함께 지냈다. 이상한 것이 있었다면 먼저 알아차렸을 것이다.

그런데 한쪽에 아무것도 없는 흰 벽이 보였다. 그림조차 걸려 있지 않은 그 하얀 벽이 왠지 이상하게 느껴졌다. 전에는 아무것도 없는 흰 벽면이 방 인테리어와 잘 어울린다고 생각했지만, 모든 것이 의심스러운 지금은 하얀 벽이 연서의 마음에 걸렸다. 연서는 벽면을 샅샅이 손으로 훑기 시작했다. 영화에서 보는 것처럼 무슨 장치가 되어 있을 것 같았다. 그러나 아무것도 없었다.

연서는 만삭의 몸을 너무 움직인 탓에 금세 지쳤다. 그녀는 결국 바닥에 그대로 드러누워버렸다. 이대로 포기할까 했지만 그동안 민수에게 받은 것이 너무 많았다. 민수는 적시가 안에서 유일한 친구였다. 결국 연서는 다시 시작하기로 결심했다.

다시 일어나기 전, 연서는 무심코 기지개를 켰다. 그런데 기지개를 켠 순간 연서의 손이 바닥의 모서리에 닿았다. 그러자 바닥 모서리는 지름 5센티미터의 정사각형을 만들며 들어가버렸다. 연서는 깜짝 놀랐다. 하지만 연서가 무얼 어찌해보기도 전에 흰 벽에서 무언가 튀어나왔다.

연서는 얼른 다가가 그것을 보았다. 그것은 검은 갈고리 두 개였다. 그 외에 아무것도 없었다. 갈고리는 거꾸로 매달려 있었고, 분명 무언가를 올려놓게 되어 있었다. 연서는 그것을 한참을 쳐다보았다. 문득 무언가 떠오른 연서는 서재로 달려갔다. 그리고 서재에 있는 적시검 앞에 섰다. 검을 바라보는 연서의 얼굴에는 긴장한 기색이 역력했다. 연서는 잠시 숨을 들이마시고 적시검을 잡아보았다. 그 순간 마치 전기가 오르는 것처럼 짜릿했다. 동시에 연서의 눈동자에 초승달이 떴다가 사라졌다. 하지만 곧 검에서는 아무것도 느껴지지 않았다. 검이 연서를 거부하지 않았다는 얘기다.

적시검은 오직 적시가의 후계자만이 만질 수 있었다. 연서는 여자 늑대 인간이었지만 시랑에게 송곳니를 받았다. 엄격히 말해 그녀도 적시가의 후계자였다. 때문에 그녀도 검을 만질 수 있었던 것이다.

연서는 검을 들고 그대로 시랑의 방으로 들어갔다. 그리고 거꾸로 매달린 검은색 갈고리에 검을 올려놓았다. 그러자 벽이 움직였다. 그리고 벽 중간에서 아주 큰 상자가 나왔다. 연서는 떨리는 손으로 상자를 열었다. 그 안에는 갖가지 보물들이 들어 있었다. 보물이 많은 적시가 안에서도 가장 소중한 것들만 모아놓은 것이 분명했다.

그런데 그 안에 작은 상자가 두 개 있었다. 작은 상자의 문양이 굉장히 특이했다. 이마에 붉은 초승달이 그려져 있는 늑대 그림이었다. 그것은 적시가를 상징하는 문양이었다.

그중 한 상자 안에는 적시가의 상징이자 가장 중요한 보물인 붉은 옥패가 있었다. 시랑이 본당에서 가져온 것으로, 아직 본당에 돌려놓지 않았던 것이다. 연서는 황급히 그것을 내려놓고 다음 상자를 열었다. 그 안에는 송곳니가 있었다. 연서는 송곳니가 든 상자를 집어 들었다. 그리고 벽에 걸린 적시검을 내려놓았다. 동시에 벽에서 나온 상자가 들어가고 두 개의 검은 갈고리도 사라졌다. 원래 있던 대로 하얀 벽면이 되었다.

연서는 황급히 검과 송곳니가 든 상자를 들고 시랑의 방에서 나왔다. 의심을 받지 않으려면 적시검을 원래대로 돌려놔야 했다. 연서는 허둥지둥 검을 들고 서재로 향했다.

"그게 뭐죠? 반려자님?"

그때 연서의 등 뒤에서 목소리가 들려왔다.

갑작스러운 목소리에 연서는 얼른 뒤를 돌아보았다. 그리고 연서의 얼굴은 하얗게 질려버렸다.

진숙이었다. 진숙은 별당 안으로 막 들어오다가 연서

를 발견했다. 그녀는 연서가 적시검과 상자를 들고 있는
것을 보았다.

"어째서 반려자님께서 적시검을 들고 있죠? 그 상자,
그 상자는 적시가의 귀중품을 넣는 상자인데…… 어떻
게 반려자님께서?"

의아함이 가득한 진숙의 말에 연서는 당황해 어쩔 줄
몰랐다. 진숙은 재빠르게 연서의 손에서 상자를 빼앗았
다. 그리고 연서가 말리기도 전에 상자를 열었다.

"세상에……!"

진숙은 놀라움에 말을 잇지 못했다. 상자 안에는 낙오
된 자의 송곳니가 들어 있었기 때문이다. 진숙은 차갑게
굳어져서 연서를 바라보았다. 그 눈빛에 연서는 자기도
모르게 움찔했다. 하지만 진숙은 연서를 탓하지 않았다.
연서에게는 이미 송곳니가 있었다. 그녀는 남의 송곳니
가 필요하지 않았다. 그것이 필요한 사람은 따로 있었다.

진숙은 무전기를 꺼내 들었다.

"별당 실장 이진숙이다. 모든 보필하는 자들은 하던
일을 중지하고 지금 당장 버림받은 자를 찾아라."

명령은 추상같이 매서웠다.

진숙은 무전기를 내려놓았다. 그리고 당황해 서 있는
연서를 보며 차갑게 말했다.

"반려자님, 일족에게는 금기와 계율이 있습니다. 계율에 예외가 없음은 그것이 일족을 지키는 유일한 방법이기 때문입니다. 즉, 몇천 년 동안 지켜온 질서가 무너지면 일족은 스스로를 지킬 수 없게 됩니다."

"하지만 율법을 어기더라도 불쌍한 사람이 도움을 받는다면……."

연서는 우물쭈물 말했다. 나름대로 논리가 있었지만 어쨌든 그것은 금기를 깨는 일이었다. 연서의 대답에 진숙의 표정은 더욱 서늘해졌다.

"반려자님의 값싼 동정심 때문에 일족이 위험에 처한다면 어찌하시겠습니까? 반려자님께서는 해야 될 것과 하지 말아야 될 것을 구분하지 못하셨습니다. 버림받은 자가 낙오된 자의 송곳니를 갖는 것은 금기입니다. 그건 버림받은 자가 일족에 해를 입힌다는 전설이 있기 때문입니다. 또한 그는 원래 죽었어야 될 존재입니다."

"그건 그저 전설이잖아요? 믿기 힘든 전설 말이에요."

연서는 항변했다. 그러자 진숙은 차갑게 말했다.

"네, 전설이지요. 세상 사람들 모두 전설이 거짓이라고 생각하지요. 그러나 전설의 사실성에 대해서는 늑대 인간인 연서님께서 스스로 증명하시지 않았습니까?"

결국 연서는 입을 다물 수밖에 없었다. 적시가 안에서

떠도는 버림받은 자에 대한 부정적인 전설을 그녀가 없 앨 수는 없었다. 사실 버림받은 자에 대한 전설은 버림 받은 자들의 행적을 보고 생겨난 인식이기도 했다. 버림 받은 자들은 과거에도 있었다. 일족은 처음부터 버림받 은 자를 천대하지는 않았다. 의도하지 않는 사고 때문에 비틀어져버린 운명을 가진 버림받은 자들을 불쌍하게 여겼다. 그러나 버림받은 자들은 만족하지 못했다. 괴물 처럼 되어버린 외모가, 인간보다 더 약해진 육체가 그들 을 괴롭게 했다. 그래서 그들은 살아 있으나 산 것처럼 살지 못했다. 때문에 그들의 마음속에는 분노가 자랄 수 밖에 없었다. 그래서 살아 있는 버림받은 자들은 일족을 이간질해 사이를 갈라놓거나 보물을 훔치기도 했다.

반복적으로 겪은 그러한 경험 때문에 전설이 만들어졌 고, 모두들 그 전설을 사실이라고 믿게 된 것이었다. 때 문에 버림받은 자들은 항상 그 자리에서 사살되었다.

하지만 버림받은 자인 민수는 시랑의 자비심으로 아 직까지 살아 있었다.

이윽고 모든 보필하는 자들이 속속히 별당으로 모였 다. 민수는 보필하는 자들에게 잡혀 들어와 별당 마당에 던져졌다.

"어디서 잡아 왔지?"

민수를 잡아 온 보필하는 자에게 진숙이 물었다.

"본당 마루 밑에 숨어 있었습니다. 아마 별당을 훔쳐
보다가 우리에게 쫓기자 그곳으로 도망친 것 같습니다."

민수를 잡아 온 보필하는 자의 대답은 진숙의 화를 더
욱 부추겼다. 노한 진숙은 자기보다 하급인 보필하는 자
에게 명령했다.

"당장 창고로 가서 가장 큰 채찍을 가져오너라. 규율에
따라 이자에게 채찍 스무 대를 쳐라. 우선 버림받은 자가
허락받지도 않고 본당에 들어간 죄부터 따져 묻겠다."

진숙의 명령에 모두들 일사불란하게 움직였다. 민수의
옷을 벗기고 그가 도망치지 못하도록 손과 발을 묶었다.
곧이어 커다란 가죽 채찍이 도착했다. 보필하는 자들 중
에서 가장 힘이 좋은 자가 채찍을 들고 민수의 뒤로 가
서 섰다.

갑작스러운 상황에 연서는 놀라서 소리쳤다.

"안 돼요! 뭐 하는 거죠? 당장 멈춰요!"

"안 됩니다, 반려자님. 이건 일족의 계율에 따른 처벌
입니다. 그러므로 아무도 어길 수 없습니다. 저는 실장
으로 버림받은 자가 본당에 들어간 것에 대해 처벌할
권한이 있습니다. 또한 저자가 감히 반려자를 속이고 송
곳니를 훔치려고 한 죄는 주인님이 오시면 처벌하실 겁

니다."

진숙은 여전히 민수를 바라보며 차갑게 말했다. 연서가 다시 적시가로 돌아온 이후 항상 자애로운 모습을 보여주던 진숙은 없었다. 그녀는 마치 엄숙한 의식을 치르는 것 같았다.

'지금이 정말 21세기가 맞는 건가? 조선 시대에 못된 하인에게 벌을 주듯이 채찍질을 하다니!'

연서는 그 모든 광경에 경악했다. 민수는 채찍으로 맞았다. 가죽 채찍이 날카롭게 공중을 가르자 채찍이 살에 맞닿는 소리와 구경꾼들의 비명이 한데 섞였다. 그러나 민수는 신음 소리조차 내지 않았다. 피가 튀기고, 뼈가 드러나고, 살이 터져도 민수는 이를 앙다물고 참을 뿐이었다. 그리고 오직 연서만 바라보았다. 애원하는 듯한 민수의 눈빛이 연서의 죄책감을 자극했다. 연서는 그 자리에 있는 것이 너무 괴로웠다.

"지금 뭐 하는 거지?"

연서의 구원자가 드디어 나타났다.

시랑이었다. 시랑이 나타나자 모두들 채찍질을 멈추고 그에게 허리를 숙였다. 익숙한 음성이 들리자 연서는 그제야 안도했다. 불안함과 죄책감으로 어찌할 바를 모르던 연서는 그 자리에 주저앉았다.

"연서야!"

시랑은 황급히 연서에게 달려갔다. 그리고 그녀를 안으며 부축했다.

"괜찮아요. 긴장한 게 조금 풀려서 그래요."

그러나 연서의 얼굴은 하얗게 질려 있었다. 그녀는 자신의 고통에는 그렇게 담대하면서도 남의 고통에는 익숙하지 않았다. 더욱이 그녀는 민수가 태형을 당하는 이유가 자신 때문이라고 생각했던 것이다.

"어서 물을 가져와!"

진숙이 황급히 소리쳤다. 보필하는 자들이 물을 가져오자 진숙이 시랑에게 건넸다. 시랑은 연서에게 물을 먹였다. 연서가 그렇게까지 놀랄 줄 진숙은 예상하지 못했다. 진숙은 연서를 혼내기보다는 민수를 위해 그런 행동을 했던 것이다. 진숙은 연서가 없더라도 민수는 적시가에 남아 있을 것이라고 생각했다. 그래서 민수의 헛된 야망을 꺾어놓을 필요가 있다고 생각했다. 하지만 연서가 그렇게 놀랄 줄 알았다면 진숙은 절대로 그런 일을 벌이지 않았을 것이다.

"죄송합니다. 반려자님께서 이런 모습을 보지 못하게 했어야 하는데……. 어서 안으로 들어가십시오."

진숙은 어쩔 줄 몰라하며 말했다. 연서는 괜찮다고 말

410

했다. 실제로 시랑의 품에서 안정된 연서는 얼굴색이 돌아오기 시작했다. 그제야 안심이 된 시랑은 별당 마당에 꿇어앉아 있는 민수를 보며 물었다.

"도대체 무슨 일인가?"

시랑은 이제 시간이 얼마 남지 않은 것을 느끼고 본당 안에 있는 자신의 물건을 정리하고 오는 길이었다. 혹시나 아버지가 본당에 남아 있는 자신의 물건을 보고 슬퍼하지 않게 하기 위함이었다.

"버림받은 자가 낙오된 자의 송곳니를 탐했습니다. 그래서 벌을 받고 있는 중입니다."

진숙이 차분히 말했다. 그러자 얼른 연서가 항변했다.

"아니에요. 민수 씨는 잘못이 없어요. 내가 훔쳤어요. 그게 사실이에요."

다급한 연서의 말에 시랑은 잠시 대꾸가 없었다. 그러나 곧 그는 연서를 똑바로 보며 물었다.

"하지만 당신은 어떻게 이 송곳니가 별당에 있다는 걸 알았지? 난 낙오된 자의 송곳니가 남아 있다는 말을 한 적이 없는데?"

시랑의 지적에 당황한 연서는 우물쭈물했다. 그 모습을 보고 진숙은 차갑게 승리의 미소를 지어 보이며 말했다.

"그것 보십시오. 연서님께서는 낙오된 자의 송곳니가 있다는 사실도 몰랐습니다. 그런 연서님께서 이 송곳니가 왜 필요하겠습니까? 이제 곧 진통의 날이 올 텐데요. 버림받은 자가 연서님을 이용한 겁니다."

진숙의 말에 시랑은 표정이 차갑게 굳었다. 그리고 잠시 연서를 바라보았다.

이내 시랑의 송곳보다 날카로운 시선이 민수에게 꽂혔다. 시랑은 채찍으로 민수를 치고 싶었다. 그 욕망은 너무나도 거대해서 그는 입술을 꽉 깨물어야 했다. 시랑의 두 눈에 초승달이 떠올라 섬뜩하게 빛났다.

"버림받은 자는 아무것도 모르는 반려자님의 귀에 달콤한 독을 부어 자기 이익을 얻으려고 했습니다. 버림받은 자가 송곳니를 탐하는 것은 금기입니다. 이자를 죽이십시오."

진숙의 단호하게 말했다. 놀란 연서는 시랑을 말리기 시작했다.

"안 돼요! 민수 씨가 그릇된 말을 했어도 제가 올바른 판단을 했다면 이런 일은 없었을 거예요. 맞아요, 제가 민수 씨에게 송곳니를 가져다주려고 했어요. 그러니 제게도 책임이 있어요. 민수 씨가 모든 죄를 뒤집어쓰는 것은 부당해요. 만약 저를 불쌍하게 여기신다면 민수 씨도 불쌍하게 여겨주세요. 제가 처음 적시가에 들어와 낯선 곳에서 힘들어할 때 제게는 민수 씨밖에 없었습니다. 저의 유일한 친구였습니다. 제발 그를 용서해주세요."

시랑은 연서의 애원을 들으며 자신 안에서 고요한 질투가 일어나는 것을 느꼈다.

그녀의 입에서 다른 사람의 이름이 나오는 것도, 다른 사람 때문에 자신에게 구걸하는 모습도 참으로 보기가 싫었다. 아니 증오스러웠다. 그러나 시랑은 연서에게 화를 내지 않았다. 조용히 자신의 감정을 안으로 삼켰다. 그런 문제로 연서에게 화를 내기 싫었다. 그 문제로 화를 낸다면 자신이 어떻게 변할지 알지 못했기 때문이다.

시랑은 다시 민수 문제에 시선을 돌렸다. 시랑은 연서를 아프게 하고 싶지 않았다. 그러나 시랑은 적시가의 수장이었다. 자신의 감정 때문에 계율을 마음대로 한다면 아무도 계율을 지키지 않을 것이었다. 그것은 곧 일족을 몰락시키는 일과 다를 바 없었다.

사방은 점점 더 어두워지고 있었다. 시랑의 눈동자와 같은 가느다란 달이 하늘에 걸려 있었다. 잠시 달을 바라보며 고민하던 시랑은 엄숙한 목소리로 모두에게 말했다.

"버림받은 자는 일족의 율법의 따라 제3형벌을 받는

다. 그 어떤 경우에도 면회를 금지하며 이성의 샘물도 금지다. 사지를 쇠사슬로 묶어 자살할 수도 없게 하여라."

시랑의 말에 연서는 얼굴이 하얗게 질렸다. 민수는 이를 아드득 깨물었다.

일족에 율법이 있는 만큼 형벌도 차등 구분되어 있었다. 총 4단계로 나누어지는데, 그중 최고형이 제1형벌로 화형이었다. 제2형벌은 일족에서 쫓겨나는 것이고, 제3형벌은 적시가 지하 동굴 감옥형이고, 제4형벌은 태형이었다.

시랑은 민수에게 제3형벌을 내려 지하 동굴 감옥에 가두게 했다. 감옥은 지하 동굴보다 더 한참을 내려가서 있었다. 시랑이 태어난 후로 30년 동안 그 감옥을 사용한 적은 없었다.

하지만 이제 민수가 그 더럽고 무서운 지하 감옥에서 평생을 보내야 할 것이다. 그리고 그는 지하 감옥에 갇혀 보름마다 발작을 할 것이다. 그러나 달빛에 미쳐서 자신의 몸을 찢어 죽거나 자살할 수도 없었다. 사지가 모두 쇠사슬로 묶이기 때문이다. 그는 이성의 샘물을 먹지 않고도 살아남을 것이다. 보름마다 죽을 정도의 고통을 느끼면서 죽지 못할 것이다. 그렇게 그는 영원히 적시가를 벗어나지 못할 것이다.

민수의 눈빛은 불이 일어난 듯 번쩍였다. 그는 고개를 번쩍 들어 시랑을 똑바로 노려보았다. 살기 어린 눈빛이었다.

죽일 듯이 노려보는 민수의 눈빛에 모두들 놀라 뒤로 물러섰다. 그러나 시랑은 꿈쩍도 하지 않았다. 또한 민수의 시선을 피하지도 않았다. 두 사람의 시선이 공중에서 맞부딪치자 주변은 일순간 긴장감이 팽팽해졌다.

"뭣들 하느냐? 지금 당장 버림받은 자를 감옥에 가두어라."

진숙이 크게 외치자 보필하는 자들이 황급히 민수를 끌고 나갔다.

시랑은 연서를 부축해 방으로 들어갔다. 방에 들어가자마자 연서는 시랑에게 민수의 문제를 재고해달라고 부탁했다. 순간 난폭한 질투심이 시랑의 가슴속에서 다시 고개를 쳐들었다.

시랑은 민수를 부르는 연서의 입술을 자신의 입술로 막았다. 그의 키스는 평소의 다정하고 부드러운 시랑의 키스가 아니었다.

"제발 날 더 이상 질투하게 하지 마. 네가 다른 사람 이름을 그렇게 부르는 것도 싫어. 아까 내가 얼마나 화가 났는지 알아?"

연서의 입술에서 떨어진 시랑이 숨을 헐떡이며 말했다.

"나는 그저 민수 씨가 불쌍해서……."

연서의 왼쪽 눈에는 어느새 붉은 초승달이 떠 있었다.

미안해 어쩔 줄 몰라하는 연서의 모습에 시랑은 슬며시 웃음이 피어올랐다. 시랑은 그녀에게 화를 내는 것이 애초에 불가능하다는 것을 깨달았다. 분노가 사그라진 시랑의 동공이 검은색으로 돌아왔다.

"버림받은 자에 관한 문제는 일족의 계율이니 나도 어쩔 수 없어. 수장이라고 해서 마음대로 계율을 지키지 않으면 아무도 지키지 않을 거야."

시랑이 단호하게 말했다.

그의 마음을 읽는 연서는 낙담했다. 시랑은 절대로 민수를 구해주지 않을 것임을 알았기 때문이다. 하지만 쉽게 포기할 수 있는 문제가 아니었다. 연서는 조금 시간을 두고 시랑에게 다시 말해볼 참이었다.

시랑도 민수를 평생 감옥에 가두어둘 생각은 아니었다. 금기된 일이지만, 낙오된 자의 송곳니를 탐내는 민수의 마음을 이해하지 못하는 바도 아니었다. 그래서 시랑은 민수에 대한 여론이 어느 정도 잠잠해지면 그를 다시 용서할 작정이었다.

한편, 진숙도 별당 부엌으로 들어가 잠시 숨을 돌렸다.

진숙은 피곤함을 느꼈다. 하지만 이제 버림받은 자를 다시는 보지 않아도 된다. 그 사실에 진숙은 적이 안심했다. 누군가 그녀에게 왜 그렇게 민수를 싫어하느냐고 묻는다면 진숙은 정확히 대답하지 못할 것이다. 또한 그녀가 원래 약한 자를 괴롭히는 것을 좋아하느냐고 묻는다면 그녀를 아는 사람들은 모두 아니라고 대답할 것이다. 원칙주의자에 무뚝뚝한 말투를 가진 그녀지만, 진숙은 본래 약한 자를 도와주는 것을 좋아하는 성품이다. 그녀와 조금이라도 함께 지낸다면 그녀가 얼마나 상냥한 마음을 가졌는지 알게 될 것이다. 그런 진숙이 드러내놓고 적의를 표한 사람은 민수뿐이었다. 그것은 단순히 '부정한 방법으로 태어난 버림받은 자는 부정한 시간을 가져온다'는 전설 때문만은 아니었다. 진숙은 민수를 보면 혐오스러운 뭔가가 온몸을 지나가는 것 같은 느낌이 들었다. 유일하게 늑대 인간에게 물린 상처가 없는 민수의 눈동자와 마주칠 때면 아주 섬뜩한 느낌을 받았다. 그의 눈빛은 늑대보다 더 짐승 같았다.

"아예 지금 사살하는 게 제일 좋은데……."

진숙은 졸린 눈을 비비면서 중얼거렸다. 그녀는 잠시 식탁에서 잠을 청하기로 했다. 그녀는 이내 부엌 조명을 끄고 식탁에 엎드려 눈을 붙였다. 근래 들어 그녀가 신경 써야 할 일이 무척이나 많았다. 진숙은 해산이 가까워진 연서가 불편하지 않도록 별당의 모든 일을 관리해야 했다. 또한 새로운 후계자를 위해 준비해야 할 일도 많았다. 거기에 민수의 오늘 일까지 더해져 그녀는 정신적 피로를 느꼈다. 아직 잠을 자기에는 이른 시간이었지만 별당 부엌에는 진숙 빼고는 아무도 없었다. 내일 일족이 모두 모여 직시가의 본당에서 식사를 하기로 되어 있었기 때문이다.

그때 누군가가 반쯤 채워진 물 잔을 진숙의 머리맡에 놓았다. 얼굴은 보이지 않았다. 부엌의 조명은 아까 진숙이 모두 꺼두었기 때문이다. 어둠에 가려진 손이 진숙을 툭 쳤다. 진숙은 부스스 잠이 깼다. 동시에 진숙을 깨운 검은 손이 그대로 몸을 숨겼다.

아직 잠이 덜 깬 진숙은 정신을 차리려고 노력했다. 그러다가 눈앞에 물 잔이 놓여 있는 것을 보았다. 자다 깨서 목이 말랐던 진숙은 무심코 그것을 마시기 시작했다. 차가운 액체가 목으로 넘어가는 순간 진숙은 뭔가가 잘못되었다는 것을 느꼈다. 그것은 물이 아니었다. 진숙은 얼른 그 액체를 뱉어냈다. 하지만 상당 부분이 이미 목으로 넘어간 상태였다. 진숙은 온몸이 타오르는 것을 느꼈다.

"으아악!"

진숙은 비명을 지르면서 쓰러졌다. 절규에 찬 비명 소리가 적시가 별당을 크게 울렸다.

시랑은 그때 막 낙오된 자의 송곳니를 원래 자리에 넣으려던 참이었다. 연서도 그 옆에 서서 그것을 보고 있었다. 시랑과 연서는 비명 소리를 듣고 깜짝 놀랐다. 시랑은 얼른 연서를 안심시켰다.

"괜찮아, 아무 일 없을 거야. 잠깐 여기 있어. 내가 알아보고 올게."

시랑이 다정하게 연서의 어깨를 두드리며 말했지만 연서의 왼쪽 눈에는 이미 붉은 초승달이 떠 있었다. 연서는 본능적으로 예삿일이 아니라는 것을 느꼈다.

"저도 같이 갈래요."

연서의 불안감을 읽은 시랑이 고개를 끄덕였다.

시랑은 송곳니가 들어 있는 상자를 침대 위에 던져놓고 연서와 함께 방을 나갔다. 두 사람은 빠른 걸음으로 비명 소리가 들려온 부엌으로 들어갔다. 그리고 부엌 한가운데 쓰러진 진숙을 발견했다.

"이봐!"

"실장님!"

시랑과 연서는 황급히 진숙에게 달려갔다. 시랑이 쓰

러진 진숙을 일으켜 세우려 했으나 이미 힘이 빠진 진숙의 몸은 축 늘어졌다. 시랑은 바닥에 떨어진 물 잔을 발견했다. 물 잔의 냄새를 맡아보았지만 아무 냄새도 나지 않았다. 시랑은 물 잔에 남아 있는 액체를 맛보았다. 그리고 얼른 뱉어냈다.

"달빛에 닿아서 독이 된 이성의 샘물이야. 실장이 어떻게 이걸 마셨지?"

시랑은 차갑게 굳은 얼굴로 말했다. 연서는 진숙을 깨우기 위해 애썼다.

"독을 뱉게 해야 해요. 늑대 인간인 우리는 상관없지만 인간인 실장님은 죽을지도 몰라요. 어서 물을 가져와요!"

시랑이 고개를 끄덕이고 물을 가져왔다. 연서는 진숙의 뺨을 때리며 깨웠다. 진숙은 겨우 정신이 드는 듯했다. 희미한 진숙의 시선을 보며 연서가 말했다.

"물을 마시고 뱉어야 해요. 그래야 살 수 있어요. 아시겠죠?"

말을 마친 연서는 진숙의 입에 물을 붓기 시작했다. 그리고 연서는 자신의 손가락을 진숙의 입안에 넣었다. 진숙은 토악질을 하며 안의 것을 모두 뱉어내기 시작했다. 연서는 그 행동을 멈추지 않았다. 정신을 제대로 차리지 못한 진숙은 연서의 손가락을 깨물기도 했다. 연서는 고통을 느꼈으나 결코 그 행동을 멈추지 않았다.

이윽고 진숙의 비명 소리를 들은 보필하는 자들이 달려왔다. 시랑은 그중 한 명에게 차를 대기시켰다. 그리고 보필하는 자들 중 몸집이 가장 큰 자가 진숙을 업었다.

시랑이 말했다.

"따라와, 내가 운전할게."

시랑과 함께 진숙을 업은 보필하는 자는 황급히 적시가 밖으로 달려가 차에 올라탔다. 연서도 그들을 따라가려고 했으나 시랑이 말렸다. 만삭의 임산부가 함부로 움직이는 것은 위험했다.

"금방 올게. 당신은 여기 있어."

연서가 고개를 끄덕이자 시랑의 차가 그대로 출발했다.

연서는 지친 몸을 이끌고 시랑의 방으로 들어갔다. 한꺼번에 많은 일들이 일어나 그녀를 지치게 했다. 방에 들어간 연서는 문득 송곳니를 넣어둔 상자를 아직 제자리에 놓지 않았다는 생각을 하게 됐다. 연서는 재빨리 침대를 뒤져보았다. 송곳니를 넣어둔 상자가 아직 그 자리에 있었다.

하지만 그 안에는 아무것도 없었다. 비어 있는 상자를 본 순간 연서는 상자 안의 내용물을 누가 가져갔는지 알 것 같았다. 그리고 누가 진숙에게 독을 먹였는지도 알

것 같았다.

민수였다.

오직 민수만이 송곳니를 원했고, 그만이 독이 된 이성의 샘물을 가지고 있었다. 언젠가 독이 된 이성의 샘물을 민수가 치운 적이 있다. 연서가 임신하기 전의 일이었다.

그날 시랑은 연서에게 먹인 독이 된 이성의 샘물을 방에 그대로 두었다. 그리고 시랑의 명령에 민수가 그것을 치웠다. 아마도 민수는 그것을 지금까지 보관해놓고 있었으리라. 언젠가 쓰일 날을 기다리면서.

그 사실을 깨달은 순간 연서는 배에서 강한 통증을 느꼈다. 온몸에 식은땀이 흐르면서 배가 뒤틀리는 듯했다. 연서의 왼쪽 눈에는 붉은 초승달이 떠올랐다. 진통이 시작된 것이었다.

"거, 거기 누구 없어요!"

연서는 있는 힘껏 소리를 질렀다. 그녀의 비명 소리에 보필하는 자들이 방으로 달려왔다. 그들은 바닥에 쓰러진 연서를 보고 그녀가 진통을 하고 있다는 것을 알게 되었다. 그들 중 한 명이 무전기로 연락해 들것을 가져오게 했다. 연서는 들것에 실려 지하 동굴로 내려갔다.

연서가 도착한 곳은 고통받는 곳이었다. 보필하는 자

들은 연서를 그 안에 있는 침대에 눕혔다.

연서는 사랑에게 물린 후로 다시 고통받는 곳에 오게 되었다. 그녀는 이곳에서 끔찍한 고통을 겪어야만 했다. 그리고 오늘, 그녀는 자신이 늑대 인간으로 태어난 곳에서 죽게 될 것이다.

"시, 시랑 씨……."

연서는 사랑을 애타게 찾았다.

생존 본능이 그녀를 자극할 때마다 짝 없는 붉은 초승달이 번뜩거렸다. 진통은 더 이상 심해지지 않았다. 하지만 그 고통은 그녀가 죽음을 맞이할 때까지 계속될 것이다.

연서에게 죽음은 친숙한 대상이었다. 동시에 절대로 익숙해지지 않는 것이기도 했다. 죽음은 결코 이겨낼 수 없는 것이었다. 그러나 연서는 그것에 지기 싫었다. 초라해지기도, 비참해지기도 싫었다. 연서는 죽음이 누구에게나 공평하게 찾아오는 것임을, 다만 자신에게는 그것이 남들보다 조금 더 빨리 찾아온 것이라고 생각했다. 그렇게 생각하려고 노력했다.

연서는 시간이 좀 더 허락되었으면 하는 욕망보다는 사랑이 보고 싶었다. 그가 다정하게 자신의 이마를 쓰다듬으면서 "괜찮아질 거야"라고 속삭여준다면, 배를 찢는 듯한 고통도 사라질 것 같았다. 그녀에게 사랑은 연인이자 창조주였다.

"그, 그를 불러줘요……."

연서는 꺼져가는 목소리로 보필하는 자에게 말했다. 그들은 고개를 끄덕였다. 그녀 주변에 있던 보필하는 자들 몇몇은 이미 울고 있었다. 그들도 알고 있었다. 그들의 다정한 여주인이 이제는 죽어야 한다는 것을.

이내 보필하는 자들은 모두 고통받는 곳에서 나갔다. 연서는 그곳에 혼자 남게 되었다. 연서가 변태할 때에는 고통받는 곳에 아무도 없었다. 그러나 지금 이곳에는 푹신한 침대와 안정감을 주는 그림, 꽃들이 놓여 있었다. 모두 산모의 안정을 위해 가져다 놓은 것이었다. 그러나 진통에 휩싸인 연서에게는 모두 소용없었다. 그녀에게 필요한 것은 오직 사랑뿐이었다.

얼마나 시간이 지났을까.

진통 때문에 점점 흐릿해지는 연서의 눈에 누군가가 서 있는 것이 보였다.

"다, 당신이에요?"

연서는 순간 비릿한 피 냄새를 맡았다. 정신이 번쩍 들었다. 한 사람의 피 냄새가 아니었다. 그 피 냄새는 고통받는 곳 문 앞을 지나고 있었다.

"이런, 많이 아픈가 보네?"

마치 노래를 하듯 즐거운 목소리, 하지만 우울함이 섞인 낮은 목소리. 연서는 그의 목소리를 알아듣고 고개를 번쩍 들었다.

민수였다.

그의 모습은 무척이나 달라져 있었다. 여기저기 터진 상처 때문에 길게 꿰맨 자국은 모두 사라지고 아주 깨끗하고 하얀 피부가 있었다. 구부려져 있던 코와 기괴하게 꿰맨 입술도 제자리를 찾았다. 꼽추처럼 굽었던 허리도 똑바로 펴져 있었고, 기이하게 비틀린 다리도 곧게 뻗어 있었다.

달라진 그의 모습은 그리스신화의 남신처럼 아름답고 당당했다. 어리둥절한 연서를 보며 민수는 킬킬거렸다.

"좀 놀랐나 봐? 하지만 이게 진짜 내 모습이야. 내가 이 모습을 얼마나 되찾고 싶었는지 알아?"

"네가 역시 송곳니를⋯⋯?"

민수는 환하게 웃으며 그녀의 말을 긍정했다.

"그래, 맞아! 진숙이 독을 먹어서 어수선해진 틈을 타 송곳니를 훔쳤어. 그리고 그것을 내 입에 박아 넣었지. 그래서 이렇게 완벽하고 아름다운 모습을 되찾은 거야!"

민수는 마치 즐거운 노래를 부르듯 말했다. 빙긋빙긋

예쁘게 웃는 그의 모습에 연서는 울컥 화가 치밀었다.

"그래서 실장님께 독을 먹였다고? 송곳니가 가지고 싶다면 다른 방법을 찾거나 내가 시랑 씨를 설득하길 기다렸어야지! 너 때문에 실장님이 죽을 수도 있다고!"

연서의 비명에 민수는 미친 듯이 깔깔거렸다. 손뼉까지 치고 허리를 잡고 웃어대던 그가 갑자기 웃음을 멈추더니 정색하고 소리쳤다.

"그래! 그게 내가 원하는 거라고! 날 그렇게 미워하던 진숙이의 숨이 끊어지길! 그년이 썩어 문드러져서 바닥을 기어 다니길 말이야! 그런데 내가 왜 기다려야 해? 그년이 혹여 살아남아도 난 반드시 그년을 죽일 건데? 너도 알고 있지? 진숙이 날 얼마나 미워했는지?"

민수의 말에 연서는 기가 질려 아무 말도 하지 못했다. 그런 연서를 보고 민수는 다시 낄낄거리며 말했다.

"그런 표정 짓지 마. 하긴, 진숙이 독을 마신 건 전적으로 네 탓이지. 네가 송곳니를 제대로 훔쳤다면 진숙이 독을 먹을 일은 없었을 테니까. 그리고 내가 채찍을 맞지도 않았겠지! 어쨌든 네가 노력해줬으니, 너한테는 감사할게. 정말 땡큐!"

그러면서 민수는 장난스럽게 허리 숙여 인사했다. 그리고 그런 자신이 웃긴지 연신 낄낄거렸다.

연서는 그런 그가 아주 기괴하고 무섭게 느껴졌다.

"조, 좋아. 그건 그렇다 치고……. 어떻게 감옥에서 나왔지?"

연서가 다급한 목소리로 물었다.

"전에 감옥에 비밀 통로를 만들어두었거든. 들킬 염려는 없었지. 감옥을 청소하는 하찮은 일은 언제나 내 차지였으니까."

민수는 차갑게 눈을 번뜩이며 대답했다. 이미 민수는 전부터 이 모든 일을 계획하고 몰래 빠져나갈 길을 만들어놓았던 것이다. 그 사실을 깨달은 연서는 마른침을 삼키며 물었다.

"그, 그런데 여, 여긴 왜 온 거야? 적시가를 나간다고 했잖아? 또 네 몸의 피 냄새는 뭐지?"

"여기 들어오려는데 보필하는 자들이 방해하잖아. 그래서 늑대 인간의 힘을 좀 써봤어. 오랜만에 몸을 썼더니 아주 상쾌하군. 아주 즐거워."

민수는 다시 킬킬거리면서 가볍게 몸을 풀었다. 그는 온몸에 넘쳐흐르는 늑대 인간의 힘에 도취되어 있었다. 그런 그는 마치 미치광이처럼 눈동자를 번뜩이며, 악의 화신처럼 증오의 냄새를 풍겼다.

자신을 바라보는 연서의 시선을 느낀 민수는 움직임

을 멈추고 연서를 바라보며 빙그레 웃었다.

"아, 물론 나는 적시가를 나가긴 할 거야. 하지만 그 전에 네 송곳니 두 개와 배 속에 들어 있는 네 새끼 송곳니 두 개를 모두 가져갈 거야. 그래서 진숙에게 독을 먹인 거야. 송곳니도 훔치고, 네 옆에서 사랑도 떼놓고. 일석이조지."

늑대 인간은 두 개의 송곳니가 모두 빠지면 그 자리에서 죽고 만다. 송곳니가 늑대 인간의 힘의 근원이기 때문이다.

연서는 본능적으로 자신의 배를 움켜잡았다. 그런 그녀의 행동이 재미있었는지 민수는 깔깔거렸다.

"왜, 무서워? 너 어차피 죽을 거잖아! 네가 죽은 뒤에 너와 네 새끼의 송곳니를 취하려는 것뿐이야. 그러고 나서 너와 네 새끼의 송곳니를 이용해 사랑과 진숙을 갈가리 찢어 죽일 거라고."

여전히 환하게 웃으며 민수는 장난스럽게 말했다. 하지만 그의 눈빛은 그 어느 때보다 진지했다.

"어, 어째서 그런 짓을 하려는 거지? 왜?"

연서는 두려움을 숨기며 말했다. 민수에게 약해 보이고 싶지 않았기 때문이다. 그러나 그녀의 목소리와 손은 심하게 떨리고 있었다.

민수의 시선이 잠시 연서의 떨리는 손에 머물렀다. 그는 침대에 누워 있는 연서에게 천천히 다가갔다. 그리고 연서의 앞머리를 부드럽게 뒤로 넘겼다. 연서는 민수의 손끝에서 느껴지는 차가움에 진저리 치면서 고개를 돌렸다. 그러자 민수가 연서의 고개를 억지로 돌려 자신을 보게 했다. 민수는 암흑처럼 검은 눈동자를 빛내며 말했다.

　"정말 몰라서 묻는 거야? 난 네가 오기 전까지 사람들의 온갖 멸시를 받으며 시궁쥐처럼 살았어! 죽지 못해 살아야 했던 그 삶을 네가 알아? 증오 어린 눈빛을 온몸으로 받으면서 오직 오늘만을 위해 살았단 말이야! 그리고 널 만났지! 널 만나고 직감했지. 드디어 시궁창에서 벗어날 수 있다! 드디어 시랑에게 복수할 수 있다고 말이야!"

　"나, 난 널 친구로 여겼어!"

　"친구? 내가 널 정말 좋아한다고 생각한 거야? 진짜? 하하하!"

　민수는 미친 듯이 웃어대기 시작했다. 그러더니 갑자기 웃음을 멈추고 천천히 몸을 숙였다. 그는 붉게 빛나는 연서의 초승달을 똑바로 바라보며 말했다.

　"난 널 처음 봤을 때부터 '봉'이라고 생각했을 뿐이

야. 널 처음 봤을 때 난 네 덕분에 적시가를 벗어날 수 있다는 걸 직감했어. 그 순간을 위해 너한테 얼마나 아양을 떨었는지……. 그걸 생각하면 지금도 구역질이 나올 것 같아. 그래도 배우 지망생인 내 연기가 꽤나 쓸 만했나 봐."

마지막 말을 마친 민수는 몸을 일으켰다. 고운 그의 얼굴에는 기괴한 미소가 어려 있었다.

그는 연서를 처음 만났을 때부터 오늘을 기다렸다. 그가 송곳니를 원했던 이유는 연서를 잊기 위해서가 아니라 연서를 이용해 힘을 얻기 위해서였다. 그가 했던 말과 행동들은 모두 거짓이었다. 사랑을 곤란하게 만들면서까지 민수를 도우려고 했던 연서의 마음을 민수는 철저히 이용했다. 그리고 목적을 이루기 위해 진숙의 생명까지 빼앗으려고 했다.

더욱이 지금 그는 연서의 송곳니를 탐내고 있었다. 무엇보다 끔찍한 것은 연서가 목숨을 바쳐서라도 지키려고 하는 태아의 송곳니까지 원하고 있다는 것이었다.

연서는 민수에게 참을 수 없는 분노를 느꼈다.

하지만 그녀가 할 수 있는 것은 없었다. 그녀는 계속 진통을 느끼고 있었다. 연서는 그에게 애원하기로 했다.

"그래, 네가 날 친구로 여기지 않아도 좋아. 하지만 어째서 내 아기까지 죽이려는 거지? 어째서 시랑 씨에게 복수하려는 거야? 시랑 씨가 널 살렸잖아. 그가 아니었으면 넌 이미 죽었어! 버림받은 자에게 아무도 이성의 샘물을 주지 않았을 때에도 오직 시랑 씨만 네게 이성의 샘물을 먹였잖아. 널 살린 사람이 바로 그야!"

"날 죽인 사람도 그 사람이야!"

민수는 마치 상처받은 짐승처럼 소리쳤다. 그가 내뿜는 살기에 연서는 숨이 막힐 것 같았다.

"날 봐! 지금 내가 얼마나 아름다운지! 이런 날 죽인 사람이 이시랑이었어!"

민수는 갑자기 자리에서 벌떡 일어서며 소리를 질렀다. 연서는 너무 두렵고 무서워서 그 어떤 반응도 보이지 못했다. 그런 연서는 신경도 쓰지 않고 민수는 계속 말을 이었다.

"내가 버림받은 자가 된 날, 난 그저 이시랑을 만나러 지리산으로 왔어. 나도 그처럼 배우가 되고 싶었으니까! 내 아름다운 얼굴이 운명이라고 말해주고 있었으니까! 돈만 아는 소속사보다는 배우 일을 하고 있는 그가 내게 도움이 될 거라고 생각했어. 내 얼굴만 파먹을 소속사는 널리고 널렸으니까. 그래, 그는 톱스타였어. 내가 쉽게 만날 수 없는 사람이었지! 며칠을 쫓아다니다가 그가 지리산에 걸어 들어가는 걸 보고 따라 들어왔단 말이야! 그런데 그가 산 중간에서 갑자기 사라졌어. 나는 몇 시간 동안이나 산을 뒤지고 다녔지. 그리고 마침내 지쳐서 포기하려던 순간……."

마치 연극을 하듯 온갖 감정을 넣어 말하던 민수는 갑자기 침울해져서 입을 다물었다. 그러고는 갑자기 고개를 푹 숙이더니 뒤로 돌아섰다. 그리고 방 한가운데까지 걸어가서 그곳에 한참 동안 서 있었다.

연서는 여전히 그에 대한 두려움에서 벗어나지 못했다. 잠깐의 정적이 그에 대한 공포감을 더욱 깊게 해주었다.

"내 육체는 찢어졌어!"

갑자기 민수가 무거운 정적을 찢으며 소리쳤다.

짐승의 울부짖음 같은 그 비명에 연서는 자기도 모르게 움찔했다. 공포와 긴장으로 딱딱하게 굳은 연서에게 민수는 성큼성큼 다가갔다. 그리고 그녀의 멱살을 붙잡고 자신과 마주보게 했다. 분노와 광기로 이글거리는 그의 검은 눈동자를 연서는 온몸으로 받아야 했다. 그것은 그 어떤 신체적 고통보다 무서운 경험이었다.

"난 찢겨졌어! 할퀴고, 물리고, 던져졌다고! 내 미모가 망가졌다고! 그건 변태 과정을 참지 못한 네번째 후계자

예정자, 즉 낙오된 자 때문이었어! 낙오된 자는 산속을 헤매는 날 발견하고 공격했지! 그는 날 죽이려는 게 아니었어! 그저 단지 날 갖고 논 거였어! 자기 고통을 참기 위해 내 육체를, 내 얼굴을 괴물로 만들어버린 거야! 알아? 날 이렇게 만든 사람이 이시랑이라고!"

민수는 인간 앞에 나타난 악마처럼 으르렁거렸다. 그런 민수가 두려웠지만 연서는 항변했다.

"마, 말도 안 돼! 그 낙오된 자를 죽인 사람은 시랑 씨라고 들었어! 널 구한 사람은 시랑 씨였다고!"

연서의 항변에 민수는 뒤로 멀찍이 물러섰다. 그리고 비웃으며 말했다.

"넌 역시 머리가 나쁘구나. 이시랑 그 개자식만 아니었다면 내가 뭐하러 지리산에 왔겠어! 그 자식만 아니었다면 내가 버림받은 자가 될 일은 없었어!"

민수는 억지를 부리고 있었다. 본래 그가 원망해야 할 낙오된 자는 이미 죽고 없었다. 낙오된 자에게 향했어야 할 원망이 시랑에게 향한 것이었다. 그 삐뚤어진 감정이 지금 연서와 연서의 아기를 위협하고 있었다. 연서는 그가 미쳤다고 결론을 내렸다.

"으으윽!"

순간 다시 진통이 느껴졌다. 진통은 점점 심해지고 있

었다. 연서는 고통을 참느라 어금니를 꽉 깨물었다. 초승달이 그 어느 때보다 붉어졌다.

그녀가 인간이었다면 이미 출산이 임박했을 것이다. 하지만 방계 혈통인 연서는 결코 순수 혈통인 태아를 낳지 못한다. 그녀는 진통을 느끼다가 적시검에 의해 배가 갈라져 죽을 운명이었던 것이다.

"많이 아파? 걱정하지 마. 내가 그 고통을 해결해줄게. 너의 배를 찢어주지!"

연서의 고통을 보면서 민수는 방긋 웃으며 말했다. 몹시 아름다운 얼굴에서 나온 미소였으나 마치 귀신이 짓는 것같이 괴기스러웠다.

"마, 말도 안 되는 소리 하지 마! 너, 넌 적시검도 없잖아! 그리고 소, 송곳니를 네 개나 가져? 도, 도대체 왜!"

연서는 진통 때문에 말도 제대로 못 했지만 일부러 크게 소리를 질렀다. 민수에게 조금이라도 위협이 되었으면 하는 바람이었다. 하지만 그런 연서의 모습은 민수의 비웃음만 살 뿐이었다.

"인간 출신 늑대의 송곳니를 받은 방계 혈통이 순수 혈통보다 약한 건 알고 있겠지? 정확히 말하면 방계 혈통은 순수 혈통의 절반 정도의 힘밖에 없어. 그런데 방계 혈통이 다른 이의 송곳니를 입안에 박아 넣으면 반

개의 힘에 반 개의 힘이 더해지는 거잖아. 그럼 완전한 힘을 가지는 거지. 그런데 입안에 박아 넣는 다른 늑대 인간의 송곳니가 세 개라면? 아니 네 개라면? 난 순수 혈통보다 훨씬 강해지는 거겠지!"

"그, 그게 가, 가능하다고 생각해? 마, 말도 안 돼!"

"가능할지도 모르지. 네가 나한테 알려주었잖아. 기억 안 나? '힘은 다른 힘으로 채워지고, 더 강한 힘을 불러올 것이다.' 너와 네 새끼의 송곳니로 난 가장 강한 늑대 인간이 될 거야!"

민수의 말에 연서의 얼굴이 창백해졌다. 자신의 쳐놓은 함정에 자신이 걸린 듯한 기분이었다. 민수는 여전히 기분 좋은 미소를 짓고 있었다.

"그리고 네 배를 가르는 데에는 적시검도 필요 없어. 내 손톱만 있으면 돼. 원래 적시검도 늑대 인간의 손톱과 이빨로 만든 거니까. 내 손톱이 네 몸을 가를 수 있겠지."

민수는 자신의 손톱을 길게 만들었다. 늑대 인간의 힘을 발휘한 것이었다.

연서도 손톱을 무기로 활용하는 것이 가능했다. 하지만 연서는 계속된 진통에 이미 온몸에 힘이 빠져 있었다. 늑대 인간의 힘을 발휘하는 것은 지금 그녀의 몸으로는 무리였다.

연서는 그대로 가만히 있을 수 없었다. 배 속의 태아는 그녀가 자신의 목숨까지 버리고 선택한 아기였다. 절대로 포기할 수 없었다. 연서는 이를 아득 깨물고 자신의 손톱을 길게 만들었다. 그녀도 늑대 인간의 힘을 발휘한 것이었다. 그러나 그 모습을 본 민수는 박장대소했다.

"나하고 싸우고 싶은 기야? 같은 방계 혈통이라도 넌 날 이길 수 없어. 넌 진통 중이잖아? 아픈 네가 어떻게 나와 싸우겠어? 그냥 포기해. 원래부터 넌 죽으려고 했잖아?"

"죽으려고 한 적 없어! 모두 어쩔 수 없는 일이었다고!"

진통도, 두려움도 모두 잊어버리고 연서는 소리 지르며 민수에게 달려들었다.

인간일 때 했던 자살도, 그리고 아기를 낳기 위해 선택한 죽음도 모두 연서 권한 밖의 일이었다. 상황이 그녀를 그렇게 만들었을 뿐이다. 그런데 민수는 그녀가 마치 스스로 죽음을 선택해 모든 것을 포기한 것처럼 말했다. 그것이 그녀를 분노하게 만들었다.

분노에 휩싸인 만큼, 민수에게 상처를 주었으면 좋았을 텐데⋯⋯. 그러나 연서의 공격은 실패하고 말았다. 길고 날카로운 연서의 손톱은 민수에게 어떤 상처도 남기지 못했다.

연서가 달려들자 민수는 눈앞에서 사라졌다. 당황스러운 연서는 갈 곳을 잃고 그 자리에 멈춰 서 있었다. 어찌된 영문인지 몰랐다. 사실 민수는 위로 뛰어 잠시 천장에 붙어 있었을 뿐이다.

그가 연서의 등 뒤로 착지했다.

"이봐."

연인을 부르는 것처럼 다정한 목소리가 연서의 등 뒤에서 들려왔다. 그것이 민수의 목소리라는 것을 알고 연서는 온몸에 소름이 돋는 것을 느꼈다. 그녀는 황급히 뒤쪽으로 몸을 돌렸다.

"으윽!"

연서가 몸을 돌리자 민수는 자신의 손톱으로 연서를 공격했다. 연서는 미처 피하지 못했다. 민수의 긴 손톱은 연서의 어깨에 그대로 박혀버렸다.

"좀 아프지?"

민수가 빙그레 웃으며 물었다. 그는 주춤거리고 서 있는 연서의 멱살을 한 손으로 잡았다. 그리고 그녀를 무척 쉽게 공중으로 들어 올렸다. 연서는 민수의 손아귀에서 느껴지는 거친 힘 때문에 숨이 막혔다.

그때 갑자기 연서의 배가 아파왔다. 진통이 다시 시작

된 것이었다. 지금까지 느꼈던 것보다 훨씬 강한 진통이었다. 강해진 진통은 이제 연서에게 시간이 얼마 남지 않음을 말해주고 있었다.

"으으윽!"

연서는 결국 신음 소리를 토해놓았다. 그녀가 갑자기 고통에 찬 비명을 지르자 민수는 놀라서 눈을 동그랗게 떴다. 하지만 이내 연서의 비명이 진통 때문이라는 것을 알고는 빙그레 웃었다.

"많이 아픈가 봐? 이제 정말 시간이 다된 것 같은데?"

노래하듯이 묻는 민수의 물음에 연서가 뭐라고 중얼거렸다. 그러나 너무 작게 말해서 알아들을 수 없었다. 아니, 어쩌면 정상적인 문장을 말하지 않은 것일 수도 있다. 고통에 탁해진 눈빛, 아픔을 참느라 작아진 목소리, 연서는 거의 정신이 나간 듯 보였기 때문이다.

"뭐? 다시 말해봐?"

민수는 답답하다는 듯 되물었다. 그러자 연서가 이를 악 다물며 천천히 말했다.

"웃, 지, 말, 라, 고, 못, 생, 겨, 서, 역, 겨, 우, 니, 까."

연서는 고통에 찬 비명을 참으며 한 글자 한 글자 힘주어 말했다. 그 말에 민수의 표정은 심하게 일그러졌다.

"감히 누구한테! 내가 아직도 버림받은 자로 보여! 아

438

직도 절름발이 꼽추로 보이냐고!"

민수는 이성을 잃고 소리를 질러댔다.

연서의 말 한마디에 분노할 만큼 그는 외모에 대한 자부심이 대단했다. 인간이었을 때 그는 자신의 외모 하나로 세상 모든 것에 우월감을 느꼈다. 그래서 버림받은 자가 되었을 때 그는 자신이 살아 있다는 기쁨보다는 달라진 외모에 절망했다. 괴물이 되어버린 외모로 살아야 할 바에는 죽음을 꿈꾸기도 했다.

"아, 니, 그, 때, 보, 다, 더, 못, 생, 겼, 어."

연서는 분노로 일그러진 민수의 얼굴을 향해 다시 한 글자 한 글자 힘주어 말했다. 순간 민수의 표정은 무섭게 가라앉았다. 굳어진 얼굴은 악마의 조각상처럼 뚜렷한 아름다움을 가지고 있었다. 그리고 그것은 으스스한 공포심과 거부감을 불러일으켰다.

"그래, 넌 정말 이제 죽어야 할 때가 온 것 같구나."

민수는 차갑게 말했다. 그는 더 이상 웃지 않았다. 그의 왼손 손톱이 날카롭게 빛나고 있었다.

"어쨌든 고맙다고 말해야겠군. 네 덕분에 난 완전한 힘을 가지게 될 테니까. 잘 가."

민수의 인사를 들으면서 연서는 눈을 감았다. 눈물이 날 것 같았지만 죽을힘을 다해 참았다. 자신의 목숨을 빼앗고, 자신의 아기를 먹을 살인자에게 약해 보이기는 죽어도 싫었다.

연서는 그렇게 죽음을 맞이하리라고는 생각하지 못했다.

병에 의해서 죽거나 스스로 목숨을 끊는 것은 인간일 때 더러 생각했던 일이다. 그리고 죽은 이후에는 모든 것이 편안해질 것이라고 막연히 꿈꿨다. 그래서 폭포에서 자살하려 했을 때에는 모든 것에 초연했다.

그러나 이번에는 달랐다. 배 속의 아기에 대해서, 그리고 그보다 더 강한 그리움으로 시랑이 보고 싶었다. 그를 보고 죽을 수 있다면, 그의 다정한 목소리와 미소 그리고 부드러운 손길 아래에서 죽을 수 있다면 그것은 차라리 축복일 것이다. 그러나 시랑은 지금 연서 곁에 없었다. 연서는 그가 원망스러웠다. 가장 힘들 때 그는 그녀를 지켜주지 않았다. 그러나 연서는 그를 원망하는 마음보다 그가 보고 싶다는 마음이 훨씬 강했다.

"시, 시랑……."

연서는 작게 중얼거렸다. 그녀의 말을 알아듣고 민수는 차갑게 그녀를 올려다보았다. 순간 그의 얼굴에는 얼음 같은 미소가 어리었다. 하지만 그는 얼른 표정을 지우고 자신의 손톱에 시선을 돌렸다. 민수의 손톱은 연서의 배를 노렸다.

민수의 손톱이 막 연서의 배에 닿을 때였다.

"으아악!"

갑자기 민수가 비명을 질러댔다. 연서는 그만 바닥에 떨어졌다. 바닥에 떨어진 연서는 놀라서 얼른 눈을 떴다. 눈앞에서는 민수가 자기 얼굴을 부여잡고 절규하고 있었다. 아름다운 하얀 얼굴이 붉은 피로 범벅이 되어 있었다. 바닥에는 민수의 왼쪽 귀가 떨어져 있었다.

"아, 안 돼! 내 귀! 내 귀!"

민수는 바닥에 떨어진 귀를 보며 비명을 질러댔다. 연서는 어찌 된 일인지 영문을 알 수 없었다.

"역시 널 진작 죽였어야 했어."

분노를 억누르는 것 같은, 그러나 여전히 부드러운 저음의 목소리였다. 그 목소리를 알아듣고 연서와 민수는 동시에 소리 나는 곳으로 고개를 돌렸다. 그와 동시에 연서는 환희의 표정을 지었다.

"시랑 씨!"

연서의 두 눈에서 눈물이 흐르기 시작했다. 죽음을 목전에 두고도 울지 않은 그녀였다. 그러나 자기 눈앞에 나타난 시랑을 보자 더 이상 감정을 참을 수 없었다. 그리운 사람을 보았다는 기쁨과 동시에 자신의 아기를 살릴 수 있다는 안도감이 그녀를 울게 했다.

시랑은 적시검을 들고 고통받는 곳 문 앞에 서 있었다.

그는 병원에 도착하자마자 진숙을 응급실로 데려갔다. 진숙은 다행히 목숨에는 이상이 없다는 소견을 받았다. 시랑은 숨을 돌리기도 전에 연서가 진통을 시작했다는 전화를 받았다. 그리고 그 즉시 병원을 나와 아버지 천후에게 전화를 했다.

천후는 연서의 진통 날이 가까워서는 매일 적시가에 있었다. 그러나 오늘은 대전에 있는 공장에 불이 났다는 소식을 듣고 그곳에 가 있었다. 시랑이 연서가 진통을 시작했다고 하자 천후는 곧 돌아오겠다고 했다.

시랑은 곧 적시가에 도착했다. 하지만 대문을 열자마자 시랑은 적시가의 공기가 미묘하게 달라졌다는 것을 알아차렸다. 당연히 그를 마중 나왔어야 할 보필하는 자들은 아무도 보이지 않았다. 더욱이 공기 중에 여러 사람의 피 냄새가 역하게 섞여 있었다. 시랑은 뭔가가 크게 잘못되었다는 것을 깨달았다.

시랑은 즉시 자신의 방으로 가 적시검을 가지고 나왔다. 그리고 빠르지만 조용한 걸음으로 지하 동굴로 내려갔다. 지하 동굴 입구에서부터 비릿한 피 냄새가 강하게 풍겨왔다. 피 냄새를 맡는 순간 시랑의 심장은 터질 듯이 뛰기 시작했다. 지하 동굴의 고통받는 곳에 있을 연서가 걱정되었기 때문이다. 하지만 그는 걸음 소리를 내지 않았다. 바람에 그녀의 피 냄새가 났지만 다행히 강하지 않았다. 시랑은 조용하지만 빠른 걸음으로 고통받는 곳으로 들어섰다. 그리고 연서가 민수에게 위협당하는 것을 보았다.

시랑은 그 즉시 적시검을 날렸다. 그대로 민수의 얼굴에 검을 꽂아버릴 작정이었으나 살기殺氣를 느낀 민수가 얼굴을 살짝 돌렸던 것이다. 때문에 적시검은 민수의 귀를 자르고 그대로 벽에 꽂혀버린 것이다.

연서는 그런 시랑을 보고 기쁨에 겨워 눈물을 흘렸지만 시랑은 아니었다. 그는 연서의 얼굴을 보자 이내 차갑게 굳어버렸다.

시랑은 고통받는 곳에 들어서자마자 거의 무의식적으로 검을 날렸기 때문에 미처 연서의 상태를 확인하지 못했다. 그러나 지금 그의 눈에는 연서의 모든 것이 보였다. 고통으로 창백해진 얼굴과 식은땀으로 젖은 머리칼이 그녀를 더욱 지쳐 보이게 했다. 또한 그녀의 어깨에 흐르는 붉은 피를 보자 시랑의 눈빛이 달라졌다.

연서는 시랑에게 달려가려고 했다. 그러나 그 순간 시랑이 사라졌다. 그리고 갑자기 검은 바람이 적시검이 박혀 있는 벽을 향해 불었다. 이내 벽에 꽂힌 적시검이 사라졌다. 다음 순간, 공중에 뜬 시랑이 민수에게 칼을 내리꽂는 것이 보였다.

"이 개자식! 죽여버리겠어!"

시랑이 사납게 소리치면서 공격하자 민수는 얼른 몸을 뒤로 피했다. 시랑은 공격을 멈추지 않았다. 그의 온몸에는 분노로 인한 살기가 가득 피어오르고 있었다. 살인 열망으로 가득한 그의 초승달은 붉게 번뜩였다.

민수는 온 힘을 다해 시랑이 휘두르는 검을 막아냈다. 낙오된 자의 송곳니를 받았어도 그는 방계 혈통이었다. 그는 절대로 순수 혈통인 시랑을 이길 수 없었다.

마침내 시랑이 민수의 목에 검을 겨누었다.

"너, 낙오된 자의 송곳니를 가졌구나. 간이 부어도 유분수지. 반려자에게 손톱을 들이민 것도 화형을 당할 일인데 감히 버림받은 자가 송곳니를 가져?"

시랑은 차갑게 노려보며 말했다. 그러자 목에 칼이 들어왔으면서도 민수는 빙그레 웃으며 말했다.

"네 덕분이지. 네가 연서한테 '힘은 다른 힘으로 채워지고, 더 강한 힘을 불러올 것이다'를 알려줬잖아. 난 그말의 뜻에 대해서 몇 날 며칠을 고민했어. 그리고 마침내 낙오된 자의 송곳니를 생각해냈지. 조금은 모험이었어. 낙오된 자의 송곳니가 아직도 그 힘을 발휘할지 의문이었으니까. 하지만 내게는 선택의 여지가 없었어. 어떻게든 이 지긋지긋한 적시가를 떠나고 싶었으니까. 연서, 저 계집은 정말 멍청하더군. 내 사랑 고백이 진짜인 줄 알았나 봐. 당신이 없는 적시가에서 살 수 없다고 애원하니까 정말 송곳니를 훔치더군. 설마 했지만 정말 머리가 나쁜 거 같아."

피범벅이 된 얼굴로 민수가 킬킬거렸다. 그러다가 문득 자신을 바라보는 시랑의 눈빛을 보고 웃는 것을 멈추었다.

"이런, 눈빛만으로도 날 죽일 것 같군. 저 여자가 그렇게 소중한가?"

자신을 죽일 듯이 노려보는 시랑을 보고 민수가 비웃듯이 말했다.

시랑은 슬쩍 연서를 바라보았다. 연서는 바닥에 그대로 쓰러져 있었다. 진통이 다시 시작된 것이 분명했다. 하지만 허리가 끊어질 것 같은 고통을 느끼면서도 그녀는 오직 시랑만을 바라보고 있었다. 그 애절한 눈빛과 마주치자 시랑은 온몸에 힘이 빠지는 것 같았다. 어서 달려가 그녀를 안아주고 그녀의 손을 잡아주고 싶었다.

"크큭, 와, 표정 정말 볼만하네. 그 어떤 영화에서도 볼 수 없었던 표정이야. 임신시켜서 죽게 할 너한테는 나올 수 없는 표정인데……."

시랑의 표정을 본 민수는 배를 잡고 웃어댔다. 그 가벼운 웃음소리에 시랑은 참지 못하고 소리쳤다.

"닥쳐!"

동시에 시랑이 검을 휘두르려고 했다.

하지만 그 전에 민수가 연서를 향해 손톱을 날렸다. 민수의 손톱이 표창처럼 연서에게 날아갔다. 놀란 시랑이 얼른 몸을 날렸다. 그리고 검으로 연서에게 날아오는 손톱을 쳐내고 얼른 뒤를 돌아보았다. 이내 그는 민수가 사라지고 없다는 것을 깨달았다. 시랑은 놀라서 주변을 두리번거렸다.

"이봐, 여기야. 나 여기에 있다고."

비열함이 가득 담긴 목소리는 시랑의 뒤에서 들렸다. 원래 그의 뒤에는 연서가 누워 있었다. 불길한 예감이 시랑의 머리를 스치고 지나갔다. 시랑은 천천히 고개를 돌렸다.

민수가 연서의 목에 손톱을 겨누며 서 있었다. 바닥에 쓰러져 진통을 느끼고 있던 연서를 억지로 일으켜 세운 것이었다. 연서의 붉은 초승달은 이미 흐리멍덩해져 있었다. 평소의 총기 어린 눈빛이 아니었다. 진통과 어깨의 부상이 그녀를 그렇게 만들었다. 하지만 희미한 그녀의 시선은 오직 시랑만 바라보고 있었다.

그런 연서를 알아차린 민수가 장난스럽게 말했다.

"이 여자, 고통 때문에 거의 제정신이 아닌 것 같아. 이제 끝내줘야겠어."

"끄, 끝내?"

자기도 모르게 목소리가 떨리면서 시랑이 말했다. 조금 전까지 자신감이 넘치던 그의 모습이 아니었다. 달라진 그의 기색에 기분이 좋아진 민수가 환하게 웃으며 말했다.

"응, 이 계집을 죽이겠다고. 그래서 이 계집의 송곳니와 네 새끼의 송곳니도 가질 거야."

"뭐?"

시랑은 너무 놀라 소리쳤다. 연서와 다를 것 없는 시랑의 반응에 민수는 다정한 목소리로 말했다.

"이런, 그렇게 무서워하지 마. '힘은 다른 힘으로 채워지고, 더 강한 힘을 불러올 것이다.' 그 말을 실천하려는 것뿐이야. 다른 이의 송곳니로 방계 혈통의 힘을 완전히 채우고 더 강해질 거야. 송곳니가 많으면 많아질수록 힘이 더 강해지겠지? 그리고 어차피 네가 이년을 죽이려

고 했잖아. 내가 대신 해줄게. 선물이라고 생각해줘. 그
대신 네 새끼와 연서의 송곳니는 내가 가질게."

민수의 말에 시랑은 놀라서 연서를 바라보았다. 연서
는 슬픈 표정으로 무력하게 시랑을 바라볼 뿐이었다.

시랑도 어찌할 바를 모르고 서 있을 수밖에 없었다. 민
수의 손안에 연서가 있었다. 자신이 움직이면 정말로 연
서를 죽일지도 모르는 일이었다.

"이제 정말 마지막이군!"

민수의 날카로운 목소리와 함께 그가 연서의 배를 찌
르려고 하는 것이 보였다.

"자, 잠깐!"

시랑이 급히 외쳤다. 동시에 민수의 공격이 잠시 멈추
었다.

"나, 날 죽여! 그래서 내 송곳니를 가져가라고!"

시랑의 외침에 민수는 묘한 표정이 되었다. 흐리멍덩
하던 연서의 눈빛도 달라졌다.

시랑은 마음을 진정시키느라 잠시 숨을 삼켰다. 그리
고 다시 입을 열었다. 그러나 그의 목소리는 떨렸다.

"괜찮아, 연서가 죽으면 나도 죽으려고 했어. 날 먼저
죽여. 그리고 내 새끼를 살려줘."

"정말? 이거 정말 웃기는 일이군!"

시랑의 말에 민수는 미친 듯이 웃어댔다. 그러다가 갑자기 웃음을 멈추고 한참을 시랑을 보며 말했다.

"그래, 진심인 것 같군. 좋아. 이거 예상했던 것보다 당신에 대한 내 복수가 쉽게 이루어지겠군. 크큭⋯⋯."

민수는 즐거운 듯 말했다. 그는 여전히 자기 품에 있는 연서에게 간질이듯 속삭였다.

"어때? 저자가 너 때문에 죽음을 선택한다는데⋯⋯. 알고 있었어?"

연서는 대답이 없었다. 그녀는 얼음처럼 몸이 굳은 채로 서 있을 뿐이었다. 여전히 진통을 느끼면서도 그녀는 비명조차 지르지 않았다.

"어쨌든 좋아. 널 죽이는 게 내 소원이었으니까. 네 새끼는 살려두지."

민수는 한껏 자애로운 목소리를 내며 말했다. 그 목소리에 시랑은 역겨움을 느꼈다. 그러나 그는 애써 자신의 감정을 참고 분명하게 말했다.

"또 있어. 네가 직접 연서를 죽이지 마. 조금 있으면 아버님이 올 거야."

"좋아, 허락하지. 이시랑, 적시검으로 네 목을 찔러."

민수의 말에 시랑은 고개를 끄덕였다. 시랑은 잠시 숨을 삼켰다. 그는 무릎을 꿇고 적시검 칼끝이 자신의 목을 향하게 했다. 그리고 고개를 똑바로 들어 연서를 바라보았다.

연서는 다시 울기 시작했다. 그녀는 처절하게 슬퍼하고 있었다. 그런 연서를 보고 시랑이 부드럽게 미소를 지으며 말했다.

"연서야, 안녕……."

"아, 안 돼……."

연서는 울면서 고개를 저었다.

너무나도 애절한 그녀의 표정이 시랑에게 위안이 되었다. 자기 때문에 저렇게 슬퍼하는 여자가 있다. 시랑은 자신의 삶은 그것으로 충분하다고 생각했다.

"괜찮아, 어차피 너 가면 나도 가려고 했어. 순서가 바뀐 것뿐이야……."

시랑은 부드럽게 연서를 위로했다. 물론 그 위로는 전혀 소용없는 것이었다. 연서는 목으로 올라오는 울음을 삼키며 겨우 말했다.

"시, 싫어……."

"미안해, 너한테 이런 모습을 보여서……. 미안해……."

시랑의 목소리에도 울음이 묻어 있었다. 죽음이 두렵지 않은 사람은 없다. 시랑 역시 죽음 너머에 어떤 시공간이 있는지 알 수 없었다. 그 막연함이 그를 먹먹하게 만들었다. 하지만 연서가 없는 시간과 공간은 죽음보다 더한 고통이라는 것을 그는 알고 있었다.

"싫다고!"

갑자기 비명처럼 연서가 소리를 질렀다.

그녀는 민수를 강하게 끌어안았다. 동시에 연서의 어깨에 박혀 있던 민수의 손톱이 민수의 가슴을 찔렀다. 연서는 자신의 손톱도 민수의 뒷목에 찔러 넣었다. 붉은 피가 민수의 뒷목에서 왈칵 터져 나왔다. 연서의 얼굴과 눈에도 민수의 피가 쏟아졌다.

하지만 연서의 공격이 민수에게 치명상을 입히지는 않았다. 놀란 민수는 그대로 연서를 뒤로 밀어버렸다.

"시랑 씨!"

연서의 외침에 시랑은 무슨 일이 일어났는지 금세 알아차렸다. 그리고 재빨리 공중으로 뛰어올랐다. 그리고 비틀거리며 서 있는 민수의 목을 적시검으로 쳐버렸다.

날카로운 적시검은 민수의 몸을 둘로 갈라버렸다. 민수의 목은 그대로 바닥에 뒹굴었다.

"연서야!"

목이 잘린 민수의 몸이 식기도 전에 시랑은 바닥에 쓰러진 연서에게 달려갔다. 그리고 얼른 그녀를 안았다.

시랑의 따뜻한 품에 안겨 연서는 정신을 차렸다. 자신

의 눈앞에 시랑이 있자 그녀는 환하게 웃었다. 악마가
죽은 것을 알았기 때문이다.

그러나 아직 끝난 것은 아니었다. 다시 거센 진통이 연
서의 몸을 괴롭혔다. 진통은 더욱더 심해지고 있었다.
이제 그녀에게 주어진 시간이 막바지에 다다랐다는 뜻
이었다.

연서는 고통을 참지 못하고 비명을 질러댔다. 시랑의
팔을 붙잡고 아픔을 토해냈다. 정신을 잃지 않기 위해
노력했다. 그녀도 알고 있었다. 이제 정말 마지막이라는
것을.

"시, 시랑 씨……."

연서는 마지막 힘을 다해 그의 이름을 불렀다. 그녀가
자신의 이름을 부르자 시랑의 얼굴이 환해졌다.

"연서야, 날 알아보겠어?"

그렇게 그리운 님의 목소리였지만 연서는 바로 대답
하지 못했다. 그녀는 분명 무언가 말하고 싶은 듯 보였
으나 힘이 빠진 그녀는 겨우 입술만 달싹거렸다.

"날, 죽, 여, 줘, 요."

한참 만에 나온 그녀의 말에 시랑은 그대로 굳어버렸
다. 시랑의 표정을 보고 연서는 다시 힘주어 말했다.

"야, 약, 속, 했, 잖, 아, 요."

시랑도, 그녀도 알고 있었다. 더 이상 미룰 수가 없었다. 연서는 이제 곧 죽을 것이고 연서가 죽으면 배 속의 아기는 태어나지도 못하고 죽는다. 그것은 연서의 고귀한 희생이 모두 물거품이 된다는 얘기였다.

시랑은 덜덜 떨며 적시검을 들었다. 그리고 칼끝을 연서의 배에 댔다. 칼끝에서 느껴지는 차가운 감촉에 연서는 자기도 모르게 주먹을 꽉 쥐었다.

"아, 기, 가, 자, 라, 는, 걸, 봐, 줘, 요."

쥐어짜듯이 겨우 내뱉은 연서의 말에 시랑은 굳은 얼굴로 연서를 돌아보았다. 그러자 연서의 붉은 초승달이 뚜렷하게 자신을 보고 있었다. 흔들림 없는 시선이었다.

시랑은 참을 수가 없었다.

"안 돼, 연서야. 그러지 마. 그렇게 말하지 마."

시랑은 연서의 손을 잡고 애원했다. 그는 무릎을 꿇고 울었다. 간절한 그의 말에도 연서는 흔들림이 없었다. 그녀는 다시 천천히 말하기 시작했다.

"또, 아, 기, 를, 해, 치, 려, 는…… 으으윽!"

연서는 여기까지 말하고 다시 비명을 질렀다.

"연서야!"

"전, 설, 때, 문, 에……."

연서는 더 이상 말하지 못했다. 그녀는 배를 잡고 비명을 질러댔다. 그런 연서에게 시랑이 할 수 있는 것은 없었다. 그녀에게 죽음을 선사해서 고통을 줄이는 방법밖에는.

시랑은 다시 적시검으로 연서의 배 끝을 겨누었다. 그리고 연서를 바라보았다. 연서는 고개를 끄덕이고 눈을 감았다.

시랑은 손에 힘을 주려고 노력했다. 그러나 결코 손에 힘이 들어가지 않았다. 검을 쥔 시랑의 얼굴은 하얗다 못해 파랗게 질려 있었다. 입술은 두려움 때문에 검게 변해 덜덜 떨고 있었다. 두 눈에 뜬 붉은 초승달은 겁에 질려 탁해져 있었다. 또한 눈물을 너무 많이 흘려서 시랑은 앞을 제대로 보지 못할 정도였다. 그러나 아무리 온몸으로 공포를 표현해도 그것은 조금도 사라지지 않았다.

결국 시랑은 적시검을 바닥에 던지며 소리쳤다.

"안 돼! 절대로 못 해!"

작은어머니 때와는 달랐다. 작은어머니 때에는 이렇게 모든 것이 절망스럽지는 않았다. 그때는 그저 두렵고 무섭기만 했다.

연서가 임신하고 아기를 낳자고 했을 때, 시랑은 자신이 연서의 배만 가르지 않기를 빌었다. 그녀를 따라 죽을 결심도 한 그였지만 연서의 배를 가를 자신은 없었다. 그러나 더 이상 연서에게는 시간이 없었다. 이 시간을 위해서 요즘 천후는 매일 적시가에 있었다. 그런데 오늘 대전에 있는 공장에서 불이 나 어쩔 수 없이 잠깐 자리에 비우게 되었다. 그리고 그 짧은 사이, 이 모든 일이 벌어졌다.

"나, 난 못 해……."

결국 시랑은 연서를 붙잡고 울었다. 연서는 계속되는 진통에 정신이 흐려졌다. 지금까지 버틴 것도 거의 기적에 가까운 일이었다.

"저, 전설, 때, 때문에……."

연서는 계속 같은 말만 반복하고 있었다. 정신이 흐려진 탓이었다.

그런데도 그녀는 여전히 자신의 아기가 전설 때문에 또 다른 누군가에게 해코지당할까 봐 걱정하고 있었다.

그때 울부짖던 시랑이 고개를 들었다. 시랑은 잠시 연서를 바라보다가 바닥에 떨어진 민수의 얼굴에 시선을 두었다. 시랑은 자리에서 벌떡 일어섰다. 그리고 재빨리 민수의 입에서 송곳니를 빼냈다. 그리고 멍하게 중얼거리기 시작했다.

"여자 늑대 인간은 순수 혈통을 낳지 못한다. 그건 방계 혈통이 순수 혈통을 이기지 못하기 때문이다. 즉, 반개의 힘은 하나의 힘을 이기지 못한다. 또한 힘은 다른 힘으로 채워지고, 더 강한 힘을 불러올 것이다."

중얼거림을 마친 시랑은 진통을 하고 있는 연서를 바라보았다. 그녀는 정신이 거의 나간 상태에서도 육체의 고통을 여전히 느끼고 있는 중이었다. 시랑은 그런 연서를 보고 무언가 결심했다.

"그래, 그 전설 나도 믿어보지."

그는 연서의 입을 벌리고 아랫니 하나를 뺐다. 그리고 그곳에 민수에게서 빼낸 송곳니를 박았다.

시랑에게는 선택권이 없었다. 그는 적시검으로 연서의 배를 가를 수 없었다. 연서의 입에 새로 넣은 송곳니가 이상 반응을 일으킬지도 모른다. 그러나 시랑은 아무것도 하지 않는 것보다 나을 것이라고 생각했다. 그는 아무것도 하지 않고 연서와 자신의 아기가 죽는 것을 볼 수 없었다.

"으아아악!"

연서가 눈을 뜨더니 비명을 질렀다. 동시에 그녀의 왼쪽 눈에 있던 붉은 초승달에서 기묘한 빛이 터져 나왔다. 이윽고 인간과 같은 모양인 오른쪽 눈에서는 초록빛이 터져 나왔다. 순간 시랑은 자신의 손을 잡고 있는 연서의 손에서 강한 힘을 느꼈다. 동시에 이번에는 연서의 온몸에서 빛이 흘러나왔다. 연서는 다시 비명을 질렀다.

순간적으로 연서의 부풀어 오른 배가 꺼지자 연서의 아래에서 비릿한 피 냄새와 물이 쏟아지는 소리가 났다. 그리고 아기 울음소리가 들렸다. 놀란 시랑이 얼른 보니 아기가 태어나 있었다!

탯줄이 달린 사내 아기를 연서가 낳은 것이었다!

아기를 낳는 것과 동시에 연서에게서 빛이 사라졌다. 시랑은 얼른 적시검으로 아기의 탯줄을 잘랐다. 그리고 황급히 연서에게 다가갔다.

"연서야! 연서야!"

초조한 마음으로 시랑은 그녀를 부르기 시작했다. 하지만 연서는 반응이 없었다. 시랑은 얼른 연서의 맥도 잡아보고 몸도 만져보았으나 그녀가 살아 있는지 알 수 없었다. 불안한 마음에 그는 아무것도 제대로 판단할 수 없었다. 결국 시랑은 다급하게 그녀를 부르며 볼을 때리기 시작했다.

"아파요……."

희미하게 웃으면서 겨우 눈을 뜬 그녀가 말했다.

그런 연서의 눈동자에는 각각 다른 색깔의 초승달이 떠 있었다. 시랑은 지금 눈앞에 연서가 웃고 있는 것이 정말 사실인지, 환상이 아닌지 알 수 없었다. 하지만 그녀가 자신에게 다시 웃고 있는 그 자체만으로 그의 눈에는 눈물이 차올랐다. 시랑은 강하게 그녀를 끌어안았다. 그제야 연서의 심장 소리가 똑똑히 느껴졌다. 시랑은 거의 정신이 나간 사람처럼 소리를 질렀다.

"살아 있어, 당신! 살았다고!"

*

적시가가 원상태로 회복되는 데는 생각보다 오랜 시간이 필요했다. 적시가의 보필하는 자들이 거의 대부분 중상을 입고 입원했기 때문이다. 결국 다른 가문의 보필하는 자들이 교대로 시랑과 연서의 시중을 들고 아기도 보살폈다.

연서는 아기를 안전하게 낳고 몸도 완전하게 회복되었다. 민수의 송곳니 덕분이었다.

연서는 두 개의 송곳니를 가졌으나 이상하게도 늑대의 힘을 발휘하지 못하게 되었다. 더 이상 늑대의 손톱도 나오지 않았고 송곳니의 날카로움도 전보다 덜했다. 연서는 늑대 인간의 공격력을 모두 잃어버린 것이었다. 그것은 적시가의 늑대 송곳니와 네번째 늑대 인간의 송

458

곳니가 충돌해서 생긴 일이었다. 서로 다른 힘이 충돌해 늑대 인간의 공격력을 아예 사라지게 한 것이었다.

그녀의 눈에 뜬 초승달만이 그녀가 늑대 인간이라는 것을 증명했다. 하지만 그 눈도 이제까지와는 달랐다. 방계 혈통인 반려자는 오직 하나의 초승달만 가진다. 연서도 적시가의 증표인 붉은 초승달이 눈에 있었다. 그런데 민수의 송곳니를 받은 후부터는 왼쪽에 붉은 초승달이, 오른쪽에는 초록색 초승달이 떴다. 민수와의 전투에서 뒷목에 손톱을 찔러 넣을 때 터져 나온 민수의 피가 연서의 눈동자에 들어갔기 때문이다. 그리고 민수의 송곳니를 받자 아무것도 뜨지 않았던 연서의 한쪽 눈동자에 초록색 초승달이 떴다. 초승달이 초록색인 이유는 민수의 송곳니가 초록색 옥패인 녹시가綠豺家의 것이었기 때문이다.

물론 연서는 늑대 인간의 힘이 사라진 것에 대해 상관하지 않았다. 그녀는 여전히 건강했다.

연서가 남의 송곳니를 받은 것에 대해 일족에서는 의견이 분분했다. 또한 순수 혈통을 낳고도 살아남은 경우가 없었기에 어찌할 바를 몰랐다. 수천 년 동안 그런 선례가 없었기 때문에 모두들 어떤 판단을 내려야 할지 몰랐다.

몇 시간이나 이어진 난상 토론에 굳게 입을 다물고 있던 천후가 마침내 입을 열었다.

"내가 한마디 하겠소."

천후는 모두를 보며 침착하게 말했다. 천후가 자리에서 일어서자 제각각 떠들던 여덟 명은 모두 입을 다물었다. 그가 있는 곳은 지하 동굴이었다. 연서의 문제를 의논하기 위해 일족들이 모두 모였던 것이다.

"사랑의 반려자, 그러니 내 며늘아기에 대해 혼란스러워하는 것을 알겠소. 그러나 아주 정확히 따지면 내 며늘아기는 금기를 어긴 적이 없소."

"하지만 다른 이의 송곳니를······."

일곱번째 늑대 인간인 김진평이 어물거리며 말했다. 그러자 천후는 날카롭게 김진평을 노려보며 말했다.

"금기에는 '버림받은 자가 낙오된 자의 송곳니를 가져서는 안 된다'라고 했다. 내 며늘아기는 버림받은 자가 아니지 않은가. 더욱이 반려자가 낙오된 자 송곳니를 받아 살아남는 것이 금기라고 되어 있지 않겠지?"

천후의 말에 김진평은 그대로 입을 다물었다. 동시에 천후는 계속 말을 이었다.

"오히려 우리는 내 며늘아기에게 고마워해야 하오. 우리는 드디어 안전하게 순수 혈통을 얻는 방법을 알게 되었으니 말이네."

천후의 말에 모두들 고개를 끄덕였다.

적시가는 대대로 순수 혈통이지만 다른 가문은 거의
방계 혈통이었다. 인간에서 늑대 인간으로 변태하는 방
계 혈통은 순수 혈통보다 약할 수밖에 없다. 그래서 일
족 중에는 가끔 순수 혈통에 대한 욕심 때문에 여성을
희생시키곤 했다. 하지만 그것은 엄청난 부담과 죄책감
을 주는 일이었다.

그런데 연서가 여자 늑대 인간이 살 수 있는 방법을 알
려준 것이었다.

또한 그들은 연서가 두 개의 송곳니를 가졌지만 공격
력을 잃어버리게 된 것에 안심했다. 연서가 두 개의 송
곳니를 가진 후에 늑대 인간의 힘이 증가했다면 그것이
일족에게는 문제가 되었을 것이다. 즉, 늑대 인간들이
서로의 송곳니를 갖기 위해 또 다른 전쟁을 하게 될지도
모르는 일이기 때문이다. 그 많던 일족이 전투 때문에
다 죽고 단 아홉 명만 살아남아야 했던 일족으로서는 그
보다 걱정스러운 일은 없었다.

연서는 두 개의 송곳니만 가져서 공격력이 사라지게
되었다. 그렇지만 만약 그녀가 세 개의 송곳니를 가졌다
면 치유력까지 사라질지도 모르는 일이었다. 민수가 연

서를 죽여 그녀의 송곳니를 가졌다면 분명 인간처럼 약해졌으리라.

또한 연서는 적시검도 만지지 못했다. 연서 안에 다른 이의 힘이 있었기 때문이다. 그래서 연서는 붉은 옥패가 숨겨진 비밀 장소를 다시는 열지 못했다. 그것 역시 다른 일족들을 아주 만족하게 했다.

일족이 후계자를 한 명만 두는 것은 옥패 때문이다. 옥패는 각 가문의 비밀 장소에 숨겨져 있다. 그리고 비밀 장소는 각 가문의 후계자들만 열 수 있다. 그러나 앞으로 여자 늑대 인간들은 두 개의 힘을 받았기 때문에 절대로 옥패를 가질 수 없을 것이다.

이후 늑대 인간들은 죽을 때 송곳니를 빼기로 했다. 여자 늑대 인간을 위해서였다. 동시에 그들은 불필요한 일족을 만들지 말라는 계율에서 반려자는 제외하기로 했다.

그리고 여자 늑대 인간들이 출산을 할 때는 다른 가문의 송곳니를 넣어주기로 했다. 시랑이 연서에게 그랬던 것처럼.

이러한 일들은 한 세대가 끝날 때에야 가능한 일이었다. 하지만 일족은 이제 강하고 안정된 후계자를 이어갈 수 있을 것이다. 즉, 늑대 인간은 이제 진짜 가족을 만들

수 있는 것이다. 반려자를 아내로 맞이하며 함께 자손을 볼 수 있는 것이다.

다만 일족은 후계자 외에 자손은 금지하였다. 늑대 인간 일족이 하나의 후계자만 갖는 첫번째 율법은 그대로 둔 것이다. 반려자의 힘은 약해졌지만 또 다른 순수 혈통 후계자가 나온다면 옥패의 싸움이 다시 일어날 가능성이 있다는 것이었다.

때문에 일족은 연서에게도 자손을 더 이상 낳지 말라고 했다. 일족의 요구에 연서는 수긍했다. 자식이 하나밖에 없는 것이 아쉬웠지만 자신의 욕심 때문에 일족에게 혼란을 주고 싶지는 않았다.

"결국 '힘은 다른 힘으로 채워지고, 더 강한 힘을 불러올 것이다'라는 말은 여자 늑대 인간이 아기를 낳는 방법에 대해 말하는 것이었군요."

연서는 조용히 시랑에게 말했다.

두 사람은 함께 통영의 작은 바다에 다시 와 있었다. 적시가가 어느 정도 정리되자 시랑은 연서를 데리고 그들의 추억이 있는 곳으로 갔다. 아기는 몸이 회복되어 적시가로 돌아온 진숙에게 맡겼다.

바다는 여전히 고요했다. 하지만 그 바다를 보는 두 사람의 마음은 전과 같지 않았다. 같은 바다를 보고 있건만 그때와는 달랐다.

그때 연서는 부모님을 보고 와서 슬픈 마음을 가누기 힘들었다. 시랑은 그런 연서를 보고 마음 아파했다. 그리고 바다에 와서 연서는 자신을 위로해주는 시랑의 부드러운 미소 때문에 바다를 보지 못했다. 시랑은 자신의 운명에 아파하는 연서의 눈물에서 시선을 떼지 못했다.

그러나 오늘 이 아름다운 바다 앞에 서 있는 두 사람의 시선에는 오롯이 서로만 있었다.

연서의 말에 시랑은 잠시 말이 없었다. 그러다가 무겁게 고개를 끄덕였다.

"그래, 방계 혈통인 여자 늑대 인간에게 다른 송곳니를 주어서 힘이 채워지고, 순수 혈통을 낳아서 더 강한 힘을 불러온다는 거겠지. 민수는 그 말뜻을 다른 이의 송곳니를 가져야 한다고 생각했지만."

시랑은 낮게 한숨을 뱉으며 말했다. 시랑의 말에 연서는 잠시 말이 없었다. 그러다가 차분히 말했다.

"당신은 어떻게 생각하실지 모르겠지만 저는 민수 씨한테 솔직히 감사해요. 어쨌든 그가 버려진 송곳니와 전설에 연관성을 생각해줘서 내가 살아 있는 거잖아요."

연서의 말에 시랑은 천천히 고개를 끄덕였다. 그리고 느릿한 목소리로 말했다.

"나 역시 그렇게 생각해. 너와 내 아이를 위험하게 만들었던 민수를 증오하긴 하지만 때때로 안타까운 생각이 들어."

이윽고 두 사람 사이에는 아무런 말이 없었다. 사방에는 뜨거움에 달뜬 바닷바람이 두 사람의 주위를 휘감고 돌았다. 연서는 조용히 햇빛에 반짝이는 바닷물을 바라보고 있었다.

"부탁이 있어."

갑자기 부드러운 시랑의 저음이 허공에 퍼졌다. 연서는 천천히 고개를 돌렸다. 그러자 자신을 똑바로 바라보는 시랑의 눈과 마주쳤다.

"다시는 내 옆에서 사라지지 말아줘. 그리고 어떤 상황이 와도 날 포기하지 말아줘. 이제 아기도 낳았잖아."

시랑의 목소리는 애절했고, 그의 눈빛에는 간절함이 있었다. 시랑의 애원에 연서는 빙그레 미소 지었다. 그리고 천천히 다가가 시랑의 이마에 작게 입 맞췄다. 그리고 시랑의 눈을 보며 부드럽게 말했다.

"당신 앞에서 절대로 사라지지 않겠어요. 그리고 다시는 나 때문에 아프게 하지 않을 거예요."

연서의 사랑 맹세에 시랑의 얼굴은 기쁨으로 벅차올랐다. 시랑은 연서를 강하게 끌어안았다. 그리고 그 역시 사랑의 맹세를 연서의 귀에 속삭였다.

"나도 당신을 절대로 아프게 하지 않을 거야. 당신은 내 유일한 반려자니까."

노을에 반짝거리는 햇살을 받으며 연인은 입을 맞추었다.

반짝거리는 그 빛이 연인의 형체를 흐릿하게 했지만 동시에 눈부시게 만들었다.

바다는 흘러갔다.

이 작품을 쓰기 전, 나는 생애에서 가장 끔찍한 시간을 보내고 있었다. 바닥까지 내려간 자존감과 근본을 알 수 없는 외로움과 두려움에 온몸을 떨어야 했다. 그건 한겨울 차가운 폭포 물을 온몸에 내리꽂는 고통이었다.

무언가 정신을 차릴 수 있는 것이 필요했고, 누군가를 원했다.

그때 나를 다시 살게 한 것이 『늑대 인간의 신부』였다. 이야기를 만들고, 인물과 인물들을 부딪치게 하면서 나는 겨우 숨을 쉴 수 있었다.

그래서 『늑대 인간의 신부』는 나에게 의미가 큰 작품이다. 만약 이 작품이 세상에 나오지 못하고 내 노트북에만 저장되어 있었어도 그건 변하지 않았을 것이다.

그리고 이젠 나의 첫 작품이 되어 죽을 때까지 잊을 수 없게 되어버렸다.

이 작품이 나오기까지 내 옆에 있어준 많은 분들께 감사드린다. 제일 먼저 우리 가족에게 고마움을 전하고 싶다. 스스로를 믿지 못할 때에도 나를 믿어준 어머니, 항상 든든하게 뒤를 지켜주시는 아버지, 말없이 응원해주는 동생까지. 가족이 없었다면 나는 절대 여기까지 오지 못했을 것이다.

힘든 세상 서로 위로하고 또 안타까워하면서 함께 달려준 대학 동기들, 친구들, 그리고 나의 스승님들, 모두 감사드린다. 또한 부족한 글을 알아주신 네오북스 출판사 관계자 분들과 누구보다 수고해주신 최민석, 이수지 담당자님께도 감사드린다.

마지막으로 나의 열등감을 자극하여 오기를 가지게 해준 모든 것들에게 무릎 꿇고 감사드린다!

2013년 초겨울
이영수

늑대 인간의 신부

© 이영수, 2013

초판 1쇄 인쇄일 | 2013년 11월 18일
초판 1쇄 발행일 | 2013년 11월 29일

지은이 | 이영수
펴낸이 | 정은영
책임편집 | 최민석
편　집 | 박소이 이수지
마케팅 | 박제연 전연교
제　작 | 이재욱

펴낸곳 | 네오북스
출판등록 | 2013년 4월 19일 제2013-000123호
주　소 | 121-840 서울시 마포구 서교동 396-33
전　화 | 편집부 (02)324-2347, 경영지원부 (02)325-6047
팩　스 | 편집부 (02)324-2348, 경영지원부 (02)2648-1311
E-mail | neofiction@jamobook.com
독자카페 | cafe.naver.com/jamoneofiction

ISBN 979-11-85327-04-4 (03810)

이 도서의 국립중앙도서관 출판시도서목록(CIP)은 서지정보유통지원시스템 홈페이지
(http://seoji.nl.go.kr)와 국가자료공동목록시스템(http://www.nl.go.kr/kolisnet)에서
이용하실 수 있습니다.(CIP제어번호: CIP2013023934)